全国高校大学生综合素质养成教育系列教材

文学鉴赏

WENXUE JIANSHANG

主　编　艾艳红　杨利平

湖南人民出版社

写在前面的话

□ 孙 跃

伟大的“中国梦”的实现，需要一代又一代中国人付出艰辛的努力，尤其需要一代又一代中国杰出人才付出艰辛的努力。然而，正当中国人民迈向实现“中国梦”的伟大征程时，一个最现实而又亟待解决的重大问题摆在了我们面前。这就是什么是人才？什么是高素质的人才？其判断标准再一次被人们提上了议事日程。导致这一问题提出来的导火索是高校毕业生的就业难。在当下的中国，一方面是庞大的高校毕业生群体就业难，另一方面是广大的企业尤其是中小企业一年又一年出现用工荒，长期招不到得心应手的员工。面对这样一个十分严肃的问题，作为人才培养的教育工作者尤其是我们高校教育工作者，是应该引起深刻反思的。造成中国当下“就业难”与“用工荒”这样一个两难的尴尬局面，虽然有历史和现实的种种原因，但有一个重要因素是无法回避的，那就是我们教育尤其是高等教育的理念、体制、机制、政策、方法等等出了问题，而且这些问题已到了非解决不可不解决不行的地步了。因此，目前各级政府尤其是社会各界有识之士，都在为解决这一问题贡献自己的智慧和力量。

国家一级出版社、全国百佳图书出版单位湖南人民出版社就是其中一个突出的代表。为从根本上有效解决这一问题，他们根据自己的社会职责和职业特点，下决心从高校教材建设入手，来逐步解决高校人才培养中综合素质养成教育严重缺乏的问题。他们经过广泛调研，精心策划，力争编辑出版一套高水准的高校大学生综合素质养成教育系列教材。因考虑我一直在高校任教并担任领导工作，尤其考虑我有十多年在国外留学、工作的背景，他们热情邀请我担任这套丛书的主编。古人云：“国家兴亡，匹夫有责。”今天说：“国家兴亡，我们有责。”尤其是因为这是一项“功在当代，利在千秋”的具有特别重大意义的工作，一位高校教育工作者的责任感和使命感，令我欣然接受了湖南人民出版社对我的这一热情邀请。一年多来，经过全国一大批高校中青年骨干教师的共同努力，尤其是在全国一大批知名专家、学者的指导下，丛书的出版顺利推进。

在第一批教材即将付梓之际，湖南人民出版社的领导、编辑又嘱我为丛书的编辑出版写几句话。我认为，自己作为丛书的编委会主任、主编，这也是义不容辞的责任。那么，又该写些什么呢？经过慎重思考，我认为应该把我们这套教材编辑出版团队一直秉持和坚守的一些基本理念与原则，如实地告知广大读者，以便能让广大读者对这套教材有更全面更深入更精准的把握与了解，以便能让广大读者更关注更热爱更支持这套教材的出版与使用。

在这套教材编辑出版过程中，我们一直秉持和坚守的理念与原则归纳起来，主要有以下三点：

一、编辑出版理念的前瞻性

在丛书编辑出版过程中，编辑出版团队一个共同的强烈愿望，就是要确保自己编辑出版教材的理念是科学的，而且是具有前瞻性的。中共中央、国务院1999年颁布的《关于深化教育改革，全面推进素质教育的决定》明确指出："实施素质教育，就是要全面贯彻党的教育方针，以提高国民素质为根本宗旨，以培养学生的创新精神和实践能力为重点，造就有理想、有道德、有文化、有纪律的德智体美等方面全面发展的社会主义事业建设者和接班人。"这一文件精神，就是我们编辑出版这一套教材的政策依据和指导思想。在编辑出版过程中，我们严格按照这一政策依据和指导思想，拟定了高校大学生素质养成教育的标准，并针对这些标准，科学分析和整理了当代高校在素质养成教育上存在的主要问题，在教材编辑出版过程中，逐一解决这些问题，从而从根本上提高当代高校大学生的思想道德素养、知识能力素养、身心健康素养、创新创造素养等。

二、编辑出版内容的严谨性

在编辑出版过程中，在各种教材内容的编写上，我们是下了一番苦功夫的。就对理论诠释而言，我们力争做到精准到位、通俗易懂；就对案例选取而言，我们力争做到震撼人心、感人肺腑；就语言表达而言，我们力争做到生动活泼、诙谐幽默；就对问题设计而言，我们力争做到切中要害、发人深省。总之，在编辑出版过程中，我们一直在努力做到每一个概念的解释是精要的，每一个案例的选取是精当的，每一个问题的提出是精准的。

三、编辑出版模块的完整性

在系列丛书编辑出版计划中，我们设计了三大模块：一是必修课模块。这就是第一期出版的9种教材，包括《实用口才训练教程》《实用写作教程》《实用数学》《文学鉴赏》《音乐作品鉴赏》《计算机应用基础》《实用礼仪教程》《实用体育教程》《运动解剖与生理学基础》。这一模块基本上能满足高校大学生素质养成教育课程所需的必修课教材，基本上做到了门类齐全、品种齐全。第二大模块是选修课教材。第三大模块是学术研究专著。这两大模块我们计划在未来三五年之内分两期开发出版齐全。由此可见，我们这套教材编辑出版的模块是比较完整的，在国内还未见有如此完整的高校大学生素质养成教育教材的出版上市，因此我们的工作是具有开创性意义的。

由此可知，我们编辑出版这套教材的理念是比较前卫的，态度是比较严肃的，方法是比较务实的。但由于时间仓促，尤其是我这个丛书主编水平和能力有限，丛书也还存在许多问题。如教材编写理念还有待进一步升华，教材内容还有待进一步优化，教材品种还有待进一步丰富等等。具体到第一期出版的9种教材而言，肯定还有错误和疏漏之处，期待广大读者尤其是广大同行提出中肯的批评意见，以便我们再版时，使教材能得到及时的修订与完善。

在这套教材即将付梓之际，作为丛书编委会主任、主编，我还要衷心感谢湖南人民出版社尤其是湖南人民出版社高等教育出版分社的领导、编辑们对我的充分信任和支持；衷心感谢各分册主编、编写者为丛书的成功编辑出版所付出的辛勤劳动和所做出的不懈努力；尤其要衷心感谢全国有关专家、学者对本丛书的成功出版所贡献的宝贵经验和智慧。

最后，我衷心期盼我们编辑出版的这套教材能在全国高校大学生素质养成教育中发挥积极的推动作用，并通过这套教材潜移默化的教育作用，能培养出一代又一代高素质、高技能的实用型人才，为实现伟大的“中国梦”贡献我们教育工作者应有的力量。

2013年8月

前言

高校开设文学鉴赏课程有利于培养学生审美情趣，提高学生审美能力和文化素质。本课程的宗旨在于使学生了解人类在文学领域所留下的重要足迹，挖掘其中蕴涵的人文精神，在文学审美活动中建立人文关怀的生活态度，使学生精神生活和内心世界更加丰富、充实和健康。阅读文学作品，可开阔视野，达到进一步培养学生分析和鉴赏文学作品的能力，提高学生的文学修养和写作才能等综合素质的目的。

本书由概论篇、诗词鉴赏篇、网络文学篇、戏剧文学篇、小说鉴赏篇、中外散文篇、影视文学篇组成，内容全面丰富。每一篇基本按照鉴赏原理和作品选析的体例进行编写。详细介绍了诗歌、散文、小说、戏剧、网络文学和影视文学的文体特点、鉴赏原理和方法，每章后还附有名作选析、鉴赏提示等，内容活泼生动，有助于提高学生的文化品位、审美情趣和人文素养。

本书由艾艳红、杨利平负责拟定体例和提纲并进行统稿。概论篇和戏剧文学篇由杨利平编写，网络文学篇由屈志凌负责编写，小说鉴赏篇由唐美花、艾艳红负责编写，散文鉴赏篇由肖丽负责编写，诗词鉴赏篇由胡海义、艾艳红负责编写，影视文学篇由曾小明负责编写。杨利平、陆时红负责稿件的审编工作。

本书在编写过程中，参考了大量的文献资料，吸收了最新的研究成果。而为了行文方便，对于所引成果及材料有些未能在书中一一注明，但编者将对在本书编写过程中有过帮助的所有本学界同仁及其佳作，恭谨地列于书后的参考文献中，表示致敬和感谢！

本书2014年1月首次出版后，受到了广大师生的欢迎，首印不到两年时间已经售罄。此次重印，我们根据高校师生的反馈意见，对书稿内容做了比较大的修订。由于编者水平有限，书中难免还有些疏漏和错误之处，敬请社会各方面人士提出宝贵意见，以便今后再次修订。

编者　艾艳红

2015年8月10日

目录

第一篇　概论篇

美籍科学家李政道说，人类自诞生伊始，就从没有放弃过对艺术和科学的追求，两者的追求是一致的，都体现了人类对超越时空的渴望。他说的艺术，其中包括文学。人类文学情怀，也就是人的大艺术情怀。超越时空是为了摆脱时空对人的束缚，追求真正的自由。因此，艺术的审美，文学的审美，其最终意义正是要表达人类对自由的向往和追求——它是人类的终极追求，是人的本质意义，也是文学的本质。

科学与艺术在最终目的上是一致的，不同的只是思维方式。科学是人的理性认识，而艺术则是感悟。因而，要真正认识文学，必须回到自己内心，用心去感悟，如果感悟到什么，不必说出来，一个人可能没写过一句诗，但他的内心照样涌动诗情，他就是诗人。文学的魅力在于它是人类最广泛的情怀。

Diyipian Gailunpian

第一章　关于文学

导读

文学有一百种所谓“功能”，但德文有一个很精确的说法，macht sichtbar，意思是“使看不见的东西被看见”。这应该就是文学跟艺术的最重要、最实质、最核心的一个作用。透过作家的眼光，我们和作品中的人生就有了艺术的距离。于是，在《药》里头，你不仅只看见愚昧，你同时也看见愚昧后面人的生存状态，看见人的生存状态中不可动摇的无可奈何与悲伤。在《祝福》里头，你不仅只看见贫穷粗鄙，你同时看见贫穷下面“人”作为一种原型最值得尊敬的痛苦。文学，使你“看见”！

文学与艺术使我们看见现实背面更贴近生存本质的一种现实，在这种现实里，除了理性的深刻以外，还有直觉对“美”的顿悟，对“善”的崇尚。美，也是更贴近生存本质的一种现实。

当然，这些“顿悟”，这些对作品中“理性的深刻”认知，还要源于与作品中情感强烈的共鸣，文学也是情感的艺术。

第一节　文学是真善美的艺术

文学作为一种认识活动，本质在于反映生活的真实。作为一种审美艺术形式，其创作核心是尚“善”，表现“人文关怀”。而形象反映生活的特点，构成文艺作品的特殊品质，使之成为艺术文本，呈现出美的境界。真善美构成了文学艺术的审美价值追求，也构成了文艺理论批评的标准。然而，文学艺术需要怎样的“真”？什么是文学艺术的“美”？“善”与“真”、“美”之间的关系又如何？

一、真——文学艺术创造的客观标准

刘勰在《文心雕龙》里提到“酌奇而不失其真，玩华而不坠其实”，他认为文辞的华美、想象的奇特都不能有损于文艺的真实。法国十九世纪现实主义大师巴尔扎克曾断言：“获得全世界文明的不朽的成功秘密在于真实”，“艺术家的使命就是把生命灌注到他所塑造的这个人体里去，把描绘变成真实。”俄国杰出的文学批评理论家别林斯基则从读者接受的角度强调，

"真正的艺术作品永远以真实、自然、正确和切实去感染读者"，这样的作品越多，"你和它之间的内在情意和联系也就越深入，实切而不可分割"。真实性对文学艺术创造有着如此重要的意义，其主要特征在于：

（一）合理地对生活现象进行虚构

这就是艺术的真实。生活真实虽然为文学创造提供了原型，而且是取之不尽、用之不竭的源泉，然而，艺术真实在受到社会现实生活的决定和制约的同时，又是对生活真实的超越。这是因为艺术家的创作动机、心理意识归根到底都是主体心理对现实生活的反映的产物。人们在评价文学作品时，总要把作家虚构的世界去同社会生活相对照，寻找其间的联系，看其是否达到虚构世界与真实生活的"幻想的同一性"，这并不是说作家必须正面、直接描写生活中实际存在的事物，而是指作家对现实生活的任何夸张、变形、抽象，都可以让读者在想象的世界中理解和相信。有许多作品所描绘的，是现实生活中不可能发生和存在的。如《西游记》虽为神魔小说，但它"讲妖怪的喜、怒、哀、乐，都近于人情，所以人都喜欢看"。小说中孙悟空七十二变时从身上拔下的毫毛，本来是实际生活中猴类身上的实有之物，只不过作者对它的功用作了审美的歪曲，但这样的歪曲、虚构却总是用真实情感，把人们带到一个与现实生活不即不离的艺术天地，让人反思、体味，从而体现出其虚构的合理性。

（二）真实性是具有客观性，而非主观决定的

我们所说的真实即指不依赖于人的意识而独立存在的客观事实。它不由某个人或某个阶级的主观意志所决定。应该说，客观真实是艺术真实的唯一源泉，一部文学艺术作品只有当它准确地反映了客观现实生活时才可以称之为具有真实性。因此，检验文学作品的真实性的标准不是人的主观意志，而是客观的现实生活。不可否认，在文学作品反映社会现实的过程当中，作家的世界观对作品的内容起着能动的作用，这是因为任何人类创造都是人的本质力量对象化的活动，正如马克思所说："人不仅像在意识中那样理智地复现自己，而且能动地、现实地复现自己，从而在他所创造的世界中直观自身。"

上述可见，文学艺术创造的真实性是结合其特点来谈论的，它是艺术真实与客观真实的统一。这种真实性是文学作品所应具备的最高品质，也是我们衡量文学作品的客观标准。

二、美——文学艺术作品的形式创造

文学艺术不只是一般地反映生活而是以艺术形象来反映生活的。形象地反映生活的特点构成文艺的特殊品质。它决定我们评价文艺作品，不只是要考察这种反映是否真，还要考察它的形象是否美。美是文艺批评的一个重要标准，具有以下几个方面的特征。

（一）形象的图画性和典型性

我们所说的艺术形象的一个重要特点，就在于它能够提供读者一幅幅具体可感的生活画面，使人如闻其声，如见其人，如临其境。苏轼曾经称赞王维："味摩诘之诗，诗中有画；味摩诘之画，画中有诗。"说明了诗与画有着共同的特点。鲜明的图画性是不可缺少的。王国维以"不隔"作为诗歌的美，并说："语语都在目前，便是不隔。"也说明形象的具体如

画一向是作者追求的目标。我们所说的图画性，不只是直接作用于我们的视觉的图画，还包括通过文字、音响而在我们头脑中间接唤起的画面，它几乎是一切文艺必备的特征。但是，应该看到的是，我们所要求于文学艺术的，不是某一具体生活场景的图画，而是足以引起人们联想的典型画面。如温庭筠的“鸡声茅店月，人迹板桥霜”，不仅使我们看到天寒地冻、黎明早起的旅客的情景，也使我们联想到在各种情况下经历路途辛苦的行人。奥赛罗、唐·吉诃德、阿Q的形象，不只是在我们头脑里浮现出生动的“这一个”，还使我们联想到许多和他们同类而类似的人，因而被称为“熟悉的陌生人”的形象。文艺的图画性和典型性结合在一起，既使人感同身受，景如亲历，又引人比物连类，联想不穷，它是构成艺术美的一个重要条件。

（二）结构的完整性和连贯性

文学艺术作品需要把各种分散的生活现象，加以剪裁取舍，集中起来，构成一个完整的形象。这种组织和安排，我们习惯称之为艺术结构。它的方法和形式是多种多样的，但好的结构总有一个共同点：前后连贯，互相呼应，浑然一体。如杜甫的《春夜喜雨》：“好雨知时节，当春乃发生。随风潜入夜，润物细无声。野径云俱黑，江船火独明。晓看红湿处，花重锦官城。”作者通过闻、见、想，分别描写了春雨的形态、特质和环境，给人以“喜意都从下罅缝里逆透”的艺术感受。层次分明，中心突出。这种情景交融，结构紧密的特点，历来为文学艺术家所称道。可以看出，在美的艺术作品里，没有偶然的、游离的、可有可无的东西，各个部分都是紧密衔接，不可缺少，不可移动的。这种结构的完整性和连贯性是构成艺术美的另一个条件。

（三）手段的精炼性和准确性

以形象来反映生活是各类文学艺术创作的共同特点，然而，它们用以反映生活的手段又是各不相同的。如绘画的表现手段是色彩、线条，音乐的表现手段是声音，而文学的表现手段则是语言文学。创作者在运用这些手段时各具匠心，但仍然有共同的规律可寻，那就是追求艺术形象的精炼性和准确性。文学艺术，由于不可能纤芥无遗地再现生活而必须对生活做出概括的反映，它总是要用简练的手段来体现丰富的内容。因此，文学艺术家们总把“惜墨如金”、“缀字属篇，必须练择”当作自己努力的方向。然而，艺术上的精炼并不是艺术家主观静思默想的结果，而是凝练感情和掌握生活要点的产物。只有十分准确地把握生活里富有本质特点的现象才能“举一反三”、“以一当十”。所以他们又提出“立片言以居要”、“万取一收”、“锤字艰而难移”作为达到艺术精炼的必由之路。精炼与准确是相互联系互为表里的，它们也是各类优秀的文艺作品共有的标志。

优美的文学作品总是程度不同地具有上述特点，而评论者也总是根据作品在这些方面的成就如何而对它的艺术性进行评价的。因此可以说，上述几个方面是衡量艺术美的具体尺度。

三、善——文学艺术作品的人文关怀

我们提倡文学创造的真与美，同时也还要涉及善的问题。文学艺术作品描写的内容，丰富多彩，无论美与丑，善与恶，都可以成为文学创作的对象。但是，一部作品，只有当它以巨大的热情对美的事物加以赞扬，或者对丑的事物加以鞭挞，才能发挥其尚“善”的作用。而在此，人文关怀则成为作家们自觉的价值追求和神圣的社会职责。优秀的作品，无不高扬人文精神。列夫·托尔斯泰曾说：“他是经常地，永远地处于不安和激动之中，因为他能够解决与说明的一切，应该是给人们带来幸福，使人们脱离苦难，给予人们以安慰的东西。”巴金说他的小说都凝聚着强烈的情感，矛头是指向“一切旧的传统观念，一切阻止社会进化和人性发展的不合理制度，一切摧残爱的势力”。纵观中外文学史，从悲剧之父埃斯库罗斯，喜剧之父阿里斯托芬到但丁、塞万提斯都是有强烈倾向的诗人，人文关怀在他们的诗作中鲜明地体现着。在我国，从屈原、陶渊明、李白、杜甫、白居易到苏轼、陆游、辛弃疾都留下愤世嫉俗、忧国忧民的诗篇。《红楼梦》的不朽魅力主要不是爱情故事的本身，而是源于它对专横的封建势力的怨恨和对美好事物被摧残的痛惜。这些优秀作品都高度地体现出人文关怀和强烈的向“善”的倾向性。

然而，“善”必须包含在“真”与“美”之中，好比撒糖于水中，饮水才知甜味。其倾向性不能游离于形象之外。恩格斯曾对敏·考茨基的《旧人与新人》提出过批评，就是因为考茨基在作品中直接公开地表明自己的观点、立场，而没有做到让倾向性在“场面和情节中自然而然地流露出来”。也就是单纯地以说教的方式来代替对生活的描绘，从而使作者的倾向性离开了形象，损害了文学作品的形象，削弱了作品的艺术感染力。可见，在文学艺术创造中，在文艺理论批评里，“善”是一个重要的因素，它必须存在于真的反映和美的形象之中。

综上所述，真、善、美既相互区别又相互依存。生活中真实的东西并不是每一桩都具有“美”与“善”，必须经过文学家的加工取舍才能够构成艺术形象，才能表现出健康的审美情感。同时，生活中真实的东西常以分散个别的形式而存在，只有通过艺术形象将其集中概括，才能成为审美的对象。这说明真、善、美各有自己的属性，又必须在文学创造中得到完美的统一。真、善、美是文学创造的审美价值追求，是文艺理论批评的重要衡量尺度。文学创作者应在创作过程中将真、善、美“三位一体”的价值结构充分体现在自己所创作的作品当中；文艺理论家应把坚持真、善、美的标准作为自己应遵循的高尚职责，来共同推动我国文学艺术事业的向前发展。

第二节　文学是情感的艺术

文学即人学，文学离不开情，情的抒发也离不开文学。文学是人类智慧的结晶。这结晶乃是人的情感逐渐升华后再物化而喷射出来的火光汇合而成的焦点。

文学是通过文学活动体现的。文学活动是充满情感的活动，情感贯穿了从创作到阅读的整个过程。情感的活跃起着极为重要的作用：情感能激发读者与作家的“共鸣”；情感能推动想象的展开。它在文学活动中起着重要的作用。

一、情感的丰富性是孕育艺术灵感的前提

自然万物是美的，但美的发现需要审美者具备情感的丰富性。有了丰富的情感，就可以运用神奇的想象力纵横驰骋，天马行空，创造出一个源于生活又高于生活的艺术的 “自然”形象（意象）。没有丰富的情感参与，即使我们登临雄伟壮美的泰山之巅，沐浴在绮丽柔美的西子湖畔，搏浪于滔滔的长江之中，又怎会有杜甫“会当凌绝顶，一览众山小”、苏轼“欲把西湖比西子，浓妆淡抹总相宜”、毛泽东“到中流击水，浪遏飞舟”等的艺术感受和认知呢？李白与朋友汪伦有着深厚的感情，因而当汪伦在桃花潭处为他踏歌送别时，李白满怀内心的感动即兴吟咏“李白乘舟将欲行，忽闻岸上踏歌声。桃花潭水深千尺，不及汪伦送我情。”情深款款，触景而发，直抒胸臆。

“诗以言志”、“诗缘情而绮靡”说最能反映我国古代诗学理论强调创作的情感作用。被誉为中国文学起源的《诗经》的“国风”和“大小雅”等诗篇，就是古代抒情文学的典范。“昔诗人篇什，为情而造文；……盖风雅之兴，志思蓄愤，而吟咏性情，以讽其上，此为情而造文也。”（刘勰《文心雕龙·情采》）

这些说明，文艺创作的前提是创作者（主体）要有丰富的情感体验，艺术灵感就在丰富的情感体验中孕育并且最终产生。

二、情感的倾注激发强烈的创作欲望

人们对大自然美的感受、认知的过程，就是对自然的审美鉴赏过程。通过这种审美鉴赏的思维活动，主观上要求把自己的情感认知通过某种形式表现出来，这就是艺术心理诉求，即艺术创作欲望。这种创作欲望的强烈与否，与人们对事物认知的情感有着密切的联系。如果主观上对事物的情感淡薄，就无法对事物激起审美鉴赏兴趣，也就不存在所谓的创作意念。只有对事物有着浓厚的兴趣，自然地使得主观上对事物倾注情感并达到一定的感受认知水平，就会产生强烈的创作欲望。艺术家审美思维与科学家抽象思维的不同在于它的思维活动全靠情感作催动剂。艺术家在创作过程中投入了自己的真情实感，因而使得其作品生动且感人。著名的罗马诗人名言——“愤怒出诗人”正是一个经典例子。“愤怒出诗人，愤怒在描写这些弊病或者在抨击那些替统治阶级否认或美化这些弊病的和谐派的时候，是完全恰当的。”（恩格斯《反杜林论》）

其实，诗人愤怒的原因在于主观上情感的专注。情感的专注，使思维主体往往处于如痴如醉的“迷狂”状态。这种情感的高度集中，使得思维主体对客观意象的感受认识如同被阻塞高涨的江河水一样最终在“灵感”的突破口下非泻不可——完成创作。郭沫若在创作《凤凰涅槃》时就是如此，“那首长诗是在一天中分两个时期写出来的。上半天在学校的课堂里听的时候，突然有诗意袭来，就在抄本上东鳞西爪地写出了那诗的前半……犹在枕上用铅笔只是火速的写……”（《我的作诗经过》）。

古代有关郊寒岛瘦的创作典故如“鸟宿池边树，僧推月下门”，“吟安一个字，捻断数茎须”，“二句三年得，一吟双泪流”等，虽说的是炼字炼句的例子，也足以说明强烈的创作欲

望是在情感的倾注中激奋起来的内心情绪体验。

总之，人们只有对事物对象倾注饱满的情感，才会激发强烈的内心冲动——创作欲望。

三、情感的审美主观性深化艺术构思的成熟过程

优秀的文艺作品都是对现实生活的反映，但面对大千世界，纷繁复杂的社会生活，人们又如何创造性地实现以“艺术”的形式来再现和表现客观社会存在呢？这就需要创作主体对客观存在即社会生活进行情感的系列思维活动。清代扬州八怪之一的郑板桥《画竹》创作论最能说明这个问题。他在《题画竹》中阐述了画竹的全部过程：

“江馆清秋，晨起看竹，烟光、日影、雾气，皆浮动于疏枝密叶之间，胸中勃勃，遂有画意，其实胸中之竹，并不是眼中之竹也。因而磨墨展纸，落笔倐作变相，手中之竹又不是胸中之竹也。”

眼中之竹——审美感受；胸中之竹——艺术构思；手中之竹——艺术传达。

在上述的创作过程中，艺术构思当然是最重要的核心环节（阶段），但它是建立在审美感受的基础上的。如果没有审美感受的初始化阶段，自然万物始终还是原始状态的自然现象和景观，与人类的精神意识活动没有任何的联系，因而也就不存在反映和再现现实的“艺术”问题，更谈不上进入创作过程。因此，只有创作主体对客观事物有了情感的主观感受，即主观上对社会人生的一种直感、直觉——当然这其中自然地凝聚了人们丰富的社会历史的实践经验——才能催动创作进入艺术构思的阶段，促进并深化艺术构思的成熟过程。

情感的审美主观性主要表现在对客观事物的主观改造。面对着客观存在的物象，由于创作主体的审美情趣不同，创作主体自然而然地根据自己的审美需求进行物象组合，最后酝酿催化为“其胸中之竹，并不是眼中之竹也”的艺术构思。

四、情感的独特体悟实现艺术创作物我交融的极致境界

千人百面，不同的人有着不同的个性特征或说心理性格。例如《红楼梦》中王熙凤的精明泼辣、工于心计，薛宝钗的虚伪、世故，林黛玉的多愁善感，以及金陵十二钗中的史湘云的凄怨等。人们心理性格的不同，对社会生活的审美感受自然也就不相类同。诚如鲁迅先生说《红楼梦》：“单是命意，就因读者的眼光而有种种：经学家看见《易》，道学家看见淫，才子看见缠绵——所得的感受迥然不同。”

苏轼《题西林壁》：“横看成岭侧成峰，远近高低各不同。”也可看作因情感的不同而得出不同的审美感受吧。

王国维曾把艺术创作的最高意境称之为“境界”，并分为“有我之境”和“无我之境”。物我相融，浑然一体，就是艺术创作的极致效果——“众里寻他千百度，蓦然回首，那人却在灯火阑珊处。”只有人们对审美对象有着独特的情感体悟，才能创作出物我交融的极致境界。苏轼对杨花有着特别细腻而深刻的情感体验，因此他眼中的杨花既不是自然物的杨花，也不同于挚友章质夫的杨花观念：“萦损柔肠，困酣娇眼，欲开还闭——细看来，不是杨花，点点是

离人泪。”（《水龙吟》）这是因为坡公融进了自己丰富的人生阅历，从而创作出无我之境。

“创造性”是文艺作品的灵魂，是创作主体对事物的独特情感体悟的表现，古今中外的艺术家都曾为此探索不已。“虽杼轴于予怀，怵他人之我先；苟伤廉而愆义，亦虽爱而必捐。”（陆机《文赋》）。宋代文学家梅尧臣强调：“诗家虽率意，而造语亦难。若意新语工，得前人所未道者，斯为善也。必能状难舍之景如在目前，含不尽之意见于言外，然后至矣。”那些情景交融的文艺作品，常给人以情真意切的感受而历来受到人们的喜爱。南唐李煜的词作就是此类作品。经历亡国屈辱的他，才真正感悟到“问君能有几多愁，恰似一江春水向东流”啊。明代作家归有光的小品文《项脊轩志》广为后人称颂，是因为抒写了对亲人的深情怀念——“庭有枇杷树，吾妻死之年所手植也，今已亭亭如盖矣。”法国近代大雕塑家曾说过：“所谓大师，就是这样的人：他们用自己的眼睛去看别人见过的东西，在别人司空见惯的东西上能发现出美来。”（《罗丹艺术论》）因此，艺术创作的可贵之处就在于对特定对象有着独特感悟和发现。在此基础上，再辅以创作者高超的艺术技巧，优秀的文艺作品就可能产生并流芳后世。

五、在文学鉴赏阶段，情感的作用主要体现为文学以情动人，以情感人，以情化人

文学具有强烈的情感感染效果，清人罗烨在描绘古代说书人讲说“话本”的情景时说：“说国贼等生嗔；说忠臣含冤下狱，铁心肠也下泪；讲鬼怪令人心寒胆战；论闺怨让佳人绿惨红愁。”

以情感化的具象形态呈现于创作主体原情感经验意识中，又在创作主体的同化下变为创作主体直接的情感经验意识。肖洛霍夫《静静的顿河》里的主人公葛利高里在爱人阿克西来饮弹身亡之后，之所以把蓝色的天空和红色的太阳看成是“一片黑色的天空和一轮耀眼的黑色的太阳”，就与他此时生活无望，精神彻底崩溃，情感意识跌进绝望的深渊有关。

总之，无论是文学创作还是文学欣赏，都离不开人的情感体验。越是能在漫长的年代、广袤的地域，给予众多读者以巨大的感动的作品，其成就也就越高；而且，越是这样的作品越能使读者在感动之余受到某些启发，领悟到某种哲理，甚至在一定程度上改变人生态度。这也就是文学艺术欣赏的意义之所在。

第二章　文学鉴赏概论

导读

文学鉴赏，就是读者为了满足自己的审美需要，对文学作品所进行的带有创造性的感

知、想象、体验、理解和评价活动，它能使人获得对作品中艺术形象的具体感受和体验，引起思想感情上的强烈反映，得到审美的愉悦和享受，从而使精神境界得到升华。所以说文学鉴赏是一种认知活动，是一种审美享受，也是一种再创造活动。

要学会文学鉴赏，就要掌握好文学鉴赏的过程和方法。

第一节　文学鉴赏的过程

文学鉴赏是一个极其复杂的心理过程，涉及一系列心理因素和心理运行形式。它们既有各自独特的功能，又彼此互相依赖、互相诱发、互相渗透，很难划定一个严格的界限，也难以确定先后明确的阶段。我们只对此进行大致的勾勒。

一、感受与重建

与其他艺术鉴赏一样，文学鉴赏也必须由鉴赏主体通过自己的感官去感受鉴赏客体。但是，文学形象往往是抽象的、非直观的，鉴赏主体必须把语言符号转换成具体的文学形象才能真正进行鉴赏。因此，文学鉴赏首先要感受语言符号，要感受语言符号就必须正确地把握语义和语境。一定的语义总是与一定的语境相关。同一个词语或句子，在不同的语境中表现不同的意义，却同样能给人丰富的感受。例如，在《日出》第四幕中，陈白露听到王福升说客人们都回家了以后，低声自语道："是啊，谁还能一辈子住旅馆？我大概是真玩够了，够了，我也想回家去了。"在这里，"家"指的不仅是一个家庭的固定生活场所，而且还是一种安全、舒适和温暖的氛围。这让读者有了一种生活体验，而这种体验又与陈白露当前的处境形成了鲜明的反差，从而引起读者对这位无家可归的风尘女子的极大同情。因此，在文学鉴赏过程中，绝不能轻易地把词句分开，孤立地理解。而要把词句放在一定的语境中去理解、玩味，这样才能真切地感受到它们所包含的文学意味。

文学鉴赏主体从头到尾把握语言符号的过程，也是文学形象重建的过程。重建，就是鉴赏主体通过将语言符号逐步转换成意象，使作品的艺术形象在头脑中重新显现出来的心理活动过程。想象和联想是重建艺术形象的重要手段。鉴赏主体只有通过自己的生活累积，展开想象，把语言符号转换成艺术形象，才能产生如临其境、如见其人、如历其事、如闻其声的深切感受。比如我们读《琵琶行》，一开篇，就能很自然地在头脑中勾勒出：在月色清幽的浔阳江上，有一位"犹抱琵琶半遮面"的琵琶女。我们还能仿佛听到琵琶女弹奏的声音。

由此可见，感受和重建这个阶段的主要任务是通过语言符号来把握文学作品中的形象。文学作品源源不断地向鉴赏主体提供文字信息，鉴赏主体则通过联想和想象、心灵的综合，不断地把这些信息转换成艺术形象，从而达到对整个形象体系的直观把握。

二、体验与共鸣

鉴赏主体在文学鉴赏中重建作品的艺术形象时，自己的情感也必然会发生变化，从而逐步进入到对作品的体验阶段。文学鉴赏的体验，是指鉴赏主体通过设身处地、推己及人、移情于物等方式，对作品所表现的种种情感进行细致入微的体会、品味、揣摩和猜想。文学鉴赏中的体验主要是情感体验，而文学的本质特征就是情感性。作家创作的动力来源于他对生活的情感，“情动于中而形于言”。文学鉴赏作为一种审美活动，更是需要读者的情感体验。文学作品的艺术魅力即在于它的情感内容能召唤读者进行情感体验。鉴赏主体不是到文学作品中去认识和发现某种内容，而是要与作品进行情感交流，从而获得某种感悟，产生审美快感，并达到心灵上的净化。

共鸣，也是文学鉴赏过程中出现的一种心理现象。所谓共鸣，是指鉴赏主体被作品中的艺术形象所打动，与艺术形象产生了一定的认同与感应，达到了主客体之间的契合一致和情感碰撞。《红楼梦》中第23回：黛玉刚走到梨香院墙角外，“只听见墙内笛韵悠扬，歌声婉转”。偶然两句入耳“原来是姹紫嫣红开遍，似这般，都付与断井颓垣”，黛玉听了，倒也十分感慨缠绵。当听到“良辰美景奈何天”两句之后，黛玉逐步进入《牡丹亭》戏文的情境当中，注意力更加集中，情感更加强烈，以至于她“如醉如痴”，“心痛神痴，眼中落泪”，不能控制自己内心深处的情感波澜。这就是典型的共鸣状态。

三、理解与领悟

文学鉴赏的过程中始终伴随着强烈的情感，但是我们也不能因此把它看成仅仅只是鉴赏主体的情感活动，与理性没有任何关系。文学作品往往不仅渗透了作家的主观情感，同时也反映了广阔的社会生活，不仅只有审美和娱乐性，同时还有认知和教育性。因此，文学鉴赏不应该离开理解。所谓理解，不是鉴赏主体对文学作品的各种内外关系及其意义所作的思考与探究。鉴赏文学作品，不能只停留在具体的感性的阶段，同样也应该同其他认知一样，由感性认识上升到理性认识，去分析、比较和综合，洞悉作品深层的内涵和意义。当然，这种理解也不是任意发挥的，而应将直观和理解、感受与认识紧密结合起来。

领悟与理解不同，理解是由表层到深层，感性到理性，通过分析、比较、综合，逐步达到对艺术形象的内在的把握，而领悟则大幅度地简化了常态的认识过程，省略了一系列中间步骤，在一瞬间便同时完成了感性直观到理性洞察。文学鉴赏中的领悟，主要是指鉴赏主体无需借助抽象的思考，在对艺术形象的具体感受中，瞬间就能直接把握其内在，它类似于禅宗中的顿悟或西方美学中的直觉。它具有直接性和高速性两个最显著的特点。它虽然伴随着艺术形象的具体感受，却又不黏滞于作品所描绘的个别的具体内容，而是超越了作品表层意义，趋向于深层的把握。

四、判断与回味

文学鉴赏中的判断，是指鉴赏主体在感受、体验、理解、领悟的基础上，对文学作品的意义、价值和优缺点所作的审美评价。鉴赏主体对作品作出审美评价并非一件易事，它不仅涉及作品的内容与形式、形象的塑造、意蕴的营造等，还涉及作品的艺术风格、艺术水平、艺术特色、艺术价值等。鉴赏主体必须对这些方面进行全面的分析，同时对自己阅读的感受、领悟等进行分析，并与其他的作品、生活经验进行比较，才能作出比较正确的评价和判断。文学鉴赏中的审美判断具备三个最基本的特性。一是情感性。这种判断不像科学判断，科学只以事实为依据，不能容许任何情感因素。而这种审美判断，是读者根据情感的需要对自己所阅读的作品的价值、优缺点所作的个体评判，这种评判必然受读者的情感态度和兴趣爱好等方面的影响，具有浓厚的情感色彩。二是个体性。文学鉴赏中的判断是鉴赏主体通过阅读文学作品，依据自己的审美需要、艺术趣味所作的判断，并不在意他人的评价和社会的认同。因此，它具有个体性。三是差异性。由于读者文化修养、艺术趣味、思想感情、生活经验千差万别，因此，读者对作品的选择、评价也会千差万别，“一千个读者就有一千个哈姆雷特”就是这个道理。

鉴赏完一部优秀的作品，就会获得初步的强烈而新鲜的第一印象，但是鉴赏活动并不会到此结束，还会持续进入一种回味状态。所谓回味，就是获得初步的情感愉悦之后，再去品味、体会、玩味。鉴赏贵在回味，回味就是深化。小至寥寥数句的抒情诗，大至洋洋数万言的鸿篇巨制，都需要反复玩味，深入体会。尤其是那种“庭院深深深几许”的艺术宫殿，单凭一次漫游，是很难窥其深奥的。需要一进、二进甚至多进才能了解其艺术奥妙。

第二节　文学鉴赏的方法

文学鉴赏活动的进行通常涉及四个因素：作家、作品、读者和时空。读者是鉴赏活动的主体，作品是鉴赏活动的对象。作家提供了读者鉴赏的对象——作品，而无论是创作、作品展现的艺术世界，还是读者的阅读环境，都是在一定的时空中进行的。文学鉴赏的方法与如何处理这四者的关系是密切相关的。

一、了解背景，知人论世

文学作品是鉴赏活动的对象，当我们阅读一部不熟悉的外国文学或中国古典文学作品时，往往一时难以确切地理解作品的内容，有时甚至不知所谓。这与不了解作者的生平思想和作品创作的时代背景有直接的关系。一部作品，总是作者思想情感、生活阅历、审美理想和艺术水平的综合体现，也总是反映了一定时代的社会生活、民族精神、风俗习惯、地理环境和文化传承。对作家和作品背景的了解越多越深入，对作品内涵的理解也就越全面越深刻。

所谓“知人”，不仅是指要了解作家各个方面的情况，而且要注意了解作家写作该作品的意图。所谓“论世”，不但要了解作品反映的那个时代背景，同时也要了解作者创作该作品时的社会状况。在既“知人”又“论世”的基础上，再综合运用其他的方法，才能较好地鉴赏作品，对作品作出较为客观的评价。

二、要用艺术的眼光来鉴赏作品

用艺术的目光来鉴赏作品，就是要按照对象固有的特点去认识对象。文学艺术具有自己的特点和规律，我们就应以文学的眼光去看文学，以艺术的眼光欣赏艺术，如若不然，文学鉴赏就成了捕风捉影。马克思说："对于非音乐的耳朵，最美的音乐也没有意义……"因此，我们应有一对"音乐的耳朵"去欣赏音乐，一双文学的眼睛去欣赏文学。

文学语言与科学语言不同，科学语言要求语言符号与指称对象一一吻合，以便指事称物，传达真实的信息。文学语言则不然。一是它要选择那些能够唤起人的联想，具有鲜明图画感的语言词汇；二是文学语言具有歧义性，常常用隐喻、暗示、象征（修辞手法）；三是文学语言特别是诗歌的语言往往将日常语言变形，借以传达曲折微妙的感情和复杂的心态。所以文学语言不一定与客观事物完全对应，也远非仅仅用来指称或说明什么。理解了文学语言的特点，在文学鉴赏中才能避免穿凿附会的弊端。

文学作品中的语言具有隐喻性和暗示性。经暗示传递出去的艺术信息，较之直接铺叙的要丰富得多，生动得多。如中唐诗人朱庆馀的《闺意寄张水部》："洞房昨夜停红烛，待晓堂前拜舅姑。妆罢低声问夫婿，画眉深浅入时无？"从字面上看，这首诗是写新嫁娘在新婚的第二天见公婆时的复杂心理，羞涩和幸福交织，期待与惶恐共存，可以说将新嫁娘的心理表现得惟妙惟肖，细致入微。而这首诗的写作意图却不在于此，这首诗又名为《近试上张籍水部》，这实际上是一首有寄托的诗。唐代应科举考试的士子有向名人行卷的风气，以求得到称扬，扩大名气，增加考中的概率。而张籍正是这么一个在当时以诗闻名文坛又乐于提携后进的名人。诗中巧妙地表达了应试举子在面临关系自己政治前途的考试时所特有的不安和期待，通体作比，含蓄生动，其构思的巧妙贴切令人叹为观止。

诗歌的语言是这样，小说的语言也有同样的妙用。用艺术的眼光鉴赏文学作品，要求与文学作品中的世界保持一定距离。文学所处理的是一个虚构的艺术世界，读者在鉴赏时不能把作品中的艺术世界和生活中的现实世界等同起来。瑞士美学家、语言学家布洛提出了审美过程中的"心理距离"说，认为一定的心理距离是审美的先决条件，所谓保持一定的心理距离，即撇开功利的、实用的、物理的、生理的观念，用一种超脱的、纯精神的状况来观照对象，这样才能进入审美世界。

三、联想比较的方法

人们通常喜欢用比较的方法把握事物的特点，并以此来认识事物。事物的存在总是在与其他事物的联系和对照中来显示自己的特质。鉴赏文学作品也是一样，需要通过比较来深入认识作品的特点，把握作品的独创性。在文学领域里，比较的天地是无比广阔的，大至不同的空间、时间之间的比较，小至事件、人物、细节甚至词语之间的比较，都可以增加鉴赏主体对作品的审美认识。现在，人们已经把这种有关不同国度、不同民族的文学比较，归成一类，称其为"比较文学"。在文学鉴赏的各个环节，比较的方法都能发挥作用，经常运用比较的方法鉴赏文学作品，可以使自己的文学鉴赏水平得到较快的提高。

比如说，李白和杜甫都是中国诗歌史上的伟大诗人，但他们的诗歌风格却很不一样。李白以豪放飘逸见长，杜甫以沉郁顿挫取胜。杜甫有一首《登岳阳楼》："昔闻洞庭水，今上岳阳楼。吴楚东南坼，乾坤日夜浮。亲朋无一字，老病有孤舟。戎马关山北，凭轩涕泗流。”李白也有一首《与夏十二登岳阳楼》：“楼观岳阳尽，川迥洞庭开。雁引愁心去，山衔好月来。云间连下榻，天上接行杯。醉后凉风起，吹人舞袖回。”两首诗中，杜甫用自然的无限来烘托凄凉孤零的个体的忧伤，国恨家仇，感人泣下；李白则运用陪衬、烘托和夸张的手法写岳阳楼之高，笔调挥洒飘逸。形成他们不同诗歌风格的原因是多方面的，作者的身世际遇、创作个性、审美情趣、创作时的具体情境等等，都会对作品的特色和作者的风格产生影响。只有通过比较鉴赏，才能更深刻地认识到这些区别。

四、披文入情，以意逆志

文学最深厚的根源在于人的情感。文学创作和文学鉴赏，都是一种情感活动。只不过创作者是由于情感受到外物的触发而将它化为文字成为作品，鉴赏主体则是通过阅读而透过文字感受来体味作品中所蕴含的作者情感的溪流，流程正好相反而已。“披”的本义，是用手分开的意思。所谓“披文”，就是准确、深刻地理解语言文字的含义，透过外在的形式去“入情”，去把握作品的情感内涵。因此，文学鉴赏首先要“识字”。“字”是一种符号，是情感的载体。文学的语言具有多义、隐喻等特点，一个词语中往往有丰富而复杂的含义。对词语的挖掘越深刻，对作品的理解越透彻。比如说“东篱”，陶渊明“采菊东篱下，悠然见南山”。陶家庭院东边有一道篱笆，下边种着菊花，这本是写实。可是因为陶渊明是一位著名隐士，菊几乎成了他的化身，所以连带着“东篱”二字也有了远离尘俗的意味。又如杜甫《江南逢李龟年》中的那句“落花时节又逢君”中的“落花时节”表面是点名时令，但品味之下，发现“落花时节”既暗喻李龟年和自己两人的遭遇，同时还暗喻唐王朝的局势。

所谓“以意逆志”，一般认为就是以自己的“意”即切身体会去推测作者的本意。其实，这里的“意”也可以理解为作家作品之“意”。鉴赏作品，应该首先探索作家作品的意蕴，而同时鉴赏主体审美情趣和观点、方法以及当时的情境也会影响对作品的认识，因而鉴赏主体所认识到的“意”往往是作家作品之意和鉴赏主体之意的结合。如果完全离开了作家作品的“意”作主观任意的发挥，并不能真正得到对作品的正确理解。

五、由表入里，层层拓展

文学作品是以文本的形式存在的，它的载体是文字，但在阅读时，并不是认识了文字就能深刻理解作品。不少人拿起书就读，只求一知半解，只注意作品的情节故事，对作者的深意和作品的绝妙之处毫无会心；也有的人读到一首诗，只觉得挺美，但却不知如何去鉴赏。

在鉴赏文学作品时，可以分层次来把握。首先，感觉文学作品的形式美，如中国的古典诗歌，形式短小，读来音韵和谐、抑扬顿挫、朗朗上口；其次，是对内容和作者情感的理解，优秀作品中蕴含的人格美、情操美，能给人以强烈的艺术震撼。当然，如果再把作品放在广阔的文化背景下来认识，会对作品的艺术魅力有更深刻的理解。

同样一部文学作品，鉴赏主体的文化修养和知识层面不同，对它理解的层次是不一样的。

鉴赏文学作品时，不能只局限于对作品表层的理解，而应该努力扩大知识面，提高文化素养，去深入探索蕴藏在名著深处的丰富的内涵。

不同的鉴赏方法各有特长，不可替代，它们可以相互补充，各有所用。鉴赏主体应该根据具体的情况具体对待，融会贯通，综合运用，以求准确地把握作品的内涵和艺术特色，获得精神的愉悦和享受。

推荐阅读

袁行霈：《中国文学概论》

李泽厚：《美的历程》

第二篇　诗词鉴赏篇

诗词是缪斯的宠儿，是文学殿堂里的精灵与天使，是文学长河中最轻盈灵巧也最绚丽多姿的簇簇浪花。从《诗经》“青青子衿，悠悠我心”的似水柔情到杜甫“安得广厦千万间，大庇天下寒士俱欢颜”的博大胸襟；从陶渊明“采菊东篱下，悠然见南山”的恬淡清逸到龚自珍“但愿天公重抖擞，不拘一格降人才”的忧怀激荡……“诗言志”、“诗缘情”，诗词用她最富灵气而深沉的笔触，铭刻了人类的心灵史与灵魂史。

诗词鉴赏，能让我们享受到语言艺术中最优美的语句、最精巧的结构、最动听的音韵与最深沉的情感，接下来就让我们走进唐风宋韵与金声玉振之中，感受诗词的永恒魅力。

Dierpian　Shicijianshangpian

第一章　诗词鉴赏原理

导读

诗歌是指按照一定的声调、音节和韵律的要求，用凝练的语言、充沛的情感与丰富的意象来集中表现社会生活和人类精神世界的一种文学体裁。在中国古代，不合乐的称为诗，合乐的称为歌。词，又名诗馀、曲子词、长短句等，是配合隋唐以来新兴的燕乐的歌词，与音乐的关系非常密切。词依曲拍为句，句式长短不齐。依曲调为词调，不另立题。依乐段分片，片有定式。依词腔押韵，韵位疏密无定。依唱腔用字，讲究四声。

刘勰《文心雕龙·时序》说："文变染乎世情，兴废系乎时序。"我们首先来了解诗词的发展历史与文体特征，增强作品鉴赏的文学史、文化史与文体意识。

第一节　诗词的发展历史与文体特征

古老的歌谣是文学的源头之一，大多是原始人在劳动中创作的，是劳动节奏的声音和语言的结合体，节奏鲜明，句子短小，已经包含了诗歌的一些因素，如《弹歌》："断竹，续竹，飞土，逐宍。"这首歌谣描述了一次狩猎的过程与场景，节奏短促明快，富有情趣与生活气息。

《诗经》是我国现存最早的诗歌总集，依据音乐标准可分为风、雅、颂三部分，共305篇，表现手法可概括为赋、比、兴三种。《诗经》反映了西周初年至春秋中叶社会生活的各个方面，是我国古代诗歌现实主义的光辉起点，对后世文学产生了深远的影响。楚辞是战国时代以屈原为代表创造的一种诗体，作品运用楚地的文学样式、方言声韵，叙写楚地的山川人物、历史风情，其句式参差错落，多带"兮"字，具有浓厚的地方特色。其代表作有《离骚》《天问》《九歌》《九章》等。屈原是我国文学史上第一个伟大的诗人，《楚辞》开创了诗歌浪漫主义的优良传统。

汉乐府原指音乐机关，后来变为一种诗体的名称。它们多出自于下层百姓之口，真实深刻地反映了广阔的社会生活，表达了人民群众真挚朴素的思想情感。其风格直朴率真，不事雕琢，颇具独特的审美意趣。汉乐府以五言杂言为主，形式灵活多样，对中国古典诗歌的发展具有很大的推动作用。最为著名的作品是《孔雀东南飞》。《古诗十九首》产生于东汉末年，是文人五言诗的代表。它擅长用简洁生动的语言表达蕴藉深挚的情思，尤其是那些抒写相思离情的作品，言短情长，标志着五言诗体的成熟，被誉为“五言之冠冕”。

东汉末年至三国时期的建安诗歌，以“三曹”（曹操、曹丕、曹植）、“七子”（孔融、陈琳、王粲、徐干、阮瑀、应玚、刘桢）与女诗人蔡琰为代表，作品真实反映了汉末社会动荡与民众苦难，抒发了诗人建功立业的宏伟抱负，意境宏大，笔调明朗，形成了一种慷慨悲凉、刚健有力的风格，被誉为“建安风骨”。“正始之音”是指正始年间在司马氏专权的恐怖统治下，以“竹林七贤”中的阮籍和嵇康为代表的诗风，主要抒发忧生畏祸、高蹈遗世之情，风格曲折幽深、清峻峭拔。西晋太康年间（280—289），出现了以“三张”（张协、张载、张亢）“二陆”（陆机、陆云）“两潘”（潘岳、潘尼）“一左”（左思）为代表的太康诗风。内容上“儿女情多，风云气少”，拟古模仿，缺乏现实内容；艺术上追求辞藻华丽，注意排偶。左思与刘琨等人则以刚健之风力著称于诗史。

陶渊明是田园诗的开创者，创造了一种平淡自然而又意蕴隽永的风格，达到情、景、理的统一，平淡自然与诗意淳美的统一，其《归园田居》与《饮酒》等，语言朴素自然，充满了对田园生活的热爱和对污浊现实的憎恶，给人以含蓄隽永的美感享受，是诗歌史上的经典名篇。谢灵运是中国诗歌史上大力描写山水的第一人，开创了山水诗派，代表作有《登池上楼》。南北朝时期的代表诗人还有鲍照、谢朓。鲍照发展了七言诗，而谢朓对山水诗的发展与讲究声律的“永明体”做出了重要贡献。庾信在早期是宫体诗的代表，后来流落北方，成为融合南北诗风的集大成者，被赞为“启唐之先鞭”。南北朝乐府民歌在诗史上也享有一席之地。以《西洲曲》为代表的南朝民歌大多是情歌，哀婉缠绵，清新雅丽。以《木兰诗》为代表的北朝民歌内容丰富多彩，语言质朴无华，风格豪放刚健。

唐朝是诗歌史上的黄金时代。初唐时期的上官仪、沈诠期、宋之问为格律诗的定型做出了较大贡献。“初唐四杰”王勃、杨炯、骆宾王、卢照邻以大量的创作实践冲破了绮靡诗风，将唐诗带进了广阔的社会人生。陈子昂在《修竹篇序》中提倡汉魏风骨与风雅兴寄，并结合丰硕的创作成果，一扫齐梁以来诗歌的华靡纤弱之风，为唐诗的健康发展指明了方向。此后，盛唐诗歌呈现出空前的光辉灿烂，以其蓬勃的朝气、青春的旋律，创造了诗歌史上再难企及的典范。以“诗佛”王维、孟浩然为代表的山水田园诗人在秀丽清新、疏淡恬静的画卷中，描绘出那个时代对人与自然的感悟。而以高适、岑参、王昌龄为旗手的盛唐边塞诗人，驰骋在雄关大漠，创造出激昂高扬、雄健奔放、遒劲开阔的艺术境界，显示了富有阳刚之气的盛唐诗歌的美学风貌。

在盛唐诗歌群星璀璨的银河中，最为耀眼的无疑是“双子星座”的李白与杜甫。李白博采“屈庄”之神韵，融会“儒道”之精华，铸成了独树一帜的浪漫主义诗风。“诗仙”李白在雄奇壮丽的名山大川中放歌他建功立业的雄心壮志，那自信张扬的自我意识、天马行空的表达方式、清新飘逸的语言风格，是盛唐精神高度升华的产物，是“盛唐之音”最杰出的代表。“诗圣”杜甫怀揣忧国忧民的赤子之心，以炉火纯青、集大成的如椽诗笔，真实、生动、深刻地记录了一个时代盛衰的历史。在沉郁顿挫的悲歌中，“穷年忧黎元，叹息肠内热”成就了一个圣人的高度，高山仰止。诗到中唐，如人到中年。以韩愈、孟郊、贾岛为代表的韩孟诗派多“不平之鸣”，崇尚苦吟，风格奇崛险怪。李贺因想象奇特，语言瑰丽，诗境诡谲，被称为“诗鬼”。“诗豪”刘禹锡则以诗风健爽豪迈、简洁明快而著称。以元稹、白居易为代表的元白诗派在“新乐府运动”中力倡诗风平易，语言浅显，影响深广。晚唐诗歌如夕阳残照，“小李杜”杜牧、李商隐分别以清新俊逸与深婉典丽为唐诗洒上最后一抹绚丽。

词产生于民间，质朴清新。中唐以后开始由民间转入文人手中，唱和逐渐成风。晚唐五代是词史的重要时期，温庭筠是第一位以词名世的大家。西蜀词坛以花间派词人为主，内容多为男女恋情，风格香软浓艳，“词为艳科”逐渐定型。南唐词坛包括李璟、李煜、冯延巳等，偏重抒写个人情怀，艺术造诣颇高。

在唐诗的高峰之后，宋人另辟蹊径，开启了尚才学、好议论、重理趣的诗风。在“宋初三体”，即白体、晚唐体与西昆体的学唐探索之后，在欧阳修的诗文革新运动中，梅尧臣与苏舜钦开具了宋诗的面目。宋诗成就最高者当属苏轼，苏诗题材极为丰富，艺术上常将写景、叙事、抒情、言理等有机融合，构成了一个景、事、情、理相统一的艺术世界。黄庭坚作诗讲究“点铁成金”与“脱胎换骨”，在他的影响下产生了一个声势浩大的江西诗派，主要诗人有陈师道、陈与义、吕本中、曾几等。此外，王安石的“荆公体”促进了宋代绝句的艺术发展。“中兴四大家”陆游、杨万里、范成大与尤袤是南宋最重要的诗人。陆游是中国诗歌史上现存作品最多的诗人。为国雪耻，抗敌御侮，使陆游用豪言丽辞唱出了那个时代的最强音。杨万里的“诚斋体”以“活法”为诗，风格清新、活泼自然。范成大因《四时田园杂兴》被誉为田园诗的集大成者。“永嘉四灵”是指徐照、徐玑、赵师秀、翁卷四位诗人，作诗以贾岛、姚合为宗，多为五律，喜用白描，不喜用典。江湖诗派因作品多收入《江湖集》而得名，作者多为落第文人、江湖清客，诗风不一，代表人物主要有刘克庄、戴复古等。宋末的爱国诗人文天祥、汪元量等为宋诗划上了一个句号。

宋词是宋代文学的代表，北宋前期主要是以晏殊、晏小山父子，欧阳修，张先等为代表的小令作家，囿于花间余风，内容多写相思离别，语言典雅精致。其中以小山词成就最高。此外，范仲淹以一首《渔家傲》开后世豪放词之先声。宋词至柳永而一变，他拓展了词的题材范围，以俗事俗语入词，尤其发展了慢词，扩大了词的体制，为宋词发展做出了巨大贡献。秦观作为婉约之宗，以词心细腻与音律和谐而著称。贺铸的词作介于豪放与婉约之间。周邦彦词音律谨严、善于炼字炼意，被称为“词中老杜”，是北宋词的集大成者。北宋最重要的词人是苏轼。他“以诗为词”，大力提高词的地位，拓展词境，铸就了豪放词风的重要地位，丰富了词风词法，影响深远。“靖康之变”后，南渡词人中，张元干、张孝祥两位爱国词人以豪言壮语抒写爱国情怀。李清照以女性写词，意境深曲鲜明，语言率真自然、清新雅丽，韵律严谨谐婉，为词史书写了浓墨重彩的华章。“英雄词人”辛弃疾高歌爱国热情，悲叹报国无门的痛苦，以宏阔浪漫的艺术境界、不主故常的艺术手法、熔铸经骚的语言特色与多姿多彩的艺术风格，被誉为“词中之龙”。在他的影响下，形成了一个以陈亮、刘过、刘克庄、刘辰翁为代表的辛派词人群。姜夔是格律词派的旗手，精于音律，善于度曲，词作“清空”、“骚雅”，影响了吴文英、周密、王沂孙、史达祖、张炎等一批词人。

元代诗词的成就远不如元曲，前期主要是由金入元的元好问、李俊民等，由宋入元的方回、赵孟頫等，以及元朝本土的耶律楚材、刘因、许衡等人。中期的主要代表是“元诗四大家”虞集、杨载、范椁、揭傒斯。后期的代表有杨维桢、萨都剌、王冕等人。

明代诗词的成就远不如散文、小说与戏曲。明初以高启、宋濂与刘基为代表。高启的诗歌清新超拔，雄健豪迈，擅长七言歌行，为明代最优秀的诗人之一。以宰辅重臣为代表的台阁体以歌功颂德、雍容华贵为尚，成就不高。以李东阳为首的茶陵诗派主性情，反模拟，重视诗歌的声调、节奏、法度、用字，但终究未脱台阁体的影响。弘治至隆庆年间，以李梦阳、王世贞等人为代表的前后七子以复古来拯救台阁风气下萎靡不振的文坛，虽有所探索，但落入模拟抄袭的窠臼，缺乏创造与真情实感。另有唐寅为首的吴中四才子，诗作清丽秀逸，不傍门户，但流于浅薄浮滑。杨慎的诗词则以“浓丽婉至”的风格卓然成家。此后，唐宋派主张诗宗初唐、文宗北宋，公安派主张“独抒性灵，不拘格套”，竟陵派倡导“幽深孤峭”之风，都反对前后七子的拟古习气，但成就主要在散文。在鼎革之乱中，陈子龙、夏完淳、张煌言等爱国诗人，为明末诗坛奏出了一曲慷慨悲壮的尾声。

清代是文学集大成的时代，诗词也取得了很高的成就。以顾炎武、吴嘉纪、屈大均等为代表的清初遗民诗人，从传统民族立场和民族气节出发，揭露清军暴行，颂扬抗清英烈，寄托故国哀思。在“江左三大家”中，钱谦益的诗风格雄伟奇诡，以典丽宏深见长。吴伟业以歌行体成就最高，韵调婉转，时称“梅村体”。顺康年间，王士祯倡导“神韵说”，强调淡远的意境和含蓄的语言。另有赵执信、查慎行等也取得了较高的成就。此后的乾嘉年间，沈德潜“格调说”、翁方纲“肌理说”、袁枚“性灵说”，异彩纷呈。道光以后，诗坛出现了宋诗运动及后来的同光体，鸦片战争前后以龚自珍、魏源为代表的启蒙诗人，戊戌变法前后以梁启超、黄遵宪为代表的新派诗人，辛亥革命前夕以南社诗人为代表的革命诗人，以王闿运为代表的汉魏六朝诗派，还有以樊增祥、易顺鼎为代表的中晚唐诗派，等等。晚清诗坛呈现出纷繁复杂的状态。

词到清代出现“中兴”。清初词以陈维崧、朱彝尊、纳兰性德为三大家。尤以纳兰性德成就最高，其《饮水词》以小令为主，内容以低回凄婉的爱情和冰天雪地的北国风光见重，缠绵清婉，风格清新。以朱彝尊为首的浙西词派和以陈维崧为首的阳羡词派树立了清代词坛的风气。嘉庆初，张惠言开创常州词派，词风为之一变。以张惠言、周济为首的常州词派以儒家诗教为理论基础，注重比兴寄托，主张意内言外，在当时直至晚清都有巨大影响。清后期词学很盛。在词集的整理与词论方面成绩斐然，如朱孝臧校刻的《彊村丛书》、陈廷焯的《白雨斋词话》、况周颐的《蕙风词话》等，立论多以常州派为宗，重视有寄托而表现含蓄。

五四运动前后产生了以白话俗语作为基本语言手段的新诗。1917年2月，《新青年》2卷6号刊出胡适的白话诗词8首，是中国新诗运动中出现的第一批白话新诗。1920年出版了第一本用白话写的诗集——胡适的《尝试集》。而最早从思想艺术上显示一种崭新面貌，并为新诗地位的确定做出重大贡献的，是郭沫若的《女神》（1921）。新诗在建立和发展过程中，受到外国诗歌较大的影响。这对新诗艺术方法的形成起了积极的作用。许多诗人在吸取中国古典诗歌、民歌和外国诗歌有益营养的基础上，对新诗的表现方法和艺术形式，进行了多方面的探索，产生了现实主义、浪漫主义、象征主义多种艺术潮流，出现了自由体、新格律体、十四行诗、阶梯式诗、散文诗等多种形式。众多诗人的探索和一些杰出诗人的创造，使新诗逐渐走向成熟和多样化。从五四运动以来，新诗一直成为中国现代诗歌的主体。现当代诗歌的主要流派有“五四”诗歌、新月派、现代派、九叶派、朦胧诗、中间代、新生代、湖畔派等。

西方近现代诗歌发展以文艺复兴为肇始，一直延续到19世纪的中期，可以划分为文艺复兴、古典主义、浪漫主义、现实主义等几个阶段。代表作家有意大利诗人但丁，英国的莎士比亚、拜伦、雪莱和济慈，德国的歌德，法国的雨果等。而在日本，诗界主流是要求革新古典的俳句和和歌，主张打破一切古典的诗歌观念，提出“写实”和“写生”原则，代表作家正冈子规。20世纪西方诗歌作家流派众多，主潮是诸多现代主义流派，以19世纪下半叶法国象征主义，1910年前后英美诗人团体——意象派，20世纪20年代未来主义诗歌运动等为这一时期的代表。20世纪前半叶的印度诗歌主要有民族主义和浪漫主义两种潮流，代表作家有泰戈尔和古伯德。二战之后的日本诗歌大致有两种走向，一种强调诗歌的社会意义，代表作家金子光晴和壶井繁治；另一种强调更广阔的人生问题，以村真一郎为代表。

作为文学体裁的诗词，一般具有如下几个特点：

一、抒情性

诗词最重要的特征在于它的抒情性。晋代文论家陆机《文赋》指出：“诗缘情而绮靡。”强调诗歌是缘情指意，因情而生。白居易《与元九书》认为：“感人心者，莫先乎情，莫始乎言，莫切乎声，莫深乎义。诗者，根情，苗言，华声，实义。”也是把情感放在诗歌表达的第一位。如苏轼《卜算子·缺月挂疏桐》借孤鸿和幽人两个意象互映互喻，写出自己在“乌台诗案”之后被贬黄冈的幽约怨悱情怀。如顾城《一代人》：“黑夜给了我黑色的眼睛，我却用它来寻找光明。”短短两句就把被十年浩劫耽搁了美好时光的青年一代决心战胜蒙昧、追求真理的坚定信念鲜明地表露出来。

二、音乐性

诗词的起源与音乐有着极其密切的关系，诗词后来即使成了案头文学，但依然保留音乐性，在音调的抑扬顿挫、节奏的轻重缓急与句式的长短有致间达到韵调谐和，从而丰富了诗歌的表现力和艺术美。例如，词的平仄诸韵富有音乐之美。一般说来，平声声调长，不升不降，宜于慢声吟唱，表达不尽的情意、盎然的韵味。仄也称“侧”，是不平之意。诗词中仄声包括上、去、入三声，声调都是短的。上声是升调，去声是降调，入声是特别短促。以攲侧短促的仄声押韵，易于寄寓奇拗不平的感慨，令人激动不已。不少词调中平仄诸韵递押，也就是长短声调递用，平调与升、降调或促调递用，不仅声调抑扬顿挫，激荡而和谐，蕴蓄的感情也显得更加丰富曲折。为了使诗人的情感充沛地抒发出来，诗歌常常出现诗句复沓。如柯岩《周总理，你在哪里？》对“周总理，你在哪里”的反复寻呼，艾青《雪落在中国的土地上》中

“雪落在中国的土地上，/寒冷在封锁着中国呀”这一诗句的多次出现。这些早在《诗经》中就已常用的复沓诗句，给人一唱三叹的感受，使诗歌充满了节奏感和音乐性。此外，双声、叠韵、叠音、象声等手法，在诗词中也运用得相当广泛。如“参差荇莱”、“青青子衿，悠悠我心”、“迢迢牵牛星，皎皎河汉女”、“无边落木萧萧下，不尽长江滚滚来”、“寻寻觅觅，冷冷清清，凄凄惨惨戚戚”等等，富有音韵美。

三、凝练性

相对于散文、小说、戏曲的篇幅而言，诗词一般是短小精悍的（除了少数长篇叙事史诗）。诗词，尤其是中国古典诗词对篇幅结构有严格限定，使得诗词具有高度的凝练性，呈现出建筑美。如五言绝句的正文一定是二十字，七言绝句是二十八字，五律是四十字，七律是五十六字，显得规整匀称，具有建筑之美。词又称长短句，依曲拍为句，不同的词牌词调对句数字数有着严格规定，句式长短不齐，错落有致。诗词的凝练性还体现在句子具有高度的浓缩性。如《登高》的前两句用高度概括的笔法，写出了风、天、猿、渚、沙、鸟六种意象，并且用急、高、啸哀、清、白、飞回，从感觉、视觉、听觉、声音、色彩等角度加以描写形容，写得极为精巧工致。“万里悲秋常作客，百年多病独登台”两句诗也极为凝练精致，罗大经《鹤林玉露》析此联云：“万里，地之远也；悲秋，时之惨凄也；作客，羁旅也；常作客，久旅也；百年，暮齿也；多病，衰疾也；台，高迥处也；独登台，无亲朋也；十四字之间含有八意，而对偶又极精确。”

四、跳跃性

诗歌的结构与语言不是单纯的线性或平面的，而是通过意象的罗列、叠合、对比，时空的转换交替，展现复杂的空间和丰富的画面。又由于篇幅字数的限制与故意留出想象空间的需要，作者没有把所写内容全部详细地表达出来，而只是把关键词找出来，进行合理的排列组合，凡读者能想象到的内容，在诗词中都予以省略。于是，诗词的意象与语言呈现出了跳跃性的特点。如黄庭坚《寄黄几复》中的“桃李春风一杯酒，江湖夜雨十年灯”两句诗，两组“三叠句”，没有动词、虚词，没有主语、述语，只是一连串名词及名词性结构的排列，跳跃性很强。每一个词或词组，都能使人想象出特定的景象、情境，怀念之情溢于言表，展现了耐人寻味的艺术天地，张耒评之为“奇语”（《王直方诗话》）。另如臧克家《三代》：“孩子/在土里洗澡；/爸爸/在土里流汗；/爷爷/在土里葬埋。”短短二十一个字，三个急剧跳跃的诗句，特别简洁，没有细节描写，更没有议论阐述，但刻画出了三代人的形象与境况，折射出中国农民世世代代的生活和命运。

第二节 诗词鉴赏的基本方法

诗词鉴赏是以读者为审美主体，以诗词作品为审美客体，知人论世，以意逆志，通过字句、修辞、表达方式、意象而妙悟其深层意蕴，通过想象进行情感体验的审美活动。刘勰《文心雕龙·知音》说：“是以将阅文情，先标六观：一观位体，二观置辞，三观通变，四观奇正，五观事义，六观宫商，斯术既形，则优劣见矣。”提出了文学鉴赏应该注意的方法。接下来我们就讲解诗词鉴赏的五种基本方法。

一、知人论世

知人论世出自《孟子·万章下》，原文说：“颂其诗，读其书，不知其人，可乎？是以论其世也。”所谓知人，是指了解作家的家世、生平、经历等各个方面的情况和他的创作意图，所谓论世，是指要了解作品产生的时代背景和作家创作所处的社会状况。诗词作品是社会生活在作者头脑中反映的产物，必然会受到作者的生活经历，所处的社会地位、时代环境的影响和制约。任何一篇作品，都是与作者本“人”和他所处的“世”密切相关的。章学诚《文史通义》指出：“不知古人之世，不可妄论古人之辞也。知其世矣，不知古人之身处，亦不可以遽论其文也。”韦勒克、沃伦在《文学理论》中说：“一部文学作品最明显的起因，就是它的创造者，即作者。因此，从作者的个性和生平方面解释作品，是一种最古老和最有基础的文学研究方法。”丹纳也在《艺术哲学》中认为艺术作品的产生取决于“时代精神”与“周围的风俗”，“伟大的艺术和它的环境同时出现，决非偶然的巧合”，“种族、环境、时代”是影响文学的三要素。可见“知人论世”这种批评方法能够从外在的社会历史文化环境的角度出发，联系诗词产生的背景和根源，结合诗人生平，对作品进行深入解读。

以“知人论世”原则鉴赏诗词，可以对类型与风格相近的诗词的细微差异加以仔细区分，以更好地把握作品的思想内涵与艺术特色。如高适和岑参并称为“高岑”，同为盛唐边塞诗的代表。但高适多以政治家的眼光分析边塞问题，抨击、揭露战争的残酷和边防政策的弊病，具有深刻的思想性。而岑参的边塞诗多歌颂将士勇敢和边地奇异风光为主，深度不及高适之诗歌，但内容更加丰富多彩。造成这种差异的主要原因之一就是两人的性格及出身经历。高适“少性拓落，不拘小节”，“负气敢言，权近侧目……适尚气节，语王霸，衮衮不厌。”而岑参出身相门之后，三十岁中进士，性格温和、开朗，“岑参兄弟皆好奇”（杜甫《渼陂行》）。再如同样是写黄昏登高，李商隐的《乐游原》说：“向晚意不适，驱车登古原。夕阳无限好，只是近黄昏。”而王之涣《登鹳雀楼》则说：“白日依山尽，黄河入海流。欲穷千里目，更上一层楼。”前者低沉伤感而后者豪迈激越，因为李商隐处于国家命运江河日下的晚唐，而王之涣则处于国力强盛的盛唐时期，所以面对相同景色时却在诗中表现出了迥然相反的情感。

二、精解字句

诗词是语言艺术的精粹，诗词的美要通过字句来呈现，因此，作者对于诗词语言要进行反复的加工和锤炼，用心良苦，精益求精，力求以最恰当的字句来表情达意。中国古代诗人在这一方面留下了许多典故。如杜甫说“为人性僻耽佳句，语不惊人死不休”，贾岛说“两句三年成，一吟双泪流”，“推敲”一事则成为了佳话。所以诗词鉴赏应特别注意精解字句。在汉语中，词语组合的主要手段是语序和虚词，但诗词由于格律的要求，出现了一些不同于散文句子结构的语法问题，对于这两种语法手段都有很大的超越，这主要表现为下面三种情况。

（一）活用

诗词为表情达意的需要，而临时改变词性。活用的词往往成为一句乃至一首诗生动传神的关键字眼。如王安石“春风又绿江南岸”一句当中，“绿”字是形容词活用为动词，王昌龄“黄昏独坐海风秋”一句中，“秋”字是名词活用为动词短语，指湖面上的风吹来阵阵寒意。闻一多《口供》：“我不骗你，我不是什么诗人，/纵然我爱的是白石的坚贞……”句中的“坚贞”本是形容词，在这里转变成了名词。余光中的《碧潭》写道：“如果碧潭再玻璃些/就可以照我忧伤的侧影/如果舴艋再舴艋些/我的忧伤就灭顶。”句中的“玻璃”“舴艋”本为名词，余先生在这里用作动词，用语新奇，意蕴丰厚。

（二）省略

诗词为了使表达更凝练、简约，往往省略一些成分，尤其是律诗、绝句和词的字数有严格规定，用字必须极为精练，因而有更多的省略现象。如杜牧《泊秦淮》：“商女不知亡国恨，隔江犹唱后庭花。”“隔”“唱”的主语都是商女，承前省略主语。苏轼《题西林壁》：“横看成岭侧成峰，远近高低各不同。”省略谓语。这两句应是“横看成岭 侧（看）成峰，远（看）近（看）高（看）低（看）各不同”。苏轼《水调歌头·中秋》：“但愿人长久，千里共婵娟。”副词后省略动词谓语，“千里共婵娟”即“千里共（赏）婵娟”。诗词中的省略最突出的表现是名词或名词性词组连用，而不用动词谓语或形容词谓语。这是诗词一种特有的表现手法，它能使诗词更富于形象，也给读者提供更多的想象。例如，陆游《黄州》：“万里羁愁添白发，一帆寒日过黄州。”其中“一帆寒日过黄州” 即“（划）一帆（在）寒日过黄州”。“鸡声茅店月，人迹板桥霜”（温庭筠《商山早行》），“桃李春风一杯酒，江湖夜雨十年灯”（黄庭坚《寄黄几复》）也是如此。再如，唐祈《老妓女》：“无端的笑，无端的痛哭/生命在生活前匍伏，残酷的买卖，/竟分成两种饥渴的世界。”“无端的笑，无端的痛哭”分别省略了“嫖客”和“妓女”，二者对比，寓意自明。

（三）倒装

为了强化某种情感，或由于押韵、合乎节奏或换行的需要，往往要调整语序造成倒装。在解读诗词的时候，要善于将倒置的词句还原，以便把握诗词的内容。例如：“谁复商量管弦？弦管，弦管，春草昭阳路段。”（王建《调笑令》）把“管弦”倒为“弦管”，一是平仄的要求，因为二字句用平仄开头；二是押韵的要求，因为“管”字入韵， 为韵脚字（仄声韵）。杜甫《客至》：“花径不曾缘客扫，蓬门今始为君开。”“花径”是“扫”的宾语，“蓬门”是“开” 的宾语，两句的宾语都前置了。前置是受平仄限制的结果。席慕蓉《一棵开花的树》：“如何让你遇见我，/在我最美丽的时刻 为这/我已在佛前求了五百年/求它让我们结一段尘缘。”这里的“如何让你遇见我，/在我最美丽的时刻”，就是“如何让你在我最美丽的时刻遇见我”的倒置，诗句突出了“如何让你遇见我”的迫切心情。

此外，诗词注重炼字，尤其是炼动词，使之成为“诗眼”或“词眼”。一首诗，是由一些诗的意象按照一定的艺术构思组合而成的，而真正能构成鲜明的化美为媚的意象的词，主要是表动态的具象动词。如杜甫《旅夜书怀》“星垂平野阔，月涌大江流”，用一个“垂”字，便显出了夜间平野的广阔，用一个“涌”字便显出了月光如水和浩浩大江的气派。宋祁《玉楼春》有“红杏枝头春意闹”之句，“闹”字不仅形容出红杏的众多和纷繁，而且把生机勃勃的大好春光全都点染出来了。“闹”字不仅有色，而且似乎有声，王国维《人间词话》说：“着一‘闹’字而境界全出。”

三、以意逆志

“以意逆志”出自《孟子·万章下》：“说《诗》者不以文害辞，不以辞害志，以意逆志，于是为得之。”就是说，读者在读诗的时候，不要拘泥于字句，要以自己的体会（意）去推寻（逆）诗的本义（志），用自己的心灵去追寻诗人的心灵的踪迹，明了诗人之用心所在，这种读诗方法是符合艺术鉴赏规律的，因为诗词作品的艺术价值是靠作者和读者通过作品进行情感、思想的交流完成的。正如姜夔《白石道人诗说》认为读诗要“以心会心”，勃兰克斯《十九世纪文学主潮·引言》也说：“文学史就其最深刻的意义来说，是一种心理学，研究人的灵魂，是灵魂的历史。”

如果能够正确地进行“以意逆志”，就可以不被诗歌表面的文字所迷惑，懂得诗歌的深层意蕴。例如朱庆馀的《近试上张水部》：“洞房昨夜停红烛，待晓堂前拜舅姑。妆罢低声问夫婿，画眉深浅入时无？”乍看以为是一首闺意诗，但实际上是唐代诗人朱庆馀在应进士科举前所作的呈现给张籍的行卷诗。此诗以新妇自比，以新郎比张籍，以公婆比主考官，借以征求张籍的意见，以“入时无”三字为灵魂，将自己能否踏上仕途与新妇紧张不安的心绪作比，寓意自明，含而不露，耐人寻味。

“以意逆志”的要求与中国古典诗歌自身的特点密切相关。诗的语言有别于日常生活语言，其中往往用到象征、借喻等手法，深层思想与表层意义间有距离。只有能正确地读懂诗，对于诗歌的喜好才会成为可能，而多数学生不喜欢古典诗词的原因恰好在于读不懂。这倒不是完全由于语言文字上的障碍，而是因为历史时空的阻隔，生活在现代社会的青少年与古代诗人心灵间往往存在着隔膜，要完全明了诗歌意蕴会有一定困难。因此，能够“以意逆志”是诗词鉴赏得以进行的首要条件。

“以意逆志”法要求于读者的，是以追求诗人之志为旨归，因此，读者应平心静气，对作品反复涵咏，仔细体味，用真挚的情感来读诗，以求得诗人之用心所在。切忌走马观花，草草而过，那样最终只能是茫然不知或一知半解，甚至是误解诗意。

四、想象“空白”

文学中的“空白”，指作家在文本中有意省略而生活中实际存在或应当存在的东西。诗人为了实现从“实”到“虚”、从“有”到“无”的过渡，会有意识地在作品中设置和留下“空白”，灵活融通地显现自己的创作意图。设置和留下“空白”，是诗人在诗歌创作中所进行的一种审美选择。如齐白石画虾，“空”而不“白”。文学理论中的“空白”，是从绘画与书法理论中“借”来的。有意境的好诗词，能够使功能大于意象之和，能够在意象省略的“空白处”，包含着比实写更活跃的想象，产生“象外之象”的空间。如崔颢的《长干行》：“君家何处住？妾住在横塘。停船暂借问，或恐是同乡。”此诗运用倒叙结构。四句诗前两句只写女主人公“问语”，省略了“君”的“答语”，这是“藏答于问”；后两句是省略了“君”的“问语”，而只写了“妾”的“答语”，这是“藏问于答”。两处都留下空白。另如李商隐的《无题》诗，故意省略相关内容而造成“空白”。诗人通过空白而创造一种悠深渺远的境界，实现从有限到无限的超越。

在诗词鉴赏中，作品有“空白”，就需要通过想象来“填补”。黑格尔《自然哲学》说：“文学的本文也是这样，我们只能想见本文中没有的东西。本文写出的部分给我们知识，但只有没有写出的部分才给我们想见事物的机会。的确，没有未定成分，没有本文的空白，我们就不可能发挥想象。”

要欣赏或批评词，光是了解字句、故实、章法等项是不够的，还得要有想象力。文艺和别的作品不同，一个作家不会把所有的话都说完。尤其是诗人，他只能提出几个要点，其余的部分要靠读者自己结合“语境”去想象、配合、组织。据诗词所规定的“再造条件”来进行“再造想象”，这是欣赏中的重要环节。诗词需要反复玩味，所谓“玩味”主要就是指读者在准确理解诗句的基础上，去想象和感受它所表现的形象与情味。人类心理活动的实际情况是，任何“再造想象”，都是需要借助想象者本身的知识经验的；而在诗词中，则因为诗句所指示的“再造条件”极其简练、含蓄而富有启发性，所以更需要调动读者的有关知识经验，才有可能把诗词所要表现的抒情形象充分想象出来。宋代司马光在《续诗话》中说：“古人为诗，贵于意在言外，使人思而得之。……近世诗人，惟杜子美最得诗人之体，如‘国破山河在，城春草木深。感时花溅泪，恨别鸟惊心’：山河在，明无余物矣；草木深，明无人矣；花鸟，平时可娱之物，见之而泣，闻之而悲，则时可知矣。”司马光举了他读杜诗《春望》的一串联想，而明确指出这种联想是必须“思而得之”的。“思而得之”也就是“想诗”去填补空白。

五、体悟意境

明代朱承爵《存馀堂诗话》说：“作诗之妙，全在意境融彻，出音声之外，乃得真味。”王国维《人间词话》说：“词以境界为最上，有境界则自成高格。”体悟意境是诗词鉴赏的关键。

“意境”是中国古典诗论中的核心概念。意偏于主观方面，包括情与理，指主观情感和对于生活的认识；境偏于客观，可分为形和神，指客观事物的外在形貌和内在意蕴。意境是指诗歌所呈现出的主观情思和审美对象相互交融、虚实结合的艺术境界，它超越了诗歌中情、景、意这些个别元素，所展现的是诗人对于宇宙、人生某种形而上的生命体验。意境的营造，要求诗人做到意与境偕，心与物共，情思与景物浑然一体，能够调动读者的情感，使其进入某种审美的状态，引起他们的想象与联想等精神活动，感受到生命的情调和意味。如李白《送孟浩然之广陵》："故人西辞黄鹤楼，烟花三月下扬州。孤帆远影碧空尽，惟见长江天际流。"诗歌通过黄鹤楼、烟花、孤帆、长江等意象组合起来便成了一幅融情于境的画面：诗中没有直抒对友人依依不舍的眷念，而是通过孤帆消失，江水悠悠和久立江边若有所失的诗人形象，表达送别友人的深情挚意。字面上句句写景，实际上句句都在抒情，可谓一切景语皆情语。

意境是诗人的主观情思与客观景物相交融而创造出来的浑然一体的艺术境界。它是从中国抒情文学传统中提炼出的审美范畴。这一理论在我国文论中源远流长，有着悠久的历史，但直到晚清王国维的《人间词话》中才得到了比较清楚的认识。王国维说："文学之事，其内足以据己，而外足以感人者，意与境二者而已。上焉者意与境浑，其次或以境胜，或以意胜。苟缺其一，不足以言文学。……文学之工不工，亦视其意境之有无，与其深浅而已。"可见抒情是中国古典诗词的本质，而意境则是诗词艺术成功与否的重要标准。"感时花溅泪，恨别鸟惊心"就是这个道理。

读者体味意境的关键在于艺术共鸣。读者必须在心中对诗人在诗歌中的呼唤有所回应，诗人在诗歌中所要说的、所表达的，应该引起读者的强烈的认同和共鸣，这样才能体会得到诗歌的意境美。可以说，艺术共鸣是读者进入意境的唯一一把钥匙。如贺铸《青玉案》中"一川烟草，满城风絮，梅子黄时雨"，这三个意象融成一个整体，形成了一个感人的艺术境界：闲愁像无边无际的如烟青草，似狂飞乱舞的满城飞絮，若凄清迷茫的黄梅时雨，由此引起读者强烈的艺术共鸣。

第二章　诗词作品选析

导读

诗词是高度集中地概括反映社会生活的一种文学体裁，它饱和着作者的思想感情与丰富的想象，语言精炼而形象性强，具有鲜明的节奏、和谐的音韵，富于音乐美，语句注重结构形式的建筑美。可以说，诗词是数量最多、成就最高的文学体裁之一。正如闻一多先生评价诗歌中的典型代表——唐诗那样："一般人爱说唐诗，我却要讲'诗唐'，诗唐者，诗的唐朝也。"在古今中外浩如烟海的诗词作品中，我们精心选择了37首，分为"中国古典诗词名作鉴赏"、"中国现当代新诗名作鉴赏"和"外国诗歌名作鉴赏"三节，让同学们理论联系实际，通过适当数量的经典作品来学习诗词鉴赏。

第一节　中国古典诗词名作鉴赏[1]

诗经·蒹葭[2]

作品简介

《蒹葭》这首诗，选自《诗经·国风·秦风》，大约来源于2500年以前产生在秦地的一首民歌。关于这首诗的内容，历来意见分歧。归纳起来，主要有以下三种说法：一是“刺襄公”说。《毛诗序》云：“蒹葭，刺襄公也。未能用周礼，将无以固其国焉。”二是“招贤”说。姚际恒的《诗经通论》和方玉润的《诗经原始》都说这是一首招贤诗；三是“爱情”说。由于此诗之本写之事无从查实，诗中的“伊人”所指亦难征信，故而以上三说均难以最终定论。在这里，我们姑且先把它当作一首爱情诗来解读。

蒹葭苍苍[3]，白露为霜[4]。所谓伊人[5]，在水一方[6]。溯洄从之[7]，道阻[8]且长。溯游从之，宛在水中央[9]。

蒹葭萋萋[10]，白露未晞[11]。所谓伊人，在水之湄[12]。溯洄从之，道阻且跻[13]。溯游从之，宛在水中坻[14]。

蒹葭采采，白露未已[15]。所谓伊人，在水之涘[16]。溯洄从之，道阻且右[17]。溯游从之，宛在水中沚[18]。

鉴赏提示

此诗三章重叠，各章均可划分为四个层次。首二句以蒹葭起兴，展现一幅河上秋色图：深

[1]本节借鉴了萧涤非先生主编的《唐诗鉴赏辞典》（上海辞书出版社 2004 年版）与夏承焘先生主编的《宋词鉴赏辞典》（上海辞书出版社 2003 年版）两部工具书的相关条目，特表谢忱。

[2]蒹葭（jiān jiā）：芦苇。苍苍：茂盛的样子。

[3]苍苍：茂盛深色状。

[4]白露为霜：晶莹的露水凝结成了霜。为，……成……。

[5]所谓：所说、所念，这里指所怀念的。伊人：那人，指所爱的人。

[6]在水一方：在水的另一边。一方，那一边，指对岸。

[7]溯洄（sù huí）：逆流而上。从：跟随，这里是追寻的意思。

[8]阻：险阻，（道路）难走。

[9]宛在水中央：（那个人）仿佛在河的中间。意思是相距不远却无法到达。宛：仿佛、好像。

[10]萋萋：同“凄凄”，茂盛的样子。下文“采采”义同。

[11]晞（xī）：干。

[12]湄（méi）：岸边，水与草交接之处。

[13]跻（jī）：登，升高，意思是道路险峻，需攀登而上。

[14]坻（chí）：水中的小洲、小岛。

[15]未已：还没有完，指露水尚未被阳光蒸发完毕。已：完毕。

[16]涘（sì）：水边。

[17]右：弯曲。

[18]沚（zhǐ）：水中的小块陆地。

秋清晨，秋水森森，芦苇苍苍，露水盈盈，晶莹似霜。这境界，是在清虚寂寥之中略带凄凉哀婉色彩，因而对诗中所抒写的执著追求、可望难即的爱情，起到了很好的气氛渲染和心境烘托作用。三、四句展示诗的中心意象：主人公在河畔徜徉，凝望追寻河对岸的“伊人”。这“伊人”是他日夜思念的意中人。“在水一方”是隔绝不通，意味着追求艰难，造成的是一种可望而不可即的境界。主人公虽望穿秋水、执著追求，但“伊人”却飘渺阻隔。可望难即，故而诗句中荡漾着无可奈何的心绪和空虚惆怅的情致。以下四句是并列的两个层次，分别是对在水一方、可望难即境界的两种不同情景的描述。“溯洄从之，道阻且长”，这是述写逆流追寻时的困境：艰难险阻无穷，征途漫漫无尽，示意终不可达也。“溯游从之，宛在水中央”，这是描画顺流追寻时的幻象：行程处处顺畅，伊人时时宛在，然而终不可近也。既逆流，又顺流，百般追寻，执著之意可见；不是困境难达，就是幻象难近，终归不得，怅惘之情愈深。至此，伊人可望而不可即的情境得到了具体而充分的展现。

全诗三章，每章只换几个字，这不仅发挥了重章叠句、反复吟咏、一唱三叹的艺术效果，而且产生了将诗意不断推进的作用。从“白露为霜”到“白露未晞”再到“白露未已”，这是时间的推移，象征着抒情主人公凝望追寻时间之长；从“在水一方”到“在水之湄”，再到“在水之涘”，从“宛在水中央”，到“宛在水中坻”，再到“宛在水中沚”，这是地点的转换，象征着伊人的飘渺难寻；从“道阻且长”，到“道阻且跻”，再到“道阻且右”，则是反复渲染追寻过程的艰难，以凸现抒情主人公坚执不已的精神。重章叠句，层层推进，这是《诗经》中的民歌常用的表现方法。诗中还巧妙地运用了叠词，如“苍苍”、“萋萋”、“采采”，使全文声情兼备。

在狱咏蝉

骆宾王

作品简介

骆宾王（约619—约687），字观光，汉族，婺州义乌人（今浙江义乌）。唐初诗人，与王勃、杨炯、卢照邻合称“初唐四杰”。在四杰中他的诗作最多。骆宾王出身寒门，七岁能诗，号称“神童”。这首诗作于公元678年（唐高宗仪凤三年）。武则天当政时期，徐敬业起兵讨伐她，用骆宾王写的《讨武檄文》散布天下，揭露她的昏庸和暴行。不久，骆宾王被捕入狱，在狱中写下了这首诗。此诗作于患难之中，情感充沛、取譬明切、用典自然、语意双关。全篇以蝉比兴，以蝉喻己，寄托遥深，蝉、人浑然一体，以托诗人遭受谗陷之忧。

西陆蝉声唱[1]，南冠客思深[2]。

[1] 西陆：指秋天。

[2] 南冠：楚冠，这里是囚徒的意思。用《左传·成公九年》楚钟仪戴着南冠被囚于晋国军府事。

那堪玄鬓影[1]，来对白头吟[2]。

露重飞难进，风多响易沉。

无人信高洁，谁为表予心[3]。

鉴赏提示

“西陆蝉声唱，南冠客思深”，首联承题而来，正切主旨。首联两句十字用工整的对仗描绘了这样一幅图景：深秋里，寒蝉发出了阵阵凄楚的叫声，这声音打动了囚禁在牢的骆宾王的心弦，引起了他深深的思虑。此联中，应特别注意“思深”二字，它是作者的苦心所在，是全诗之“源”。诗的名句诸事如“玄鬓”、“白头”、“露重”、“风多”及种种联想，皆由此遣发派生。“不堪玄鬓影，来对白头吟”，“玄鬓”，黑色鬓发，这里指蝉的双翼。“白头吟”，汉魏乐府名篇，写一女子被负心汉始爱终弃的悲郁心情，表达了她对专一爱情的追求。据说此诗为西汉卓文君作。卓文君慕司马相如之才，与司马相如私奔并结成伉俪。但司马相如对爱情不专，入京后，要娶茂陵一女为妾。文君闻知，作《白头吟》以自伤。相如见诗悔悟，不再纳妾。宾王此句的写作，其意有表、里二层。表层的意思是说，蝉掮动着乌黑的双翼来对着满头白发的作者悲吟，使他无法忍受。里层的含意则更为深刻。若说首联见景生情，托物起兴，颔联蝉人并举，叙中生议，那么颈联的重心则转在感慨议论的抒发上。“露重飞难进，风多响易沉”，是说蝉因露重而难以前飞，因风大而鸣声不能远传。这既是描写深秋寒蝉的艰难处境，也是对自身遭遇的慨叹。颈联虽字字写蝉，然意不在蝉。这两句诗，写得蝉人相融，抒情忘蝉，达到了出神入化地步。尾联诗人愤情冲天，勃发“龙吟”，喷出蕴蓄许久的真情：“无人信高洁，谁为表予心。”遂脱去了前三联罩裹诗句的“蝉身”，使人看到了作者纯洁无瑕的报国诚心。全篇借蝉的高洁品行，寓情于物，抒发了诗人品行高洁却“遭时徽纆”的哀怨悲伤之情，表达了辨明无辜、昭雪沉冤的愿望。

登幽州台歌[4]

陈子昂

作品简介

陈子昂（约661—702），唐代文学家，初唐诗文革新人物之一。字伯玉，汉族，梓州射洪（今属四川）人。因曾任右拾遗，后世称为陈拾遗。其存诗共100多首，其中最有代表性的是《感遇》诗38首，《蓟丘览古赠卢居士藏用》7首和《登幽州台歌》。这首诗写于公元696年（万岁通天元年）。陈子昂为人直言敢谏，对武后朝的不少弊政，常常提出

---

[1] 玄鬓：指蝉的黑色翅膀，这里比喻自己正当盛年。那堪：本作“不堪”。

[2] 白头吟：乐府曲名。《乐府诗集》解题说是鲍照、张正见、虞世南诸作，皆自伤清直却遭诬谤。两句意谓，自己正当玄鬓之年，却来默诵《白头吟》那样哀怨的诗句。

[3] 予心：我的心。

[4] 幽州：古十二州之一，现今在北京市。幽州台：即黄金台，又称蓟北楼，故址在今北京市大兴县，是燕昭王为招纳天下贤士而建造的。

批评意见。公元696年，契丹李尽忠、孙万荣等攻陷营州，武则天委派武攸宜率军征讨，陈子昂在武攸宜幕府担任参谋，随军出征。武攸宜为人轻率，少谋略。次年兵败，情况紧急，陈子昂请求遣万人作前驱以击敌，武不允。随后，陈子昂又向武进言，不听，反把他降为军曹。诗人接连受到挫折，眼看报国宏愿成为泡影，因此登上蓟北楼，慷慨悲吟，写下了《登幽州台歌》。

前不见古人[1]，后不见来者[2]。
念天地之悠悠[3]，独怆然而涕下[4]！

鉴赏提示

《登幽州台歌》是一首吊古伤今的生命悲歌，从中可以看出诗人孤独遗世、独立苍茫的落寞情怀。此诗通过描写登楼远眺，凭今吊古所引起的无限感慨，抒发了诗人抑郁已久的悲愤之情，深刻地揭示了封建社会中那些怀才不遇的知识分子遭受压抑的境遇，表达了他们在理想破灭时孤寂郁闷的心情。

诗写登上幽州的蓟北楼远望，悲从中来，并以“山河依旧，人物不同”来抒发自己“生不逢时”的哀叹。语言奔放，富有感染力。这首诗没有对幽州台作一字描写，而只是登台的感慨，却成为千古名篇。诗篇风格明朗刚健，是具有“汉魏风骨”的唐代诗歌的先驱之作，对扫除齐梁浮艳纤弱的形式主义诗风具有拓疆开路之功。在艺术表现上，前两句是俯仰古今，写出时间的绵长；第三句登楼眺望，写空间的辽阔无限；第四句写诗人孤单悲苦的心绪。这样前后相互映照，格外动人。句式长短参错，音节前紧后舒，这样抑扬变化，互相配合，大大增强了艺术感染力。《登幽州台歌》这首短诗，深刻地表现了诗人怀才不遇、寂寞无奈的情绪。语言苍劲奔放，富有感染力，成为历来传诵的名篇。

终南别业

王维

作品简介

王维（701—761），字摩诘，有“诗佛”之称。是盛唐诗人的代表，今存诗400余首，重要诗作有《相思》《山居秋暝》等。精通佛学，受禅宗影响很大，诗书画都很有名，多才多艺，音乐也很精通。与孟浩然合称“王孟”。这首诗属于近体诗中的五律，是唐代山水田园诗人王维的代表作之一。诗中把退隐后自得其乐的闲适情趣，写得有声有色，惟妙惟肖。诗人兴致来了就独自信步漫游，走到水的尽头就坐看行云变幻，这生动地刻画了一

[1]前：过去。古人：古代那些能够礼贤下士的圣君。
[2]后：后来。来者：后世那些重视人才的贤明君主。
[3]念：想到。悠悠：形容时间的久远和空间的广大。
[4]怆（chuàng）然：悲伤，凄恻的样子。涕：眼泪。

位隐居者的形象，如见其人。同山间老人谈谈笑笑，把回家的时间也忘了，十分自由惬意，这是诗人捕捉到了典型环境中的典型事例，突出地表现了退隐者豁达的性格。诗语平白如话，却极具功力，诗味、理趣二者兼备。

中岁[1]颇好道[2]，晚家[3]南山[4]陲[5]。
兴来每独往，胜事[6]空自知。
行到水穷处，坐看云起时。
偶然值[7]林叟[8]，谈笑无还期[9]。

鉴赏提示

开头两句："中岁颇好道，晚家南山陲。"叙述诗人中年以后即厌尘俗，而信奉佛教。"晚"是晚年；"南山陲"指辋川别墅所在地。此处原为宋之问别墅，王维得到这个地方后，完全被那里秀丽、寂静的田园山水陶醉了。第二联"兴来每独往，胜事空自知"中透露出来一种闲情逸致。上一句"独往"，写出诗人的勃勃兴致；下一句"自知"，又写出诗人欣赏美景时的乐趣。与诗人有着同样兴趣爱好的人不多，兴致来时，他惟有独自游览，赏景怡情，能自得其乐，随处若有所得，他不求人知，只求自己心会其趣而已。第三联，即说"胜事自知"。"行到水穷处"，是说随意而行，走到哪里算哪里，然而不知不觉，竟来到流水的尽头，看是无路可走了，于是索性就地坐了下来。"坐看云起时"，是心情悠闲到极点的表示。云本来就给人以悠闲的感觉，也给人以无心的印象，因此陶潜才有"云无心以出岫"的话（见《归去来辞》）。通过这一行、一到、一坐、一看的描写，诗人此时心境的闲适也就明白地揭示出来了。此二句深为后代诗家所赞赏。近人俞陛云说："行至水穷，若已到尽头，而又看云起，见妙境之无穷。可悟处世事变之无穷，求学之义理亦无穷。此二句有一片化机之妙。"（《诗境浅说》）这是很有见地的。再从艺术上看，这二句诗是诗中有画，天然便是一幅山水画。《宣和画谱》指出："'行到水穷处，坐看云起时'及'白云回望合，青霭入看无'之类，以其句法，皆所画也。"

王维的诗与画极富禅机禅意，文学史上尊他为"诗佛"。他的两句话"行到水穷处，坐看云起时"，"水穷处"指的是什么？登山时溯流而上，走到最后溪流不见了。有一个可能是该处为山泉的发源地，掩于地表之下。另一个可能是下雨之后汇集而成的涧水在此地干枯了。这

[1]中岁：中年。
[2]道：这里指佛道。
[3]家：安家。
[4]南山：即终南山。
[5]陲（chuí）：边缘，旁边，边境。南山陲：指辋川别墅所在地。
[6]胜事：美好的事。
[7]值：遇见。
[8]叟（sǒu）：老翁。
[9]无还期：没有回还的准确时间。

个登山者走着走着，走到水不见了，索性坐下来，看见山岭上云朵涌起。原来水上了天了，变成了云，云又可以变成雨，到时山涧又会有水了，何必绝望？

人生境界也是如此。在生命过程中，不论经营爱情，还是事业、学问等，都勇往直前，后来竟发现是一条没法走的绝路，山穷水尽的悲哀失落难免出现。此时不妨往旁边或回头看，也许有别的路通往别处；即使根本没路可走，往天空看吧！虽然身体在绝境中，但是心灵还可以畅游太空，自在、愉快地欣赏大自然，体会宽广深远的人生境界，不觉得自己穷途末路。

此句有两种意境。第一种，身处绝境时不要失望，因为那正是希望的开始；山里的水是因雨而有的，有云起来就表示水快来了。另一种境界是，即使现在不下雨也没关系，总有一天会下雨。从水穷到云起到下雨的过程，正如一个人在修行过程中遇到很大的困难，有身体的障碍，有心理的障碍，还有环境的障碍。如果因此而退心，要把念头回到初发心的观点上。初发心就是初发菩提心的时候。初发心时什么也没有，对修行的方法、观念都不了解。你先回溯当时的情形再看看目前，不是已经走了相当长的路了吗？所以不要失望，不要放弃。人生的每个阶段也都可能发生这种状况，如果用这种诗境来看待，处处会有活路的。

最后一联："偶然值林叟，谈笑无还期。"突出了"偶然"二字。其实不止遇见这林叟是出于偶然，本来出游便是乘兴而去，带有偶然性。"行到水穷处"又是偶然。"偶然"二字贯穿上下，成为此次出游的一个特色。而且正因处处偶然，所以处处都是"无心的遇合"，更显出心中的悠闲，如行云自由翱翔，如流水自由流淌，形迹毫无拘束。它写出了诗人那种天性淡逸，超然物外的风采，对于读者了解王维的思想是有认识意义的。

这首诗没有描绘具体的山川景物，而重在表现诗人隐居山间时悠闲自得的心境。诗的前六句自然闲静，诗人的形象如同一位不食人间烟火的世外高人，他不问世事，视山间为乐土。不刻意探幽寻胜，而能随时随处领略到大自然的美好。结尾两句，引入人的活动，带来生活气息，诗人的形象也更为可亲。

将进酒[1]

李白

作品简介

李白（701—762），字太白，号青莲居士，唐代伟大的浪漫主义诗人，有"诗仙"之称。存世诗文千余篇，代表作有《蜀道难》《将进酒》等诗篇，有《李太白集》传世。公元744年（唐玄宗天宝三年），诗人李白被排挤出长安后，又重新踏上了云游祖国山河的漫漫旅途。本文作于公元752年（天宝十一年）。此时距李白被唐玄宗"赐金放还"已有八年之久。这一时期，李白多次与友人岑勋（岑夫子）应邀到嵩山另一好友元丹丘的颍阳山居为客，三人登高饮宴，借酒放歌，以抒发满腔不平之气。

[1]将（qiāng）进酒：意即请饮酒。这首诗大约作于天宝十一年，距诗人被唐玄宗"赐金放还"已达八年之久。

君不见黄河之水天上来，奔流到海不复回。
君不见高堂明镜悲白发，朝如青丝暮成雪。
人生得意须尽欢，莫使金樽空对月。
天生我材必有用，千金散尽还复来。
烹羊宰牛且为乐，会须一饮三百杯[1]。
岑夫子，丹丘生，将进酒，杯莫停[2]。
与君歌一曲，请君为我侧耳听。
钟鼓馔玉不足贵，但愿长醉不复醒[3]。
古来圣贤皆寂寞，惟有饮者留其名。
陈王昔时宴平乐，斗酒十千恣欢谑[4]。
主人何为言少钱，径须沽取对君酌[5]。
五花马，千金裘，
呼儿将出换美酒，与尔同销万古愁[6]。

鉴赏提示

将进酒，唐代以前乐府歌曲的一个题目，内容大多咏唱饮酒放歌之事。这首诗形象地表现了李白桀骜不驯的性格：一方面对自己充满自信，孤高自傲；一方面在政治前途出现波折后，又流露出纵情享乐之情。全诗气势豪迈，感情奔放，语言流畅，有很强的感染力。

这首诗意在表达人寿几何，及时行乐，圣者寂寞，饮者留名的虚无消沉思想，愿在长醉中了却一切。诗的开头六句，写人生寿命如黄河之水奔流入海，一去不复重返，如此，应及时行乐，莫负光阴。“天生”十六句，写人生富贵不能长保，因而“千金散尽”“且为乐”。同时指出“自古圣贤皆寂寞”，只有“饮者留名”千古，并以陈王曹植为例，抒发了诗人内心的不平。“主人”六句结局，写诗人酒兴大作，“五花马”、“千金裘”都不足惜，只图一醉方休。表达了诗人旷达的胸怀。“天生我材必有用”句，是诗人自信为人的自我价值，也流露怀才不遇和渴望用世的积极思想感情。诗深沉浑厚，气象不凡。情极悲愤狂放，语极豪纵沉着，大起大落，奔放跌宕。诗句长短不一，参差错综；节奏快慢多变，一泻千里。

[1]会须：正应当。
[2]岑夫子：岑勋。丹丘生：元丹丘。二人均为李白的好友。
[3]钟鼓馔玉：泛指豪门贵族的奢华生活。此句一作“但愿长醉不愿醒”。
[4]陈王：三国魏曹植，曾被封为陈王。平乐：平乐观，宫殿名。
[5]沽（gū）：通“酤”，买或卖，这里指买。
[6]五花马：指名贵的马。一说毛色作五花纹，一说颈上长毛修剪成五瓣。千金裘：价值千金的皮衣。将出：拿去。

长恨歌（节选）

白居易

作品简介

白居易（772—846），字乐天，唐代的杰出诗人和文学家。他的诗歌题材广泛，形式多样，语言平易通俗。晚年自号香山居士，代表诗作有《长恨歌》《卖炭翁》《琵琶行》等。

公元806年（唐宪宗元和元年），白居易任盩厔（今西安市周至县）县尉。一日，与友人陈鸿、王质夫到马嵬驿附近的仙游寺游览，谈及李隆基与杨贵妃事。王质夫认为，像这样突出的事情，如无大手笔加工润色，就会随着时间的推移而消没。他鼓励白居易："乐天深于诗，多于情者也，试为歌之，何如？"于是，白居易写下了这首长诗。陈鸿同时写了一篇传奇小说《长恨歌传》。

回头下望人寰处[1]，不见长安见尘雾。
惟将旧物表深情[2]，钿合金钗寄将去[3]。
钗留一股合一扇[4]，钗擘黄金合分钿[5]。
但教心似金钿坚，天上人间会相见。
临别殷勤重寄词，词中有誓两心知。
七月七日长生殿[6]，夜半无人私语时。
在天愿作比翼鸟[7]，在地愿为连理枝[8]。
天长地久有时尽，此恨绵绵无绝期[9]。

鉴赏提示

《长恨歌》是白居易的一首长篇叙事诗，作于公元806年（元和元年）。全诗以"长恨"为主题，形象地叙述了唐玄宗与杨贵妃的爱情悲剧。诗人借历史人物和传说，创造了一个回旋宛转的动人故事，并通过塑造的艺术形象，再现了现实生活的真实，感染了千百年来的读者。

在这首长篇叙事诗里，作者以精炼的语言、优美的形象、叙事和抒情结合的手法，叙述了唐玄宗、杨贵妃在安史之乱中的爱情悲剧：他们的爱情被自己酿成的叛乱断送了，正在没完没了地吃着这一精神的苦果。唐玄宗、杨贵妃都是历史上的人物，诗人并不拘泥于历史，而是借

[1]人寰（huán）：人间。
[2]旧物：指生前与玄宗定情的信物。
[3]寄将去：托道士带回。
[4]钗留二句：把金钗、钿盒分成两半，自留一半。
[5]擘（bò）：分开。合分钿：将钿盒上的图案分成两部分。
[6]长生殿：在骊山华清宫内，天宝元年造。这里映射爱情的长久与火热，故称长生殿。
[7]比翼鸟：传说中的鸟名，据说只有一目一翼，雌雄并在一起才能飞。
[8]连理枝：两棵树的枝干连在一起，叫连理。古人常用此二物比喻情侣相爱、永不分离。
[9]恨：遗憾。绵绵：连绵不断。

着历史的一点影子，根据当时人们的传说、街坊的歌唱，从中蜕化出一个回旋曲折、宛转动人的故事，用回环往复、缠绵悱恻的艺术形式，描摹、歌咏出来。由于诗中的故事、人物都是艺术化的，是现实中人的复杂真实的再现，所以能够在历代读者的心中漾起阵阵涟漪。

节选部分写的是玄宗派方士觅杨贵妃之魂魄，后终在仙境中相见而后匆匆分别。表现了唐玄宗的孤寂和对往日爱情生活的忧伤追忆。诗人运用浪漫主义手法，上天入地，对这段爱情不断追寻，诗歌的末尾，用“天长地久有时尽，此恨绵绵无绝期”结笔，此二句，是爱情的叹息与呼声，是对于爱情受命运摆弄和爱情被政治伦理摧残的痛惜，此恨之深，已超越时空而进入无极之境。点明题旨，回应开头，而且做到“清音有余”，给读者以联想、回味的余地。这样，诗人便以“长恨”表现了爱情的长存，亦即点明全诗的主题。

锦瑟

李商隐

作品简介

李商隐（约812或813—约858），晚唐著名诗人，有“七律圣手”之称。字义山，号玉溪生、樊南生。他的诗作文学价值很高，他和杜牧合称“小李杜”，与温庭筠合称为“温李”。在《唐诗三百首》中，李商隐的诗作有22首被收录，位列第四。其诗构思新奇，风格秾丽，尤其是一些爱情诗写得缠绵悱恻，为人传诵。但过于隐晦迷离，难于索解，至有“诗家都爱西昆好，只恨无人作郑笺”之说。

这首《锦瑟》，是李商隐的代表作，极富盛名，也是最难索解的一首诗。诗家素有“一篇《锦瑟》解人难”的慨叹。诗题“锦瑟”，但并非咏物，实是借瑟以隐题的一首无题诗。或以为是悼亡之作，或以为是爱国之篇，或以为是自伤身世、自比文才之论，或以为是抒写思念侍儿之笔，大体而言，以“悼亡”和“自伤”说者为多。

锦瑟无端五十弦[1]，一弦一柱思华年[2]。
庄生晓梦迷蝴蝶[3]，望帝春心托杜鹃[4]。
沧海月明珠有泪[5]，蓝田日暖玉生烟[6]。

[1] 锦瑟：《周礼·乐器图》：“雅瑟二十三弦，颂瑟二十五弦，饰以宝玉者曰宝瑟，绘文如锦者曰锦瑟。”古瑟大小不等，弦数亦不同。无端：没来由，无缘无故。

[2] “思”字变读去声（sì），律诗中不许有一连三个平声的出现。

[3] 李商隐在此引《庄子·齐物论》中庄周梦蝶故事，以言人生如梦，往事如烟之意。这里面隐约包涵着美好的情境，却又是虚缈的梦境。也有着人生如梦的惆怅和迷惘。

[4] 望帝春心托杜鹃：传说蜀国的杜宇帝因水灾让位于自己的臣子，而自己则隐归山林，死后化为杜鹃日夜悲鸣直至啼出血来。指像望帝寄春心给日夜明志的杜鹃。

[5] 沧海月明珠有泪：《博物志》中有“南海外有鲛人，水居如鱼，不废绩织，其眼泣则能出珠”，喻指诗人的悲哀，即使是一个明媚的夜晚，依然想到的是眼泪。

[6] 蓝田日暖玉生烟：《困学纪闻》卷十八中司空表圣评论道，“戴容州谓诗家之景，如蓝田日暖，良玉生烟，可望而不可置于眉睫之前也。李义山玉生烟之句盖本于此”。暗指诗人对当时社会局势的不满。

此情可待成追忆[1]？只是当时已惘然[2]。

鉴赏提示

首联哀悼早逝，“一弦一柱思华年”，关键在于“华年”二字。“一弦一柱”犹言一音一节。瑟具弦五十，音节最为繁富可知，其繁音促节，常令听者难以为怀。诗人是说：聆锦瑟之繁弦，思华年之往事；音繁而绪乱，怅惘以难言。所设五十弦，正为“制造气氛”，以见往事之千重，情肠之九曲。

颔联以庄子亡妻鼓盆而歌和期效望帝化成子规而啼血，间接地描写了人生的悲欢离合。原来，锦瑟繁弦，哀音怨曲，引起诗人无限的悲感、难言的冤愤，如闻杜鹃之凄音，送春归去。

颈联以鲛人泣珠和良玉生烟的典故，皎月落于沧海之间，明珠浴于泪波之界，月也，珠也，泪也，三耶一耶？一化三耶？三即一耶？在诗人笔下，已然形成一个难以分辨的妙境。隐约地描摹了世间风情迷离恍惚，可望而不可至。

最后抒写生前情爱漫不经心，死后追忆已经惘然的难以排遣的情绪。诗人用两句话表出了几层曲折，而几层曲折又只是为了说明那种怅惘的苦痛心情。诗之所以为诗者在于此，义山诗之所以为玉义山诗者，尤在于此。

综观全诗，诗人既以五十弦瑟自喻，又以啼血杜鹃、沧海遗珠和蓝田美玉自比。这些意象都是悲与美的统一：被放逐被遗弃被埋没是悲，“春心”不变珠光映辉美玉生烟是美。这三个意象从不同侧面表达了自己对人生理想和高尚人格的抉择、追求与坚守：杜鹃的意象侧重于从生至死乃至死后始终坚持不渝；明珠的意象侧重于暗夜生辉，给世界以光明；美玉的意象侧重于地底放热，给世界以温暖。结尾感叹自己不仅不为世用，甚至不为世识，只能寄望于后世通过读诗来“追忆”。一一“待”字为全篇之“诗眼”。解读《锦瑟》，只要把握了首联的一个“思”字和尾联的一个“待”字，诗的本旨就豁然开朗了。

虞美人[3]

李煜

作品简介

李煜（937—978），五代十国时南唐国君，字重光，初名从嘉，号钟隐、莲峰居士。南唐元宗李璟第六子，史称李后主。开宝八年，宋军破南唐都城，南唐灭亡，李煜被俘至汴京。李煜的艺术才华非凡出众。精书法，善绘画，通音律，诗和文均有一定造诣，尤以词的成就最高。在词坛上留下了不朽的篇章，有千古杰作《虞美人》《浪淘沙》《乌夜啼》等词，被称为“千古词帝”。此词大约作于李煜归宋后的第三年。词中流露了不加掩

[1]“此情”二字，与开端的“华年”相为呼应。

[2]惘然：惆怅、迷惘。

[3]此调原为唐教坊曲，初咏项羽宠姬虞美人，因以为名。又名《一江春水》、《玉壶水》、《巫山十二峰》等。双调，五十六字，上下片各四句，皆为两仄韵转两平韵。

饰的故国之思，据说是促使宋太宗下令毒死李煜的原因之一。那么，它等于是李煜的绝命词了。

春花秋月何时了[1]？往事知多少！小楼昨夜又东风，故国不堪回首月明中[2]。
雕栏玉砌应犹在[3]，只是朱颜改[4]。问君能有几多愁[5]？恰似一江春水向东流。

鉴赏提示

此词大约作于李煜归宋后的第三年。词中流露了不加掩饰的故国之思，据说是促使宋太宗下令毒死李煜的原因之一。那么，它等于是李煜的绝命词了。全词以问起，以答结；由问天、问人而到自问，通过凄楚中不无激越的音调和曲折回旋、流走自如的艺术结构，使作者沛然莫御的愁思贯穿始终，形成沁人心脾的美感效应。诚然，李煜的故国之思也许并不值得同情，他所眷念的往事离不开"雕栏玉砌"的帝王生活和朝暮私情的宫闱秘事。但这首脍炙人口的名作，在艺术上确有独到之处："春花秋月"如此美好，作者却殷切企盼它早日"了"却；小楼"东风"带来春天的信息，却反而引起作者"不堪回首"的嗟叹，因为它们都勾发了作者物是人非的惆怅，反衬出他的囚居异邦之愁，江南国主为阶下囚的心境，真切又深刻。结句"一江春水向东流"，以富有感染力和象征性的比喻，将愁思写得既形象化，又抽象化，是以水喻愁的名句，含蓄地显示出愁思的长流不断，无穷无尽。可以说，李煜此词之所以能引起广泛的共鸣，在很大程度上，正有赖于结句以富有感染力和象征性的比喻，将愁思写得既形象化，又抽象化：作者并没有明确写出其愁思的真实内涵——怀念昔日纸醉金迷的享乐生活，而仅仅展示了它的外部形态——"恰似一江春水向东流"。这样人们就很容易从中获得某种心灵上的呼应，并借用它来抒发自己类似的情感，李煜此词便能在广泛的范围内产生共鸣而得以千古传诵了。

浣溪沙

晏殊

作品简介

晏殊（991—1055），字同叔，临川（今属江西）人。7岁能文，14岁以神童召试，赐同进士出身。宋仁宗时官至同平章事兼枢密使，范仲淹、韩琦、欧阳修等名臣皆出其门下。卒谥元献。他以词著于文坛，尤擅小令。其代表作为《浣溪沙》《蝶恋花》《踏莎行》《破阵子》《鹊踏枝》等，其中《浣溪沙》中"无可奈何花落去，似曾相识燕归来"为千古传诵的名句。他一生富贵优游，所作多吟成于舞榭歌台、花前月下，而笔调闲婉，理致深蕴，音律谐适，词语雅丽，为当时词坛耆宿。有《珠玉词》。他亦工诗善文，原有

[1]了：了结，完结。
[2]故国：指南唐故都金陵（今南京）。
[3]砌：台阶。雕栏玉砌：指远在金陵的南唐故宫。
[4]朱颜改：指所怀念的人已衰老。
[5]君：作者自称。能：或作"都"、"那"、"还"、"却"。

诗文240卷，现存不多，大都以典雅华丽见长。《浣溪沙》是晏殊词中最为脍炙人口的篇章。

一曲新词酒一杯，去年天气旧亭台[1]。夕阳西下几时回？

无可奈何花落去，似曾相识燕归来。小园香径[2]独徘徊。

鉴赏提示

词的上片通过对眼前景物的咏叹，将怀旧之感、伤今之情与惜时之意交织、融合在一起。“一曲新词酒一杯”，所展示的是“对酒当歌”的情景，似乎主人公十分醉心于宴饮涵咏之乐。的确，作为安享尊荣而又崇文尚雅的“太平宰相”，以歌侑酒，是作者习于问津、也乐于问津的娱情遣兴方式之一。然而在作者的记忆中，最难忘怀的却是去年的那次歌宴。“去年天气”句，点出眼前的阳春烟景既与去年无异，而作者置身的亭台也恰好是昔日饮酒听歌的场所。故地重临，怀旧自不可免。此句中正包蕴着一种景物依旧而人事全非的怀旧之感。在这种怀旧之感中又糅合着深婉的伤今之情。这样，作者纵然襟怀冲澹，又怎能没有些微的伤感呢？“夕阳西下”句，不仅是惋惜时光的匆匆流逝，同时也是慨叹昔日与伊人同乐的情景已一去不返。细味“几时回”三字，所折射出的似乎是一种企盼其返、却又情知难返的心态。下片仍以融情于景的笔法申发前意。“无可奈何”二句，属对工切，声韵和谐，寓意深婉，一向称为名对。上句对春光的流逝示惋惜之情，下句对巢燕的归来兴怀旧之感。人间生死，同花开花落一样，不由自主，所以说“无何奈何”。旧地重游，前尘影事，若幻若真，所以说“似曾相识”。渗透在句中的是一种混杂着眷恋和惆怅，既似冲澹又似深婉的人生感触。因此，此词不但以词境胜，还兼以理致胜。

八声甘州[3]

柳永

作品简介

柳永（约987—约1053），北宋著名词人，婉约派创始人物。汉族，崇安（今福建武夷山）人，原名三变，字景庄，后改名永，字耆卿，排行第七，又称柳七。宋仁宗朝进士，官至屯田员外郎，故世称柳屯田。他自称“奉旨填词柳三变”，以毕生精力作词，并以“白衣卿相”自诩。其词多描绘城市风光和歌妓生活，尤长于抒写羁旅行役之情，创作慢词独多。铺叙刻画，情景交融，语言通俗，音律谐婉，在当时流传极其广泛，人称“凡有

[1]去年句，语本出唐人邓谷《和知已秋日伤怀》诗“流水歌声共不回，去年天气旧池台”。

[2]香径：花园里的小路。

[3]唐教坊大曲有《甘州》，杂曲有《甘州子》。因属边地乐曲，故以甘州为名。《八声甘州》是从大曲《甘州》截取一段而成的慢词。因全词前后共八韵，故名八声。又名《潇潇雨》、《宴瑶沁池》等。《词谱》以柳永为正体。九十七字，平韵。

井水饮处，皆能歌柳词”，婉约派最具代表性的人物之一，对宋词的发展有重大影响，代表作《雨霖铃》《八声甘州》。

此词为思念家乡之作，反映出主人公羁旅失意的苦闷心情。一般都说柳词风格不高，但亦未可一概而论，如他的“霜风凄紧，关河冷落，残照当楼”，苏轼认为“不减唐人高处”。（见赵令畤《侯鲭录》卷七）

对潇潇[1]暮雨洒江天，一番洗清秋。渐霜风凄紧[2]，关河冷落，残照当楼。是处红衰翠减[3]，苒苒物华[4]休。惟有长江水，无语东流。

不忍登高临远，望故乡渺邈[5]，归思难收。叹年来踪迹，何事苦淹留[6]？想佳人，妆楼颙望[7]，误几回、天际识归舟[8]。争[9]知我、倚阑干处，正恁[10]凝愁[11]！

鉴赏提示

这首望乡词通篇贯串一个“望”字，作者的羁旅之愁，飘泊之恨，尽从“望”中透出。

开头两句写雨后江天，澄澈如洗。一个“对”字，已写出登临纵目、望极天涯的境界。当时，天色已晚，暮雨潇潇，洒遍江天，千里无垠。其中“雨”字、“洒”字和“洗”字，三个上声，循声高诵，定觉素秋清爽，无与伦比。

自“渐霜风”句起，以一个“渐”字，领起四言三句十二字。“渐”字承上句而言，当此清秋复经雨涤，于是时光景物，遂又生一番变化。这样词人用一“渐”字，神态毕备。秋已更深，雨洗暮空，乃觉凉风忽至，其气凄然而遒劲，直令衣单之游子，有不可禁当之势。一“紧”字，又用上声，气氛声韵写尽悲秋之气。再下一“冷”字，上声，层层逼紧。而“凄紧”、“冷落”，又皆双声叠响，具有很强的艺术感染力量，紧接一句“残照当楼”，境界全出。这一句精彩处在“当楼 ”二字，似全宇宙悲秋之气一起袭来。

“是处红衰翠减，苒苒物华休。”词意由苍莽悲壮，而转入细致沉思，由仰观而转至俯察，又见处处皆是一片凋落之景象。“红衰翠减”，乃用玉谿诗人之语，倍觉风流蕴藉。“苒苒”，正与“渐”字相为呼应。一“休”字寓有无穷的感慨愁恨，接下“惟有长江水，无语东

[1]潇潇：形容雨声急骤。

[2]凄紧：一作“凄惨”。

[3]是处：到处，处处。红衰翠减：红花绿叶，凋残零落。李商隐《赠荷花》：“翠减红衰愁煞人”。翠：一作“绿”。

[4]苒苒：茂盛的样子。一说，同“冉冉”，犹言“渐渐”。物华：美好的景物。

[5]渺邈：遥远。

[6]淹留：久留。

[7]颙望：凝望。一作“长望”。

[8]天际识归舟：语出谢朓《之宣城郡出林浦向板桥》“天际识归舟，云中辨江树”。

[9]争：怎。

[10]恁：如此，这般

[11]凝愁：凝结不解的深愁。

流”写的是短暂与永恒、改变与不变之间的这种直令千古词人思索的宇宙人生哲理。“无语”二字乃“无情”之意，此句蕴含百感交集的复杂心理。

“不忍 ”句点明背景是登高临远，云“不忍”，又多一番曲折、多一番情致。至此，词以写景为主，情寓景中。但下片妙处在于词人善于推己及人，本是自己登高远眺，却偏想故园之闺中人，应也是登楼望远，伫盼游子归来。“误几回”三字更觉灵动。

结句篇末点题。“倚阑干”，与“对”，与“当楼”，与“登高临远”，与“望”，与“叹”，与“想”，都相关联、相辉映。词中登高远眺之景，皆为“倚阑干”时所见；思归之情又是从“凝愁”中生发；而“争知我”三字化实为虚，使思归之苦、怀人之情表达得更为曲折动人。

这首词章法结构细密，写景抒情融为一体，以铺叙见长。词中思乡怀人之意绪，展衍尽致。而白描手法，再加通俗的语言，将这复杂的意绪表达得明白如话。这样，柳永的《八声甘州》终成为词史上的丰碑，得以传颂千古。

江城子

乙卯[1]正月二十日夜记梦

苏轼

作品简介

苏轼（1037—1101），字子瞻，号东坡，眉山（在今四川省）人，北宋杰出的文学家。神宗时，他反对王安石推行新法，被外放到杭州、密州（在今山东省）等处做地方官。又被诬陷为作诗讽刺朝廷，下狱，降职到黄州（在今湖北省）。保守派执政后，他一度被召回朝。新党重新上台，他一再被贬，直到边远的琼州（在今广东省海南岛）。他任地方官期间，较为关心民众生活，做过一些兴修水利的事情。在文学上，他的散文、诗歌都很有成就。他的词，突破了当时柔弱的词风，扩大了题材，境界开阔，语汇丰富，不拘声律，风格以豪迈为主，开创了豪放派的词风，在词史上占有重要地位。

《江城子·十年生死两茫茫》，也题作《江城子·乙卯正月二十日夜记梦》，由苏轼创作，被选入《宋词三百首》。这是苏轼为悼念原配妻子王弗而写的一首悼亡词，表现了绵绵不尽的哀伤和思念。全词情意缠绵，字字血泪。上阕写词人对亡妻深沉的思念，是写实。下阕记述梦境，抒写了诗人对亡妻执着不舍的深情。上阕记实，下阕记梦，衬托出对亡妻的思念，加深本词的悲伤基调。既写了王弗，又写了词人自己。词中采用白描手法，出语如话家常，却字字从肺腑镂出，自然而又深刻，平淡中寄寓着真淳。这首词思致委婉，境界层出，情调凄凉哀婉，为脍炙人口的名作。

[1]乙卯：公元1075年，即北宋熙宁八年。

十年[1]生死两茫茫，不思量[2]，自难忘。千里[3]孤坟[4]，无处话凄凉。纵使相逢应不识，尘满面[5]，鬓如霜。

夜来幽梦[6]忽还乡，小轩窗[7]，正梳妆。相顾[8]无言，惟有泪千行。料得年年肠断处，明月夜[9]，短松岗。

鉴赏提示

这是一首悼亡词，是为悼念妻子王弗去世十周年而作。生死阔别，本词的时间跨度达二十年。上阕写死别十年，一直对亡妻铭记在心，但亡妻若能见到自己，也会认不出来，因我过于衰老。于是由悼亡到自伤，哀婉凄凉。“尘满面”道尽十年辗转尘世，历尽坎坷和创伤。下阕记梦，兼写生前死后。“小轩窗，正梳妆”，既是十年夫妻生活的回忆，又是梦境。“相顾无言”二句，状写今日失意、哀苦无处诉的情怀。具体真实，生动传神。全篇采用白描手法，朴素自素，字字句句流露出深沉的感情。

醉花阴

李清照

作品简介

李清照（1084—1155），号易安居士，汉族，山东省济南章丘人。宋代女词人，婉约词派代表，有“千古第一才女”之称。早期生活优裕，与夫赵明诚共同致力于书画金石的搜集整理。金兵入据中原时，流寓南方，境遇孤苦。所作词，前期多写其悠闲生活，后期多悲叹身世，情调感伤。形式上善用白描手法，自辟途径，语言清丽。论词强调协律，崇尚典雅，提出词“别是一家”之说，反对以作诗文之法作词。

这首词是作者婚后在与丈夫赵明诚分别后所写，它通过悲秋伤别来抒写词人的寂寞与相思情怀。

[1]十年：指结发妻子王弗去世已十年。
[2]思量：想念。“量”按格律应念平声 liáng。
[3]千里：王弗葬地四川眉山与苏轼任所山东密州，相隔遥远，故称“千里”。
[4]孤坟：孟启《本事诗•徵异第五》载张姓妻孔氏赠夫诗“欲知肠断处，明月照孤坟”。其妻王氏之墓。
[5]“尘满面”两句，形容年老憔悴。
[6]幽梦：梦境隐约，故云幽梦。
[7]小轩窗：指小室的窗前。轩：门窗。
[8]顾：看。
[9]明月夜，短松冈：苏轼葬妻之地。短松：矮松。

薄雾浓云愁永昼[1]，瑞脑消金兽[2]。佳节又重阳[3]，玉枕纱厨[4]，半夜凉初透[5]。

东篱把酒黄昏后[6]，有暗香盈袖[7]。莫道不消魂[8]，帘卷西风[9]，人比黄花瘦[10]。

鉴赏提示

这首词通过描述作者重阳节把酒赏菊的情景，烘托了一种凄凉寂寥的氛围，表达了作者思念丈夫的孤独与寂寞的心情。

“薄雾浓云愁永昼，瑞脑销金兽”，这两句借助室内外秋天的景物描写，表现了词人白日孤独寂寞的愁怀。“佳节又重阳，玉枕纱厨，半夜凉初透”，这三句写出了词人在重阳佳节孤眠独寝、夜半相思的凄苦之情。“东篱把酒黄昏后，有暗香盈袖”，这两句写出了词人在重阳节傍晚于东篱下菊圃前把酒独酌的情景，衬托出词人无语独酌的离愁别绪。“莫道不消魂，帘卷西风，人比黄花瘦”，这三句直抒胸臆，写出了抒情主人公憔悴的面容和愁苦的神情。

上片咏节令，写别愁；下片写赏菊情景。作者在自然景物的描写中，加入自己浓重的感情色彩，使客观环境和人物内心的情绪融和交织。尤其是结尾三句，用黄花比喻人的憔悴，以瘦暗示相思之深，含蓄深沉，言有尽而意无穷，历来广为传诵。全词开篇点“愁”，结句言“瘦”。“愁”是“瘦”的原因，“瘦”是“愁”的结果。贯穿全词的愁绪因“瘦”而得到了最集中最形象的体现。可以说，全篇画龙，结句点睛，“龙”画得巧，“睛”点得妙，巧妙结合，相映成辉，创设出了“情深深，愁浓浓”的情境。

破阵子·为陈同甫赋壮词以寄之

辛弃疾

作品简介

辛弃疾（1140—1207），南宋词人。原字坦夫，改字幼安，别号稼轩，历城（今山东济南）人。出生时，中原已为金兵所占。21岁参加抗金义军，一生力主抗金。曾上《美芹十论》与《九议》，条陈战守之策，显示其卓越军事才能与爱国热忱。词作方面，在苏轼

[1]云：《古今词统》等作“雰”，《全芳备祖》作“阴”。永昼：漫长的白天。

[2]瑞脑：一种薰香名。又称龙脑，即冰片。消：一本作“销”，《花草粹编》等作“喷”。金兽：兽形的铜香炉。

[3]重阳：农历九月九日为重阳节。《周易》以“九”为阳数，日月皆值阳数，并且相重，故名。这是个古老的节日。

[4]纱厨：即防蚊蝇的纱帐。厨：《彤管遗篇》等作“窗”。

[5]凉：《全芳备祖》等作“秋”。

[6]东篱：泛指采菊之地。出自陶渊明《饮酒诗》：“采菊东篱下，悠然见南山。”“东篱”成为诗人惯用之咏菊典故。

[7]暗香：这里指菊花的幽香。《古诗十九首•庭中有奇树》：“攀条折其荣，将以遗所思。馨香盈怀袖，路远莫致之。”这里用其意。

[8]消魂：形容极度忧愁、悲伤。消：一本作“销”。

[9]西风：秋风。

[10]比：《花草粹编》等作“似”。黄花：指菊花。

的基础上，大大开拓了词的思想意境，提高了词的文学地位，后人遂以“苏辛”并称。这首《破阵子·为陈同甫赋壮词以寄之》，是辛弃疾写给他的朋友陈同甫的。辛弃疾20岁时，就在家乡历城参加了抗金起义。起义失败后，他回到南宋，当过许多地方的长官。他安定民生，训练军队，极力主张收复中原，却遭到排斥打击。后来，他长期不得任用，闲居近20年。这首词，抒写了他梦寐以求、终生不变的抗敌救国的理想，抒写了壮志不酬的悲愤心情。

醉里挑灯看剑[1]，梦回吹角连营。八百里分麾下炙[2]，五十弦翻塞外声[3]。沙场秋点兵[4]。

马作的卢飞快[5]，弓如霹雳弦惊[6]。了却君王天下事[7]，赢得生前身后名[8]。可怜白发生[9]！

鉴赏提示

全词都写军中生活，也可以说是写想象中的抗金军队中的生活。十分生动地描绘出一位披肝沥胆，忠一不二，勇往直前的将军的形象，从而表现了词人的远大抱负，抒写了壮志不酬的悲愤心情。

词的上片，写作者闲居家中心情苦闷，只能在醉里挑灯看剑，在梦中驰骋杀敌。词的下片，紧接着描写了壮烈的战斗和胜利的结局，通过创造雄奇的意境，抒发了杀敌报国、恢复祖国山河、建立功名的壮怀。从全词看，壮烈和悲凉、理想和现实，形成了强烈的对照。一句“可怜白发生”，包含着多少难以诉说的郁闷、焦虑、痛苦和愤怒。这首词基调雄壮高昂，是典型的“壮词”，实为辛弃疾“沉郁顿挫”的典型之作。这首词题是“壮词”，前面九句的确可称得上是壮词，但是最后一句使全首词的感情起了变化，使全首词成为悲壮的而不是雄壮的。前面九句是兴高采烈、雄姿英发的。最后一句写出了现实与理想的大矛盾，理想在现实生活中的幻灭。这是辛弃疾一生政治身世的悲愤，也同样是陈亮的悲愤。

---

[1]醉里：醉酒之中。挑（tiǎo）灯：拨动灯火，点灯。看剑：查看宝剑。准备上战场杀敌的形象。说明作者即使在醉酒之际也不忘抗敌。

[2]八百里：指牛。《世说新语·汰侈》“晋王恺有良牛，名‘八百里驳’”。后诗词多以“八百里”指牛。麾（huī）：军旗。麾下：指部下。炙（zhì）：烤肉。

[3]五十弦：本指瑟，泛指乐器。翻：演奏。塞（sài）外声：以边塞作为题材的雄壮悲凉的军歌。

[4]沙场：战场。点兵：检阅军队。

[5]马作的卢（dí lú）飞快：战马像的卢马那样跑得飞快。作：像，如，像……一样。的卢：马名。一种额部有白色斑点性烈的快马。相传刘备曾乘的卢马从襄阳城西的檀溪水中一跃三丈，脱离险境。

[6]了（liǎo）却：了结，完成。霹雳（pī lì）：特别响的雷声，比喻拉弓时弓弦响如惊雷。

[7]天下事：此指恢复中原之事。

[8]赢得：博得。身后：死后。

[9]可怜：可惜。

长相思·山一程

纳兰性德

作品简介

纳兰性德，清朝词人、学者。纳喇氏，字容若，号饮水、楞伽山人。著有《通志堂集》，词作先有《侧帽》一集，后增补为《饮水词》，后人汇辑本则称《纳兰词》，今存三百五十首左右。纳兰性德性情颖敏，多愁善感，不类贵族子弟。词风真挚自然而多凄恻哀艳，悼亡之作尤称绝调。向有满洲词人第一之誉，为清词大家之一。

康熙二十年，三藩之乱平定。翌年三月，玄烨出山海关至盛京告祭祖陵，纳兰性德扈从。词人由京城（北京）赴关外盛京（沈阳）途中，出关时冰雪未销，千山万水，对于生于关内，长于京城的纳兰性德而言，一切都是那么荒凉，那么寂寞，于是不由得思念亲人朋友，作者有感而发，填下这首《长相思》。该词抒写词人羁旅关外，思念故乡的情怀，柔婉缠绵中见慷慨沉雄。整首词无一句写思乡，却句句渗透着对家乡的思念。

山一程，水一程[1]，身向榆关[2]那畔[3]行，夜深千帐[4]灯。

风一更，雪一更[5]，聒[6]碎乡心梦不成，故园[7]无此声[8]。

鉴赏提示

这首《长相思》以具体的时空推移过程及视听感受，既表现景象的宏阔观感，更抒露着情思深苦的绵长心境，是以小见大的佳作。

上片在“一程”又“一程”的复叠吟哦中，展示出与家园的空间阻隔不断地随着时间的推移而逐渐增大，空间感与乡情构成尖锐冲突。正在这种行进方向和心绪逆反背离中驻营夜宿，“夜深千帐灯”，似是壮伟景观，实乃情心深苦之写。白日行军，跋涉山水，到夜深时仍灯火通明，难入梦乡，这是因思乡而失眠。于是转入下片乡情思恋之笔。

“一更”又“一更”的重叠复沓，于听风听雪的感觉中推移着时间过程，时间感知于乡情的空间阻隔而心烦意乱，怨夜太长。说“聒碎乡心梦不成”，其实是作者思乡心聒碎梦难成，情苦不寐，只觉得风声雪声，声声扣击人心窝，难以承受。在“乡园”时是不会有这种令人痛苦的声响的。将主观因素推诿客观，语似平淡，意更深沉。此类迁怒归咎于风雪声写法，心理情态能充分表现出来。看似无理，反见情痴，愈是无理之怨，其怨愈显沉重。叠句和数字

[1]程：道路、路程。山一程，水一程，即山长水远。

[2]榆关：即今山海关，在今河北秦皇岛东北。

[3]那畔：即山海关的另一边，指身处关外。

[4]帐：军营的帐篷，千帐言军营之多。

[5]更：旧时一夜分五更，每更大约两小时。风一更，雪一更，即言整夜风雪交加也。

[6]聒（guō）：声音嘈杂，这里指风雪声。

[7]故园：故乡，这里指北京。

[8]此声：指风雪交加的声音。

"一"、"千"的运用强化着视、听觉感受中的焦虑、怨怼、幽苦，亦是此词值得辨味的佳处。纳兰性德身为一等侍卫，却极厌烦"扈从"公差，于是构成传统羁旅题材的又一种类型。

第二节　中国现当代新诗名作鉴赏

弃妇

李金发

作品简介

李金发（1900—1976），原名李淑良，笔名金发，广东梅县人。李金发于1921年就读于第戎美术专门学校和巴黎帝国美术学校，在法国象征派诗歌特别是波德莱尔《恶之花》的影响下，开始创作格调怪异的诗歌，在中国新诗坛引起一阵骚动，被称之为"诗怪"，成为我国第一个象征主义诗人。这首《弃妇》就是这类作品的代表作。

长发披遍我两眼之前，
遂隔断了一切羞恶之疾视，
与鲜血之急流，枯骨之沉睡。
黑夜与蚊虫联步徐来，
越此短墙之角，
狂呼在我清白之耳后，
如荒野狂风怒号，
战栗了无数游牧。
靠一根草儿，与上帝之灵往返在空谷里。
我的哀戚唯游蜂之脑能深印着；
或与山泉长泻在悬崖，
然后随红叶而俱去。
弃妇之隐忧堆积在动作上，
夕阳之火不能把时间之烦闷
化成灰烬，从烟突里飞去，
长染在游鸦之羽，
将同栖止于海啸之石上，
静听舟子之歌。
衰老的裙裾发出哀吟，
徜徉在丘墓之侧，
永无热泪，

点滴在草地，
为世界之装饰。

鉴赏提示

孤独感、遗弃感是他深入骨髓的体验，也是他对人生的整体感受，因此他选择弃妇作为人生的象征，写成的《弃妇》一诗成了他的代表作。这首诗中，弃妇的形象是“长发披遍我两眼之前”，长发遮面，表示落魄；同时，长发也是她仅有的保护，替她隔断世人对她的蔑视和世界的惨苦——鲜血之急流，枯骨之沉睡。弃妇以这个动作表示，世界对她毫无价值。当然，这样的一个保护是极其微弱的，世界仍在不断地骚扰她，下面就要说到“蚊虫”的狂呼。

“黑夜与蚊虫联步徐来/越此短墙之角/狂呼在我清白之耳后/如荒野狂风怒号/战栗了无数游牧”。蚊鸣虽弱，但仍然给她造成了巨大的心理刺激。“山泉、悬崖、红叶”都是“空谷”的分写，所谓“与上帝之灵往返”只是自我解嘲而已，只说明她的哀戚无人可诉。

把烦恼用火烧掉，行不？不行。“烦闷”当然不能用火烧掉，更不可能染在乌鸦的羽毛上，因为乌鸦自己已经够黑了，不可能再承载了。这说明弃妇的烦恼不可能解脱。值得注意的是，乌鸦也是不吉利的家伙。

乌鸦就像是诗人自己，他不能替她解脱，只能陪她“静听舟子之歌”，他们在心理上是相通的。

最后一节，表示了弃妇与人世的绝决，“永无热泪/点滴在草地/为世界之装饰”，犹如鲁迅《死》中说的，“让他们怨恨去，我一个都不宽恕”。这样的弃妇，算是从头硬到尾了。

我是一条小河

冯至

作品简介

冯至（1905—1993），原名冯承植，河北涿县人。1923年后受到新文化运动的影响开始发表新诗。1930年赴德国留学，其间受到德语诗人里尔克的影响。1941年他创作了一组后来结集为《十四行集》的诗作，影响很大。冯至早期诗歌的基本主题是对青春与爱情的歌唱，表现知识青年的哀愁。写于1925年的《我是一条小河》，便是一首色彩明艳、格调幽婉的爱情诗。

我是一条小河，
我无心由你的身边绕过——
你无心把你彩霞般的影儿
投入了我软软的柔波。
我流过一座森林，柔波便荡荡地

把那些碧翠的叶影儿
裁剪成你的裙裳。
我流过一座花丛，柔波便粼粼地
把那些凄艳的花影儿
编织成你的花冠。
无奈呀，我终于流入了，
流入那无情的大海——
海上的风又厉，浪又狂，
吹折了花冠，击碎了裙裳！
我也随了海潮漂漾，
漂漾到无边的地方——
你那彩霞般的影儿
也和幻散了的彩霞一样！

鉴赏提示

这是一首色彩明艳而情调又显得凄美的爱情诗，诗作采用以人拟物的手法，借着“小河”与“影儿”之间的自然联系，写出青年男女间两心的相印与相随。这首诗还十分注重情调的创造，注意运用语言的感情色彩来烘托一种特定的、浓郁的氛围。诗的首节，主人公是“无心”绕过的，姑娘也是“无心”投影于主人公的柔波。这两个“无心”，隐然传达出一种悄静、恬美的意境，描摹出主人公与姑娘间感情交流的自然、真挚、和谐，愈是“无心”愈是有情。底下柔波那“荡荡地”、“粼粼地”的姿态，在水波微兴中摇曳着深情，把主人公的一腔柔情化作一片清澈、明净的艺术境界，把原来的情意向着纵深方向推进了一步。同时，它又和下面遇到的摧折一切的厉风狂浪形成鲜明对照，以大海的“无情”反衬出人物的多情，以象征社会力量的自然的冥顽观照出主人公爱情遭到摧折的深深不幸，为全诗创造了一个欢快而又带有悲剧意味的情调。此外，还多用叠字（如“软软”、“荡荡”、“粼粼”等）和重复（如第一节的两个“无心”，第五节的两个“彩霞”等）以酿就一种缱绻的情味。在诗的形式上，它自由而又有所敛束。在整体上，它间用对偶与复沓，格式表达自然、优雅，调子舒缓柔曼而又热烈明丽，音律极活泼，调子舒卷自如，别具一种浓烈的韵味。

礁 石

艾青

作品简介

艾青（1910—1996），原名蒋海澄，号海澄，曾用笔名莪加、克阿、林壁等，浙江省金华人，被认为是中国现代诗的代表诗人之一。主要作品有《大堰河——我的保姆》《艾青诗选》。《礁石》写于1954年7月，时值新中国社会主义建设伊始之际，百事待兴。但中国面临的困难却难以消失，不说那“帝国主义的重重包围”，单就经济建设来看，困难、打击就没有间断过。中国人民在这样一个新的历史时期，与在战争时期一样 最需要精神上的鼓舞。诚如诗人所说：“作为一个民族，作为一个要求生存权利的个人，遇到连续的迫害该怎么办呢？”“这也只是从受到‘无休止地扑过来’的‘礁石’的角度所应采取的态度——它还有什么别的办法呢？然而有人说礁石是‘与大大小小的航船为敌的’……他完全忘掉礁石是不可移动的，应该‘大大小小的航船’不要去碰那顽固不化的礁石。这就是从两种不同的角度看问题的不同的结果。”（《艾青诗选·序》）《礁石》正是应时而生，它实实在在地鼓舞了几代中国人。

一个浪，一个浪
无休止地扑过来
每一个浪都在它脚下
被打成碎沫，散开……
它的脸上和身上
像刀砍过的一样
但它依然站在那里
含着微笑，看着海洋……

鉴赏提示

《礁石》这首诗是艾青1954年7月写的一首短诗。艾青从一个崭新的角度去观察和描写礁石。礁石屹立在海上，受到的恰恰是海浪无休止的袭击。为了求得生存，它顽强地同海浪进行搏斗，而且总是把“扑过来”的每一个海浪都“打成碎沫”；尽管伤痕累累，“像刀砍过一样”，但仍巍然屹立，含着微笑，看着海洋。礁石是一切被压迫民族、一切被压迫人民抗击旧世界旧势力的力量的象征。

艾青擅长于运用象征手法来抒写他的真情实感。在《礁石》一诗中，诗人把他对生活的独到思考熔铸于“礁石”这一象征性的形象之中，不仅使礁石人格化，而且赋予礁石以“弦外之音”和“象外之旨”，从而大大增强了作品的艺术感染力。全诗语言精炼，形象生动，含蓄蕴藉，寓意深刻，是诗人坚持现实主义创作原则，“通过自己的心去写”的结果。这首简短的诗歌，通过比喻、拟人的手法，注入作者的感情。但是，并没有把事情说尽，而是只简单地勾勒了两个画面，抓住事物的特点，而对其内涵，则采取“省略”的方式，没有作出什么说明，这就增加了读者猜测和想象的空间。在艺术中，“形象大于思想”，思想往往阐述得清楚明白，也就没有多少想象的余地，而没有想象的余地，没有给读者留出“填空”和“对话”的空间，也就不能引发读者的“兴味”，更不要说什么“领悟”和“畅神”了。相反，这首诗歌，语言凝练，采取“暗示”的手法，只作形象的勾勒，不作意义的阐发，把其中的意韵留给读者去体会，增加了诗歌的美。

双桅船

舒婷

作品简介

舒婷（1952—），原名龚佩瑜。福建龙海人，中国现代女作家，中国当代朦胧诗歌派的代表人物。

《双桅船》是诗人运用朦胧诗的写法，采用象征、意象来表达人的主观情绪，从而伸张人性的佳作。全诗表现了诗人双重的心态与复杂的情感。一方面，是理想追求的“灯”；另一方面，是爱情向往的“岸”。在执着追求理想的进程中，时而与岸相遇，又时而与岸别离，相和谐又相矛盾。同时，在理想追求进程中，诗人时而感到前行的艰难与沉重，时而又感到一种时代的紧迫感而不让自己停息。“雾打湿了我的双翼/可风却不容我再迟疑”诗中所表现的情绪与心态，既是诗人自我的、个性的东西。同时，又是那个特定时代的青年们所普遍感受到而难以言表的东西。诗人以她细腻的心，运用象征的技巧，把它完美地表达出来，使之成为一首脍炙人口的佳作。

雾打湿了我的双翼
可风却不容我再迟疑
岸啊，心爱的岸
昨天刚刚和你告别
今天你又在这里
明天我们将在
另一个纬度相遇
是一场风暴、一盏灯
把我们联系在一起
是一场风暴、另一盏灯
使我们再分东西
不怕天涯海角
岂在朝朝夕夕
你在我的航程上
我在你的视线里

1979年8月

鉴赏提示

本诗的一个重要艺术特点是象征。诗题“双桅船”，就是一种象征。全诗的目的不在于描写一只客观的双桅船，而是借用双桅船这一具体形象来表现诗人自己，表现诗人双重的心态与复杂的情感。或者说，诗人觉得，我就像一只双桅船。双桅船中的“双桅”又暗示着某种深层的含义。双桅并在，意味着诗人心目中爱情与事业并立又相区别的心理。另外，诗中的“岸”、“风”、“风暴”、“灯”等都具有明显的象征性。“岸”象征着女性的爱情归宿，“风”意味着时代紧迫感给诗人的动力，“风暴”暗指诗人与同代人所经历的不平常的年代风云，“灯”则与光明、信念编在一起。

意象的运用，是本诗的另一个重要艺术特点。诗人在《双桅船》中所要表达的是一种心态，一种情绪，一种感情历程。而落在语言上，却是“船”、“岸”、“风暴”、“灯”等具体形象，并把这些具体形象加以组合，形成一幅完整的、有动态过程的画面。而在画面之下，隐含并跳动着作者的心，作者的真情实感。全诗意象清新，组合自然，使诗人内在强烈的情绪得以自如地表达。

另外，本诗的语言自然流畅，诗中所蕴含的情，凝重而又细腻，既有浓浓的个人感叹，又有开阔的时代情怀。诗的最后四名：“不怕天涯海角/岂在朝朝夕夕/你在我的航程上/我在你的视线里”，被人们当作警句加以广泛流传和引用。

第三节　外国诗歌名作鉴赏

对月

歌德

作品简介

歌德（1749—1832），德国诗人、剧作家，生于法兰克福一个富裕的市民家庭。有《少年维特的烦恼》《浮士德》《浮士德：一个片断》第2稿《诗与真》《西方与东方的合集》等作品。歌德学识渊博，经历复杂，一生跨两个世纪，处在欧洲大动荡大变革时期，不断接受先进思想的影响，是德国民族文学的最杰出的代表，对欧洲和世界文学的发展做出了巨大贡献。

《对月》这首诗的初稿是在给施泰因女士的信中找到的，写于1777年夏，经作者两度修改，第三稿约成于1787年，它是作者抒情诗的代表作，诗中融合着对友人的感情与对大自然的爱，是公认的“最美的月光诗”，并由舒伯特谱成曲，广泛流传。

你又悄悄地泻下幽辉，
满布山谷和丛林，
我整个的心灵又一次
把烦恼消除净尽。
你温柔地送来秋波，

普照着我的园林[1]，
像知友的和谐的眼光，
注望着我的命运。
在我的胸中还留着
哀乐年华的余响，
如今我只是影只形单，
在忧与喜中彷徨。
流吧，流吧，可爱的溪水！
我不会再有欢欣，
那些戏谑、亲吻和真情，
都已经无影无踪。
可是我也曾一度占有
十分珍贵的至宝！
我永远不能把它忘记，
这真是一种烦恼！
溪水啊，莫停留，莫休止，
沿着山谷流去吧，
合着我的歌曲的调子，
淙淙潺潺地流吧，
不论是在冬夜，当你
泛起怒潮的时候，
或者绕着芳春的嫩草
滟滟流动的时候。
谁能放弃了憎恨之念，
躲避开尘寰浊世，
怀里拥抱着一位挚友，
同享着人所不知、
人所梦想不到的乐趣，
就在这样的夜间，
在心曲的迷宫里漫游，
那真是幸福无边。

鉴赏提示

[1]园林：指魏玛公爵卡尔·奥古斯特赠送歌德的庭园，在一大片绿野中，且紧邻穿过密林的风光优美的伊尔姆河河谷。歌德于1776年4月21日迁入居住。

随着诗句，我们可以想象这位28岁的诗人，坐在公爵赠与他的庭院里，伴着小河的流水声，面对明月独述心怀的情景。这里，歌德将月亮当做自己的挚友，对他心怀感激，又将自己彻底展露，与月亮一起在“心灵的迷宫”里漫步，那种坦诚、平静地审视自己的生活经历以及失恋后平复下来的心态令人一览无余。诗人以“月”为始发意向，并通过拟人手法和类比联想，注入情感，完成构思，达到物我交融的艺术境界。

当你老了

叶芝

作品简介

威廉·巴特勒·叶芝（1865—1939），爱尔兰诗人、剧作家，著名的神秘主义者。叶芝作为“爱尔兰凯尔特复兴运动”的领袖，其诗吸收浪漫主义、唯美主义、神秘主义、象征主义和玄学诗的精华，几经变革，最终熔炼出独特的风格。其艺术被视为英语诗从传统到现代过渡的缩影。艾略特曾誉之为“二十世纪最伟大的英语诗人”。

叶芝曾于1923年获得诺贝尔文学奖，获奖的理由是“以其高度艺术化且洋溢着灵感的诗作表达了整个民族的灵魂”。

当你老了，头发白了，睡思昏沉，
炉火旁打盹，请取下这部诗歌，
慢慢读，回想你过去眼神的柔和，
回想它们昔日浓重的阴影；

多少人爱你青春欢畅的时辰，
爱慕你的美丽，假意或真心，
只有一个人爱你那朝圣者的灵魂，
爱你衰老了的脸上痛苦的皱纹；

垂下头来，在红光闪耀的炉子旁，
凄然地轻轻诉说那爱情的消逝，
在头顶的山上它缓缓踱着步子，
在一群星星中间隐藏着脸庞。

（选自袁可嘉选编《外国现代派作品选》第一册，袁可嘉译，上海文艺出版社，1980年版）

鉴赏提示

1889年1月30日，23岁的叶芝第一次遇见了美丽的女演员茅德·冈，她时年22岁，是一位驻爱尔兰英军上校的女儿。叶芝对于茅德·冈一见钟情，而且一往情深，叶芝这样描写过他第一次见到茅德·冈的情形："她伫立窗畔，身旁盛开着一大团苹果花；她光彩夺目，仿佛自身就是洒满了阳光的花瓣。"叶芝深深地爱恋着她，但茅德·冈始终拒绝叶芝的追求。叶芝却一直等待着，即使他的意中人早已经是别人的妻子，直到52岁才结婚。那是在已经死去丈夫的茅德·冈再次拒绝了叶芝的求婚后，在叶芝向茅德·冈的女儿伊莎贝拉求婚被拒绝之后，叶芝终于停止了这种无望的念头。但事实上，叶芝还是无法忘记茅德·冈。在他生命的最后几个月，他还给茅德·冈写信，约她出来喝茶，但还是被拒绝。而且，茅德·冈还坚决拒绝参加他的葬礼。

叶芝对于茅德·冈爱情无望的痛苦和不幸，促使叶芝写下很多针对于茅德·冈的诗歌来，在数十年的时光里，从各种各样的角度，茅德·冈不断激发叶芝的创作灵感；有时是激情的爱恋，有时是绝望的怨恨，更多的时候是爱和恨之间复杂的张力。

诗人写这首诗时，他所爱恋的对象正值青春年少，有着靓丽的容颜和迷人的风韵。题目"当你老了"，简简单单的四个字，让你读出叶芝可望而不可及的爱情的悲伤，读出愿为茅德·冈守候一生的那种平静，读出诗人甘愿为理想爱情牺牲的决心，这种宣誓是平静的，然而又是坚决的，因为爱你是我一辈子的承诺，是我用一生去坚守的承诺。承诺易得而坚守不易，叶芝却用他的一生做到了。诗人仿佛是一个孤独者，远远地、却又执著地注视着，爱恋着那位被人们众星捧月的姑娘，向她献出自己独特的却真正弥足珍贵的爱情，因为别人或真情、或假意的爱，只是爱她的容颜，独有诗人爱着她高贵的灵魂。红颜易老，青春难留，而少女高贵的灵魂、内在的美质却会在岁月的流逝中永驻，就像酒，藏之愈久，味之弥醇，因而诗人的爱情也得以超越时光，超越外在的美丽。

假如生活欺骗了你

普希金

作品简介

普希金（1799—1837），全名亚历山大·谢尔盖耶维奇·普希金，是俄国著名的文学家、伟大的诗人、小说家及现代俄国文学的创始人，19世纪俄国浪漫主义文学主要代表，同时也是现实主义文学的奠基人，现代标准俄语的创始人，被誉为"俄国文学之父"、"俄国诗歌的太阳"（高尔基），"青铜骑士"。

《假如生活欺骗了你》选自《普希金诗集》，写于普希金被沙皇流放的日子里。那时俄国革命如火如荼，诗人却被迫与世隔绝。在这样的处境下，诗人仍没有丧失希望与斗志，他热爱生活，执著地追求理想，相信光明必来，正义必胜。

假如生活欺骗了你，
不要忧郁，也不要愤慨。
不顺心时暂且克制自己：

相信吧，快乐之日就会到来。
我们的心儿憧憬着未来；
现实总是令人悲哀：
一切都是暂时的，转瞬即逝；
而那逝去的将变为可爱。

鉴赏提示

这首诗阐明了这样一种积极乐观的人生态度：当生活欺骗了你时，不要忧郁，也不要愤慨；在苦恼之时要善于忍耐，一切都会过去，未来是幸福、美好的。

诗中没有什么形象可言，短短八句，都是劝告的口吻——按常理这是诗歌创作要尽力避免的，但这首诗却以说理而取得了巨大的成功。其原因在于诗人以平等的娓娓的语气写来，语调亲密和婉，热诚坦率，似乎诗人在与你交谈；诗句清新流畅，热烈深沉，有丰富的人情味和哲理意味，从中可以让人感受到诗人真诚博大的情怀和坚强乐观的思想情绪。该诗以一个假设句破题，劈头就是一个“假如”，实际上，这个对于对话者所作的带有推测性假定意义的假说，正是变幻莫测的人生中的一种必然现象，即生活中不可能没悲伤、烦恼，但是你要克制、忍耐，因为还有一个“欢乐之日”就要来临。紧跟其后，在第二个诗节中，诗人进一步指出，这未来，并非现实生活中，漫漫长夜之后，遥远的明天，而是心灵生活中的未来，这就引出了下面的富有深刻哲理的诗句：“一切都是暂时的，转瞬即逝；/而那逝去的将会变得可爱。”他进一步指出，痛苦一旦过去，人就会更加成熟，对于成熟的人来说，这过去了的，即便是痛苦，也会成为人生的一段标志，而令人感到无比亲切。保持对生活的信心，即使在逆境之中，也不要陷入绝望而不能自拔。

我孤独地漫游，像一朵云

华兹华斯

作品简介

威廉·华兹华斯（1770—1850），英国诗人。华兹华斯与柯尔律治、骚塞同被称为“湖畔派”诗人（Lake Poets）。他们也是英国文学中最早出现的浪漫主义作家。他们喜爱大自然，描写宗法制农村生活，厌恶资本主义的城市文明和冷酷的金钱关系，他们远离城市，隐居在昆布兰湖区和格拉斯米尔湖区，由此得名“湖畔派”。华兹华斯在1843年被任命为“桂冠诗人”，然而纵观他的一生，其诗歌成就是突出的，不愧为继莎士比亚、弥尔顿之后的一代大家。《我孤独地漫游，像一朵云》是华兹华斯抒情诗的代表作，也许还是华兹华斯描写自然的诗中最美的一首。

我孤独地漫游，像一朵云
在山丘和谷地上飘荡，

忽然间我看见一群
金色的水仙花迎春开放，
在树荫下，在湖水边，
迎着微风起舞翩翩。

连绵不绝，如繁星灿烂，
在银河里闪闪发光，
它们沿着湖湾的边缘
延伸成无穷无尽的一行；
我一眼看见了一万朵，
在欢舞之中起伏颠簸。

粼粼波光也在跳着舞，
水仙的欢欣却胜过水波；
与这样快活的伴侣为伍，
诗人怎能不满心欢乐！
我久久凝望，却想象不到
这奇景赋予我多少财宝：
每当我躺在床上不眠，
或心神空茫，或默默沉思，
它们常在心灵中闪现，
那是孤独之中的福祉；
于是我的心便涨满幸福，
和水仙一同翩翩起舞。

（飞白译）

鉴赏提示

这是1802年4月的一个春日，在英格兰北部这还是乍暖还寒的多雨季节。华兹华斯等数人沿湖散步，这一天风比较大，湖水漾起层层波纹。他们在林间发现了几株野生的黄水仙花，再往前走，水仙越来越多，等走到湖湾边时，突然见到整条狭长的湖湾地带竟开满了水仙花，和湖水的涟漪一齐摇曳生姿，迎风舞蹈！这一从未见过的美景使诗人惊呆了。后来经过在平静中的追忆、咀嚼，华兹华斯写成了此诗，其中表现了自我与自然的交流，诗人从中找到了未泯的童心，窥见了一种永恒的契机，并把这种极乐的福祉与读者共享；不但要享受于一时，还要把这一境界贮存起来，作为精神的财富，作为永久的食粮，永远享受不尽。

本诗是一首情景交融的名篇。细分起来，又可分为前后两部分：前十六行以写景为主，而诗人之情移注其中，赋予整个画面以人的主体性；后十行以写情为主，而水仙之景寓于其中，不时闪现出神秘的光辉。郭沫若先生曾批评说："这诗也不高明，只要一、二两段就够了。后两段(特别是最后一段)是画蛇添足。板起一个面孔说教总是讨厌的。"

这一观点有一定的道理，但我们以为失之简单化。如果只保留此诗的前半，这将成为一首意象主义的诗；而华兹华斯却是特别强调诗教的，在此诗中，他就是以自然的祭司的身份，在向读者进行诗教，以抵制人对于自然的异化，使心灵从自然获取安慰和治疗。如果删去此诗后半部分，"说教"之嫌固然避免了，然而华兹华斯也就不复存在了。

尽管诗的后段有议论口吻，但贯串全诗的毕竟是华兹华斯最看重的"想象"。华兹华斯曾在《抒情歌谣集》第二版序言中提出：他写诗的目的是选择日常生活中的事，用人们日常说的语言写出来，但又要加上一种想象的光彩，使日常的事物以不寻常的状态呈现在心灵面前。他又认为：诗的最终目的是以想象来反映宇宙万物的天性的永恒部分。在此诗中，从第一行"我孤独地漫游，像一朵云"开始，我们就看到了这种"想象的光彩"，虽然对水仙的描写有点像写生画，但水仙在诗人想象中幻作了银河，化作了无限，直到水仙的景色已不在眼前，在想象中却仍然栩栩如生，与心灵一同翩翩起舞。正是通过想象这条线，华兹华斯用水仙花之景反映了他所体会到的"宇宙万物的天性的永恒部分"。

这首诗的音律和意象也为构成诗的整体性做出了贡献。此诗的格律是抑扬格四音步，韵式是ababcc(即每节诗中第一、三行押韵，二、四行押韵，五、六行押韵)，格调清新欢快。诗人还用一个鲜明的意象——"舞"贯串全诗，它在四节诗中反复出现了四次，成为全诗的主导动机：第一节中，水仙花起舞；第二节中，欢舞的水仙花达到了一万朵；第三节中，粼粼波光加入了水仙的舞蹈；第四节中，诗人的心与水仙一同翩翩起舞，从而完成了这首完整的圆舞曲，堪与柴可夫斯基的《花之圆舞曲》媲美。

推荐阅读

蘅塘退士：《唐诗三百首》

钱钟书：《宋诗选注》

唐圭璋：《唐宋词简释》

叶嘉莹：《迦陵论诗丛稿》

夏承焘、吴熊和：《读词常识》

杨海明：《唐宋词史》

赵敏俐、吴思敬：《中国诗歌通史》

第三篇　中外散文篇

散文是与诗歌、小说、戏剧并称的一种文学体裁，指不讲究韵律的散体文章，包括杂文、随笔、游记等。是最自由的文体，不讲究音韵，不讲究排比，没有任何的束缚及限制，也是中国最早出现的行文体例。通常一篇散文具有一个或多个中心思想，以抒情、记叙、议论等方式表达。

鉴赏散文可以培养一个人的素养，让你心中有一种正确而优雅的为人处世观。经典散文凝聚了世代人类思想艺术的精华，可以陶冶我们的思想情操，给我们以深沉的思维空间。从散文中感悟到的世界包括对真善美、假恶丑的认识和理解以及对人生哲理潜移默化的接受，这些对我们的人格塑造有很大的好处。

Disanpian　Zhongwaisanwenpian

第一章　散文鉴赏原理

导读

在我国源远流长、丰富多彩的文学史上，散文是最为重要的文学体裁之一。它包括汉以后的赋与骈体文，也包括说理著作中具有文学色彩的作品。

随着文学的发展，散文的含义和范围也在不断的演变。我国古代把与韵文、骈体文相对的散体文章称为散文，即除诗、词、曲、赋之外，不论是文学作品还是非文学作品，凡不押韵、不重排偶的散体文章，包括经、传、史书在内，一律称之为散文。

现代的散文指除诗歌、戏剧、小说以外的文学作品，包括杂文、小品文、随笔、游记、传记、见闻录、回忆录、报告文学等。近年来，由于传记、报告文学、杂文等已发展为独具特色的文体，所以人们又趋于把散文的范围缩小。

第一节　散文的发展历史与文体特征

散文史是中国文学史中最大的一个家族，种数繁衍最为庞杂，甚至古今散文概念也不一致，但是中国散文史是在中国社会和中国传统文化氛围中产生、发展和演变的。漫长的奴隶社会、封建社会，还有半封建半殖民地社会和社会主义社会，各自形成了散文的若干特色，也积淀了一些共同特质。

首先，是先秦时期。先秦这个历史时期，是中国散文发展的第一个阶段。从殷商、西周，到春秋、战国，文章由简而繁，由质而文，由简单记事到长篇大论，由官府独占到百家争鸣，这是一次飞跃的发展。

散文的产生，始于文字记事。从现有的材料看，中国的文字记事，大约是从商代开始的。这时不仅有了甲骨刻辞，而且有了铜器铭文。这些文字记载中，已经出现不少完整的句子。有的长达三、五百字，记录贵族事功、诉讼原委或赏赐情由等等，记叙的内容已经相当丰富。这些可以看作是古代散文的雏形。这些卜辞和铭文的特点是单纯、质朴、据事直书、无所文饰。

到了西周，奴隶制社会达到极盛时期，但物盛而衰，由于礼乐大备，这时的文章便发生了很大的变化，不仅内容增加了历史经验和道德说教，形式也更重文采了。一志一文，可以说是从殷商到西周散文发展的基本情况。在这以后，质文递变，也是散文发展史上的一条合乎规律的现象。春秋时代，是奴隶制向封建制过渡的历史阶段。这时礼坏乐崩，王纲解纽，原来王公贵族曾经独占的文化，这时再也不得专擅了。这时候私人讲学，处士可以横议。由于讲学和横议，散文便得到了划时代的发展。例如代表孔子之文的《春秋》和《论语》。总的看来，春秋之文是周朝尚文的继续。

由春秋到战国，社会的变革更大，战国时代，社会的各方面都发生了比春秋时代更大的变革。文化上甚至出现了百家争鸣的巨变，因此在这个历史时期，文章的变化也是空前的。

从文体的发展变化看，这时的文章，已经由《论语》那样的语录、对话发展为长篇大论以至专门论著，如《荀子》《韩非子》《孙子》《吕氏春秋》等；由《春秋》那样简约的记事发展为《国语》《左传》《战国策》等近于纪传的史籍。从文风的发展变化看，这时各家的论著，有的虽然“尚文”，有的则已开始“尚质”，文质并存的情况出现了。孟子、荀子、庄子是尚文的，而墨子、韩非子是尚质的。这反映了社会急剧变革的时代，不同的阶级和阶层对文、质的不同需求。而在百家争鸣中，其中压倒一切的是论辩文章。战国文章在用语方面还有一个特征是：散文杂而韵语。后代所谓散文与韵文、散体、骈体，在战国时代，还没有区分。特别是诸子的论说文章，常常是韵、散并用的。这也是这个时代的特征。从晚周到战国，从王纲解纽到百家争鸣，先秦文章已经发展到极盛的程度。但是物极必反，文盛至极，也复归于质。

先秦散文开创了我国散文的最基本形式，即议论文和记叙文。后世散文尽管有许多发展变化，但与以上两种形式都有密切联系。虽然当时主要取散文的实用性，但其文学性的光芒已不可掩抑，在叙事写人、寓理于形和语言艺术方面都是后世良好的先导。

散文到了汉代，又在国家政权与封建大一统的广阔社会背景之下继续发展起来，取得了很高的成就，在中国文学史上占有重要地位。汉代散文在前世的基础上品类更加繁多，凡刘勰在《文心雕龙》文体论中所涉及的颂、赞、祝等三十种散文文体都已独立出现，而每种文体往往又会细分为若干不同式样用途的小类，正如刘师培所说：“文章各体，至东汉而大备。”

汉代的散文总体上来说，有着很高的成就。一方面出现像司马迁那样卓越的文学大师，在先秦诸子散文和历史散文的基础上，创造了富有自己的时代特色和个性的文体，给后世很大的影响。另一方面，汉代的政论文，在先秦散文基础上发展起来的一种新散文体，对后世政论文的发展，也有很大的影响。我们可以发现汉代的散文，无论在叙事或说理方面，或是在塑造人物、描写社会现实方面，都较先秦的散文有很大的进步，也表明了我国散文的新成就。代表作有贾谊的《过秦论》《论积贮疏》《治安策》，晁错的《论贵粟疏》以及东汉王充的《论衡》等。

汉赋是在汉代涌现出的一种有韵的散文，它的特点是散韵结合，专事铺叙。从赋的形式上看，在于“铺采摛文”。赋是汉代最流行的文体，在两汉400年间，一般文人多致力于这种文体的写作，因而盛极一时，后世往往把它看成是汉代文学的代表。汉赋在发展中吸收了楚辞的某些特点——华丽的辞藻，夸张的手法，因而丰富了自己的体制。正由于赋体的发展与楚辞有着密切关系，所以汉代往往把辞赋连称。汉赋分为骚体赋、大赋、小赋。骚体赋代表作有贾谊的《吊屈原赋》《鹏鸟赋》，大赋又叫散体大赋，规模巨大，结构恢宏，气势磅礴，语汇华丽，往往是成千上万言的长篇巨制。西汉时的贾谊、枚乘、司马相如、扬雄，东汉时的班固、张衡等，都是大赋的行家。小赋扬弃了大赋篇幅冗长、辞藻堆砌、舍本逐末、缺乏情感的缺陷，在保留汉赋基本文采的基础上，创造出篇幅较小、文采清丽、讥讽时事、抒情咏物的短篇小赋，赵壹、蔡邕、祢衡等都是小赋的高手。这些赋，不再是主客对话的形式，而是作者的直接描写，这种转变为魏晋以后的文学发展奠定了基础。

魏晋南北朝是中国散文又一次发生大变化的时代。这个时期的散文具有如下的特征：一方面，辞赋在魏晋南北朝时期得到了进一步发展，在内容上抒情色彩越来越浓，表达社会政治见解和抒发个人感慨往往密切结合，出现写山水景物的散文、抒情小赋等。这个时期的作品更为人们所喜闻乐见，也更能反映这一时期辞赋的思想艺术风貌，从而成为这一时期辞赋创作的主流和辞赋成就的代表。如王粲的《登楼赋》，曹植的《洛神赋》，向秀的《思旧赋》，陶渊明的《归去来兮辞》，江淹的《恨赋》《别赋》，庾信的《哀江南赋》《小园赋》《枯树赋》等。

而另一方面，辞赋在形式上骈偶化倾向逐渐明显，更加讲求遣词造句的艺术技巧，体裁愈益多样化，出现了大家熟悉的“骈文”。代表作家有：曹氏父子（魏）；阮籍、嵇康（魏晋）；王羲之、陶渊明（东晋）；鲍照（南朝）。曹丕的《与吴质书》，语言婉转，感情真挚，呈现了这一时期文章的文情并茂。嵇康的《与山巨源绝交书》放言无忌，感情真实，辞锋锐利，语调峻切，颇见性情。阮籍的《大人先生传》言辞激烈，对虚伪的立法制度予以激烈的批判，同时在幻想中追求绝对自由。王羲之的《兰亭集序》舒爽自然，情味隽永，俯仰古今，怅出万端。陶渊明朴素中见绮丽，简洁中见丰富。鲍照的《登大雷岸与妹书》写庐山、九江一带景色，画面气象万千，山水均呈动态，烟云变幻，光色耀目。

魏晋南北朝是文学的自觉时期，文学创作的个性化使文学出现了新的变化。文学的价值受到高度重视，对各种体裁的区分，特别是不同风格特点有了比较明确的认识。散文体裁扩展了，文章中的抒情成分大大加强。传统大赋走向衰落，从东汉中后期兴起的抒情小赋占据了主导地位，并因为骈文的流行而增加了赋的骈俪成分。

隋朝年代虽短，二世而亡，其历史地位，与秦相似，但“秦世不文”，隋则颇有文章。而且唐承隋制，唐文之发展变化，亦与隋制有关。隋制对于文章影响最大者，是废除九品中正的官人之法，而行科举取士，为布衣之士开了入仕之门。隋文帝初并天下，政策曾是比较开放的。隋世文章，大概曾有四类。一是歌功颂德之文，如李德林的《天命论》。二是献策献计之文。三是牢骚怨愤之文，作者可推刘炫和王通。四是消极厌世之文，如萧大圆的《闲房之言》。

唐承魏晋南北朝和隋之后，骈体文盛行的局面一开始还没有多大改变，初唐王勃的《滕王阁序》和骆宾王的《代李敬业传檄天下文》可算骈文中的双璧。其中警句：“落霞与孤鹜齐飞，秋水共长天一色”，“请看今日之域中，竟是谁家天下”，更是传诵不衰。骈体文在形式上过分束缚，使文章的抒情、叙事、说理等多种功能受到很大的伤害，从政教需要来看，骈体文也显得不切实用。

中唐时期，伴随着政治变革，韩愈、柳宗元等人尖锐批判六朝以来的骈俪文，提倡更为实用的上继先秦两汉文体的散文，并称之为“古文”，而与骈俪文相对立。在他们的影响下，中唐文风大变，清新流畅的新文体基本上取代了几百年来骈文的统治地位。这次文体革新被称为唐代古文运动。代表作家为唐宋八大家。代表作品有韩愈的《师说》《进学解》《祭十二郎文》，柳宗元的《种树郭橐驼传》《捕蛇者说》等。

晚唐时期社会动荡，随韩愈、柳宗元等中唐一批散文家去世后，古文创作缺乏有力的后继者，以李商隐为代表作家的骈体文仍然居优势。一直到宋真宗时，形成了风靡一时的骈体——“西昆体”。

宋代散文平易自然，流畅婉转，比唐文更宜于说理、叙事和抒情，更实用。唐文奇特，结构上纵横开合，波澜起伏，词语上也追求新奇；宋文从容，曲折舒缓，不露锋芒，语言明白如话。欧阳修对骈体文的艺术并不一定完全否定，如《醉翁亭记》散中带骈，骈散相间，有似骈非骈的情趣。骈体赋，在唐代已有转散的趋势，晚唐杜牧的《阿房宫赋》随意铺陈，但全无堆砌，已可算是一种新文赋。欧阳修则进一步推行骈散结合，确立新体文赋。欧阳修的《朋党论》引用大量历史事实，连用排比，增加了说理的气势，是古文的实际功用与艺术价值有机结合的典范；他的《与高司谏书》言辞锋利，甚至嬉笑怒骂。《醉翁亭记》散而不乱，信笔所至，抒情与写景融为一体。似散非散，一唱三叹。《秋声赋》铺陈排比、骈词偶句及设为问答的形式，活泼流动且有散体格调，诗意浓厚。

欧阳修在北宋中叶发起继韩柳之后的再一次古文运动，欧阳修以他文坛盟主的地位，快速形成了以他为首的，包括曾巩、王安石、三苏在内的文学集团，于是一度中断了的韩柳古文传统得到继承与发扬。这个时期的代表作品有欧阳修的《醉翁亭记》、苏轼的《石钟山记》、王安石的《游褒禅山记》、曾巩的《墨池记》、苏洵的《六国论》、苏辙的《黄州快哉亭记》等。

苏轼继欧阳修后领导古文运动并取得完全胜利。他的创作代表了宋代散文的最高成就。苏轼的散文豪放自然，多姿多彩。其议论文明晰透辟，雄辩滔滔，气势纵横，善于随即生发，表现高度的论说技巧。精美的游记、杂记、随笔、文赋等文章，做到了涉笔成趣，姿态横生。苏轼的《文与可画筼筜谷偃竹记》围绕对文与可的追怀展开写作；《石钟山记》气脉流贯从容，不见雕琢之痕；《超然亭记》和《记承天寺夜游》意境超然，韵味隽永，富有诗意，自由洒脱。

唐宋的散文是在先秦两汉散文和六朝散文的基础上发展和提高的，各类文章丰富多彩，艺术水平也超越现代。八大家的散文成为元明清三代学习的楷模。

元代的散文，仍是沿袭着唐宋古文的发展，虽不能有宋代那样辉煌的成就，但散文作家仍是不少。元代中叶的散文，以吴澄的弟子虞集、许衡的弟子姚燧以及马祖常等最为知名，为文仍承袭元初路线。此时期出现了文学四杰：虞集、杨载、范谆、揭徯斯。

元代中叶以后，则以柳贯、黄溍、吴莱三人最为重要。而中叶文人，亦即明文所自出。他们三人，一方面承受元初前辈的文学余润，另一方面又开启了其后的文路。

明初的散文承继元末的文学，而后出现的台阁体，其弊流为散冗，遂引起了七子的文学复古运动；但后来却又走回句模字拟的方式，食古不化，遂发生了王唐之主唐、宋，规矩谨严，结果这两派一起一伏，直到明末，影响到清代的文学发展。但是，不管如何，明代散文无论是在思想内容的表现上，还是艺术形式的创造上，都有其不容忽视的地位。

明代散文大致有如下三方面的特点：一是对“文以载道”、“温柔敦厚”传统文学观点的突破，把表现作者的真情实感作为文章的第一要义，而不是代圣贤立言。李贽的“童心说”、公安派的“性灵说”都传达此种文学精神，这是我国散文史上的重要发展之一。二是扭转了宋、元以来唯“道”是尊，轻文贱艺的衰颓文风，恢复并振兴了古文传统。注重师法唐、宋，同时博取先秦、两汉、六朝，拓宽了古文创作的途径，增强了散文的艺术表现力。三是晚明小品文的产生，它突破了正宗古文的传统，使古老的文体出现了新的生机及气象。

明代著名的散文家，以宋濂、刘基、高启、方孝儒等人为代表。作品如宋濂简练典雅的散文《送东阳马生序》《秦士录》；刘基的短篇寓言《卖柑者言》《郁离子》；前七子代表李梦阳的《禹庙碑》《梅山先生墓志铭》；后七子代表李攀龙的《太华山记》，宗臣的《报刘一丈书》；唐宋派代表归有光的《项脊轩志》等。

他们携带着一股清新刚劲的文风。他们大部分从事创作于元末，多起于民间或下层官吏，亲身感受过民生的疾苦、社会的疮痍，抱有匡时济世的理想，并且学识渊博，善著文章。虽然在学术思想上仍未脱离宋、元理学的轨辙，但由于他们有着较深厚的生活基础，故能超越理学的束缚，写出反映时代精神的作品。这些作品或感叹人生变故，或渴求天下治安，或记叙高人奇事，或探索兴衰之道，将元明之际的社会生活毕现其中。其文风苍劲悲凉，闳深雄丽。

晚明的小品文是在反复古主义倾向中产生的，也是对六朝以来一些篇幅短小的笔记、杂文之类的继承和发展。它有厚重不足和走向俚语肤浅的倾向，但它摆脱“粉饰蹈袭”以及各种条条框框的约束，自由抒写，注重生活实感，表现个性，笔致清新，风趣放达，也确实给文坛带来可喜的新气象，甚至影响到“五四”新文化运动。

晚明小品文具体指篇幅短小精悍、格调清新自然，抒写性灵，情趣盎然的散文。袁中郎的《满井游记》，张岱的《湖心亭看雪》《西湖七月半》等都是脍炙人口的名篇。

清代是一个学术昌盛的时代。清代的散文在桐城派的领导之下，自成一格。除了清初时候的几位名士，以唐宋八大家为宗。清代的散文，可说是桐城派的天下。清朝前期，桐城派以“义法”为基础，发展成具有周密体系的古文理论，合乎正宗古文的发展格局，便于学习，因而称为大流派。前期代表人物有方苞、刘大櫆、姚鼐等。嘉靖时期，他们不受世风所染，笃守宋学，与以考据为特点的汉学派对峙；道咸年间，则于程朱理学中融入经世致用的思想，与洋务派、改良派有某些共通之处；在清末，他们又以程朱理学为武器对抗新思想、新文化。桐城派历时两百多年，几与清朝的统治相始终。桐城派文人与政治的关系更为密切，其中有像曾国藩这样的辅弼大臣，历次史上颇有争议的人物；也有像薛福成、吴汝纶这样的洋务派成员；还有像严复、林纾这样对于传播西方思想起过重要作用的翻译家。总之，桐城派文人在清代史中留下一段不可磨灭的痕迹，这是相当肯定的。研究桐城派的文学历史，也就相当于研究清代散文的发展史。

清代中期，袁枚、郑燮、沈复等主张反对桐城派“义法”对散文的限制。以才运笔，抒发性灵。感情真挚，生动清新，极力表现出抒张人情和显现个性的努力。

鸦片战争时期，龚自珍直接继承和发扬先秦诸子百家散文无所拘忌的创造精神，突破一般记事和议论模式，自由大胆地表示自己的见解和情感，开创了经世散文的新风，标志着清代散文的转折。代表作品有《病梅馆记》，反对摧残自然生机，追求个性解放。

康有为和梁启超主张变法维新，冲击桐城派。梁启超创立的新文体散文比传统古文通俗，条理明畅，不避俚语俗言，并吸收外文语法，大胆抒写新见解，笔锋常带感情，有极大的感染力与说服力。代表作品有梁启超的《少年中国说》。

清代后期，正值西方文化入侵的时期，许多传统的文化都遭受到严重的冲击。散文发展到此，已经准备迈入另一个新阶段了。民国建立，白话文学运动的提倡，使得散文由传统的古典散文进入到白话散文的时代，一直影响到今天的散文创作。

“五四”新文化运动以非常彻底的革命精神和创新精神，一方面彻底批判封建伦理道德和封建文化思想，一方面提倡白话文，坚决反对桐城派及其旁支余脉，直至其消歇。至此，散文进入了一个完全崭新的历史时期。

现代散文的发展变迁深受时代的推动和制约。现代中国社会在各方面所进行的反帝反封建、民族民主革命是时代发展的主流，现代散文作家队伍在时代的变迁发展过程中经历了一次次的分化和组合，各人的选择不一，在历史上起的作用也就因人而异。对现代的中国文学，现代的中国散文史做出的贡献也不同。“五四”时期有探求国家前进方向和探讨人生问题的作品，20世纪30年代前期则主要是反映城乡社会生活的作品，抗战时期就出现了许多战争题材的作品。

中国现代散文既是中国现代社会变革的“诗史”，也是中国现代散文作家的“心史”。这一时期作家有鲁迅、林语堂、刘半农、周作人、郁达夫、茅盾、朱自清、冰心、萧军、萧红等。

新时期散文的创作在内陆主要继承了20世纪40年代解放区以纪实为主的纪实性散文和古典散文，导致建国初期“通讯”、“报告”盛极一时，后者则促成60年代“诗”化的散文创作的热潮，在前27年的时间里，散文创作缓慢而有限地发展，无论创作方法、艺术个性，还是品种样式、风格流派，都比较单调，甚至趋于雷同化、模式化、公式化。这一时期的代表作有魏巍的《谁是最可爱的人》，散文三大家杨朔的《雪浪花》《茶花赋》，刘白羽的《长江三日》《红玛瑙》，秦牧的《花城》《土地》等。

新时期几个散文家中有大贡献的首推巴金，他的《随想录》《探索集》《真话集》《病中集》《无题集》成为新世纪散文开端的重要的里程碑。巴金在血泪的凝结中痛悼反思，呼唤人性，升华思想，从而引发了一场写真实、说真话的散文革命。

随之便是真情真性的、表现内心世界的写作风潮。如张洁的《哭小弟》《拣麦穗》、杨绛的《干校六记》、贾平凹的《爱的踪迹》、叶梦的《羞女山》、唐敏的《女孩子的花》、苏叶的《总是难忘》、史铁生的《我与地坛》等。散文在这一时期真正有了大的影响力，有了大的队伍，有了广大的读者，并且也确立了其在当代文学的坚实的地位，以至于后来有些文学门类的主力慢慢转向，主打散文创作。

新时期十年之后，余秋雨的《文化苦旅》引发了散文的又一场革命。“文化散文”、“大散文”使散文又有了更多的可尝试性和可突破性。这中间有一大群代表人物，如季羡林、林非、卞毓方、李存葆、雷达、梁衡、王充闾、铁凝、周涛、李国文、吴冠中等。散文的意义显现也就越来越强了。

到了20世纪90年代末，散文创作的空间更加拓展。这一时期的代表人物有冯秋子、王开岭、马莉、杜丽、周晓枫、庞培、止庵、江堤、谭延桐等。到了新世纪，又有了一些新的面孔，如沉河、黑陶、洁尘、蒋浩、雷平阳等。他们的写作更加个性，或者说更加随意。他们或是在语言上带有诗意的精简和朦胧，或是在叙述上另辟蹊径，或是在述写对象上有独特视角。但不管从哪方面看，都能看出这些作者的另类之处。当代散文是向前的、变化的，永远有着新的东西在前面等待着我们。

此外，散文书籍发行在当代越来越火，报纸副刊大多以散文随笔支撑，即使是当前刊物发行量很大的《读者》，多数文章也是散文的形式。人们在散文中所得到的历史、文化知识以及生活理念、处世态度、内心情感，是一种直接的吸收和碰撞。

在台湾，散文继承和发扬了中国古典文学传统和“五四”文化余韵，成为台湾文坛最能保持中国传统中国气派的一种文体，台湾早期散文出现软硬两种主要倾向。“硬性散文”即是带有强烈反共意识，文章中有口号式的宣言；“软性散文” 即继承冰心《寄小读者》风格的“闺秀散文”，随着政治禁忌的减少，散文中意识形态的杂然并呈，实为七十年来所未见，出现了“山林/乡土散文”、“生态环保散文”、“政治散文”和 “私散文”。

台湾的散文，先有林语堂、梁实秋、谢冰莹、台静农等，他们将一代文风带至台湾，直接引导着整个海岛的散文创作，以致出现了一大批具有广泛影响的作家，如叶维廉、王鼎钧、李敖、郭枫、张秀亚、琦君、罗兰、席慕蓉，他们的作品在很长一段时间不仅在台湾叫响，而且影响到香港和东南亚的散文创作，改革开放后，又受到了大陆读者的欢迎。

在散文文体的创新发展上具有革命性意义的是唐敏、赵玫、黄一鸾、斯妤等女作家和曹明华、胡晓梦、元元、苇岸、钟鸣、张锐锋等新生代散文家。散文文体求变革新的追求一直未曾中断。早在20世纪60年代，余光中就提倡过“散文革命”，他的散文文体革新，从理论到创作实践都比较全面。80年代兴起的都市散文不再沉溺于以抒情为主流的叙述模式，突破抒情散文第一人称的主体中心，改以知性的角度观察人生的感官世界，发掘其背后潜藏的多重形而上意义，因而越来越趋近于当代小说形构的思维，并明显地寓言化。

国外散文是与韵文相对的，书面的、口语化的文章，都称散文。这种散文是不按韵文规律所记载下来的人类质朴的语言，它不否定一切语言规律，但摒弃对韵律的依赖。它要求语言的节奏、格调和谐，修辞具有色彩，形式富于变化，但需适度、合情理，而不是装腔作势，故意夸大和陈腐乏味。所以，散文是不服从于任何诗体格律的，它的最好解释是，它包括没有韵律的一切精巧的文学表现形式，或说它是对道理和事实的直朴的陈述。

理性的色彩在外国散文里十分浓郁。古希腊苏格拉底（公元前9—前399）的雄辩词；狄摩西尼（公元前384—前322）令人感奋而又有条不紊的推理以及其他的政治讲演词和法律辩护词早已运用和发挥了重要作用，使散文的内容明晰和富有抗争力；培根《随笔集》拉丁文版的书名就叫《道德与政治论说集》，理性色彩十分浓郁。

在外国散文里，个性和自我表现的意识也是十分强烈的。18世纪法国的启蒙主义作家们，如伏尔泰（1694—1778）、狄德罗（1713—1748）和卢梭（1712—1778），他们在论文、讲演和哲学论争中，经常使用第一人称，把“我”摆进作品，生动而具体地表达了他们的思想。后来，德国散文家让·保罗（1763—1825）更把这种自我表现推进了一步。20世纪的哲学家萨特（1905—1980）等均有所效法，他们把存在主义移入法国的时候，就是采用“我”的形式来写作的。这种形形色色的自我表现意识正是刺激当代散文发展的动力之一。

外国散文在表现方法和笔调方面出现了多样化的特征。

有的散文家以描写见长。如法国作家和政治家查特奥布瑞德（1768—1848）在情节构思和人物创造上没有取得显著成就，却创作了描写自然的有影响的散文，他以大自然宁静的壮丽景色反衬出人们内心极度的痛苦。19世纪英国的散文家约翰·罗斯金（1819—1900）的散文是以描写为主。俄国散文更以描写见长，散文家们以细腻而引人入胜的笔触描写春天冰水湍流奔腾，描写冬天北国漫长的严酷。

说明和论争，也是外国散文的表现方法。罗曼·罗兰（1866—1944）撰写《内心时旅程》中絮语般的“谈话风”和雍容舒缓的笔调，在英国的随笔里是很突出的；散文家切斯透顿（1874—1936）的《沉思录》和《家教忏悔录》的成功超越了他的小说，其道理就在这里。

同时，在絮语漫谈的笔调中，作者常常使用幽默的手法，增强作品的谐趣。作者以轻度的讽刺，采用夸张和反语，以小见大，正话反说，造成戏而不谑、讽而不刺的宽容的艺术效果。

外国散文如同我国现代散文一样，是一种美文。外国散文的引进，有力地促进了我国现当代散文的兴起，也为我国散文的发展提供了借鉴和滋养。[1]

第二节　散文鉴赏的基本方法

一、怎样鉴赏古代散文

古代散文是古代作家依照他对自己时代的社会生活的认识而创作出来的，那么后世的读者应该可以把它分析开来，以便了解、认识、评论作家的这一作品写什么、为什么写和怎么写的，也就是分析它的主题、主题思想和艺术表现形式。由于古今语言的距离，我们今天阅读古

[1] 参考文献：
《中国散文史》郭预衡著。
《中国散文史纲》刘衍著。
http：//www.chinawriter.com.cn/56/2009/0219/7108.html

代散文，首先要克服语言困难，弄懂每字每句的意思。其次要切实掌握作品的主题和主题思想，能够中肯得当地说出作品的艺术特点和成就，也就是能确切回答：这一作品写什么、为什么写和怎么写。这就必须进行分析。分析作品是阅读和欣赏作品之间的必不可少的环节。它既不同于阅读，也不同于欣赏。而分析与欣赏的区别更为微妙。分析作品要求符合作品的客观实际和作者的本来意图，而欣赏作品则主要是读者的审美观念起主导作用。分析作品不应有读者的主观成分，不可把自己的主观感受和认识强加给作者和作品。而欣赏则只能由读者的审美感受和审美观念作出自己的审美判断。因此，分析可以加深对作品的欣赏，但不等于欣赏。同样，欣赏也有助于理解和分析作品，但不能取代分析。对直观艺术来说，观与赏之间的分析过程，也许会被忽略，产生“一见钟情”的直接效果。但对于语言艺术来说，无论古今，阅读与欣赏之间的分析过程是无从回避和忽略的。当读者把语言构成的艺术作品在自己头脑中变成具体的艺术形象时，实际上是经过分析、综合而达到的。如果能够自觉地对一篇古代散文进行实事求是的具体分析，则既可加深理解，也有助于欣赏。

（一）知人论世、具体分析

历史唯物论要求认识客观事物，一切以时间、地点、条件为转移。用之于认识一篇古代作品，那就应当是知人论世、具体分析。古代散文既然是古代作家的作品，当然是依据他自己的思想和生活而创作出来的。因此，分析一篇古代散文，必须了解作家和他的时代的社会生活。即便是同一时代的作家，他们有不同的遭遇、思想历程和艺术道路，因而他们的作品也就各有自己的思想、艺术特点。再进一步说，一个作家一生的创作是随着他的思想、艺术的发展而变化着的，不可能一成不变，因而同一作家不同时期的作品也必然具有思想、艺术上的差异。因此，分析一篇古代散文，应当而且必须具体了解这一作品是作家在什么时期创作的，具体了解这一时代的社会生活情况，这一作家的一般作品的思想、艺术特点，这一作家在这一时期的生活遭遇、思想状况及艺术进展，等等。这就是知人论文。如果分析作品仅限于就事论事，就作品分析作品，那就很难认识这一作品的特点，更难作出恰当的历史评价。

（二）从分析结构入手

知人论世、具体分析，是分析一篇古代散文的一般方法。那么，具体地说，作品读懂了，从哪里入手分析呢？从分析结构入手。古代散文结构一般都有三个层次：一是文体结构，二是思想内容结构，三是艺术形式结构。所谓文体结构，就是看它属于哪种文体。自从魏文帝曹丕《典论·论文》把文章分为奏议、书论、铭诔、诗赋的四科八体之后，文体分类日益繁细。中唐以后，骈散分道，宋代应用文体已多达几十种。而到了明代徐师曾《文体明辨》则仅正统的文体就近八十种，可见文体在古代很受重视。古代散文大多遵循传统文体，所以我们分析作品便应看清题目，辨明文体。古代散文的题目，有自拟的，也有后人代拟的，但都标明文体，例如元结的《右溪记》、欧阳修的《醉翁亭记》和曾巩的《墨池记》，都是“记”体。按照“记”体的格式，一般要求记叙何时何地何事、当事人、事情经过、作记原由等等，这三篇记对这些格式要求都是遵循并达到了的。它们都是先记地点，次写景物或传说，再写事情，然后写功用或影响，最后说明作记原由。可见文体格式是根据这一文体的应用需要而确定的，实质是一种抽象的一般的公式化的结构形式，对应写的内容具有框架作用。文体既有格式要求和框架作用，就会在作品的结构形式上体现出来，因此分析古代散文结构便应看清题目，辨明文体，了解它的文体结构。

优秀的古代散文通常是作者按照自己确定的主题思想，即所谓“立意”，来写某一件事或某一问题的一个方面，也就是所谓“谋篇”。因此，一篇散文的具体结构首先取决于它的主题思想的逻辑结构。为了把握思想内容的逻辑结构，这就要在弄懂字句、疏通章节之后，再进行抽象的逻辑分析，以便把握全篇思想内容的内在联系。比较而言，叙事文、说理文的内容结构容易分析和把握，写景文、抒情文则要困难一些。因为前者直接表现为逻辑结构，而后者则往往以具体形象或形象性手法来表达思想，并且常常具有古代抒情诗的特点，即形象的跳跃性和逻辑省略，如寓情于景、用典喻理、比兴寄托等，这就必须分析具体形象的含义，把握它们的逻辑联系。

唐代王维的《山中与秀才裴迪书》是抒情散文的名篇。王维写此文是为了约请好友裴迪在明年春天科试之后，来自己的山中别墅一游。主题思想是劝诫裴迪不要热衷功名、留恋仕途，希望裴迪在仕隐的抉择上保持清醒的认识和超脱的态度。这一主题思想决定这封信的内容结构：第一段说明作者了解裴迪在这年冬天忙于温经，准备投身明年春天科试，因而不便邀请裴迪今冬同去山中别墅，只能独自归山；第二段描述自己到达山中别墅时十分想念裴迪；第三段约请裴迪在明年春天务必来山中同游。它的第二段和第三段，都是著名的写景抒情文字。

“北涉玄灞，清月映郭。夜登华子冈，辋水沦涟，与月上下；寒山远火，明灭林外；深巷寒犬，吠声如豹；村墟夜舂，复与疏钟相间。此时独坐，僮仆静默，多思曩昔携手赋诗，步仄径，临清流也。

当待春中，草木蔓发，春山可望；轻出水，白鸥矫翼；露湿青皋，麦陇朝，斯之不远，傥能从我游乎？非子天机清妙者，岂能以此不急之务相邀？然是中有深趣矣！无忽。……”

第二段分三个层次。“北涉”二句概括途中情景，突出明月，寓有兴意，显出清高独往，“夜登华子冈”九句，即景抒情。登华子冈，便到达此行归宿的目的地，也就是本来希望裴迪同来的山中别墅所在地。登冈夜望，一派冬天月夜的山村景象。寒冬天气，山里更冷，作者点出“寒山”“寒犬”，但主要却不写冷。“辋水”四句写山水夜景，显示出一种空旷寂静的意境；“深巷”四句写山村田园，渲染一种单纯朴素的情调。作者对这惬意的环境和理想的归宿，内心满足，精神怡悦。“此时”五句写沉思和回忆，点出“独坐”，说明僮仆并不理解他此时心情；而曾经与他一起在此地同游赋诗的好友裴迪，此时却不能同来，要忙于温经科试。在这缺少知己的孤独惆怅之中，既有对好友的思念和关切，也有不同道的遗憾。因此，第三段便以暂时的遗憾心情写明春邀请的希望，所以说“当待春中”。“草木”六句是描写山中春天景象，生气蓬勃，自由自在。然而这只是作者所喜爱的山中春色，对于裴迪则未必了解。所以反问一句：“到那时候，你果真能来山中共游吗？”这就是说，明春科试你榜上有名也罢，不幸名落孙山也罢，你还会有兴致来欣赏山中春色吗？其含意是希望裴迪摆脱仕途功名的束缚，无论考中不考中都一定来山里共游，所以说裴迪是“天机清妙”，能够理解山中闲游的“不急之务”的“深趣”。可见这一段的邀约，实质是希望裴迪隐逸超脱。总起来看，此信主题思想的逻辑结构是，因为裴迪要温经考试，与自己志趣发生分歧，使自己失去一位同道好友，感到孤独，深为思念，更觉抱憾，但希望裴迪终于能对仕途清醒超脱，重归清高隐逸的道路。但由于作者以独归和邀约同游山中为主题，态度委婉，表现含蓄，不直接以逻辑语言表达，因此必须分析它的具体写景抒情的形象，把握它的逻辑联系。由此也可看到，它的思想内容的结构决定它的艺术形式结构，而它的艺术形式结构是它的思想内容结构的具体表现。

一篇散文的艺术形式结构是由作者依据主题思想的需要，进行选材、剪裁和安排而完成的。分析一篇散文的艺术形式结构，实质是具体分析它的选材、剪裁和安排。例如上述王维的信，选材是裴迪温经，自己独归，途中所见，山中所见，思念裴迪，想象春景，提出邀约。其中着力加工的题材是山中所见和想象春景。但是，凡所选材，都作详略曲直的适当处理，置于恰当地位，结合成思想清楚、重点突出的层次段落，而完成整体结构。试再比较下列三文：

《右溪记》
主题：记叙修筑右溪
主题思想：批评埋没材用
呼吁发挥材用
首段（所在）：点出右溪无名
次段（景观）：重在泉石幽趣
三段（功用）：感慨无人赏爱
末段（缘由）：作记以示来人

《醉翁亭记》
主题：记述亭名“醉翁”用意
主题思想：发挥与民同乐思想
寄托乐而无逸情怀
首段（所在）：点出取名用意
次段（景观）：概写四时景观
三段（功用）：可供官民同乐
末段（缘由）：点出醒时作记

《墨池记》
主题：记述古迹墨池
主题思想：批评虚夸作风
倡导踏实学风
首段（所在）：直接说明所在

次段（景观）：指出古迹不实

三段（功用）：强调不由天成

末段（缘由）：讽谕宣扬不当

上文说过，这三篇都是“记”体，文体结构大致类同。但由于主题和主题思想不同，它们的侧重不同，选材、剪裁、安排便也不同。《右溪记》借修筑右溪以感慨卑微良材埋没不用，因此记其所在时，点出右溪原是道州城西近边一条无名小溪；描写景观，则着重写小溪水石的自然形态，表现天然情趣，突出素质优美。《醉翁亭记》借为亭取名而抒写与民同乐、乐而无逸的志士仁者胸襟，因此记其所在之后，直接说明自己为当地太守身份和取名“醉翁”的用意；描写景观，则着重写亭中所获山水乐趣，表现亭的位置适当，突出朝暮四时的自然变化的景象。而《墨池记》则借抚州学校修筑相传为东晋王羲之学书的墨池古迹，批评这种虚夸作风，倡导儒家道德文章并重的踏实致成的学风，因而记明所在之后，并不写景，直接指出墨池传说荒诞不经，不符史实，重在事理考证，进行议论发挥，它们剪裁题材各按主题思想需要，一在突出素质优美，一在写出乐趣，一在议论事理。而安排则由上表可见，既符合记体格式框架，更各有自己的主题思想逻辑，而落实于选材、剪裁、安排所结合成的整体结构。

（三）对古代散文艺术形象的分析

古代散文的艺术形象，实质是作者按照自己的认识，用形象化手法技巧表现的客观事物。因此，一篇散文的艺术形象是由作品所写客观事物形象和作者在作品中表现出来的自我形象交融而成的。凡优秀的散文作品，不但客观形象生动，而且作者自我形象鲜明，跃然欲出。而正由于不同作者的思想认识和艺术素养不同，同一作者在不同时期的思想、艺术有变化，因而每篇优秀散文各有独特的艺术形象，既表现于客观事物，也表现于自我形象。一般地说，客观形象通常是由作品具体题材综合而成的主题的形象性，自我形象则是作者对主题的认识、感情、态度、倾向的特征表现或流露的总和。因而具体分析一篇散文的艺术形象，其实就是要求回答：是什么样的形象？有什么特点？用什么手法技巧表现的？表现或流露着作者怎样的思想感情和倾向？把全篇的具体题材一一分析，然后加以综合归纳，便较确切地了解、把握全篇主题的形象性和作者自我形象的表现，从而认识这一作品的艺术特点。

具体地说，分析说理文的形象性，就是分析其中例证的特点和表述；分析叙事文的形象性，就是分析其细节的特点和描述；分析抒情文的形象性，就是分析借以抒情的具体事物的特点和表现。例如韩愈的《原毁》是说理文，其客观形象就是文中用形象化方式表述的例证。它的正面例证是那种见贤思齐的人物类型，思想明确，栩栩如生；它的反面例证便是几种妒贤忌能、党同伐异的人物嘴脸，特征鲜明，丑态毕露；正反对照，反复比较，从而具体生动地说明了诽谤的原由和丑恶。又如欧阳修《与高司谏书》是一封批评信，也是说理文。信中正面批评揭露谏官高若讷文过饰非，颠倒是非，“不复知人间有羞耻事”。但它并不具体描绘高若讷的丑恶嘴脸，而是反复论述高的行为动机和后果，论证高不是真君子、好谏官，揭露他品质卑劣、内心肮脏，令人感觉此人形象丑恶。显然，韩文是概括说理，欧文是具体批驳，因而构成其客观艺术形象性的特点和表现较易区别。而抒情文多用比兴手法技巧，就比较不易把握。例如上文引到的王维那封信中“夜登华子冈”一节，全是优美生动的写景。那就必须先抓住这些景象的特点，指出它是空旷寂静、单纯朴素的山中村落的冬夜景象，然后分析它运用光照、音响比衬的表现技巧，动中见静、象外有神的表现手法，以及由远而近的层次结构，出色地完成融情于景的艺术形象表现。

一篇散文中的作者自我形象，通常并不是通过自我描写刻画而表现出来的。在第一人称散文中，是通过所述主题形象而显示出来；在第三人称散文中，是通过被写人事而流露出来。读者感觉和了解作者自我形象，其实是以读者自己的理解，用自己的生活经验加以充实而想象完成的。因此，分析散文作品的自我形象，实际上是在分析题材形象性的同时取得的。应当指出，一篇散文中的自我形象是作者在所写的主题中表现出来的思想感情和倾向，并非作者全人的整体形象，因而实质上与主题形象一样，只是形象性的表现。正因如此，所以同一作者的不同作品中所表现的自我形象可能颇不相似。例如欧阳修的《与高司谏书》和《醉翁亭记》两文所表现的作者自我形象几乎是两个人。《书》中的自我形象显得尖锐激烈，斩钉截铁。而《记》中的自我形象则是那样忠厚坦荡，自乐乐人。《书》是抨击不正直的丑恶的东西，所以是非分明，针锋相对；《记》是赞美与民同乐的善举，所以情畅意悦，徐徐说来。这是由不同的主题和主题思想而来的作者不同的形象表现。可见分析散文作品的自我形象，实际上是分析作者对所写主题的是非、爱憎、好恶的思想感情和倾向，综合归纳起来，便形成读者头脑中的作者形象。

（四）对古代散文语言的分析

作为一种文艺样式，散文的物质手段只有一个，就是语言。它既不如诗歌有声韵格律，更比不上戏曲有音乐、舞台和演员。因此，散文可谓最单纯的语言艺术。作家用语言进行艺术创作，读者从弄懂字句开始接触作品，而最后要归结到欣赏它的语言艺术。由于古代散文大多属于文学性强的应用散文，因而语言的技术和技巧就显得更为重要而突出。韩愈倡导古文的基本要求之一，就是“文从字顺各识职，有欲求之此其躅”（《樊绍述墓志铭》），认为写作古文必须以此为起点。也就是说，首先要求准确掌握词汇意义，正确运用语法规律，恰当利用修辞技巧。因而分析古代散文语言也就必须熟悉古代汉语的基本知识。其次，古代散文作品语言的一个优良传统是“唯陈言之务去”（韩愈《答李翊书》），不断从生活中汲取新鲜口语，提炼成为生动的书面语言。因此，分析古代散文语言应当注意到语言的时代特点，从而了解和掌握作品语言的时代风格。第三，每一位优秀作家的散文作品都有自己的独特的语言风格，这也是分析语言艺术时应当注意到的。总起来说，古代散文作品的语言分析，实质上是古代汉语语法修辞的技术技巧的分析，是文学表现手法技巧赖以实行的工具手段的分析，并非文学性的分析。

二、怎样鉴赏现代散文

（一）散文的分类

根据散文的内容和性质可分为以下几类：

1. 叙事散文：以写人记事为主的散文。

2. 抒情散文：注重表现作者的思想感受，抒发作者的思想感情的散文。

3. 写景散文：以描绘景物为主的散文。

4. 哲理散文：哲理，是感悟的参透，思想的火花，理念的凝聚，睿智的结晶。

（二）我国散文的特点

1. 形散而神不散。

“形散”主要是说散文取材十分广泛自由，不受时间和空间的限制，表现手法不拘一格：可以叙述事件的发展，可以描写人物形象，可以托物抒情，可以发表议论，而且作者可以根据内容需要自由调整、随意变化。“神不散”主要是从散文的立意方面说的，即散文所要表达的主题必须明确而集中，无论散文的内容多么广泛，表现手法多么灵活，无不为更好的表达主题服务。

2. 意境深邃，注重表现作者的生活感受，抒情性强，情感真挚。

作者借助想象与联想，由此及彼，由浅入深，由实而虚的依次写来，可以融情于景、寄情于事、寓情于物、托物言志，表达作者的真情实感，实现物我的统一，展现出更深远的思想，使读者领会更深的道理。

3. 语言优美凝练，富于文采。

所谓优美，就是指散文的语言清新明丽，生动活泼，富于音乐感，行文如涓涓流水，叮咚有声，如娓娓而谈，情真意切。所谓凝练，是说散文的语言简洁质朴，自然流畅，寥寥数语就可以描绘出生动的形象，勾勒出动人的场景，显示出深远的意境。散文力求写景如在眼前，写情沁人心脾。散文素有“美文”之称，它除了有精神的见解、优美的意境外，还有清新隽永、质朴无华的文采。经常读一些好的散文，不仅可以丰富知识、开阔眼界，培养高尚的思想情操，还可以从中学习选材立意、谋篇布局和遣词造句的技巧，提高自己的语言表达能力。

（三）现代散文的鉴赏技法

1. 读散文要识得“文眼”。凡是构思精巧、富有意境或写得含蓄的诗文，往往都有“眼”的安置。

2. 读散文要抓住线索，理清作者思路，准确把握文章的立意。线索通常有以下几种：

（1）以事物的形象为线索，如巴金的《灯》；

（2）以感情的发展为线索，如杨朔的《荔枝蜜》；

（3）以时间顺序为线索，如刘白羽的《长江三日》；

（4）以空间顺序为线索，如朱自清的《绿》；

（5）以人物活动为线索，如鲁迅的《从百草园到三味书屋》；

（6）以事理为线索，如唐韬的《琐忆》。

（四）注意散文表现手法的特点，深入体会文章的内容[1]

[1] 参考文献：
《诗文鉴赏方法二十讲》（中华书局 1986 年版）

第二章　散文作品选析

导读

中外文学作品中，散文作品可以说是多如牛毛。在众多的散文作品中，我们只能“舀取其中一瓢”。根据我们第一章的“散文发展史”，我们选取其中具有代表性的散文作品进行赏析，希望能起到抛砖引玉的作用。

散文作为文学的“轻武器”，轻盈灵活，极善于表现人的主体精神世界，而强烈的主体意识，必然外化为浓郁的抒情色彩。一篇散文犹如一幅画、一首诗，它的执笔行文，浸透着作者的个性与情感，字里行间，负载着人生的品味体验，流露着个人的情韵情趣。因而，散文鉴赏大可以少一些抽象的概括和条分缕析的结构化的肢解，而多一些对作品的整体把握，感知体悟。文学鉴赏本身就是一个从感知、体味到领悟的过程，是一个充满联想和想象、始终伴随着强烈情感活动的过程，也应该是一个充满精神满足和情感愉悦的审美享受过程。

散文作品多是作者从生活中撷取种种零星小事、松散片段，将自己的真情实感融入其中，给人以美的享受和智慧的启迪，这才是散文与生俱来的特质。这样的理解才符合现代“自由”、“真诚”的文学理念。散文鉴赏不能局限于课本上选析的这些作品、课堂教学那点时间。要延展到对课外众多散文的自读理解，并且与社会生活联系起来，让我们对周围的世界进行感知，得出自己的审美感受。同时通过鉴赏，我们能拿起手中的笔，也能表达自己的真情实感。

第一节　古代散文选析

战国策·张仪为秦连横齐王

【原文】

张仪为秦连横，说齐王曰：“天下强国，无过齐者；大臣父兄殷众富乐，无过齐者。然而，为大王计者，皆为一时说而不顾万世之利。从人[1]说大王者，必谓‘齐西有强赵，南有韩、魏，负海之国也。地广人众，兵强士勇，虽有百秦，将无奈我何！”大王览[2]其说，而不

[1] 从人：主张合纵的人。

[2] 览：接受。

察其至实！夫从人朋党比周，莫不以从为可。臣闻之，齐与鲁三战而鲁三胜，国以危，亡随其后，虽有胜名，而有亡之实，是何故也？齐大而鲁小。今赵之与秦也，犹齐之于鲁也。秦、赵战于河漳之上，再战而再胜秦；战于番吾之下，再战而再胜秦。四战之后，赵亡卒数十万，邯郸仅存，虽有胜秦之名，而国破矣！是何故也？秦强而赵弱也。今秦、楚，嫁子以妇，为昆弟之国。韩献宜阳，魏效河外，赵入朝邑池，割河间以事秦。大王不事秦，秦驱韩、魏攻齐之南地，悉赵涉河关，指搏关，临淄、即墨，非王之有也！国一日被攻，虽欲事秦，不可得也！是故愿大王熟计之。”

齐王曰：“齐僻陋隐居，托于东海之上，未尝闻社稷之长利。今大客幸而教之，请奉社稷以事。”献鱼盐之地三百于秦也。

鉴赏提示

国与国之间的竞争完全是实力的较量，并不取决于一两次战争的输赢。张仪向齐王说明了这个道理。不仅如此，张仪又列举其他国家附庸、臣事秦国的例子，让其从众效尤。从实力的差距和从众心理出发，张仪终于说服齐国。

在张仪看来，齐国被苏秦说服进行合纵也不是定局，任何事情都不是铁板一块，都有缝隙可钻。所以经过他的谋划和游说，齐国反而听从了连横的主张。事在人为，我们在说服他人时不应该强调客观的障碍、受众一方的定见，只要我们抓住受众内在弱点和裂隙，就可以找到突破口，改变他的思想和观点。

论积贮疏

贾谊

【原文】

管子曰：“仓廪实而知礼节。”[1]民不足而可治者，自古及今，未之尝闻[2]。古之人曰：“一夫不耕，或受之饥；一女不织，或受之寒。”[3]生之有时而用之亡度，则物力必屈[4]。古之治天下，至孅至悉也，故其畜积足恃。[5]今背本而趋末，食者甚众，是天下之大残也；淫侈

[1] 管子：管仲，名夷吾，春秋时齐国的国相，佐齐桓公称霸诸侯。后人把他和管仲学派的著作辑成《管子》一书。“仓廪实而知礼节”出自《管子·牧民》，意为粮食充足了，百姓就会懂得礼法。

[2] 未之尝闻：即未尝闻之，没有听说过（这种事）。

[3] “一夫”句：一个男人不种地，就有人要挨饿；一个女人不纺织，就有人要受冻。或：有的人，某人。

[4] 这段是说，生产有时间的限制，消费却没有限度，社会上的财富一定会缺乏。亡（wú）：同“无”。屈：匮乏。

[5] 这段是说，古时候治理天下，考虑得极其细致和周全，所以（国家的）积累足以依靠。孅：同“纤”。畜：同“蓄”。

之俗日日以长，是天下之大贼也。[1]残贼公行，莫之或止；大命将泛，莫之振救；生之者甚少而靡之者甚多，天下财产，何得不蹶？[2]汉之为汉，几四十年矣，公私之积，犹可哀痛。[3]失时不雨，民且狼顾，岁恶不入，请卖爵子。既闻耳矣，安有为天下阽危者若是而上不惊者？[4]

世之有饥穰，天之行也，禹、汤被之矣。即不幸有方二三千里之旱，国胡以相恤？卒然边境有急，数十百万之众，国胡以馈之？[5]兵旱相乘，天下大屈，有勇力者聚徒而衡击，罢夫羸老易子而咬其骨。政治未毕通也，远方之能疑者，并举而争起矣。乃骇而图之，岂将有及乎？[6]

夫积贮者，天下之大命也。苟粟多而财有余，何为而不成？以攻则取，以守则固，以战则胜。怀敌附远，何招而不至？[7]今殴民而归之农，皆著于本，使天下各食其力，末技游食之民，转而缘南亩，则畜积足而人乐其所矣。可以为富安天下，而直为此廪廪也！窃为陛下惜之！[8]

鉴赏提示

文章开宗明义，提出了“仓廪实而知礼节”这一观点，继而引用古人有关不耕不织、用之无度给人民带来的危害性的言论，对照当时社会食者众、靡者多、积蓄少的现象，提醒当权者

[1] 这段是说，现在的人背弃农业而从事商业，只消费的人很多，这是天下的大害；奢侈之风每天都在增长，这也是天下的大害。这一是就生产消费方面说的，一是就风气而言的。“背本而趋末”意为放弃根本而去做不重要的事。古代以农桑为本业，以商业为末业。“残”与“贼”都是“害”的意思。淫：过分。长（zhǎng）：增长。

[2] 这段是说，两种大害公然盛行，没有谁制止，国家将要覆亡，没有谁拯救；从事生产的人很少而消费的人很多，天下的财富怎么会不被用光呢？莫：没有谁。泛：覆亡。靡：耗费。蹶：倾竭。

[3] 这段是说，自大汉建立以来，将近四十年了，公私积蓄还（少得）让人痛心。为：成为。几：近。

[4] 这段是说，该下雨的时候不下雨，百姓就会忧虑；年成不好，交不了租税，（朝廷）出卖官爵，（百姓）出卖儿女。您已经知道了（这样的事），哪有治国危险到这种地步而皇上不惊恐的呢？雨：用如动词，下雨。狼顾：狼性多疑，行走时常常回顾，这里用来形容顾虑的样子。岁恶：年景不好。不入：纳不了税。耳：助词。阽（diàn）危：危险。上：皇上。

[5] 这段是说，年成有好坏，是自然的现象，夏禹、商汤都遭受过。如果不幸有方圆二三千里地的旱灾，国家拿什么救济百姓？边境突然告急，国家拿什么给十万百万的士兵发放粮饷？饥：荒年。穰（ráng）：丰年。天之行：常有的自然现象。禹、汤被之矣：指夏禹时曾遭受的九年之涝和商汤时遭受的七年之旱。即：假如。胡以：何以。恤：救济。卒（cù）然：忽然，“卒”同“猝”。馈（kuì）：原意是赠送。

[6] 这段是说，战争、旱灾相继而来，而社会财富极其缺乏，胆大强壮的人就聚众抢劫，老弱之人就会交换孩子吃。政治没有完全上轨道，远方（对朝廷）有二心的人就会争着起来造反了。（皇上）这时才惊慌起来，图谋对付他们，那还来得及吗？徒：众。衡击：横行劫持，“衡”同“横”。罢（pí）：同“疲”。羸（léi）：衰弱。毕：尽，全。

[7] 这段是说，积蓄存贮是国家的命脉。假如粮食充足而财力有余，什么事做不成？以此攻城就能拿下来，以此防守就能守得坚固，以此作战就能胜利。使敌对的人降顺，使远方的人归附，哪里有招顺不来的呢？怀：来，指用怀柔的方法使敌人归顺。

[8] 这段是说，现在驱使百姓，让他们回归本业，使天下人都靠劳动养活自己，从事工商业的人和游民都转而从事农业，积蓄就会充足，人民就会乐于居住在自己的地方。本来可以使天下富足安定，却竟然造成这种令人危惧的情形！我私下替陛下痛惜啊！殴：同“驱”。缘：因，循。南亩：农田。为：形成。廪廪：同“懔懔”，危惧的样子。

必须慎重正视这一严重的社会问题。

接着文章论及灾害的必然性，谈到禹、汤受此之苦，并在此基础上接连设问：如果我们也遇到灾害，“国胡以相恤”？如果边境有敌人入侵，“国胡以馈之”？

不仅如此，文章更具体揭示了旱荒给人民带来深重的灾难——勇者行劫，老弱者易子而食，政治未毕通等。

刺世疾邪赋

赵壹

【原文】

伊五帝之不同礼[1]，三王亦又不同乐。数极自然变化，非是故相反驳。德政不能救世溷乱[2]，赏罚岂足惩时清浊？春秋时祸败之始，战国逾复增其荼毒。秦汉无以相逾越，乃更加其怨酷。宁计生民之命？唯利己而自足。

于兹迄今，情伪万方。佞谄日炽，刚克消亡。舐痔结驷，正色徒行。妪竬名势，抚拍豪强。偃蹇反俗，立致咎殃。捷慑逐物[3]，日富月昌。浑然同惑，孰温孰凉？邪夫显进，直士幽藏。

原斯瘼之所兴[4]，实执政之匪贤。女谒掩其视听兮，近习秉其威权。所好则钻皮出其毛羽，所恶则洗垢求其瘢痕。虽欲竭诚而尽忠，路绝险而靡缘。九重既不可启，又群吠之狺狺[5]。安危亡于旦夕，肆嗜欲于目前。奚异涉海之失柂[6]，积薪而待燃？荣纳由于闪榆，孰知辨其蚩妍？故法禁屈桡于势族，恩泽不逮于单门。宁饥寒于尧舜之荒岁兮，不饱暖于当今之丰年。乘理虽死而非亡，违义虽生而匪存。

有秦客者，乃为诗曰：河清不可俟[7]，人命不可延。顺风激靡草[8]，富贵者称贤。文籍虽满腹[9]，不如一囊钱。伊优北堂上[10]，抗脏倚门边[11]。

鲁生闻此辞，系而作歌曰：势家多所宜[12]，咳唾自成珠；被褐[13]怀金玉，兰蕙化为刍[14]。贤

[1] 伊：发语词。

[2] 溷乱：混乱。

[3] 捷慑逐物：急切而唯恐落后地追逐名利权势。

[4] 原：推究。瘼：病，这里指弊病。

[5] 狺狺：狗叫声。

[6] 柂：同“舵”。

[7] 河清：语出《左传·襄公八年》：“俟河之清，人寿几何？”古人传说黄河一千年清一次，黄河一清，清明的政治局面就将出现。

[8] 激：指猛吹。靡：倒下。

[9] 文籍：文章典籍。代指才学。

[10] 伊优：逢迎谄媚之貌。北堂：指富贵者所居。

[11] 抗脏：高尚刚正之貌。倚门边：是“被疏弃”的意思。

[12] 势家：有权有势的人。

[13] 被褐：披着短褐的人，借指贫穷的人。金玉：借喻美好的才德。

[14] 兰蕙：两种香草名。刍：饲草。

者虽独悟[1]，所困在群愚。且各守尔分[2]，勿复空驰驱[3]。哀哉复哀哉，此是命矣夫！

鉴赏提示

此赋在抒发自己感情时直率猛烈，痛快淋漓，敢于冒天下之大不韪，揭露批判时政的深度和力度都是空前的。与思想内容相协调，此赋一改堂皇典雅而为疏朗明快。赋后结构也颇别致，颇具独创性地以两首在文学史上有重要价值的优秀五言诗作结尾，更增强了艺术上的清捷简劲。《刺世疾邪赋》的出现，表明了汉末抒情小赋已经迅速发展起来，并以强劲的艺术活力，令人信服地取代了僵化的大赋，而跃居于赋坛主体地位。其批判的尖锐性在文学史上始终放射出不灭的异彩，为历代文士所瞩目，甚至有人评价《刺世疾邪赋》一篇压倒两汉所有的辞赋。

石涧记

柳宗元

【原文】

石渠之事既穷[4]，上由桥西北下土山之阴[5]，民又桥焉。其水之大，倍石渠三之。亘石[6]为底，达于两涯。若床若堂，若陈筵席，若限阃奥[7]。水平布其上，流若织文[8]，响若操琴。揭跣[9]而往，折竹箭，扫陈叶，排腐木，可罗胡床[10]十八九居之。交络[11]之流，触激[12]之音，皆在床下；翠羽之木[13]，龙鳞之石，均荫其上。古之人其有乐乎此耶？后之来者有能追予之践履耶？得意之日，與石渠同。[14]

由渴而来者，先石渠，后石涧；由百家濑上而来者，先石涧，后石渠。涧之可穷者，皆出石城村东南，其间可乐者数[15]焉。其上深山幽林逾峭险，道狭不可穷也。

鉴赏提示

---

[1] 独悟：犹“独醒”。《楚辞·渔父》中有“众人皆醉我独醒”的话。

[2] 尔分：你的本分。

[3] 空驰驱：白白奔走。

[4] 穷：毕，完成

[5] 土山之阴：土山的北坡。古称山南水北为阳，山北水南为阴。

[6] 亘（gèn）石：接连不断的石头。亘：横贯。两涯：两岸，涯，水边。

[7] 若限阃（kǔn）奥：限，门槛，这里作动词用，用门槛把正屋与内室隔开。阃（kǔn）奥，也写作“壸奥”，指内室深处。阃，内室，闺门。

[8] 文：同“纹”，纹彩、花纹。

[9] 揭（qì）跣（xiǎn）而往：揭，把衣服拎起来。跣，光着脚。

[10] 胡床：也称“交床”、“交椅”，一种可以折叠的轻便坐具。

[11] 交络：交织，形容水波像交织的纹理。

[12] 触激：撞击，激悦。皆在床下：都发生在坐椅下面。

[13] 翠羽之木：翠羽，翡翠鸟的羽毛，翠绿色，十分美丽。木，树木。

[14] 得意之日，與石渠同：这一天的得意快乐，和得到石渠的那一天是相同的。

[15] 数：很多。

文中所写石涧很有特点："亘石为底，达于两涯。若床若堂，若陈筵席，若限阃奥。水平布其上，流若织文，响若操琴。"连用六个"若"字，比喻形象生动，比喻之外，又生联想。这段文字，使石涧的奇妙一下就显出情味来，这情味是非常悠然、清丽、明朗的。

涧以石名，景以石美，此文以层出叠见的比喻，直接描摹出涧石的情状，与小石潭底之石绝无雷同。还用水布其上，"流若织文，响若操琴"，侧面描写涧石的奇特。又边用两个反问句，抒发了罗床涧中，水流声响于其下，木石荫蔽于其上，此乐何极的情趣。

"其水之大，倍石渠三之，亘石为底，达于两涯。若床若堂，若陈筵席，若限阃奥。水平布其上，流若织文，响若操琴。"对水中石头，泉水都用"若"字表明，而对泉上的树和石，则用翠羽、龙鳞来直接比喻，"翠羽之木，龙鳞之石，均荫其上"。由于采用了多种比喻手段来精确形象地进行描绘，所以毫无重复之感，反而觉得洞天之中又有无穷洞天。而"古之人其有乐乎此耶？后之来者有能追予之践履耶？"这两句话包含着复杂的情绪，既陶醉于美景，又有难言的哀怨。柳宗元为什么能到这么美丽的山水之地？他并不是一个旅行家，而是被贬官至此，担任闲职，无法施展政治抱负，只能整天游山玩水。

墨池记[1]

曾巩

【原文】

临川之城东[2]，有地隐然而高，以临于溪，曰新城。新城之上，有池洼然[3]而方以长，曰王羲之之墨池者[4]，荀伯子《临川记》云也[5]。羲之尝慕张芝[6]，临池学书，池水尽黑，此为其故迹，岂信然邪[7]？方羲之之不可强以仕[8]，而尝极东方[9]，出沧海[10]，以娱其意于山水之间，岂有徜徉肆恣[11]，而又尝自休于此邪?羲之之书晚乃善[12]，则其所能，盖亦以精力自致者，非天

[1] 本文是作者应抚州州学教授王盛之请而写的一篇叙记。文章先由墨池的传闻推出王羲之书法系由苦练造就的结论，然后引申到为学修身要靠后天勤奋深造的普遍道理。全文因小见大，语简意深，多设问句，辞气委婉，体现了作者独特的文风。

[2] 临川：宋抚州临川郡。即今江西抚州市。

[3] 洼然：低陷的样子。

[4] 王羲之：字逸少，东晋著名书法家，世称王右军，后人号为"书圣"。称他的字"飘若浮云，矫若惊龙"。

[5] 荀伯子：南朝宋人，曾任临川内史，有《临川记》。《太平寰宇记》卷一一〇载其记叙王羲之官临川及墨池的事。

[6] 张芝：字伯英，东汉著名书法家，善草书，人称"草圣"。

[7] 岂信然邪：难道是真的吗？

[8] "方羲之"句：王羲之当时与王述齐名，羲之任会稽内史，朝廷又命王述为扬州刺史，会稽属扬州，羲之耻位于王述下，便辞职隐居，誓不再仕。事见《晋书·王羲之传》。

[9] 极：穷尽。

[10] 出沧海：泛舟东海。据《晋书·王羲之传》载："羲之既去官，与东土人士尽山水之游，弋钓为娱。又与道士许迈共修服食，采药石不远千里，遍游东中诸郡，穷诸名山，泛沧海。"

[11] 徜徉（chángyáng 常羊）肆恣：纵情遨游。

[12] "羲之"句：王羲之的书法初不如同时庾翼、郗愔，晚年才臻于精妙之境。见《晋书·王羲之传》。

成也。然后世未有能及者，岂其学不如彼邪[1]？则学固岂可以少哉！况欲深造道德者邪？

墨池之上，今为州学舍[2]。教授王君盛[3]，恐其不章也[4]，书“晋王右军墨池”之六字于楹间以揭之[5]。又告于巩曰：“愿有记！”推王君之心，岂爱人之善，虽一能不以废[6]，而因以及乎其迹邪[7]？其亦欲推其事，以勉学者邪？夫人之有一能，而使后人尚之如此，况仁人庄士之遗风余思[8]，被于来世者如何哉！

庆历八年九月十二日，曾巩记。

鉴赏提示

名为《墨池记》，着眼点却不在“池”，而在于阐释成就并非天成，要靠刻苦学习的道理，以此勉励学者勤奋学习。文章以论为纲，以记为目，记议交错，纲目统一，写法新颖别致，见解精辟，确是难得之佳作。

本文意在写论，但发议之前，又不能不记叙与墨池有关的材料。否则，议论使无所附丽，显得浮泛，失之空洞说教。如记之过详，又会喧宾夺主，湮没题旨。故作者采用了记议结合，略记详论的办法，以突出文章的题旨。开头，大处落笔，以省俭的笔墨，根据荀伯子《临川记》所云，概括了墨池的地理位置、环境和状貌。

登泰山记[9]

姚鼐

【原文】

泰山之阳[10]，汶水[11]西流；其阴，济水[12]东流。阳谷[13]皆入汶，阴谷皆入济。当其南北分者，古长城[14]也。最高日观峰[15]，在长城南十五里。

---

[1] 彼：指王羲之。

[2] 州学舍：指抚州州府的学舍。

[3] 教授：官名，主管学政和教育所属生员。

[4] 章：同“彰”，显著。

[5] 楹：厅堂前部的柱子。揭之：标明。

[6] 不以废：不肯让它埋没。

[7] “而因”句：因而爱及到他的遗迹吗？

[8] 仁人庄士：有道德修养、为人楷模的人。遗风余思：留下来的风范，传下来的思想。

[9] 泰山：在山东泰安北，古称岱宗，又称东岳，为五岳之长。本文融考证于辞章，布局精严，描写生动，行文洁净明快，为描写泰山景观的名篇。

[10] 阳：山南为阳。

[11] 汶（wèn）水：今称大汶河，源于山东莱芜东北之原山，向西南流，汇入东平湖。

[12] 济水：源于河南济源县西之王屋山，流经山东。清代末年，济水河道为黄河所占。

[13] 阳谷：指山南的谷水。

[14] 古长城：战国时齐国修筑的长城，西起平阴，经泰山北冈。

[15] 日观峰：泰山顶峰，观日出之胜地。

余以乾隆三十九年[1]十二月，自京师乘[2]风雪，历齐河、长清[3]，穿泰山西北谷，越长城之限[4]，至于泰安。是月丁未[5]，与知府朱孝纯[6]子颍由南麓登。四十五里[7]，道皆砌石为磴，其级七千有余。

泰山正南面有三谷。中谷绕泰安城下，郦道元[8]所谓环水也。余始循以入，道少半，越中岭，复循西谷，遂至其巅。古时登山，循东谷入，道有天门。东谷者，古谓之天门[9]溪水，余所不至也。今所经中岭及山巅，崖限[10]当道者，世皆谓之天门云。道中迷雾冰滑，磴几不可登。及既上，苍山负雪，明烛天南；望晚日照城郭，汶水、徂徕[11]如画，而半山居雾若带然[12]。

戊申晦，五鼓[13]，与子颍坐日观亭[14]，待日出。大风扬积雪击面。亭东自足下皆云漫[15]。稍见云中白若摴蒱[16]数十立者，山也。极天[17]云一线异色[18]，须臾成五彩。日上，正赤如丹[19]，下有红光，动摇承之。或曰，此东海也。回视日观以西峰，或得日或否，绛皓[20]驳色，而皆若偻[21]。

亭西有岱祠[22]，又有碧霞元君祠[23]；皇帝行宫[24]在碧霞元君祠东。是日，观道中石刻，自唐显庆[25]以来，其远古刻尽漫失[26]。僻不当道者，皆不及往。

山多石，少土；石苍黑色，多平方，少圜。少杂树，多松，生石罅，皆平顶。冰雪，无瀑

---

[1] 乾隆三十九年：公元 1774 年。但十二月初一，已是公元 1775 年。

[2] 乘：趁，这里有“冒着”的意思。

[3] 齐河、长清：山东两县名，在泰安西北。

[4] 限：门槛，这里指像一道门槛的城墙。

[5] 丁未：丁未年（十二月二十八日）。

[6] 朱孝纯：字子颖，号海愚，山东历城人，当时是泰安府的知府，姚鼐挚友。

[7] 四十五里：古时估测泰山从下至顶四十多里，但实测约二十余里。

[8] 郦（lì）道元：字善长，北魏地理学家，散文家，著有《水经注》。

[9] 天门：泰山有南天门、东天门、西天门。

[10] 崖限：像门限一样的山崖。

[11] 徂徕（cúlái）：山名，在泰安东南四十里。

[12] “而半山”句：停留在半山腰的云雾像带子一样。

[13] 戊申：二十九日。晦：农历每月最后一日。五鼓：五更。

[14] 日观亭：亭名，在日观峰。

[15] “亭东”句：亭子以东从脚下都是迷漫的云雾。

[16] 樗（chū）蒱（pú）：赌博工具，即骰（tóu）子，俗称色（shǎi）子。

[17] 极天：天的尽头，天边。

[18] 云一线异色：一缕云颜色很特别。

[19] 正赤如丹：纯红如同朱砂。

[20] 绛：红色。皓（hào）：白色。驳：杂。

[21] 偻（lǚ）：曲背。形容日观峰以西的山峰都低于日观峰，如同弯腰曲背地站着。

[22] 岱祠：一名岱庙，祭祀东岳大帝的庙宇。

[23] 碧霞元君祠：祭祀东岳大帝女儿碧霞元君的庙，也叫娘娘庙。

[24] 行宫：皇帝出巡时的住所。

[25] 显庆：唐高宗李治的年号（656—661）。

[26] 漫失：石碑经过风雨剥蚀，字迹模糊不清。磨灭损失。漫：磨灭。

水，无鸟兽音迹。至日观数里内无树，而雪与人膝齐。

桐城姚鼐记。

鉴赏提示

桐城派古文以简洁著称。姚鼐的《登泰山记》是其代表作之一。登泰山，可记可写的东西很多，要是信马由缰，洋洋几千字亦不为多。以本文而论，登泰山路见何物，路遇何人，与子颖有何谈论，泰山有何传说，有何感慨，可挑可拣。但作者却只写了“道皆砌石为磴，其级七千有余”和“道中迷雾冰滑，磴几不可登”两句，算是路途所见。他把重点放在登山路径和山顶景物上。他觉得路径复杂而艰难，为后来者着想，需详细交代。山顶奇观，乃众人向往，不可不细细描摹。名胜古迹，土石动植冰雪，自有特色，作“记”自然不可忽略。

第二节　现当代散文选析

饿

刘半农

他饿了；他静悄悄的立在门口；他也不想什么，只是没精没采，把一个指头放在口中咬。

他看见门对面的荒场上，正聚集着许多小孩，唱歌的唱歌，捉迷藏的捉迷藏。

他想：我也何妨去？但是，我总觉得没有气力，我便坐在门槛上看看罢。

他眼看着地上的人影，渐渐地变长；他眼看着太阳的光，渐渐地变暗。“妈妈说的，这是太阳要回去睡觉了。”

他看见许多人家的烟囱，都在那里出烟；他看见天上一群群的黑鸦，咿咿呀呀地叫着，向远远的一座破塔上飞去。他说：“你们都回去睡觉了么？你们都吃饱了晚饭了么？”

他远望着夕阳中的那座破塔，尖头上生长着几株小树，许多枯草。他想着人家告诉他：那座破塔里，有一条“斗大的头的蛇！”他说：“哦！怕啊！”

他回进门去，看见他妈妈，正在屋后小园中洗衣服——是洗人家的衣服—— 一只脚摇着摇篮；摇篮里的小弟弟，却还不住地啼哭。他又恐怕他妈妈，向他垂着眼泪说，“大郎！你又来了！”他就一响也不响，重新跑了出来！

他爸爸是出去的了，他却不敢在空屋子里坐；他觉得黑沉沉的屋角里，闪动着一双睁圆的眼睛——不是别人的，恰恰是他爸爸的眼睛！

他一响也不响，重新跑了出来，——仍旧是没精没采的，咬着一个小指头；仍旧是没精没采，在门槛上坐着。

他真饿了！——饿得他的呼吸，也不平均了；饿得他全身的筋肉，竦竦地发抖！可是他并不啼哭，只在他直光的大眼眶里，微微有些泪痕！因为他是有过经验的了！——他啼哭过好多次，却还总得要等，要等他爸爸买米回来！

他想爸爸真好啊！他天天买米给我们吃。但是一转身，他又想着了——他想着他爸爸，有一双睁圆的眼睛！

他想到每吃饭时，他吃了一半碗，想再添些，他爸爸便睁圆了眼睛说："小孩子不知道'饱足'，还要多吃！留些明天吃罢！"他妈妈总是垂着眼泪说，"你便少喝一'开'酒，让他多吃一口罢！再不然，便譬如是我——我多吃了一口！"他爸爸不说什么，却睁圆着一双眼睛！

他也不懂得爸爸的眼睛，为什么要睁圆着，他也不懂得妈妈的眼泪，为什么要垂下。但是，他就此不再吃，他就悄悄地走开了！

他还常常想着他姑母——"啊！——好久了！妈妈说，是三年了！"三年前，他姑母来时，带来两条咸鱼，一方咸肉。他姑母不久就去了，他却天天想着她。他还记得有一条咸鱼，挂在窗口，直挂到过年！

他常常问他的妈妈，"姑母呢？我的好姑母，为什么不来？"他妈妈说："她住得远咧！——有五十里路，走要走一天！"

是呀，他天天是同样地想，——他想着他妈妈，想着他爸爸，想着他摇篮里的弟弟，想着他姑母。他还想着那破塔中的一条蛇，他说："它的头有斗一样大，不知道它两只眼睛，有多少大？"

他咬着指头，想着想着，直想到天黑。他心中想的，是天天一样，他眼中看见的，也是天天一样。

他又听见一声听惯的"哇……呜……"，他又看见那卖豆腐花的，把担子歇在对面的荒场上。孩子们都不游戏了，都围起那担子来，捧着小碗吃。

他也问过妈妈，"我们为什么不吃豆腐花？"妈妈说，"他们是吃了就不再吃晚饭的了！"他想，他们真可怜啊！只吃那一小碗东西，不饿的么？但是他很奇怪，他们为什么不饿？同时担子上的小火炉，煎着酱油，把香风一阵阵送来，叫他分外的饿了！

天渐渐地暗了，他又看见五个看惯的木匠，依旧是背着斧头锯子，抽着黄烟走过。那个年纪最大的——他知道他名叫"老娘舅"——依旧是喝得满面通红，一跛一跛地走；一只手里，还提着半瓶黄酒。

他看着看着，直看到远远的破塔，已渐渐地看不见了；那荒场上的豆腐花担子，也挑着走了。他于是和天天一样，看见那边街头上，来了四个兵，都穿着红边马褂：两个拿着军棍，两个打着灯。后面是一个骑马的兵官，戴着圆圆的眼镜。

荒场上的小孩，远远地看见兵来，都说"夜了"！一下子就不见了！街头躺着一只黑狗，却跳了起来，紧跟着兵官的马脚，汪汪地嗥！

他也说，"夜了夜了！爸爸还不回来，我可要进去了！"他正要掩门，又看见一个女人，手里提着几条鱼，从他面前走过。他掩上了门，在微光中摸索着说，"这是什么人家的小孩的姑母啊！"

1920年6月20日，伦敦

鉴赏提示

饥饿是人类生存的首要威胁，刘半农的这篇《饿》以小见大，从对一个在饥饿中盼父买米归来的儿童视线和心理变化的特殊角度，表现出了这个严重的普遍社会问题。家的贫穷让一个还在以吮手指头当奶头的孩子饿坏了，父母两人一天的辛劳赚得的钱，还不够一家人一天买米用。因此孩子每每在吃饭的时候都遭到父亲的训斥，父亲的一双大眼睛给孩子的心灵印下了恐怖的影子。因此，他过早地成熟了，别家的孩子玩耍，自己肚里没饭打不起精神玩，就坐在门前看；吃饭时看着父母因饭不够食发怒或落泪，自己就悄悄地走开。他天天饿着，天天看着门外的塔影，别家的孩子玩，卖豆腐花的挑子，谋生来往的木匠，入夜出来巡逻的警察以及偶尔提咸鱼走过的女人。他也天天盼着能吃上一顿饱饭，不再饥饿。然而这一天又入夜了，父亲还没有回家，更别说三年前曾经给他家送过一条咸鱼而给他留下美好记忆的姑母了。刘半农信笔写来，既无丽词佳句，也没有在技巧上刻意下功夫，但是一个食不果腹的穷孩子形象却栩栩如生地跃然纸上。

写诗也好，写散文也好，有时候是很忌直白的。但在这篇文章中，刘半农偏不循惯例，《饿》而不避“饿”字，一开始就写他“饿”了，开门见山，直击文意，而文中直接写“饿”的足有七处。对此，我相信你也和我一样，不但没有感到腻味，反而觉得更为真切、动人，并为一个天真的孩子起码的生存权利遭到剥夺而深感气愤和同情。

不完满才是人生

季羡林

每个人都争取一个完满的人生。然而，自古及今，海内海外，一个百分之百完满的人生是没有的。所以我说：不完满才是人生。

关于这一点，古今的民间谚语、文人诗句，说到的很多很多。最常见的比如苏东坡的词：“人有悲欢离合，月有阴晴圆缺，此事古难全。”南宋方岳（根据吴小如先生考证）诗句：“不如意事常八九，可与言人无二三。”这都是我们时常引用的，脍炙人口的。类似的例子还能够举出成百上千来。

这种说法适用于一切人，旧社会的皇帝老爷子也包括在里面。他们君临天下，“率土之滨，莫非王土”，可以为所欲为，杀人灭族，小事一端，按理说，他们不应该有什么不如意的事。然而，实际上，王位继承，宫廷斗争，比民间残酷万倍。他们威仪俨然地坐在宝座上，如坐针毡。虽然捏造了“龙御上宾”这种神话，他们自己也并不相信。他们想方设法以求得长生不老，他们最怕“一旦魂断，宫车晚出”。连英主如汉武帝、唐太宗老辈也不锈“免俗”。汉武帝造承露金盘，妄想饮仙露以长生；唐太宗服印度婆罗门的灵药，期望借此以不死。结果，事与愿违，仍然是“龙御上宾”，呜呼哀哉了。

在这些皇帝手下的大臣们，“一人之下，万人之上”，权力极大，骄纵恣肆，贪赃枉法，无所不至。在这一类人中，好东西大概极少，否则包公和海瑞等决不会流芳千古，久垂宇宙了。可这些人到了皇帝跟前，只是一个奴才，常言道：伴君如伴虎，可见他们的日子并不好过。据说明朝的大臣上朝时在笏板上夹带一点鹤顶红，一旦皇恩浩荡，钦赐极刑，连忙用舌尖舔一点鹤顶红，立即涅槃，落得一个全尸。可见这一批人的日子也并不好过，谈不到什么完满的人生。

至于我辈平头老百姓，日子就更难过了。建国前后，不能说没有区别，可是一直到今天仍然是"不如意事常八九"。早晨在早市上被小贩"宰"了一下，在公共汽车上被扒手割了包，踩了人一下，或者被人踩了一下，根本不会说"对不起"了，代之以对骂，或者甚至演出全武行。到了商店，难免买到假冒伪劣的商品，又得生一肚子气，谁能说，我们的人生多是完满的呢？

再说到我们这一批手无缚鸡之力的知识分子，在历史上一生中就难得过上几天好日子。只一个"考"字就能让你谈"考"色变。"考"者，考试也。在旧社会科举时代，"千军万马独木桥"，要上进，只有科举一途，你只需读一读吴敬梓的《儒林外史》，就能淋漓尽致地了解到科举的情况。以周进和范进为代表的那一批举人进士，其窘态难道还不能让你胆战心惊，啼笑皆非吗？

现在我们运气好，得生于新社会中。然而那一个"考"字，宛如如来佛的手掌，你别想逃脱得了。幼儿园升小学，考；小学升初中，考；初中升高中，考；高中升大学，考；大学毕业想当硕士，考；硕士想当博士，考。考，考，考，变成烤，烤，烤；一直到知天命之年，厄运仍然难免，现代知识分子落到这一张密而不漏的天网中，无所逃于天地之间，我们的人生还谈到什么完满呢？

灾难并不限于知识分子："人人有一本难念的经。"所以我说"不完满才是人生"。这是一个"平凡的真理"；但是真能了解其中的意义，对己对人都有好处。对己，可以不烦不躁；对人，可以互相谅解。这会大大地有利于整个社会的安定团结。

鉴赏提示

什么是人生？不完满才是人生！先生谈人生，深入浅出中显现出真知灼见，饱含着朴素和真诚。慢慢读来，恰似在品味一壶幽幽的茗茶，在宁静和思考中获得对人生的感悟，感到"眼睛立即明亮，心头涣然冰释"。

人人都争取一个完美的人生，然而都不可能一帆风顺。明乎此，你就不会幻想生活总是那么圆圆满满，也不会幻想在生活的四季中享受所有的春天。

人生匆匆，光阴荏苒，与其在不快的泥潭里不能自拔，不如从伤害自己的境遇中解脱出来，把握好分分秒秒。认识自我，超越自我，就能成为自己的主人。

成长的痕迹

席慕容

也许事情总是不一定能如人意的。可是，我总是在想，只要给我一段美好的回忆也就够了。哪怕只有一天，一个晚上，也就应该知足了。

很多愿望，我想要的，上苍都给了我，很快或者很慢地，我都一一地接到了。而我对青春的美的渴望，虽然好像一直没有得到，可是走着走着，回过头一看，好像又都已经过去了。有几次，当时并没能马上感觉到，可是，也很有几次，我心里猛然醒悟：原来，这就是青春!

那一个夏天，我快十八岁了，和大学的同学们横贯公路去写生，住在天祥。夏日的山绿得逼人，有一个下午，我和三个男同学一时兴起，不去和别的同学写生，却什么也不带，往一座被我们端详了很多天的高山上爬去。那是一座非常清秀的山，被众山环绕，隐隐然有一种王者的气质。

而当我们经过一个多小时累人的攀爬，终于到了一处长满了芳草的斜坡时，天已经慢慢暗下来了。面对着眼前起伏的峰峦，身后一片挺秀、斜斜地延展上去的草原，风从下面的山谷里吹上来，我们惊讶地发现，在这高山上，在这长满了荒草的高山上，竟然四处盛开着洁白的百合花。

而在那一刻，我心里开始感到一种缓慢的痛苦，好像有声音在我耳旁，很冷酷地告诉我：你只能有这一刹那而已。在这以前，你没料到你会有，在这之后，你会忘掉你曾有。百合花才是完完全全属于这里的，而你只不过是一个过客，必得走，必得离开。不能像百合一样，永远在这座山峦上生长、盛开。

黄昏时的山峦有一种温柔而又凄怆的美丽，而我心何所归属？三个男孩子躺在我身后的草坡上，大声地唱着一些流行的歌曲，荒腔走板地，一面唱一面笑。青春原该是这样快乐无忧的，而我，我为什么不能和他们一样呢？为什么却怔怔地站在这里，对这些在我眼前盛开着的山百合怀着那样一份忌妒的心思呢?

是怀着那样一份强烈的忌妒，我叫一位男同学替我采下一大把纯白的百合，我把它们紧紧地抱在怀里，带下山去。

可是，没有用，真的没有用。正如那声音所告诉我的一样，我仍然无法把握住那些逝去的时刻。而那些被我摘下的百合虽然很快地都凋谢了，可是，在我每次回想起来的时候，它们却总是依旧长在那有着淡淡的斜阳的高山上，盛开着，清纯而又洁白，在灰绿色的暮霭里，对我展现出一种永不改变和永远无法触及的美丽。

鉴赏提示

席慕容的文字是温暖的，简单却能给人以积极的力量。快十八岁的席慕容在和大学同学写生的日子里，发现了纯白美丽的百合，然而她以少女细腻的心思看到了这种美丽背后的凄凉。“你只能有这一刹那而已……百合花才是完完全全属于这里的，而你只不过是一个过客，必得走，必得离开。” 是的，我们不能永远和时间平行，不能对抗万事万物的逝去。而席慕容是乐观的，她告诉我们，在我们无法把握的时候，积极的心态能让我们同样拥有美丽，这又是另一种拥有了。

热爱生命

蒙田

我对某些词语赋予特殊的含义。拿“度日”来说吧，天色不佳，令人不快的时候，我将“度日”看作是“消磨光阴”；而风和日丽的时候，我却不愿意去“度”，这时我是在慢慢赏玩，领略美好的时光。坏日子，要飞快去“度”，好日子，要停下来细细品尝。“度日”、“消磨时光”的常用语令人想起那些“哲人”的习气。他们以为生命的利用不外乎在于将它打发、消磨，并且尽量回避它，无视它的存在，仿佛这是一件苦事、一件贱物似的。至于我，我却认为生命不是这个样的，我觉得它值得称颂，富有乐趣，即便我自己到了垂暮之年也还是如此。我们的生命受到自然的厚赐，它是优越无比的，如果我们觉得不堪生之重压或是白白虚度此生，那也只能怪我们自己。

“糊涂人的一生枯燥无味，躁动不安，却将全部希望寄托于来世。”

不过，我却随时准备告别人生，毫不惋惜。这倒不是因生之艰辛或苦恼所致，而是由于生之本质在于死。因此只有乐于生的人才能真正不感到死之苦恼。享受生活要讲究方法。我比别人多享受到一倍的生活，因为生活乐趣的大小是随我们对生活的关心程度而定的。尤其在此刻，我眼看生命的时光无多，我就愈想增加生命的分量。我想靠迅速抓紧时间，去留住稍纵即逝的日子；我想凭时间的有效利用去弥补匆匆流逝的光阴。剩下的生命愈是短暂，我愈要使之过得丰盈饱满。

鉴赏提示

生命，对于我们每一个人来说，都只有一次，因此，它也是十分宝贵的。那么，我们每个人应该怎样珍惜生命，热爱生命呢？法国思想家蒙田先生在他的散文《热爱生命》一文中，讲得多好啊！“我们的生命受到自然的厚赐，它是优越无比的，如果我们觉得不堪生之重压或是白白虚度此生，那也只能怪我们自己。”“我想靠迅速抓紧时间，去留住稍纵即逝的日子；我想凭时间的有效利用去弥补匆匆流逝的光阴。”你们打算怎样不虚度人生，珍惜生命呢？

寂寞

梭罗

这是一个愉快的傍晚，全身只有一个感觉，每一个毛孔中都浸润着喜悦。我在大自然里以奇异的自由姿态来去，成了她自己的一部分。我只穿衬衫，沿着硬石的湖岸走，天气虽然寒冷，多云又多风，也没有特别分心的事，那时天气对我异常地合适。牛蛙鸣叫，邀来黑夜，夜鹰的乐音乘着吹起涟漪的风从湖上传来。摇曳的赤杨和白杨，激起我的情感使我几乎不能呼吸了；然而像湖水一样，我的宁静只有涟漪而没有激荡。和如镜的湖面一样，晚风吹起来的微波是谈不上什么风暴的。虽然天色黑了，风还在森林中吹着，咆哮着，波浪还在拍岸，某一些动物还在用它们的乐音催眠着另外的那些，宁静不可能是绝对的。最凶狠的野兽并没有宁静，现在正找寻它们的牺牲品；狐狸，臭鼬，兔子，也正漫游在原野上，在森林中，它们却没有恐惧，它们是大自然的看守者，——是连接一个个生气勃勃的白昼的链环。

等我回到家里，发现已有访客来过，他们还留下了名片呢，不是一束花，便是一个常春树的花环，或用铅笔写在黄色的胡桃叶或者木片上的一个名字。不常进入森林的人常把森林中的小玩意儿一路上拿在手里玩，有时故意，有时偶然，把它们留下了。有一位剥下了柳树皮，做成一个戒指，丢在我桌上。在我出门时有没有客人来过，我总能知道，不是树枝或青草弯倒，便是有了鞋印，一般说，从他们留下的微小痕迹里我还可以猜出他们的年龄、性别和性格；有的掉下了花朵，有的抓来一把草，又扔掉，甚至还有一直带到半英里外的铁路边才扔下的呢；有时，雪茄烟或烟斗味道还残留不散。常常我还能从烟斗的香味注意到六十杆之外公路上行经的一个旅行者。

我们周围的空间该说是很大的了。我们不能一探手就触及地平线。蓊郁的森林或湖沼并不就在我的门口，中间总还有着一块我们熟悉而且由我们使用的空地，多少整理过了，还围了点篱笆，它仿佛是从大自然的手里被夺取得来的。为了什么理由，我要有这么大的范围和规模，好多平方英里的没有人迹的森林，遭人类遗弃而为我所私有了呢？最接近我的邻居在一英里外，看不到什么房子，除非登上那半里之外的小山山顶去瞭望，才能望见一点儿房屋。我的地平线全给森林包围起来，专供我自个享受，极目远望只能望见那在湖的一端经过的铁路和在湖的另一端沿着山林的公路边上的篱笆。大体说来，我居住的地方，寂寞得跟生活在大草原上一样。在这里离新英格兰也像离亚洲和非洲一样遥远。可以说，我有我自己的太阳、月亮和星星，我有一个完全属于我自己的小世界。从没有一个人在晚上经过我的屋子，或叩我的门，我仿佛是人类中的第一个人或最后一个人，除非在春天里，隔了很长久的时候，有人从村里来钓鳘鱼，——在瓦尔登湖中，很显然他们能钓到的只是他们自己的多种多样的性格，而钩子只能钩到黑夜而已——他们立刻都撤走了，常常是鱼篓很轻地撤退的，又把“世界留给黑夜和我”，而黑夜的核心是从没有被任何人类的邻舍污染过的。我相信，人们通常还都有点儿害怕黑暗，虽然妖巫都给吊死了，基督教和蜡烛火也都已经介绍过来。

然而我有时经历到，在任何大自然的事物中，都能找出最甜蜜温柔，最天真和鼓舞人的伴侣，即使是对于愤世嫉俗的可怜人和最最忧慢的人也一样。只要生活在大自然之间而还有五官的话，便不可能有很阴郁的忧虑。对于健全而无邪的耳朵，暴风雨还真是伊奥勒斯的音乐呢。什么也不能正当地迫使单纯而勇敢的人产生庸俗的伤感。当我享受着四季的友爱时，我相信，任什么也不能使生活成为我沉重的负担。今天佳雨洒在我的豆子上，使我在屋里待了整天，这雨既不使我沮丧，也不使我抑郁，对于我可是好得很呢。虽然它使我不能够锄地，但比我锄地更有价值。如果雨下得太久，使地里的种子，低地的土豆烂掉，它对高地的草还是有好处的，既然它对高地的草很好，它对我也是很好的了。有时，我把自己和别人作比较，好像我比别人更得诸神的宠爱，比我应得的似乎还多呢；好像我有一张证书和保单在他们手上，别人却没有，因此我受到了特别的引导和保护。我并没有自称自赞，可是如果可能的话，倒是他们称赞了我。我从不觉得寂寞，也一点不受寂寞之感的压迫，只有一次，在我进了森林数星期后，我怀疑了一个小时，不知宁静而健康的生活是否应当有些近邻，独处似乎不很愉快。同时，我却觉得我的情绪有些失常了，但我似乎也预知我会恢复到正常的。当这些思想占据我的时候，温和的雨丝飘洒下来，我突然感觉到能跟大自然做伴是如此甜蜜如此受惠，就在这滴答滴答的雨声中，我屋子周围的每一个声音和景象都有着无穷尽无边际的友爱，一下子这个支持我的气氛把我想象中的有邻居方便一点的思潮压下去了，从此之后，我就没有再想到过邻居这回事。每一支小小松针都富于同情心地胀大起来，成了我的朋友。我明显地感到这里存在着我的同类，虽然我是在一般所谓凄惨荒凉的处境中，然则那最接近于我的血统，并最富于人性的却并不是一个人或一个村民，从今后再也不会有什么地方会使我觉得陌生的了。

“不合宜的哀恸消蚀悲哀；
在生者的大地上，他们的日子很短，
托斯卡尔的美丽的女儿啊。”

我的最愉快的若干时光在于春秋两季的长时间暴风雨当中，这弄得我上午下午都被禁闭在室内，只有不停止的大雨和咆哮安慰着我；我从微明的早起就进入了漫长的黄昏，其间有许多思想扎下了根，并发展了它们自己。在那种来自东北的倾盆大雨中，村中那些房屋都受到了考验，女佣人都已经拎了水桶和拖把，在大门口阻止洪水侵入，我坐在我小屋子的门后，只有这一道门，却很欣赏它给予我的保护。在一次雷阵雨中，曾有一道闪电击中湖对岸的一株苍松，从上到下，划出一个一英寸，或者不止一英寸深，四五英寸宽，很明显的螺旋形的深槽，就好像你在一根手杖上刻的槽一样。那天我又经过了它，一抬头看到这一个痕迹，真是惊叹不已，那是八年以前，一个可怕的、不可抗拒的雷霆留下的痕迹，现在却比以前更为清晰。人们常常对我说，“我想你在那儿住着，一定很寂寞，总是想要跟人们接近一下的吧，特别在下雨下雪的日子和夜晚。”我喉咙痒痒的直想这样回答，——我们居住的整个地球，在宇宙之中不过是一个小点。那边一颗星星，我们的天文仪器还无法测量出它有多么大呢，你想想它上面的两个相距最远的居民又能有多远的距离呢？我怎会觉得寂寞？我们的地球难道不在银河之中？在我看来，你提出的似乎是最不重要的问题。怎样一种空间才能把人和人群隔开而使人感到寂寞呢？我已经发现了，无论两条腿怎样努力也不能使两颗心灵更形接近。我们最愿意和谁紧邻而居呢？人并不是都喜欢车站哪，邮局哪，酒吧间哪，会场哪，学校哪，杂货店哪，烽火山哪，五点区哪，虽然在那里人们常常相聚，人们倒是更愿意接近那生命的不竭之源泉的大自然，在我们的经验中，我们时常感到有这么个需要，好像水边的杨柳，一定向了有水的方向伸展它的根。人的性格不同，所以需要也很不相同，可是一个聪明人必须在不竭之源泉的大自然那里挖掘他的地窖……有一个晚上在走向瓦尔登湖的路上，我赶上了一个市民同胞，他已经积蓄了所谓的“一笔很可观的产业”，虽然我从没有好好地看到过它，那晚上他赶着一对牛上市场去，他问我，我是怎么想出来的，宁肯抛弃这么多人生的乐趣？我回答说，我确信我很喜欢我这样的生活；我不是开玩笑。便这样，我回家，上床睡了，让他在黑夜泥泞之中走路走到布赖顿去——或者说，走到光亮城里去——大概要到天亮的时候才能走到那里。

对一个死者说来，任何觉醒的，或者复活的景象，都使一切时间与地点变得无足轻重。可能发生这种情形的地方都是一样的，对我们的感官是有不可言喻的欢乐的。可是我们大部分人只让外表上的、很短暂的事情成为我们所从事的工作。事实上，这些是使我们分心的原因。最接近万物的乃是创造一切的一股力量。其次靠近我们的宇宙法则在不停地发生作用。再其次靠近我们的，不是我们雇用的匠人，虽然我们欢喜和他们谈谈说说，而是那个大匠，我们自己就是他创造的作品。

“神鬼之为德，其盛矣乎。”

“视之而弗见，听之而弗闻，体物而不可遗。”

“使天下之人，斋明盛服，以承祭祀，洋洋乎，如在其上，如在其左右。”

我们是一个实验的材料，但我对这个实验很感兴趣。在这样的情况下，难道我们不能够有一会儿离开我们的充满了是非的社会，——只让我们自己的思想来鼓舞我们？孔子说得好，“德不孤，必有邻。”

有了思想，我们可以在清醒的状态下，欢喜若狂。只要我们的心灵有意识地努力，我们就可以高高地超乎任何行为及其后果之上；一切好事坏事，就像奔流一样，从我们身边经过。我们并不是完全都给纠缠在大自然之内的。我可以是急流中一片浮木，也可以是从空中望着尘寰的因陀罗。看戏很可能感动了我；而另一方面，和我生命更加攸关的事件却可能不感动我。我只知道我自己是作为一个人而存在的；可以说我是反映我思想感情的一个舞台面，我多少有着双重人格，因此我能够远远地看自己犹如看别人一样。不论我有如何强烈的经验，我总能意识到我的一部分在从旁批评我，好像它不是我的一部分，只是一个旁观者，并不分担我的经验，而是注意到它：正如他并不是你，他也不能是我。等到人生的戏演完，很可能是出悲剧，观众就自己走了。关于这第二重人格，这自然是虚构的，只是想象力的创造。但有时这双重人格很容易使别人难于和我们做邻居，交朋友了。

大部分时间内，我觉得寂寞是有益于健康的。有了伴儿，即使是最好的伴儿，不久也要厌倦，弄得很糟糕。我爱孤独。我没有碰到比寂寞更好的同伴了。到国外去厕身于人群之中，大概比独处室内，更为寂寞。一个在思想着在工作着的人总是单独的，让他爱在哪儿就在哪儿吧，寂寞不能以一个人离开他的同伴的里数来计算。真正勤学的学生，在剑桥学院最拥挤的蜂房内，寂寞得像沙漠上的一个托钵僧一样。农夫可以一整天，独个儿地在田地上，在森林中工作，耕地或砍伐，却不觉得寂寞，因为他有工作；可是到晚上，他回到家里，却不能独自在室内沉思，而必须到“看得见他那里的人”的地方去消遣一下，用他的想法，是用以补偿他一天的寂寞；因此他很奇怪，为什么学生们能整日整夜坐在室内不觉得无聊与“忧郁”；可是他不明白虽然学生在室内，却在他的田地上工作，在他的森林中采伐，像农夫在田地或森林中一样，过后学生也要找消遣，也要社交，尽管那形式可能更加凝炼些。

社交往往廉价。相聚的时间之短促，来不及使彼此获得任何新的有价值的东西。我们在每日三餐的时间里相见，大家重新尝尝我们这种陈腐乳酪的味道。我们都必须同意若干条规则，那就是所谓的礼节和礼貌，使得这种经常的聚首能相安无事，避免公开争吵，以至面红耳赤。我们相会于邮局，于社交场所，每晚在炉火边；我们生活得太拥挤，互相干扰，彼此牵绊，因此我想，彼此已缺乏敬意了。当然，所有重要而热忱的聚会，次数少一点也够了。试想工厂中的女工，——永远不能独自生活，甚至做梦也难于孤独。如果一英里只住一个人，像我这儿，那要好得多。人的价值并不在他的皮肤上，所以我们不必要去碰皮肤。

我曾听说过，有人迷路在森林里，倒在一棵树下，饿得慌，又累得要命，由于体力不济，病态的想象力让他看到了周围有许多奇怪的幻象，他以为它们都是真的。同样，在身体和灵魂都很健康有力的时候，我们可以不断地从类似的，但更正常、更自然的社会得到鼓舞，从而发现我们是不寂寞的。

我在我的房屋中有许多伴侣；特别在早上还没有人来访问我的时候。让我来举几个比喻，或能传达出我的某些状况。我并不比湖中高声大笑的潜水鸟更孤独，我并不比瓦尔登湖更寂寞。我倒要问问这孤独的湖有谁作伴？然而在它的蔚蓝的水波上，却有着不是蓝色的魔鬼，而是蓝色的天使呢。太阳是寂寞的，除非乌云满天，有时候就好像有两个太阳，但那一个是假的。上帝是孤独的，——可是魔鬼就绝不孤独；他看到许多伙伴；他是要结成帮的。我并不比一朵毛蕊花或牧场上的一朵蒲公英寂寞，我不比一张豆叶，一枝酢酱草，或一只马蝇，或一只大黄蜂更孤独。我不比密尔溪，或一只风信鸡，或北极星，或南风更寂寞，我不比四月的雨或正月的融雪，或新屋中的第一只蜘蛛更孤独。

在冬天的长夜里，雪狂飘，风在森林中号叫的时候，一个老年的移民，原先的主人，不时来拜访我，据说瓦尔登湖还是他挖了出来，铺了石子，沿湖种了松树的；他告诉我旧时的和新近的永恒的故事；我们俩这样过了一个愉快的夜晚，充满了交际的喜悦，交换了对事物的惬意的意见，虽然没有苹果或苹果酒，—— 这个最聪明而幽默的朋友啊，我真喜欢他，他比谷菲或华莱知道更多的秘密；虽然人家说他已经死了，却没有人指出过他的坟墓在哪里。还有一个老太太，也住在我的附近，大部分人根本看不见她，我却有时候很高兴到她的芳香的百草园中去散步，采集药草，又倾听她的寓言；因为她有无比丰富的创造力，她的记忆一直追溯到神话以前的时代，她可以把每一个寓言的起源告诉我，哪一个寓言是根据了哪一个事实而来的，因为这些事都发生在她年轻的时候。一个红润的、精壮的老太太，不论什么天气什么季节她都兴致勃勃，看样子要比她的孩子活得还长久。

太阳，风雨，夏天，冬天，——大自然的不可描写的纯洁和恩惠，他们永远提供这么多的康健，这么多的欢乐！对我们人类这样地同情，如果有人为了正当的原因悲痛，那大自然也会受到感动，太阳黯淡了，风像活人一样悲叹，云端里落下泪雨，树木到仲夏脱下叶子，披上丧服。难道我不该与土地息息相通吗？我自己不也是一部分绿叶与青菜的泥上吗？

是什么药使我们健全、宁静、满足的呢？不是你我的曾祖父的，而是我们的大自然曾祖母的，全宇宙的蔬菜和植物的补品，她自己也靠它而永远年轻，活得比汤麦斯·派尔还更长久，用他们的衰败的脂肪更增添了她的康健。不是那种江湖医生配方的用冥河水和死海海水混合的药水，装在有时我们看到过装瓶子用的那种浅长形黑色船状车子上的药瓶子里，那不是我的万灵妙药：还是让我来喝一口纯净的黎明空气。黎明的空气啊！如果人们不愿意在每日之源喝这泉水，那么，啊，我们必须把它们装在瓶子内；放在店里，卖给世上那些失去黎明预订券的人们。可是记着，它能冷藏在地窖下，一直保持到正午，但要在那以前很久就打开瓶塞，跟随曙光的脚步西行。我并不崇拜那司健康之女神，她是爱斯库拉彼斯这古老的草药医师的女儿，在纪念碑上，她一手拿了一条蛇，另一只手拿了一个杯子，而蛇时常喝杯中的水；我宁可崇拜朱庇特的执杯者希勃，这青春的女神，为诸神司酒行觞，她是朱诺和野生莴苣的女儿，能使神仙和人返老还童。她也许是地球上出现过的最健康、最强壮、身体最好的少女，无论她到哪里，那里便成了春天。

（选自《瓦尔登湖》，徐迟译，上海译文出版社，2006年版）

鉴赏提示

1845年，28岁的作者梭罗撇开金钱的羁绊，在距离家乡康科德两英里的瓦尔登湖畔自建一个小木屋，自耕自食两年零两个月。《瓦尔登湖》记录了他独自生活在瓦尔登湖畔的920天的所见所思所悟。

如果说：“从明天起，做一个幸福的人，喂马，劈柴，周游世界，从明天起，关心粮食和蔬菜。我有一所房子，面朝大海，春暖花开。”只是海子的一个梦，那么在梭罗这里却成为了现实。梭罗沉浸在瓦尔登湖畔的纯洁透明的湖水中，茂密翠绿的山林中，碧蓝晶莹的冰雪……以此来建立和倡导一种与现代丰富的物质生活相对立的简朴的生活方式。而在现代文明的逼迫之下，在钢筋水泥的森林里，人们离纯朴恬静的大自然已经越来越远，一些古朴的令人神往的原始生活已经退化得无影无踪，取而代之的是嘈杂、焦躁和不安。现代科技可以让人们在很短的时间内了解地球每一个角落发生的事情，却无法让人了解面对面的两个人的心思。现代生活的躁动无孔不入，一点点信息就可以把人们弄得鸡飞狗跳，一点点情绪就把人们的心咬得千疮百孔。现代科技创造出现代化的同时，也创造出了种种无可抵挡的寂寞。人们的心灵越来越孤独，却从未想过大自然是医治文明病的最好方法。人类的灵魂可以居住在湖边、林中，而无法居住在一台电脑和一只汽车轮胎里。

我在想，也许人类在未来的几百年里能迷途知返，照观自我灵魂的存在。到那时，城市将被遗弃，而像瓦尔登湖那样的地方将会寸土寸金，梭罗那样的生活将成为人们心中的梦想。

推荐阅读

《苏秦说齐王合纵》（《战国策》）

《论天时、地利、人和》（《孟子》）

晁错：《论贵粟疏》

枚乘：《七发》
司马相如：《上疏谏猎》
司马迁：《史记》
班固：《司马迁传》
王粲：《登楼赋》
陶渊明：《归去来兮辞》
韩愈：《杂说》
柳宗元：《敌戒》
欧阳修：《与高司谏书》
苏轼：《留侯论》
归有光：《项脊轩志》
袁枚：《黄生借书说》
梁启超：《新民说》
林觉民：《与妻诀别书》
方声洞：《赴义前禀父书》
龚鹏程：《国史镜原序》《不拘一格见人才》
张作锦：《中国人为什么不能要回来》
毕淑敏：《我很重要》
余秋雨：《文化苦旅》
张洁：《爱，是不能忘记的》
史铁生：《病隙碎笔》
丰子恺：《缘缘堂随笔》
刘墉：《谈文化自尊》
席慕容：《席慕容经典作品》
余光中：《余光中经典作品》

培根：《论求知》《论时机》《论逆境》《论猜疑》《谈高位》《论幸运》
科贝特：《射手》
莱·亨特：《想象》
塞缪尔·斯迈尔斯：《与书为友》
蒙田：《热爱生命》《要生活得惬意》
卢梭：《幸福》《生活在大自然的怀抱里》
雨果：《雏菊》
乔治·桑：《冬天之美》
波特莱尔：《穷人的眼》《时钟》

都德：《从阿尔卑斯山归来》

莫泊桑：《雪夜》

罗曼·罗兰：《自由》

屠格涅夫：《大自然》《村》《小丑》《门槛》《明天，明天》

契诃夫：《生活是美好的》

高尔基：《海燕》

邦达列夫：《星星和月光》《瞬间》《我为什么握他的手》

达·芬奇：《生与死》

弗朗茨·卡夫卡：《夜》

霍桑：《大卫的机遇》

瓦特·惠特曼：《海边幻想》《在海边的一个晴朗的冬日》

泰戈尔：《黄昏和黎明》《竹笛》《小巷》《对岸》

纪伯伦：《伟大的渴望》《美之歌》《论友谊》《浪之歌》《笑与泪》《评论家》

第四篇　小说鉴赏篇

小说在世界文学画廊中占有重要的地位，它的发展经历了一个漫长的过程。它是通过完整的故事情节、典型的环境描写、鲜明的人物形象来反映一定的社会现实的。

因此，鉴赏小说、分析小说可以使我们对作品中所表现出的社会环境、社会矛盾、社会现实有一个更深刻的了解；通过分析，可以增强我们的爱国热情和民族自豪感；通过分析，可以鉴赏到小说的美学风貌，陶冶我们的情感；通过分析，可以让我们学到代表作品的创作方法，进一步提高写作水平，使这些优秀创作方法能够后人继承、发扬光大，推进人类文化的进一步丰富和发展。

Disipian　Xiaoshuojianshangpian

第一章　小说鉴赏原理

导读

小说是一种以塑造人物形象为中心，通过完整的故事情节的叙述和环境的描写来反映社会生活的文学体裁；它是文学的一种样式，一般描写人物故事，塑造多种多样的人物形象；它是以完整的布局、合理的发展及贯穿主题的美学原理为表现的文学艺术作品。

与其他文学样式相比，小说的容量较大，它可以细致地展现人物性格和人物命运，可以表现错综复杂的矛盾冲突，同时还可以描述人物所处的社会生活环境。小说的优势是可以提供整体的、广阔的社会生活。

第一节　小说的发展历史

据《庄子·外物篇》载："饰小说以干县令，其于大达远矣！"这句话的意思是说："把小说修饰一番用来求得高名和美誉。"小说的名字，最早是从这句话来的，距今已有两千年了。可是那时"小说"一词的含义与现在的所谓小说并不相同。那时，小说是指争辩中用的词语，是与"大达"相对称的。大达，是指学说或博大精深的道理；小说，是指微细琐屑的言语，与大达不能相提并论，属于贬义词。

到了汉代的班固，在他修的《汉书·艺文志》里，把小说列为独立的一家，并说："小说家者流，街头巷语，道听途说者之所造也。"同时列出许多他认为是小说的作品，这才与现在所说的小说相近了。汉代的小说作品，正如东汉人桓谭在《新论》中指出的那样，大都是"残丛小语"。到了魏晋南北朝时期，小说作品摆脱了"残丛小语"的形式，有了初步的性格刻画和情节，结构趋于完整。从此，作为一种重要的体裁，独立于文学之林了。

小说的源头在先秦两汉，追溯小说的起源，主要从以下几个方面：

首先是神话传说。尽管古代文献对神话传说的记载十分简略，我们仍然可以从中看到故事情节和人物性格这两种重要的小说因素。小说原先在口头流传，有的被采入正史，遂逐渐凝固；有的继续在口头流传并不断丰富发展，分化出一些新的神和英雄，增添了新的故事情节。这些继续活在人们口头上的传说一旦记录下来，就成为具有浓厚小说意味的逸史。从神话传说到小说的这根链条中，逸史是最关键的一环，甚至不妨说逸史是中国小说直接的源头，逸史中最接近小说或竟可视为早期小说的，莫过于《穆天子传》和《燕丹子》。汉代第一篇初具小说规模的作品是《燕丹子》。

其次是寓言故事。如《孟子》《庄子》《韩非子》《战国策》等书中都有不少人物性格鲜明的寓言故事，它们已经带有小说的意味。

再次是史传。如《左传》《战国策》《史记》《三国志》，描写人物性格，叙述故事情节，或为小说提供了素材，或为小说积累了叙事的经验。

魏晋南北朝时期是小说的雏形期，这时期出现了志人志怪小说。志怪小说以写神灵鬼怪及其妖异怪诞之事为主，记述神仙方术、鬼魅妖怪、殊方异物、佛法灵异，虽然许多作品中表现了宗教迷信思想，但也保存了一些具有积极意义的民间故事和传说。

志怪小说按内容可分为三类：

地理博物。如托名东方朔的《神异经》、张华的《博物志》。

鬼神怪异。如曹丕的《列异传》、干宝的《搜神记》、托名陶潜的《搜神后记》、王嘉的《拾遗记》、吴均的《续齐谐记》。

佛法灵异。如王琰的《冥祥记》、颜之推的《冤魂志》。

志怪小说中值得注意的，是那些曲折地反映了社会现实、表达了人民的爱憎以及对美好生活向往的作品。如《搜神记》中的《三王墓》叙述楚国巧匠干将莫邪为楚王铸剑，反被楚王杀害，其子长大后为父报仇的故事。

志人小说的兴盛与士族文人之间品评人物和崇尚清淡的风气有很大关系。这类志人小说既是品评人物和崇尚清淡的结果，又反过来促进了这种风气的发展。从志人小说在当时受到社会重视的情况，也可以看出它们的编纂是适应了社会的需要。志人小说以记载人物的琐闻逸事为主，按其内容也可分为三类：

笑话。（魏）邯郸淳的《笑林》，对世态有所讽刺。如写楚人有担山鸡者，欺人曰凤凰，以讹传讹，连皇帝也轻信了。汉世老人家富无子而性吝啬，饿死后田产充官。《笑林》开后世俳谐文字之端。

野史。（东晋）葛洪伪托刘歆所作《西京杂记》，记述西汉的人物轶事，也涉及宫室制度、风俗习惯、衣饰器物，并带有怪异色彩。其中有的故事后来很流行，如王昭君、毛延寿故事，司马相如、卓文君故事。

逸闻轶事。这是志人小说的主要部分，有（东晋）裴启的《语林》、（东晋）郭澄子的《郭子》、（梁）沈约的《俗说》、（梁）殷芸的《小说》等。（宋）刘义庆的《世说新语》是成就和影响最大的一部。

志怪小说一方面抨击了统治阶级祸国殃民的罪行，对百姓寄予了深深的同情，具有深广的思想和社会意义；另一方面艺术成就卓著，有丰富奇特的想象和幻想、鲜明生动的人物形象和完整曲折的故事情节，具有很高的艺术造诣和观赏价值。志人小说形象生动地描绘了“魏晋风度”与“名士风流”的真实面貌和生活情景。还暴露了当时社会和政治的黑暗，对统治阶级和豪门世族的贪婪残暴、穷奢极欲和悭吝狠毒给予了强烈的谴责和抨击。但是魏晋南北朝小说篇幅短小、叙事简单，只是粗陈故事梗概，而且基本上是按照传闻加以直录，没有艺术的想象和细节的描写。虽有人物性格的刻画，但还不能展开。所以还只是初具小说的规模，而不是成熟的小说作品。在中国小说史上，魏晋南北朝的志怪小说和志人小说是不可缺少的一环。在人物刻画、细节描写，以及叙事语言的运用等方面，它们都为唐传奇的写作积累了经验。一些唐传奇的故事取自这个时期的小说，如《倩女离魂》与《幽明录》中的《阿庞》，《柳毅传》与《搜神记》中的《胡母班》，《枕中记》与《幽明录》中的《焦湖庙祝》，都有继承关系。唐以后的文言小说中始终有志怪一类，《聊斋志异》是这类小说的顶峰。模仿《世说新语》的小说达几十种之多，这也说明了魏晋南北朝小说的影响。

小说到了唐时，却起了一个大变迁。唐代传奇小说的出现标志着中国古典文言小说走向成熟，唐传奇小说的具体的特点：

第一，从创作上来讲，唐传奇作品一反汉魏六朝小说的纪实法，大都采用虚构法。

第二，从塑造艺术形象的方法和技巧方面来看，唐传奇小说叙述宛转委曲，描写细腻多样，在艺术上有了很大的创造和提高。

第三，从体制上看，唐传奇小说已经由笔记体发展为传记体。

第四，有意识地写作小说，从鬼神灵异、奇闻轶事走向现实生活。

唐传奇小说具有自己独特的风格和长处。它从汉魏六朝的小说雏形中破壳而出，并使小说“至唐代而一变”。从此，中国古典小说从子、史脱颖而出，成为叙事文学中一种独立的文体，开始用有别于其他文体的独特样式，反映社会生活，展示真、善、美，在形象塑造及叙事构建等方面都取得了很高的艺术成就。唐传奇的出现是中国文学史上的一件大事，它标志着中国古典小说的成熟和定型。著名的唐传奇有：蒋防的《霍小玉传》、元稹的《莺莺传》、李朝威的《柳毅传》、白行简的《李娃传》。

宋代，随着说话活动的日益兴盛，在书场中流播的故事越来越多，而以口传故事为蓝本的文字记录本，以及受说话体式影响而衍生的其他故事文本等，也日见其多。后世统称为“话本”。话本小说是民间说话艺人的创作，既具有口头文学的清新活泼的特色，又发扬了志怪、传奇等古代小说的优良传统，在思想性和艺术性上都有一定成就。宋代话本小说是中国小说史上一个重要的发展阶段。宋代出现的白话小说——话本，也称“话本小说”。从此以文言短篇小说为主流的小说史，逐渐转为以白话小说为主流的小说史。同时，文言小说依然存在，至此，小说才被作为故事性文体的专称。话本的出现是“小说史上的一大变迁”。

话本小说具有的特点：

第一，从文言到白话，既增强了小说的表现力，又扩大了读者面，提高了小说的社会功能；

第二，作品描写的对象由封建士子转向平民，作品的思想观点、美学情趣发生了变化；

第三，奠定了白话短篇和长篇的基础。

话本小说的代表作有《错斩崔宁》《三国志平话》《五代史平话》等。

宋人之“说话”的影响是非常之大，后来的小说，十分之九是本于话本的。一、后之小说如《今古奇观》等片段的叙述，即仿宋之“小说”。二、后之章回小说如《三国志演义》

等长篇的叙述，皆本于“讲史”。其中讲史之影响更大，并且从明清到现在，“二十四史”都演完了。

明代小说出现了空前繁荣的局面。小说是自宋元时期的说话艺术发展起来的，从明代开始，小说这种文学形式才充分显示出它的社会作用和文学价值，打破了正统诗文的垄断地位，在文学史上，取得了与唐诗、宋词、元曲相提并论的地位。

明代小说，是在宋元时期的说话艺术的基础上发展起来的。明代文人创作的白话短篇小说称为“拟话本”，就是直接摹拟学习宋元话本的产物；长篇小说如《三国志演义》《水浒传》《西游记》等，亦多由宋元说话中的讲史、说经演化发展而来。嘉靖以后，文人独立创作的反映现实的长篇小说如《金瓶梅》，亦取之于讲唱文学的写作经验。

由于宋元以来通俗小说创作的实践，这一文学形式显示了不可忽视的社会作用，因而受到明中叶以后一些具有进步思想的文人的重视，他们在理论上给予其高度的评价，阐明其社会的和文学的价值，为小说争得了文学地位。如李贽就将《西厢》《水浒》与秦汉文、六朝诗相提并论，同称为“古今至文”；袁宏道称《水浒》和《金瓶梅》为“逸曲”。而《古今小说》绿天馆主人序更指出话本小说比儒家的经典《孝经》和《论语》具有更强烈的感人力量。

从明初到嘉靖年间，成书于元末明初的《三国志演义》《水浒传》和成书于嘉靖年间的《西游记》，标志着中国古典长篇小说由宋元时代初具规模的讲史和说经话本，发展到了成熟的阶段。这三部作品的共同特点，是在长期民间传说和民间艺人创作的基础上，由文人作家加工写定，是集体创造的成果。它们都继承了话本的思想艺术传统而又有巨大的突破。在短篇小说方面，这个时期瞿佑的《剪灯新话》、李祯的《剪灯馀话》等文言小说，专事模仿唐宋传奇，有所成就。从嘉靖以后到明末，出现了长篇小说和短篇小说创作空前繁荣的局面。长篇小说，一方面是在《三国志演义》《水浒传》和《西游记》的影响下，从丰富的史籍、民间传说和艺人讲说中吸取素材和营养，继续出现不少历史演义、英雄传奇和神魔小说。另一方面，则出现了由文人作家独立创作、以现实生活为题材、描写也更趋于细致的《金瓶梅》。这就使古代长篇小说的创作突破了依附于历史或神怪的窠臼，而有了新的发展。短篇小说也出现了许多由文人创作而专供人们案头阅读的拟话本，在题材内容和艺术风貌上，比之宋元时期供讲唱的话本小说有了巨大的飞跃，是中国小说史上的巅峰。

章回小说其特点是分回标目，常取一个或两个中心事件为一回，每回篇幅大致相等，情节前后衔接，开头、结尾常用“话说”“且听下回分解”等口头语，中间穿插诗词韵文，结尾故设悬念吸引读者。明初，《三国演义》（罗贯中）和《水浒传》（施耐庵）的相继问世，标志着中国小说史进入了一个新的阶段。从此，中国小说以短篇小说为主转入以章回小说为主。“四大奇书”在所属的各类题材的小说中独占鳌头：《三国演义》是小说史上的第一部长篇小说，也是历史小说的典范；《水浒传》既是第一部描写农民起义的作品，也是一部英雄传奇的典范；《西游记》（吴承恩）既是第一部长篇神魔小说，也是一部神魔小说的典范；《金瓶梅》既是第一部写世情的小说，也是第一部由文人独立创作的小说。

清代的小说样式丰富多彩，有着长足的发展，《儒林外史》的问世流传，意味着讽刺小说的成立，尤其是《儒林外史》的问世，如鲁迅《中国小说史略》所说，“说部中乃始有足称讽刺之书”。惜乎此后的讽刺小说走入下坡路，逐步为“谴责小说”、黑幕小说所更替。《红楼梦》一方面打破了以往的才子佳人小说千人一面、千部共出一套的框架；另一方面在描写家庭、爱情生活时，笔端充满了诗意的光辉，洗涤了晚明小说作品中给这种文学样式所带来的种种污秽，为人情小说树立了楷模。然而人情小说的末流终于不免嬗化为狭邪小说。《三侠五义》的出现一肃晚清文坛上人情小说沦为狎邪、讽刺沦为黑幕、神话沦为迷信、讲史已无艺术魅力的局面，清代大儒俞樾见到后惊呼：“如此笔墨方许作平话小说，如此平话小说方算得天地间另是一种笔墨！”由此掀起了各类武侠题材文学作品的高潮，对以后武侠小说之内容素材有决定性之影响。此后武侠公案、短打评书盛极一时，直至现代武侠金庸、古龙、温瑞安作品都在他的影响之下。清代文言短篇小说中，有的作品融合了魏晋南北朝志怪小说和唐代传奇小说的风格和手法，有的作品使故事和议论结合在一起，形成“笔记+小说”的格局。文言长篇小说的产生，更是小说园地里的一个新品种。白话短篇小说继承了宋元话本的传统，深受“三言二拍”的影响，出现了更多的专题集。白话长篇小说领域中，原有的一些样式继续流行，还出现了新的趋势。各体小说中或多或少地糅进了神怪小说的因素。此外，历史演义小说和英雄传奇小说交融，公案小说和侠义小说合流，也同样构成了清代小说的特色。这种种的演进、蜕变，既有自身的原因，又受到了时代、社会环境的影响，无不体现着文学发展过程中的规律性。

清代谴责小说的登场，给这个时期的小说增添了光彩。代表作为李宝嘉的《官场现形记》、吴沃尧的《二十年目睹之怪现状》、刘鹗的《老残游记》、曾朴的《孽海花》等。谴责小说进一步扩大了题材的范围，描写以官场为主，而遍及社会生活的各个方面。反对帝国主义侵略的呼声首次响彻于小说作品之中。在艺术表现手法上接受了西方小说的影响，呈现出一些新的特点。此外，《苦社会》《黄金世界》等写华工所受的奴役和迫害，《罂粟花》写鸦片战争，《邻女语》写庚子事变，《黄绣球》写妇女解放运动，也都是当时的优秀作品。谴责小说作品在清末出现甚多。当时报纸、杂志的出版，以及印刷技术的进步，都对小说的创作和发表起到了促进的作用。中国小说史上的最后数年因之又出现了一个小繁荣的局面。

从1918年5月鲁迅在《新青年》上发表第一篇现代白话短篇小说《狂人日记》到1949年新中国成立，中国现代小说只有30年的历史，但它的发展却不同寻常。中国小说历来被视为“小道”，这种状况到“五四”时期得到了彻底改变，小说成为“五四”新文学运动时期乃至整个现代文学史上最主要的艺术形式。中国现代小说，主要是指“五四”文学革命以后诞生的用白话文写作的新体小说。

一、现代小说的发展及代表性作家作品

（一）20世纪20年代小说

1.现代白话小说的开山之作，是鲁迅1918年5月发表于《新青年》的《狂人日记》，这是第一篇现代白话短篇小说。此后又有《孔乙己》《药》《阿Q正传》等多篇小说名作问世，并先后结集为《呐喊》和《彷徨》。鲁迅代表了现代小说的开端，同时又是巅峰。

2.20年代小说有三大潮流：

一是以“文学研究会”为主的“人生写实派”，叶圣陶是代表作家之一，有小说《潘先生在难中》《这也是一个人？》等。

二是以“创造社”为主的“自叙传”抒情小说一派，被看作是浪漫主义的追随者。其中影响最大的是郁达夫，其代表作有《沉沦》。

三是“乡土文学”作家群，形成于20年代中后期，较知名的有彭家煌、台静农、许杰等。

（二）20世纪30年代小说

20世纪30年代，现代小说创作走向高潮，除了鲁迅、茅盾、巴金、老舍等小说大家之外，一大批青年小说家也纷纷登上文坛，并形成四大创作潮流：

一是以“左联”为主的“左翼小说”。代表作家作品有蒋光慈的《短裤党》、柔石的《为奴隶的母亲》、丁玲的《韦护》、张天翼的《包氏父子》，以及萧红的《生死场》等。

二是远离文学党派性与商业性的“京派”小说，追求纯正的艺术趣味和自由风格，讲求艺术个性和技巧。这一派的领衔作家是沈从文，代表作有《边城》。

三是特别看重读书市场效果的“海派”小说，思想内容驳杂，言情与性爱是常见题材，代表作家有张资平、叶灵凤等。以现代主义为特征的“新感觉派”也是“海派”的一脉。多表现都市人错综的生存境遇及人生感受，着力于开掘人物的深层心理和潜意识，借鉴现代主义的技巧。代表作家作品有刘呐鸥的《都市风景线》、穆时英的《白金女体塑像》、施蛰存的《梅雨之夕》等。

四是“社会剖析派”，也属于“左翼”的文学流派，强调反映重大题材、用阶级分析方法剖析和塑造典型环境与典型人物。茅盾是“社会剖析派”的领军人物，代表作《子夜》标志着20世纪30年代长篇小说的艺术高峰。

（三）20世纪40年代小说

1.20世纪40年代经历了战乱，小说创作却日趋成熟，作家的风格追求也更加多样。

2.沙汀的《淘金记》、茅盾的《腐蚀》、巴金的《寒夜》、钱钟书的《围城》、老舍的《四世同堂》等，都是这一时期重要的收获。

3.解放区小说，长篇《太阳照在桑干河上》（丁玲）和《暴风骤雨》（周立波）曾获得巨大的社会反响。

4.最能代表解放区小说成就的作家是赵树理，代表作有《小二黑结婚》《李家庄的变迁》等。

三四十年代还有些著名作家难于把他们归入某一派。如巴金、老舍、张爱玲等。

1.巴金的小说。

（1）代表作“激流三部曲”（《家》《春》《秋》），以描写封建家庭腐败与衰落为题材。其中《家》的成就与影响最大，是现代文学的又一经典之作。

（2）《爱情三部曲》（《雾》《雨》《电》）表现革命和恋爱的题材。

（3）20世纪40年代表现中年人生活悲苦的著名长篇《寒夜》，则是另一种沉郁的风格。

2. 老舍的小说。

（1）代表作《二马》《离婚》《骆驼祥子》和《四世同堂》等。

（2）小说特色是对市民社会特别是北京市民日常生活风俗式的精细描写，是“京味小说”的源头。

3. 张爱玲的小说。

（1）张爱玲是20世纪40年代最具特色的小说家之一。

（2）1943年发表小说处女作《沉香屑第一炉香》，受到文坛关注。

（3）此后相继发表《茉莉香片》《倾城之恋》《金锁记》《红玫瑰和白玫瑰》等小说。

（4）她是非常具有创作个性、艺术风格鲜明的作家，在雅俗共赏这一点上，取得了前所未有的成功，在港台及海外华文文学界有很大的影响。

二、当代小说的发展及代表性作家作品

（一）“十七年”小说

1. 长篇小说是这个时期最受读者欢迎的形式，代表作品：

（1）书写革命历史和反映战争风云的小说：杨沫的《青春之歌》、罗广斌和杨益言的《红岩》、曲波的《林海雪原》、李英儒的《野火春风斗古城》、梁斌的《红旗谱》、杜鹏程的《保卫延安》等。

（2）反映农村题材的小说：周立波的《山乡巨变》、柳青的《创业史》（第一部）、浩然的的《艳阳天》等。

（3）反映现代都市和工业题材的小说：周而复的《上海的早晨》、欧阳山的《三家巷》。

（4）历史题材小说：姚雪垠的《李自成》是反映明末农民起义的长篇历史小说。

这些小说题材广阔，描写与展示了革命斗争的历史画卷，塑造了一系列英雄形象，曾经引起非常大的社会影响，在一代青年的精神成长过程中起到很大的作用。

2. 杨沫的《青春之歌》是一部知识分子的“革命成长史”，小说通过林道静的成长来指引知识分子的唯一出路。

3. 柳青的《创业史》是一部史诗性的作品，表现社会主义初期，农村互助合作社建设过程。塑造了“新人”梁生宝、“中间人物”梁三老汉等形象。

4. 短篇小说代表作有萧也牧的《我们夫妇之间》、峻青的《黎明的河边》、王愿坚的《党费》、茹志娟的《百合花》、王蒙的《组织部新来的青年人》等。

（二）“新时期”小说

1. 新时期小说以“伤痕小说”为开端。刘心武的《班主任》是其发轫之作；另有卢新华的《伤痕》、叶辛的《蹉跎岁月》、从维熙的《大墙下的红玉兰》等。

2. “反思小说”是继“伤痕小说”之后在新时期出现的第二个文学思潮，作品具有更多的理性色彩和悲剧意味。代表作：鲁彦周的《天云山传奇》、高晓声的《李顺大造屋》、王蒙的《蝴蝶》、张贤亮的《灵与肉》等。

3.“改革小说”是对20世纪80年代改革引起的社会震荡的直接反映。蒋子龙的《乔厂长上任记》是开篇之作；另有柯云路的《新星》、张洁的《沉重的翅膀》、李国文的《花园街五号》等。

4. 20世纪80年代中期出现“寻根小说”。特点是力图用现代意识探寻民族文化的得失，以及民族精神重建的可能性，代表作：韩少功的《爸爸爸》、阿城的《棋王》、郑义的《老井》、王安忆的《小鲍庄》等。

5.“实验小说”与“现代派小说”和寻根小说几乎同时出现，代表作：刘索拉的《你别无选择》、莫言的《红高粱》等。

6. 20世纪90年代初以来出现的“新写实小说”，注重对日常生活“原生态”的还原复写。代表作：池莉的《烦恼人生》、刘震云的《一地鸡毛》、方方的《风景》。

（三）王蒙的小说

1. 20世纪50年代以小说《组织部新来的青年人》成名。

2. 20世纪80年代发表《风筝飘带》《春之声》《蝴蝶》等小说，追求意识流、时空交织等接近现代主义的手法，曾引起文坛的普遍关注。

3. 之后转向对知识分子“心态史”的关注以及对人性的探寻，代表作有《杂色》《活动变人形》《季节系列》等。

（四）贾平凹的小说

1. 20世纪80年代初发表有关陕西商州地区农民生活变迁的小说，如《鸡窝洼人家》《腊月•正月》等“商州系列”小说和长篇小说《浮躁》等。

2. 20世纪90年代初《废都》以古城西安（小说中的“西京”）文化人生活为背景，表现苍茫、荒凉的“废都”意识，曾在文学界和文化界引起极大争议。

3. 之后，《高老庄》《秦腔》等长篇小说，对20世纪90年代以后的农村新变化进行了细致入微的描述。

（五）王安忆的小说

1.《小鲍庄》是“寻根小说”的代表作。

2. 1986年以后，发表了引起很多争议的“三恋”（《小城之恋》《荒山之恋》《锦绣谷之恋》）。

3. 20世纪八九十年代之交的《叔叔的故事》《乌托邦诗篇》《伤心太平洋》等，汇入这一时期的“家族叙述”小说潮流。

4. 20世纪90年代中期以后，《长恨歌》等作品集中书写上海都市文化，顺应并引领了“老上海怀旧潮”。

（六）汪曾祺的小说

1. 汪曾祺师从沈从文，继承“京派作家”的风格。

2. 他只写短篇小说，代表作有《受戒》《大淖记事》等，注重风俗民情的表现。

（七）张承志的小说

1. 张承志的小说有一种散文化的倾向、浪漫主义的格调和理想主义的精神。

2. 代表作：《旗手为什么歌唱母亲》《黑骏马》《北方的河》《金牧场》等。

3. 都与生活于内蒙古草原的蒙古族、回族的历史和现实生活有关。

第二节　小说的文本特点

作为文学题材的小说和散文、诗歌、剧本等其他文学形式相比较，在反映生活的深度和广度上，在表现生活的方式和技巧上，都具有自己鲜明的特点。

一、采用多种多样的表现方法刻画人物形象，是小说艺术的突出特点

叙事类文学作品的主要任务是塑造人物，而小说凭借语言艺术的功能，可以非常灵活地运用各种不同的表现方法，刻画人物性格，塑造典型形象。它可以运用概括的叙述，交代人物的身世和经历，也可以进行细致入微地描写、勾画人物的肖像和外貌特征；可以通过人物的行动和语言，突出人物的性格特点，也可以通过心理描写、环境衬托来揭示人物的精神世界；可以由人物直抒胸臆，自我表现，也可以凭借作者的“助言”，暗示人物的隐秘，抒发人物的感情。这样，就为小说作品刻画鲜明、生动的艺术形象，反映丰富多彩的现实生活，提供了极为有利的条件。

二、通过完整、曲折的故事刻画人物性格、揭示作品的主题，是小说的第二个特征

凡是成功的小说，大都有一个曲折动人的故事，随着故事情节的展开，逐步揭示出人物性格的发展历史，表现出典型形象成长的过程。孙犁在《论情节》中曾经指出：“从总的方面看，整个的情节就是作品整个的生命。”小说不受时空限制，天南海北、古往今来的社会生活中发生的各种复杂纷繁的大小事件，都可以摄取到作品中来，提炼成小说需要的情节。因此，它涉及的题材范围极为广泛，大至风云变幻的社会巨大变革，如展示广阔历史画面的长篇小说《白鹿原》，小至截取生活的一个片断，一个侧面，如何士光的短篇小说《乡场上》。小说和其他叙事文学如戏剧、叙事诗等比较，在情节的完整性、多样性、生动性方面显示出突出的特点，因而更便于深入细致地反映广阔的多方面的社会生活。

三、通过丰富具体的环境描写，展现故事发生的背景、人物活动的场所，也是小说的重要特征之一

因为小说写作可以自由地转换时间和场景，所以它可以根据人物和情节的需要，描绘丰富具体的社会环境和自然环境。小说这种别具特色的环境描写，具有重要的多方面的作用。

首先，它提供人物活动、事件发生的具体的社会条件和时代背景。比如《乡场上》的冯么爸的性格，是刚刚从“十年动乱”的重压下解放出来的偏远山乡农民开始感受到十一届三中全

会后农村政策的阳光，萌动着改变现状的心理反映。如果没有这样的典型环境，便不会有“这一个”典型性格的产生。

其次，环境描写可以烘托人物的心理状态，表现人物的思想感情。如孙犁在《风云初记》中写道：“她在小窗前面栽了一架丝瓜，长大的丝瓜从浓密的叶子里垂下来，打到地面。又在小屋的西南角栽上一排望日莲，叫它们站在河流的旁边，辗转思念着远方的行人……”这段描写就把大革命失败后潜伏在北方农村的革命妇女秋分的心理和感情，生动细腻地表现出来了。

再次，小说成功的景物描写，常常以别具一格的风俗画面、自然风光，造成生动的艺术形象，起到其他部分不能代替的作用。我们看《荷花淀》中的这段描写：“这女人编着席，不久在她的身子下面，就编成了一大片。她像坐在一片洁白的雪地上，也像坐在一片洁白的云彩上。她有时望望淀里，淀里也是一片银白世界。水面笼起一层薄薄透明的雾，风吹过来，带着新鲜的荷叶荷花香。”平原水乡的习俗风光跃然纸上，但就是这样美丽的家乡田园，却正面临着侵略者的铁蹄，怎能不激起人们奋起保卫家园的爱国热情呢？这是其他表现手段所不能替代的。

第三节　小说鉴赏的基本途径与方法

究竟怎样鉴赏小说，也许各人的情况不同，方法也会不尽一样，但我们觉得，从小说作品的构造入手来进行鉴赏是个好办法，它不仅可以帮助读者减少盲目性，同时还可引导读者从迷人的故事中走出来并运用审美的眼光去进行鉴赏。那么，小说又是由哪些要素构成的呢？我们同意“五要素说”，即人物、情节、环境、主题和语言。下面，我们即分别从这五个方面具体谈谈小说鉴赏的问题。

一、人物的鉴赏

（一）从作者对人物的介绍和评价来把握人物

总体而言，文学塑造人物不外概括性表现（或称直接表现）与戏剧性表现（或称间接表现）两种类型。概括性表现就是作者对人物的思想倾向与性格特征进行直接评论，甚至明确地解释人物动机；戏剧性表现就是通过人物自身的行为过程来暗示，犹如戏剧演出一样让观众在人物自身动作的展览中获得某种启示。因此，从作者对人物的介绍与评价这种概括性的叙述去把握人物，也就成为我们鉴赏小说人物最为直接的一个步骤。

（二）从人物的语言、行动和心理描写来分析人物

小说刻画人物的主要方法，是通过描写人物的语言、行动和心理来表现人物的思想感情和性格特征。俗话说：“言为心声”，即人物语言是人物思想性格的直接表白，至于作者对人物心理活动的描写，就更不待言了。另一方面，作品中人物的行动，又是人物思想性格的生动表现，同样不能忽视。比如阿Q自己打自己的嘴巴，孔乙己为自己偷书所作的辩解，华威先生到处赶着开会，说起话来满口官腔，等等，都很好地表现了人物的个性特征，要仔细分析。

（三）从人物活动的社会历史背景来理解人物

小说里的人物，都是在一定的社会历史背景下活动的。如果离开了人物活动的社会历史背景，就不可能正确地理解人物，更不能理解人物形象的社会意义。这不仅是因为人物的个性形成与他的生活环境有关，更重要的是，作者每塑造一个人物，都是把他作为一定历史时期的典型人物来塑造的。或者说，一个人物形象的成功与否，不但要看他是否有鲜明的“个性”，还要看他是否具有广泛的“共性”。而对人物“共性”的分析，就必须放在一定的社会历史背景中。前面我们谈到对人物语言、行动和心理描写的分析，这是侧重在个性方面的，但是，如果只分析人物的个性而忽视共性，我们也就不能从中发现更多的人，这样的鉴赏就未免失之肤浅。反过来，如果只分析共性，把活生生的人物解剖成一个空骨架，也难以说明典型的普遍性，不过是一个时代精神的“躯壳”而已。

（四）从多种不同的角度对人物作面面观

在过去很长一段时间里，我们对小说人物的鉴赏与分析一直停留在固有的静态的和单一的线性思维上，而且它几乎成了我们的审美鉴赏“习惯”。这主要是根植于特殊的社会环境，小说人物塑造几乎成了某种政治宣传的需要，因而人们鉴赏这类小说也不是甚至也不可能是从审美的角度去欣赏，这是不正常的。只有当我们对一个成功的人物形象作多角度的观照时，诸如心理学的、社会学的、政治学的、美学的等，我们对这个人物的理解才不再是那么浅薄、那么单一和那么乏味了。

（五）从神魔鬼怪形象中悟出人情

中外小说都起始于远古的神话和传说，从而便开创了小说的神怪题材。神魔鬼怪形象在中外小说里面，均占有自己的一席地位。如何认识像志怪小说中的太乐妓，《西游记》中的孙悟空、猪八戒等这一类艺术形象，应是小说人物鉴赏的一项不可忽视的内容。

马克思曾经说过，神话是“通过人民的幻想用一种不自觉的艺术方式加工过的自然和社会形式本身”（《马克思恩格斯选集》第2卷第113页）。这就说明了神话的虚幻性与现实的真实性的辩证统一，或者也可以说，小说中的神魔鬼怪形象均应是生活中人物的变形，其本质是相通的。我们鉴赏小说中的神魔鬼怪形象，应当努力从中悟出人情才对。要理解神、兽、怪与人和谐地统一在一起的审美特点，注意把他们放在一定的历史背景之中去分析，切不能将他们排除在现实之外而孤立地去欣赏，否则就难以探求作者的真意。

二、情节的鉴赏

（一）找出线索，理清情节的来龙去脉

一般而言，故事情节从发生到结局，前后是有着某种内在联系的，这种内在联系也就是贯穿在整个作品中的情节线索。只要找到了这条贯穿整个作品的线索，情节的来龙去脉也就容易把握了。这当是我们鉴赏情节的首要任务。不过，小说情节线索并不是指我们一般所说的时间线索或空间线索，而是指作品里的基本矛盾冲突所构成的情节发展线索。例如鲁迅的《祝福》，祥林嫂与鲁四老爷的矛盾冲突，这就是构成情节的主要线索。由于作品篇幅长短的不同以及作品内容的特点，小说情节线索又有主线、副线和明线、暗线之分。鉴赏小说情节，如能抓住情节的线索，把握其来龙去脉，将有助于我们在分析作品时统观全局，全面地把握作者的意图。

（二）由事见人，看情节发展如何为人物塑造服务

情节是人物性格发展的历史，是作为人物运动的形式出现的。所以，鉴赏情节应该由事见人，将人物性格与情节联系起来分析。我们仍以《孔乙己》为例。孔乙己到酒店喝酒，周围的人对他嘲笑、与他争辩的情节，正是要表现孔乙己偷窃、迂腐的坏毛病；孔乙己教“我”“茴”字的四种写法和分豆给孩子们吃的情节，又是表现孔乙己的自傲和善良的品性；孔乙己被丁举人打断腿后爬着到酒店喝酒，又谎称腿是跌断的情节，则表现他受欺凌的悲惨命运和讲面子的弱点。小说就是通过这一系列的情节描写来完成孔乙己复杂性格的刻画的。阅读鉴赏时，要逐一分析，挖掘情节的意义。

（三）见微知著，从场面和细节分析情节对表现主题的意义

作品的情节是由若干个场面构成的，场面是由很多个细节组成的。分析场面和细节是鉴赏情节的进一步深入，同时也只有这样的情节鉴赏才显得具体、充分和中肯。请看老作家魏金枝对《阿Q正传》的一段情节分析：“写一个犯人在最后受判时画押，通常总是迟疑地颤抖地执着笔，无可奈何地画上一笔就算，鲁迅写阿Q的画押就大大不同，他写的画押却是独一无二的阿Q式的：一面是‘使尽平生的力气画圆圈’；而另一面却是‘这可恶的笔不但很沉重，并且不听话，刚刚一抖一抖的几乎要合缝，却又向外一耸，画成瓜子模样了’。我看，即使没有看过《阿Q正传》全文，不知道阿Q平生为人，单就这一节画押来看，阿Q的麻木、无知以及精神胜利法，岂不是都尽情地表露出来，然而那只是一个最后判决的场面描写。”由此抓住场面和细节的情节鉴赏就不是浮光掠影地阅读了，应对我们有所启示。但有人阅读小说，只顾看热闹，单纯追求故事情节紧张曲折，而不想想作者通过一定的情节究竟提出了什么问题，这些问题有何社会意义，又是如何解决的，等等，这就不得要领了。

（四）赏析技巧，注意发现作者组织情节的艺术匠心

小说情节的生动曲折、波澜起伏和扣人心弦，应该说是所有优秀小说的显著特点。什么地方是伏笔，什么地方是照应，什么地方是有助于塑造人物的精彩描写，哪些地方是游离于情节之外、荒诞不经的“噱头”等等，都要细细加以赏析。例如《红楼梦》刘姥姥三次进荣国府的情节，即可看出它具有复沓回旋、含意深远的特点。这三次均是写同一个人物进荣国府，但每次却是各不相同。一进，只让刘姥姥见了王熙凤，借此给读者展示了荣国府这个诗礼簪缨之族、温柔富贵之乡的豪奢；二进，刘姥姥见了贾母，又是饮宴，又是饱览，让读者见到了荣国府也有各种矛盾，由此埋下了贾府即将败落的伏笔；三进，则那位曾向刘姥姥伸出援助之手的琏二奶奶也不得不向她呼救了，一层更深一层。鉴赏这样的情节，我们不仅要注意情节本身的变化，还要注意发掘情节所寓示着的主题意义。同时，又可看到，作者在组织情节时所显现出的胸有全豹、高屋建瓴的艺术特点。

三、环境的鉴赏

（一）分析环境对主题思想的暗示

环境描写不管它的直接作用如何，最终是为表现作品主题服务的。明末文学家王夫之曾说："一切景语皆情语"，即一切描写景物的文字都在于写作者之情意。所以，我们鉴赏小说，就应注意从环境描写中揣摩作品的主旨。

在更多的情况下，环境描写可能主要是为展示人物的行动和命运以及刻画人物的性格创造必要的条件，提供生动的衬景，但同时也是以间接的形式表现主题。在《红楼梦》中，作者写蘅芜院的环境："阴森透骨"，屋外长着"愈冷愈苍翠"的"奇草仙藤"，屋内"一色玩器全无"，像"雪洞一般"。这样的环境正好衬托出带着金锁而高唱"妇德法"的薛宝钗阴冷无情、装愚守拙的性格特征。这一性格特征的揭示，不仅透露出作者对薛宝钗其人的思想倾向，同时也可看出封建礼教虚伪性的一面，而这正是作品主题的内容之一。

环境描写一般是写实的，但有时也可能带有象征或隐喻的性质，这样也就自然地对主题起着一种暗示作用。

（二）分析环境对人物形象的烘托

小说环境，不论是社会环境还是自然环境，与小说人物的思想与行动均有着密切的联系，而且因为小说是以写人为中心，环境描写对人物形象的烘托始终是最为基本的任务。鉴赏小说的环境描写，不能不注意理解环境与人物的关系，努力发掘它深刻的思想意义。环境描写对人物的烘托可以是正面的，也可以是反面的，前者叫正衬，后者叫反衬，这里不再细述。

（三）分析环境对小说氛围的创造

小说感染读者的一个重要因素，是作家特别注意创造一种特有的小说氛围，而创造小说氛围的主要手段就是环境描写。鲁迅小说《药》的开头是："秋天的后半夜，月亮下去了，太阳还没有出，只剩下一片乌蓝的天；除了夜游的东西，什么都睡着。"在华老栓为儿子买"药"走在街上时："……街上黑沉沉的一无所有，只有一条灰白的路，看得分明。"这样的自然环境给人以死气沉沉、非常压抑的感觉，使人感受不出一点生命的活动。联系小说的时代背景，我们还会进一步感受到1907年革命者秋瑾被害后的那种沉寂冷肃的氛围。

（四）分析环境对小说情节的推动

因为小说以写人物为中心，而人物与环境的紧密关系，又导致特定的环境可使人物产生某种相应的行为动机，从而推动故事情节向前发展。在反映更为广阔、复杂的社会生活的小说中，环境是人物命运形成和演变的客观条件和原因，特别是西方批判现实主义小说，更是强调"这一个"环境中的人，强调环境对人物及情节的影响和决定作用，因而环境在小说中的这种推动作用会更加明显。

四、主题的鉴赏

（一）从作者背景看主题

要正确理解一部作品，有必要了解作家的思想感情、思维方式，以及他所处的社会环境、作品所反映的社会生活背景。小说是社会生活在作家头脑中的反映，也是作家思想感情的表现。一部作品所反映的主题，总是与作家的身世、生活、思想感情以及他所处的时代环境分不开的。因此，我们在理解小说主题时，必须“知人论世”，这个很重要。

鲁迅先生指出，《水浒传》与《施公案》《彭公案》《三侠五义》的思想内容之所以不同，是和时代有关的。“《水浒》中人物在反抗政府；而这一类书中的人物，则帮助政府，这是作者思想的大不同处，大概也因为社会背景不同之故罢”（《鲁迅全集》第8卷第352页）。如果不理解时代背景对作者的影响，从而造成对题材处理上的这一不同，也就不可能理解《水浒》的深刻主题。

（二）从人物塑造看主题

小说作者运用各种艺术手段，都是为了完成人物形象的塑造。人物形象是作者生活经验的结晶，也是作家的生活态度的形象体现。《钢铁是怎样炼成的》中的保尔·柯察金的形象，《红岩》中的许云峰与江竹筠的形象，等等，无不体现着作家对生活的认识和情感态度——他认为生活是这样的，人应当这样地去生活。当然，在这里，我们不难从作品对人物的刻画中，琢磨到作家打算让我们体会到的东西；这里，也正是我们理解小说主题的一个重要方面。杨沫在《谈谈林道静的形象》一文中，曾详细介绍了她塑造林道静这个人物的意图。她说：“我知道在文学作品中，表现这种主题和思想可以从多方面，用种种不同的方法来进行。而我只能从我自己的比较熟稔的生活，用我自己感受最深的东西来表现。因此，我选择了林道静，写像她这样一个小资产阶级知识分子怎样改造成为无产阶级革命战士的过程。”这段话，较为明确地表明了人物与主题的紧密关系。

（三）从情节发展看主题

小说写人不能离开人物活动的形式——情节，而情节又是通过一系列具有因果关系的故事来完成的。当然，故事的中心必须以某些矛盾为内容，矛盾怎样发展、怎样解决，无不体现作者对这些问题的看法。从这些看法中理解主题同样也是小说鉴赏中被经常运用的方法。例如赵树理的《小二黑结婚》，是以追求人身自由、婚姻自主的小二黑和小芹同金旺兄弟为代表的封建恶霸势力，以及二诸葛、三仙姑为代表的封建落后意识的矛盾为主要内容的，这一主体矛盾最后在党和政府的帮助下得到了解决，小二黑他们获得了胜利，这就表达了作者对封建迷信思想、包办婚姻的看法。抓住了这一点，主题也就好理解了。

（四）从语言的情感色彩看主题

小说的主题，虽然作者极力使它不显露出来，但作者在行文中总是要对自己所揭示的矛盾，以及所描述的人物等表现出一定的褒贬倾向或情感色彩。判断作者的这种情感色彩，是理解作品主题时所不可缺少的一环。孙犁的《荷花淀》这篇小说，是歌颂白洋淀人民群众积极抗日的，但这种情感作者始终没有直接说出来，而是通过故事的叙述来暗示，在行文中也有所透露。如当敌人的大船追赶水生嫂她们时，作者写道："幸亏是这些青年妇女，白洋淀长大的，她们摇的小船飞快。小船活像离开了水波的一条打跳的梭鱼。她们从小跟这小船打交道，驶起来，就像织布穿梭，缝衣透针一般快。""她们奔着那不知道有几亩大小的荷花淀去，那一望无际的密密层层的大荷叶，迎着阳光舒展开，就像铜墙铁壁一样。粉色荷花箭高高挺出来，是监视白洋淀的哨兵吧！"在这里，作者的赞美之情溢于言表，我们是不难看出的。

（五）从整体倾向看主题

在小说的主题鉴赏这个问题上，有一个最为根本的原则我们必须永远记住——整个作品，包括作品中的每一个标点和作品里总的气氛在内，都是主题的体现——从这个意义上来看，我们可以把整个作品看作是表现主题的具体的象征物！我们应当懂得，小说的主题，它并不是一个孤立的现象，而是与小说诸要素紧密相关的整体体现。正因为如此，理解小说主题的方式方法也不仅仅限于以上谈到的几个方面，而应当是多侧面的、多角度的，小说的方方面面无不闪耀着主题的光彩。一部优秀的小说，其含义——即主题——总是全面渗透在整个作品中的。

五、语言的鉴赏

语言描写是人物描写的一种重要手法，它通过人物语言的描绘刻画人物性格。精彩的人物语言描写，可以"使读者看了对话，便好像目睹了说话的那些人"。

第二章 小说作品选析

第一节 古代小说作品选析

干将莫邪

作品简介

干将是楚国最有名的铁匠，他打造的剑锋利无比。楚王知道了，就命令干将为他铸宝剑。干将花了三年工夫，终于铸炼出一对宝剑。这是他们夫妇俩几年心血的结晶，所以，就把他们自己的名字做了宝剑的名字，雄的就叫干将，雌的就叫莫邪。干将把雄剑藏于南山松树下，而将雌剑献于楚王。楚王得到了世上罕见的宝剑，杀掉了干将，理由竟是怕他再铸出更好的剑来。

不久莫邪生下了一个男孩，眉间广阔，约一尺宽，取名赤。赤14岁时知道了父亲惨死的经过，于南山下找到宝剑，拜别了母亲，欲找楚王报仇……

干将莫邪[1]

楚干将莫邪为楚王作剑，三年乃成。王怒，欲杀之。剑有雌雄。其妻重身当产[2]。夫语妻曰："吾为王作剑，三年乃成。王怒，往必杀我。汝若生子是男，大，告之曰：'出户望南山，松生石上，剑在其背。'"于是即将雌剑往见楚王。王大怒，使相之[3]。剑有二，一雄一雌，雌来雄不来。王怒，即杀之。莫邪子名赤，比后壮[4]，乃问其母曰："吾父所在？"母曰："汝父为楚王作剑，三年乃成。王怒，杀之。去时嘱我语汝：'出户望南山，松生石上，剑在其背。'"子出户南望，不见有山，但睹堂前松柱下石低之上[5]。即以斧破其背，得剑，

日夜思欲报楚王[6]。

王梦见一儿，眉间广尺[7]，言欲报仇。王即购之千金[8]。儿闻之，亡去，入山行歌[9]。客有逢者，谓："子年少，何哭之甚悲耶？"曰："吾干将莫邪子也，楚王杀吾父，吾欲报之。"客曰："闻王购子头千金。将子头与剑来，为子报之。"儿曰："幸甚！"即自刎，两手捧头及剑奉之，立僵[10]。客曰："不负子也[11]。"于是尸乃仆[12]。客持头往见楚王，王大喜。客曰："此乃勇士头也，当于汤镬煮之[13]。"王如其言煮头[14]，三日三夕不烂。头踔出汤中，瞋目大怒[15]。客曰："此儿头不烂，愿王自往临视之[16]，是必烂也。"王即临之。客以剑拟王，王头随坠汤中，客亦自拟己头[17]，头复坠汤中。三首俱烂，不可识辨。乃分其汤肉葬之，故通名三王墓。今在汝南北宜春县界[18]。

---

[1]干将莫邪（yé）：本篇选自《搜神记》。故事最早见于《列异传》，题目是后加的。文章通过铸剑工干将被害，其子赤为父复仇的故事，表现了劳动人民对统治者暴行的仇恨和英雄们坚毅顽强的斗争意志。故事生动，结构完整，想象丰富，富有浪漫色彩。干将，春秋时吴国人，中国古代传说中造剑的名匠。莫邪，传说中干将的妻子。

[2]重（chóng）身：身中有身，指怀孕。当产：临产。

[3]相（xiàng）：察看。

[4]比（bì）：及，等到。

[5]睹：看见。低：应作"砥"，柱下石。

[6]报：报仇。

[7]眉间广尺：两眉之间宽广有一尺。

[8]购：悬赏捉人。之：指莫邪子。

[9]亡去：逃走。行歌：边走边唱。

[10]立僵：指尸体僵直地立着而不倒。

[11]负：辜负。

[12]仆：跌倒。

[13]镬（huò）：锅一类的器物。

[14]如其言：照他的话。

[15]踔（chuō）：跳。瞋（chēn）：睁大眼睛瞪人。

[16]临视：靠近（汤镬）观看。

[17]拟：对准。

[18]北宜春：故城在今河南省汝南县西南六十里。西汉时叫宜春，东汉时改名北宜春。

鉴赏提示

《干将莫邪》这篇小说篇幅虽短，但故事情节完整，人物形象栩栩如生，小说思想内涵丰富。其审美性主要表现在以下三个方面：

（一）想象奇特、大胆。莫邪之子赤为报父仇不惜杀身——当山中侠客说可以利用他的头和剑设计替他报仇时，他毫不犹豫地拔剑自刎。值得注意的是，莫邪之子死后竟能将自己的头和剑双手捧给侠客而不倒，待侠客接过头与剑向他作出承诺后，才跌倒在地上。后来山中侠客将他的头献给楚王，置于汤镬之中，竟然煮三天三夜都不烂，还从滚汤中跳出，嗔目怒视楚王：想象是多么的神奇和大胆！

（二）人物形象栩栩如生。短短几百字的小说成功地塑造了四个性格十分鲜明的人物形象。以山中侠客为例——作者以极其精练的文字集中写了他的侠义和智勇两个方面。他虽与干将莫邪之子素不相识，但得知他的悲惨遭遇后，便主动站出来替他报仇，其侠义肝胆跃然纸上；他先是利用莫邪之子赤的人头和“雄”剑作诱饵，后又利用了楚王暴虐的性格，机智地引诱楚王临镬视头，最后实现了诛除暴君、为冤死者报仇的目的，充分表现了他的大智和大勇。

（三）思想内涵丰富。这一篇几百字的短章可以说是一曲真、善、美的颂歌——山中侠客的诚信、侠义和杀身取义的作为，莫邪之子生命已去而精神不死的表现，人们对侠客和莫邪之子的敬仰（以封建社会对功臣的最高封爵——“王”来指称他们）等，都表现了这一点。

《干将莫邪》这篇小说能以如此短的篇幅写出一个完整的复仇故事，刻画出几个生动感人的形象，并且表现出丰富的思想内容，其对题材的处理技巧确实值得我们借鉴。

三国演义

罗贯中

作品简介

《三国演义》原名《三国志通俗演义》，也称《三国志演义》，是中国古代长篇章回小说的开山之作，也是我国最有代表性的长篇历史演义小说。

罗贯中（1330—1400），名本，号湖海散人，明代通俗小说家。据说，他曾充任过元末农民起义军首领张士诚的幕客，还作有《隋唐志传》等通俗小说和《赵太祖龙虎风云会》等戏剧。

《三国演义》描写的是东汉末年到西晋初年之间近一百年的历史风云。全书反映了三国时代的政治军事斗争及各类社会矛盾的渗透与转化，塑造了一批叱咤风云的英雄人物。

尊刘反曹的主要倾向在罗贯中时代隐含着人民对汉族复兴的希望。今天我们对于作者的这种倾向应有辩证的认识。

《三国演义》刻画了近200个人物形象，其中最为成功的有诸葛亮、曹操、关羽、刘备等人。诸葛亮是作者心目中的“贤相”的化身，他具有“鞠躬尽瘁死而后已”的高风亮节，具有近世济民再造太平盛世的雄心壮志，而且作者还赋予他呼风唤雨、神机妙算的奇异本领。曹操是一位奸雄，他生活的信条是“宁教我负天下人，不教天下人负我”，既有雄才大略，又残暴奸诈，是一个政治野心家、阴谋家，这与历史上的真曹操是不可混同的。关羽“威猛刚毅”、“义重如山”。但他的义气是以个人恩怨为前提的，并非国家民族的大义。刘备被作者塑造成为仁民爱物、礼贤下士、知人善任的仁君典型。

第九十五回 马谡拒谏失街亭 武侯弹琴退仲达

却说魏主曹睿令张郃为先锋，与司马懿一同征进；一面令辛毗、孙礼二人领兵五万，往助曹真。二人奉诏而去。且说司马懿引二十万军，出关下寨，请先锋张郃至帐下曰：“诸葛亮平生谨慎，未敢造次行事。若是吾用兵，先从子午谷径取长安，早得多时矣。他非无谋，但怕有失，不肯弄险。今必出军斜谷，来取郿城。若取郿城，必分兵两路，一军取箕谷矣。吾已发檄文，令子丹拒守郿城，若兵来不可出战；令孙礼、辛毗截住箕谷道口，若兵来则出奇兵击之。”郃曰：“今将军当于何处进兵？”懿曰：“吾素知秦岭之西，有一条路，地名街亭；傍有一城，名列柳城：此二处皆是汉中咽喉。诸葛亮欺子丹无备，定从此进。吾与汝径取街亭，望阳平关不远矣。亮若知吾断其街亭要路，绝其粮道，则陇西一境，不能安守，必然连夜奔回汉中去也。彼若回动，吾提兵于小路击之，可得全胜；若不归时，吾却将诸处小路，尽皆垒断，俱以兵守之。一月无粮，蜀兵皆饿死，亮必被吾擒矣。”张郃大悟，拜伏于地曰：“都督神算也！”懿曰：“虽然如此，诸葛亮不比孟达。将军为先锋，不可轻进。当传与诸将：循山西路，远远哨探。如无伏兵，方可前进。若是怠忽，必中诸葛亮之计。”张郃受计引军而行。

却说孔明在祁山寨中，忽报新城探细人来到。孔明急唤入问之，细作告曰：“司马懿倍道而行，八日已到新城，孟达措手不及；又被申耽、申仪、李辅、邓贤为内应：孟达被乱军所杀。今司马懿撤兵到长安，见了魏主，同张郃引兵出关，来拒我师也。”孔明大惊曰：“孟达做事不密，死固当然。今司马懿出关，必取街亭，断吾咽喉之路。”便问：“谁敢引兵去守街亭？”言未毕，参军马谡曰：“某愿往。”孔明曰：“街亭虽小，干系甚重。倘街亭有失，吾大军皆休矣。汝虽深通谋略，此地奈无城郭，又无险阻，守之极难。”谡曰：“某自幼熟读兵书，颇知兵法。岂一街亭不能守耶？”孔明曰：“司马懿非等闲之辈，更有先锋张郃，乃魏之名将，恐汝不能敌之。”谡曰：“休道司马懿、张郃，便是曹睿亲来，有何惧哉！若有差失，乞斩全家。”孔明曰：“军中无戏言。”谡曰：“愿立军令状。”孔明从之，谡遂写了军令状呈上。孔明曰：“吾与汝二万五千精兵，再拨一员上将，相助你去。”即唤王平分付曰：“吾素知汝平生谨慎，故特以此重任相托。汝可小心谨守此地：下寨必当要道之处，使贼兵急切不能偷过。安营既毕，便画四至八道地理形状图本来我看。凡事商议停当而行，不可轻易。如所守无危，则是取长安第一功也。戒之！戒之！”二人拜辞引兵而去。孔明寻思，恐二人有失，又唤高翔曰：“街亭东北上有一城，名列柳城，乃山僻小路，此可以屯兵紥寨。与汝一万兵，去此城屯紥。但街亭危，可引兵救之。”高翔引兵而去。孔明又思：高翔非张郃对手，必得一员大将，屯兵于街亭之右，方可防之，遂唤魏延引本部兵去街亭之后屯紥。延曰：“某为前部，理合当先破敌，何故置某于安闲之地？”孔明曰：“前锋破敌，乃偏裨之事耳。今令汝接应街亭，当阳平关冲要道路，总守汉中咽喉。此乃大任也，何为安闲乎？汝勿以等闲视之，失吾大事。切宜小心在意！”魏延大喜，引兵而去。孔明恰才心安，乃唤赵云、邓芝分付曰：“今司马懿出兵，与旧日不同。汝二人各引一军出箕谷，以为疑兵。如逢魏兵，或战、或不战，以惊其心。吾自统大军，由斜谷径取郿城；若得郿城，长安可破矣。”二人受命而去。孔明令姜维作先锋，兵出斜谷。

却说马谡、王平二人兵到街亭，看了地势。马谡笑曰：“丞相何故多心也？量此山僻之处，魏兵如何敢来！”王平曰：“虽然魏兵不敢来，可就此五路总口下寨；却令军士伐木为栅，以图久计。”谡曰：“当道岂是下寨之地？此处侧边一山，四面皆不相连，且树木极广，此乃天赐之险也，可就山上屯军。”平曰：“参军差矣。若屯兵当道，筑起城垣，贼兵总有十万，不能偷过；今若弃此要路，屯兵于山上，倘魏兵骤至，四面围定，将何策保之？”谡大笑曰：“汝真女子之见！兵法云：‘凭高视下，势如劈竹。’若魏兵到来，吾教他片甲不回！”平曰：“吾累随丞相经阵，每到之处，丞相尽意指教。今观此山，乃绝地也：若魏兵断我汲水之道，军士不战自乱矣。”谡曰：“汝莫乱道！孙子云：‘置之死地而后生。’若魏兵绝我汲水之道，蜀兵岂不死战？以一可当百也。吾素读兵书，丞相诸事尚问于我，汝奈何相阻耶！”平曰：“若参军欲在山上下寨，可分兵与我，自于山西下一小寨，为掎角之势。倘魏兵至，可以相应。”马谡不从。忽然山中居民，成群结队，飞奔而来，报说魏兵已到。王平欲辞去。马谡曰：“汝既不听吾令，与汝五千兵自去下寨。待吾破了魏兵，到丞相面前须分不得功！”王平引兵离山十里下寨，画成图本，星夜差人去禀孔明，具说马谡自于山上下寨。却说司马懿在城中，令次子司马昭去探前路：若街亭有兵守御，即当按兵不行。司马昭奉令探了一遍，回见父曰：“街亭有兵守把。”懿叹曰：“诸葛亮真乃神人，吾不如也！”昭笑曰：“父亲何故自堕志气耶？男料街亭易取。”懿问曰：“汝安敢出此大言？”昭曰：“男亲自哨见，当道并无寨栅，军皆屯于山上，故知可破也。”懿大喜曰：“若兵果在山上，乃天使吾成功矣！”遂更换衣服，引百余骑亲自来看。是夜天晴月朗，直至山下，周围巡哨了一遍，方回。马谡在山上见之，大笑曰：“彼若有命，不来围山！”传令与诸将：“倘兵来，只见山顶上红旗招动，即四面皆下。”

却说司马懿回到寨中，使人打听是何将引兵守街亭。回报曰：“乃马良之弟马谡也。”懿笑曰：“徒有虚名，乃庸才耳！孔明用如此人物，如何不误事！”又问：“街亭左右别有军否？”探马报曰：“离山十里有王平安营。”懿乃命张郃引一军，挡住王平来路。又令申耽、申仪引两路兵围山，先断了汲水道路；待蜀兵自乱，然后乘势击之。当夜调度已定。次日天明，张郃引兵先往背后去了。司马懿大驱军马，一拥而进，把山四面围定。马谡在山上看时，只见魏兵漫山遍野，旌旗队伍，甚是严整。蜀兵见之，尽皆丧胆，不敢下山。马谡将红旗招动，军将你我相推，无一人敢动。谡大怒，自杀二将。众军惊惧，只得努力下山来冲魏兵。魏兵端然不动。蜀兵又退上山去。马谡见事不谐，教军紧守寨门，只等外应。

却说王平见魏兵到，引军杀来，正遇张郃；战有数十余合，平力穷势孤，只得退去。魏兵自辰时困至戌时，山上无水，军不得食，寨中大乱。嚷到半夜时分，山南蜀兵大开寨门，下山降魏。马谡禁止不住。司马懿又令人于沿山放火，山上蜀兵愈乱。马谡料守不住，只得驱残兵杀下山西逃奔。司马懿放条大路，让过马谡。背后张郃引兵追来。赶到三十余里，前面鼓角齐鸣，一彪军出，放过马谡，拦住张郃；视之，乃魏延也。延挥刀纵马，直取张郃。郃回军便走。延驱兵赶来，复夺街亭。赶到五十余里，一声喊起，两边伏兵齐出：左边司马懿，右边司马昭，却抄在魏延背后，把延困在垓心。张郃复来，三路兵合在一处。魏延左冲右突，不得脱身，折兵大半。正危急间，忽一彪军杀入，乃王平也。延大喜曰："吾得生矣！"二将合兵一处，大杀一阵，魏兵方退。二将慌忙奔回寨时，营中皆是魏兵旌旗。申耽、申仪从营中杀出。王平、魏延径奔列柳城，来投高翔。此时高翔闻知街亭有失，尽起列柳城之兵，前来救应，正遇延、平二人，诉说前事。高翔曰："不如今晚去劫魏寨，再复街亭。"当时三人在山坡下商议已定。待天色将晚，兵分三路。魏延引兵先进，径到街亭，不见一人，心中大疑，未敢轻进，且伏在路口等候，忽见高翔兵到，二人共说魏兵不知在何处。正没理会，又不见王平兵到。忽然一声炮响，火光冲天，鼓声震地：魏兵齐出，把魏延、高翔围在垓心。二人往来冲突，不得脱身。忽听得山坡后喊声若雷，一彪军杀入，乃是王平，救了高、魏二人，径奔列柳城来。比及奔到城下时，城边早有一军杀到，旗上大书"魏都督郭淮"字样。原来郭淮与曹真商议，恐司马懿得了全功，乃分淮来取街亭；闻知司马懿、张郃成了此功，遂引兵径袭列柳城。正遇三将，大杀一阵。蜀兵伤者极多。魏延恐阳平关有失，慌与王平、高翔望阳平关来。

却说郭淮收了军马，乃谓左右曰："吾虽不得街亭，却取了列柳城，亦是大功。"引兵径到城下叫门，只见城上一声炮响，旗帜皆竖，当头一面大旗，上书"平西都督司马懿"。懿撑起悬空板，倚定护心木栏干，大笑曰："郭伯济来何迟也？"淮大惊曰："仲达神机，吾不及也！"遂入城。相见已毕，懿曰："今街亭已失，诸葛亮必走。公可速与子丹星夜追之。"郭淮从其言，出城而去。懿唤张郃曰："子丹、伯济，恐吾全获大功，故来取此城池。吾非独欲成功，乃侥幸而已。吾料魏延、王平、马谡、高翔等辈，必先去据阳平关。吾若去取此关，诸葛亮必随后掩杀，中其计矣。兵法云：'归师勿掩，穷寇莫追。'汝可从小路抄箕谷退兵。吾自引兵当斜谷之兵。若彼败走，不可相拒，只宜中途截住，蜀兵辎重，可尽得也。"张郃受计，引兵一半去了。懿下令："竟取斜谷，由西城而进。西城虽山僻小县，乃蜀兵屯粮之所，又南安、天水、安定三郡总路。若得此城，三郡可复矣。"于是司马懿留申耽、申仪守列柳城，自领大军望斜谷进发。

却说孔明自令马谡等守街亭去后，犹豫不定。忽报王平使人送图本至。孔明唤入，左右呈上图本。孔明就文几上拆开视之，拍案大惊曰："马谡无知，坑陷吾军矣！"左右问曰："丞相何故失惊？"孔明曰："吾观此图本，失却要路，占山为寨。倘魏兵大至，四面围合，断汲水道路，不须二日，军自乱矣。若街亭有失，吾等安归？"长史杨仪进曰："某虽不才，愿替马幼常回。"孔明将安营之法，一一分付与杨仪。正待要行，忽报马到来，说："街亭、列柳城，尽皆失了！"孔明跌足长叹曰："大事去矣！此吾之过也！"急唤关兴、张苞分付曰："汝二人各引三千精兵，投武功山小路而行。如遇魏兵，不可大击，只鼓噪呐喊，为疑兵惊之。彼当自走，亦不可追。待军退尽，便投阳平关去。"又令张冀先引军去修理剑阁，以备归路。又密传号令，教大军暗暗收拾行装，以备起程。又令马岱、姜维断后，先伏于山谷中，待诸军退尽，方始收兵。又差心腹人，分路报与天水、南安、安定三郡官吏军民，皆入汉中。又遣心腹人到冀县搬取姜维老母，送入汉中。

孔明分拨已定，先引五千兵退去西城县搬运粮草。忽然十余次飞马报到，说："司马懿引大军十五万，往西城蜂拥而来！"时孔明身边别无大将，只有一班文官，所引五千军，已分一半先运粮草去了，只剩二千五百军在城中。众官听得这个消息，尽皆失色。孔明登城望之，果然尘土冲天，魏兵分两路望西城县杀来。孔明传令，教"将旌旗尽皆隐匿；诸军各守城铺，如有妄行出入，及高言大语者，斩之！大开四门，每一门用二十军士，扮作百姓，洒扫街道。如魏兵到时，不可擅动，吾自有计。"孔明乃披鹤氅，戴纶巾，引二小童携琴一张，于城上敌楼前，凭栏而坐，焚香操琴。

却说司马懿前军哨到城下，见了如此模样，皆不敢进，急报与司马懿。懿笑而不信，遂止住三军，自飞马远远望之。果见孔明坐于城楼之上，笑容可掬，焚香操琴。左有一童子，手捧宝剑；右有一童子，手执麈尾。城门内外，有二十余百姓，低头洒扫，旁若无人，懿看毕大疑，便到中军，教后军作前军，前军作后军，望北山路而退。次子司马昭曰："莫非诸葛亮无军，故作此态？父亲何故便退兵？"懿曰："亮平生谨慎，不曾弄险。今大开城门，必有埋伏。我兵若进，中其计也。汝辈岂知？宜速退。"于是两路兵尽皆退去。孔明见魏军远去，抚掌而笑。众官无不骇然，乃问孔明曰："司马懿乃魏之名将，今统十五万精兵到此，见了丞相，便速退去，何也？"孔明曰："此人料吾生平谨慎，必不弄险；见如此模样，疑有伏兵，所以退去。吾非行险，盖因不得已而用之。此人必引军投山北小路去也。吾已令兴、苞二人在彼等候。"众皆惊服曰："丞相之机，神鬼莫测。若某等之见，必弃城而走矣。"孔明曰："吾兵止有二千五百，若弃城而走，必不能远遁。得不为司马懿所擒乎？"后人有诗赞曰："瑶琴三尺胜雄师，诸葛西城退敌时。十五万人回马处，土人指点到今疑。"言讫，拍手大笑，曰："吾若为司马懿，必不便退也。"遂下令，教西城百姓，随军入汉中，司马懿必将复来。于是孔明离西城望汉中而走。天水、安定、南安三郡官吏军民，陆续而来。

却说司马懿望武功山小路而走。忽然山坡后喊杀连天，鼓声震地。懿回顾二子曰："吾若不走，必中诸葛亮之计矣。"只见大路上一军杀来，旗上大书"右护卫使虎翼将军张苞"。魏兵皆弃甲抛戈而走。行不到一程，山谷中喊声震地，鼓角喧天，前面一杆大旗，上书"左护卫使龙骧将军关兴"。山谷应声，不知蜀兵多少；更兼魏军心疑，不敢久停，只得尽弃辎重而去。兴、苞二人皆遵将令，不敢追袭，多得军器粮草而归。司马懿见山谷中皆有蜀兵，不敢出大路，遂回街亭。

此时曹真听知孔明退兵，急引兵追赶。山背后一声炮响，蜀兵漫山遍野而来：为首大将，乃是姜维、马岱。真大惊，急退军时，先锋陈造已被马岱所斩。真引兵鼠窜而还。蜀兵连夜皆奔回汉中。却说赵云、邓芝伏兵于箕谷道中。闻孔明传令回军，云谓芝曰："魏军知吾兵退，必然来追。吾先引一军伏于其后，公却引兵打吾旗号，徐徐而退。吾一步步自有护送也。"

却说郭淮提兵再回箕谷道中，唤先锋苏颙分付曰："蜀将赵云，英勇无敌。汝可小心提防，彼军若退，必有计也。"苏颙欣然曰："都督若肯接应，某当生擒赵云。"遂引前部三千兵，奔入箕谷。看看赶上蜀兵，只见山坡后闪出红旗白字，上书“赵云”。苏颙急收兵退走。行不到数里，喊声大震，一彪军撞出：为首大将，挺枪跃马，大喝曰：“汝识赵子龙否！”苏颙大惊曰：“如何这里又有赵云？”措手不及，被云一枪刺死于马下。余军溃散。云迤逦前进，背后又一军到，乃郭淮部将万政也。云见魏兵追急，乃勒马挺枪，立于路口，待来将交锋。蜀兵已去三十余里。万政认得是赵云，不敢前进，云等得天色黄昏，方才拨回马缓缓而进。郭淮兵到，万政言赵云英勇如旧，因此不敢近前。淮传令教军急赶，政令数百骑壮士赶来。行至一大林，忽听得背后大喝一声曰：“赵子龙在此！”惊得魏兵落马者百余人，余者皆越岭而去。万政勉强来敌，被云一箭射中盔缨，惊跌于涧中。云以枪指之曰：“吾饶汝性命回去！快教郭淮赶来！”万政脱命而回。云护送车仗人马，望汉中而去，沿途并无遗失。曹真、郭淮复夺三郡，以为己功。却说司马懿分兵而进。此时蜀兵尽回汉中去了，懿引一军复到西城，因问遗下居民及山僻隐者，皆言孔明止有二千五百军在城中，又无武将，只有几个文官，别无埋伏。武功山小民告曰：“关兴、张苞，只各有三千军，转山呐喊，鼓噪惊追，又无别军，并不敢厮杀。”懿悔之不及，仰天叹曰：“吾不如孔明也！”遂安抚了诸处官民，引兵径还长安，朝见魏主。睿曰：“今日复得陇西诸郡，皆卿之功也。”懿奏曰：“今蜀兵皆在汉中，未尽剿灭。臣乞大兵并力收川，以报陛下。”睿大喜，令懿即便兴兵。忽班内一人出奏曰：“臣有一计，足可定蜀降吴。”正是：蜀中将相方归国，魏地君臣又逞谋。

未知献计者是谁，且看下文分解。

鉴赏提示

在《三国演义》中，表现诸葛亮的绝顶智慧和奇谋妙计的精彩片段如明珠贯连，层见迭出。其中，《空城计》可以说是后半部书中最富有浪漫主义色彩的一段，数百年来，早已脍炙人口，妇孺皆知。

历史上曾经流传有关诸葛亮使用“空城计”的传说。《三国志·蜀书·诸葛亮传》裴松之注就曾引用《蜀记》所载郭冲之言：

亮屯于阳平，遣魏延诸军并兵东下，亮惟留万人守城。晋宣帝（按：即司马懿）率二十万众拒亮，而与延军错道，径至前，当亮六十里所，侦候白宣帝说亮在城中兵少力弱。亮亦知宣帝垂至，已与相逼，欲前赴延军，相去又远，回迹反追，势不相及，将士失色，莫知其计。亮意气自若，敕军中皆卧旗息鼓，不得妄出庵幔，又令大开四城门，扫地却洒。宣帝常谓亮持重，而猥见势弱，疑其有伏兵，于是引军北趣山。……宣帝后知，深以为恨。

故事很有传奇色彩，但裴松之本人并不相信，他在驳难中指出：当诸葛亮屯兵汉中时，司马懿尚为荆州都督，镇守宛城，根本不曾到汉中一带，直到曹真死后，他才与诸葛亮抗衡于关中。由此可见，郭冲所言并非史实。

然而，罗贯中却看中了这个传说，把它纳入诸葛亮首次北伐的情节系列中，经过精心加工，创造出了一个撼人心魄的生动情节。

小说第95回，写诸葛亮命马谡等镇守街亭去后不久，收到王平使人送来的安营形势图本，不禁大惊，断定街亭有危；正当他准备派杨仪替回马谡之时，街亭失守的消息已经传来。这样，蜀军的咽喉要道已被切断，继续进兵已不可能。诸葛亮急忙调兵遣将，安排撤退，并亲自领兵五千到西城县搬运粮草。忽然探马来报：“司马懿引大军十五万，往西城县蜂拥而来！”真是变生仓促，出人意料。此时，“孔明身边别无大将，只有一班文官；所引五千军，已分一半先运粮草去了，只剩二千五百军在城中。”双方力量对比如此悬殊，要打，打不过；要守，守不住；要跑，跑不掉。眼看魏军掀起的尘土已经逼近西城县，形势真是万分危急！面对这似乎上天无路、入地无门的绝境，诸葛亮身边的众官“尽皆失色”，读者的心弦也顿时绷紧，为诸葛亮捏着一把冷汗：这位足智多谋的大军事家，此时会不会计竭力穷呢？

就在这“黑云压城城欲摧”的惊险关头，诸葛亮采取了大大出乎人们意料的行动。他传下命令：“将旌旗尽皆隐匿，诸军各守城铺。如有妄行出入，及高言大语者，斩之！大开四门，每一门用二十军士，扮作百姓，洒扫街道。如魏兵到时，不可擅动。”接着，他本人“披鹤氅，戴纶巾，引二小童携琴一张，于城上敌楼前，凭栏而坐，焚香操琴。”这就是“空城计”。

诸葛亮这一着，当然是十分大胆，十分冒险的。如果他的对手是个有勇无谋的莽夫，不顾一切地挥兵进攻，诸葛亮和他手下的众官都得乖乖地束手就擒。然而，率领大军来到西县的却偏偏是精通韬略、老谋深算的司马懿，他可不是那种年轻气盛的冒失鬼！当他看到诸葛亮在城楼上笑容可掬，焚香操琴，城门又是那般布置，不禁大为生疑。在他看来，面前的西城县不是一座易于夺取的空城，而是一座暗藏杀机的堡垒。于是，他连忙下令退军。其子司马昭问道：“莫非诸葛亮无军，故作此态？”司马懿却拒绝考虑这种可能性，教训儿子道：“亮平生谨慎，不曾弄险。今大开城门，必有埋伏。我兵若进，中其计也。汝辈岂知？宜速退。”就这样，魏兵迅速退去，蜀军化险为夷，诸葛亮的心情为之一松，欣然抚掌而笑，众官则在这令人目眩的急剧变化中惊出了一身冷汗……司马懿呢？当他领着大军向武功山撤退之时，忽听山后喊杀连天，早就被诸葛亮安排作为疑兵的张苞、关兴两员骁将先后杀出。紧张之中，司马懿辨不清虚实，以为诸葛亮真有埋伏，越发认为自己撤得对。于是魏军尽弃辎重，仓惶败走，而蜀军则趁机安然撤回汉中。至此，诸葛亮的“空城计”获得了完全的成功。

“空城计”是诸葛亮与司马懿之间第一次面对面的斗智斗谋，它为这两大军事家后来反复进行的变幻无常的较量定下了基调，给人留下了深刻的印象。

为什么“空城计”能够成功？首先，这是因为诸葛亮善于随机应变，因势利导。诚然，在军事上小心谨慎、稳扎稳打是有必要的；但是，在瞬息万变的战场上，在敌我双方竞相争夺战争主动权以求战胜对方之际，特别是在敌强我弱的形势下，要想绝对不冒险是不可能的。

优秀的军事家不仅要会“守常”，而且要会“用奇”。从诸葛亮当时所处的形势来看，如不冒险，就只有等着当俘虏。何况诸葛亮并非盲目地冒险，而是在掌握敌军统帅司马懿的个性、气质的基础上施用妙计。可以说，“空城计”是在特定的时间、特定的地点、特定的条件下的产物。《孙子兵法》云：“善出奇者，无穷如天地，不竭如江河。”（《兵势篇》）“兵无常势，水无常形，能因敌变化而取胜者，谓之神。”（《虚实篇》）因此，“空城计”的成功，乃是“兵不厌诈”军事原则的胜利。

其次，“空城计”的成功，又是“知己知彼”军事原则的胜利。《孙子兵法》云：“知彼知己者，百战不殆；不知彼而知己，一胜一负；不知彼，不知己，每战必殆。”（《谋攻篇》）作为《三国演义》中的两大军事家，诸葛亮和司马懿都力求做到知己知彼，而又有所差别。司马懿从多年的经验中，特别是从诸葛亮北伐时不从子午谷径取长安的事实中，深知诸葛亮“平生谨慎，不曾弄险”，可以说他对诸葛亮是“知彼”的；但是，他对诸葛亮又知之不透，因而想不到诸葛亮竟然在他面前冒了一次大大的风险。而诸葛亮则不仅知彼知己，而且知彼之知己，对其了解又深入了一个层次，正如他事后对众官所解释的：“此人料吾生平谨慎，必不弄险；见如此模样，疑有伏兵，所以退去。”两相对照，诸葛亮确实比司马懿高出一筹。当司马懿得知上了诸葛亮的当时，他自己也不得不承认：“吾不如孔明也！”

“空城计”这一篇章，充分显示了诸葛亮性格的多样性。不同的性格侧面统一在同一个人物身上，正体现了生活的辩证法，艺术的辩证法。对此，毛宗岗作了精辟的分析：“惟小心人不做大胆事，亦惟小心人能做大胆事。魏延欲出子午谷，而孔明以为诡计，是小心者惟孔明也。坐守空城，只以二十军士扫门，而退司马懿十五万之众，是大胆者亦惟孔明也。孔明若非小心于平日，必不敢大胆于一时。仲达不疑其大胆于一时，正为信其小心于平日耳。”

《空城计》在情节上大起大落，骤张骤弛，读者时而凝神屏气，时而会心微笑，情绪始终被情节的发展所牵动。诸葛亮的“空城计”虽然来得奇妙，但由于在此以前的大量情节已使诸葛亮的神机妙算深入人心，作者又作了必要的交代，因而读者觉得奇而不怪，一切都在情理之中。综观全篇，诸葛亮的临危不惧、从容不迫、雍容高雅，司马懿的老谋深算、私心自用，都表现得栩栩如生，难怪这一片段会成为千古传诵的名篇！

应该看到，作者是在蜀军遭到街亭之败，首次北伐的成果全部丧失之后来写《空城计》这一片段的。尽管诸葛亮的“空城计”只不过是一次小小的胜利，远远无法弥补大败的损失，但它却大大冲淡了蜀军战败的影响，使读者在心理上感到蜀军似乎是转败为胜，觉得诸葛亮似乎是不可战胜的。这种“败中写胜”的艺术手法，是《三国演义》描写战争的一个重要特点，值得认真借鉴。

第二节　现代小说作品选析

围城

钱钟书

作品简介

《围城》是一部采用西方“流浪汉”小说模式的作品。小说以主人公的“冒险”经历为主线，其他的人物和情节随着主人公的经历而安排，不像一般小说那样逻辑严密、故事连贯。《围城》的浅层主线就是主人公方鸿渐的恋爱婚姻史。

全书共9章，可以划分为4个部分：前4章是第一部分，第5章是第二部分，第6—8章是

第三部分，最后一章为第四部分。第一部分从小说主人公方鸿渐1937年自欧洲留学返乡的故事开始，接着是他在上海和家乡无锡的短暂经历。先是在归国邮轮上，方鸿渐经不住鲍小姐的引诱，而一夜风流，体验了“遭欺骗的情欲”。到上海后，他被动地卷入了与他并不喜欢的留法博士苏文纨的恋爱游戏，而他主动追求的则是政治系大学生唐晓芙——在他主观看来纯洁而可爱的理想中的姑娘，却可望而不可即，并在似乎将要成功之时遭到了苏小姐的彻底破坏。第二部分的中心内容是去三闾大学的途中的种种风俗风景，主人公以及同行者所遭受的种种磨难，以及他们的种种表现。在这时出现了本书的女主人公孙柔嘉，以及其他一些漫画式的人物。第三部分写他在三闾大学期间的经历，极其生动而辛辣地表现了学术圈中伪文化人的面目，而方鸿渐也在不知不觉中糊里糊涂地落入了孙柔嘉的情网。第四部分写方鸿渐与孙柔嘉一起返回上海，在谋生的困厄和夫妻琐屑的矛盾中，最终导致了夫妻“不离而散”的结局。

《围城》节选

一

苏小姐领了个二十左右的娇小女孩子出来，介绍道：“这是我表妹唐晓芙。”唐小姐妩媚端正的圆脸，有两个浅酒涡。天生着一般女人要花钱费时、调脂和粉来仿造的好脸色，新鲜得使人见了忘掉口渴而又觉嘴馋，仿佛是好水果。她眼睛并不顶大，可是灵活温柔，反衬得许多女人的大眼睛只像政治家讲的大话，大而无当。古典学者看她说笑时露出的好牙齿，会诧异为什么古今中外诗人，都甘心变成女人头插的钗，腰束的带，身体睡的席，甚至脚下践踏的鞋袜，可是从没想到化作她的牙刷。她头发没烫，眉毛不镊，口红也没有擦，似乎安心遵守天生的限止，不要弥补造化的缺陷。总而言之，唐小姐是摩登文明社会里那桩罕物——一个真正的女孩子。有许多都市女孩子已经是装模做样的早熟女人，算不得孩子；有许多女孩子只是浑沌痴顽的无性别孩子，还说不上女人。方鸿渐立刻想在她心上造个好印象。唐小姐尊称他为“同学老前辈”，他抗议道：“这可不成！你叫我‘前辈’，我已经觉得像史前猿人的遗骸了。你何必又加上‘老’字？我们不幸生得太早，没福气跟你同时同学，这是恨事。你再叫我‘前辈’，就是有意提醒我是老大过时的人，太残忍了！”唐小姐道：“方先生真会挑眼！算我错了，‘老’字先取消。”苏小姐同时活泼地说：“不羞！还要咱们像船上那些人叫你‘小方’么？晓芙，不用理他。他不受抬举，干脆什么都不叫他。”方鸿渐看唐小姐不笑的时候，脸上还依恋着笑意，像音乐停止后袅袅空中的余音。许多女人会笑得这样甜，但她们的笑容只是面部肌肉柔软操，仿佛有教练在喊口令：“一！”忽然满脸堆笑，“二！”忽然笑不知去向，只余个空脸，像电影开映前的布幕。他找话出来跟她讲，问她进的什么系。苏小姐不许她说，说：“让他猜。”

过一天，韩学愈特来拜访。通名之后，方鸿渐倒窘起来，同时快意地失望。理想中的韩学愈不知怎样的嚣张浮滑，不料是个沉默寡言的人。他想陆子潇也许记错，孙小姐准是过信流言。木讷朴实是韩学愈的看家本领。现代人有两个流行的信仰。第一：女子无貌便是德，所以漂亮女人准比不上丑女人那样有思想，有品节；第二：男子无口才，就表示有道德，所以哑巴是天下最诚朴的人。也许上够了演讲和宣传的当，现代人矫枉过正，以为只有不说话的人开口准说真话，害得新官上任，训话时个个都说："为政不在多言。"恨不能只指嘴、指心、指天，三个手势了事。韩学愈虽非哑巴，天生有点口吃。因为要掩饰自己的口吃，他讲话少、慢、着力，仿佛每个字都有他全部人格作担保。不轻易开口的人总使旁人想他满腹深藏着智慧，正像密封牢锁的箱子，一般人总以为里面结结实实都是宝贝。高松年在昆明第一次见到这人，觉得他诚恳安详，像个君子，而且未老先秃，可见脑子里的学问多得冒上来，把头发都挤掉了。再一看他开的学历，除掉博士学位以外，还有一条："著作散见美国《史学杂志》《星期六文学评论》等大刊物中"，不由自主地另眼相看。好几个拿了介绍信来见的人，履历上写在外国"讲学"多次。高松年自己在欧洲一个小国里读过书，知道往往自以为讲学，听众以为他在学讲——讲不来外国话借此学学。可是在外国大刊物上发表作品，这非有真才实学不可。他问韩学愈道："先生的大作可以拿来看看吗？"韩学愈坦然说，杂志全搁在沦陷区老家里，不过这两种刊物中国各大学全该订阅的，就近应当一找就到，除非经过这番逃难，图书馆的旧杂志损失不全了。高松年想不到一个说谎者会这样泰然无事。各大学的书籍七零八落，未必找得着那期杂志，不过里面有韩学愈的文章看来是无可疑的。韩学愈也确向这些刊物投过稿，但高松年不知道他的作品发表在《星期六文学评论》的人事广告栏："中国青年，受高等教育，愿意帮助研究中国问题的人，取费低廉。"和《史学杂志》的通信栏："韩学愈君征求二十年前本刊，愿出让者请通信某处接洽。"最后他听说韩太太是美国人，他简直改容相敬了，能娶外国老婆非精通西学不可，自己年轻时不是想娶个比国女人没有成功么？这人做得系主任。他当时也没想到这外国老婆是在中国娶的白俄。

二

方鸿渐与孙柔嘉在香港遇到赵辛楣和苏文纨，受到苏文纨的怠慢，回来后孙柔嘉越想越气。"身体是回来了，灵魂早给情人带走了。"柔嘉毫无表情地加上两句按语。鸿渐当然说她"胡说"。她冷笑道："我才不胡说呢。上了缆车，就像木头人似的，一句话也不说，全忘了旁边还有个我。我知趣得很，决不打搅你，看你什么时候跟我说话。""现在我不是跟你说话了？我对今天的事一点不气。""你怎么会气？你只有称心。""那也未必，我有什么称心？""看见你从前的情人糟蹋你现在的老婆，而且当着你那位好朋友的面，还不称心么！"柔嘉放弃了嘲讽的口吻，坦白地愤恨说："我早告诉你，我不喜欢跟赵辛楣来往。可是我说的话有什么用？你要去，我敢说'不'么？去了就给人家瞧不起，给人家笑。""你这人真是蛮不讲理。不是你自己要进去的么？事后倒推在我身上？并且人家并没有糟蹋你，临走还跟你拉手——"柔嘉怒极而笑道："我太荣幸了！承贵夫人的玉手碰了我一碰，我这只贱手就一辈子的香，从此不敢洗了！没有糟蹋我！哼，人家打到我头上来，你也会好像没看见的，反正老婆是该受野女人欺负的。我看见自己的丈夫给人家笑骂，倒实在受不住，觉得我的脸都剥光了。她说辛楣的朋友不好，不是指的你么？""让她去骂。我要回敬她几句，她才受不了呢。""你为什么不回敬她？""何必跟她计较？我只觉得她可笑。""好宽宏大量！你的好脾气、大度量，为什么不留点在家，给我也享受享受？见了外面人，低头陪笑；回家对我，一句话不投机就翻脸吵架。人家看方鸿渐又客气，又有耐心，不知道我受你多少气。只有我哪，换了那位贵小姐，你对她发发脾气看。”她顿一顿，说：“当然娶了那种称心如意的好太太，脾气也不至于发了。”她的话一部分是真的，加上许多调味的作料。鸿渐没法回驳，望着窗外。柔嘉瞧他说不出话，以为最后一句话刺中他的隐情，嫉妒得坐立不安，管制了自己声音里的激动，冷笑着自言自语道：“我看破了，全是吹牛，全——是——吹——牛。”鸿渐回身问：“谁吹牛？”“你呀。你说她从前如何爱你，要嫁给你，今天她明明和赵辛楣好，正眼都没瞧你一下。是你追求她没追到罢！男人全这样吹的。”鸿渐对这种古史辩式的疑古论提不出反证，只能反复说：“就算我吹牛，你看破好了，就算我吹牛。”柔嘉道：“人家多少好！又美，父亲又阔，又有钱，又是女留学生，假如我是你，她不看中我，我还要跪着求呢，何况她居然垂青——”鸿渐眼睛都红了，粗暴地截断她话：“是的！是的！人家的确不要我。不过，也居然有你这样的女人千方百计要嫁我。”柔嘉圆睁两眼，下唇咬得起一条血痕，颤声说：“我瞎了眼睛！我瞎了眼睛！”此后四五个钟点里，柔嘉并未变成瞎子，而两人同变成哑子，吃饭做事谁都不理谁。鸿渐自知说话太重，心里懊悔，但一时上不愿屈服。下午他忽然想起明天要到船公司凭收据去领船票，这张收据是前天辛楣交给自己的，忘掉搁在什么地方了，又不肯问柔嘉。忙翻箱子，掏口袋，找不见那张收条，急得一身的汗像长江里前浪没过、后浪又滚上来。柔嘉瞧他搔汗湿的头发，摸涨红的耳朵，便问：“找什么？是不是船公司的收据？”鸿渐惊骇地看她，希望顿生，和颜悦色道：“你怎么猜到的？你看见没有？”柔嘉道：“你放在那件白西装的口袋里的——”鸿渐顿脚道：“该死该死！那套西装我昨天交给茶房送到干洗作去的，怎么办呢？我快赶出去。”柔嘉打开手提袋，道：“衣服拿出去洗，自己也不先理一理，随手交给茶房！亏得我替你捡了出来，还有一张烂钞票呢。”鸿渐感激不尽道：“谢谢你，谢谢你——”柔嘉道：“好容易千方百计嫁到你这样一位丈夫，还敢不小心伺候么？”说时，眼圈微红。鸿渐打拱作揖，自认不是，要拉她出去吃冰。柔嘉道：“我又不是小孩子，你别把吃东西来哄我。‘千方百计’那四个字，我到死都忘不了的。”方鸿渐把手按她嘴，不许她叹气。

鉴赏提示

一、这是一部有着多层意蕴的小说。一方面，作者在小说中刻画了一大批三四十年代的知识分子形象。他们游离于当时的抗日烽火之外，虽然都是留学归来，受到了西方文化的熏陶，但他们没有远大的理想，又缺乏同传统势力和思想斗争的勇气，结果甚至无法把握自己的生活。像主人公方鸿渐、“冷若冰霜、艳若桃李”的苏文纨、庸俗贪财的学术骗子李梅亭、柔顺之下深藏心机的孙柔嘉等……作者以机智的幽默和温情的讽刺，剖析了这群人的个性与道德上的弱点，揭示了他们的精神困境，所以有人评论《围城》是“现代的《儒林外史》”。另一方面，作者通过对方鸿渐经历的叙述，传达出自己对于生活的思考。要理解这层意蕴，需要首先了解“围城”的含义。作品在人物的对话中作了提示。第三章中，褚慎明说英国有句古话：

“结婚仿佛金漆的鸟笼，笼子外面的鸟想住进去，笼内的鸟想飞出来；所以结而离，离而结，没有了局。”苏文纨说：“法国也有这么一句话。不过，不说是鸟笼，说是被围困的城堡，城外的人想冲进去，城里的人想逃出来。” 第五章中，方鸿渐说：“我还记得那一次褚慎明还是苏小姐讲的什么‘围城’。我近来对人生万事，有这个感想。譬如我当初很希望到三闾大学去，所以接了聘书，近来愈想愈乏味，这时候自恨没有勇气原船退回上海。我经过这一次，不知道何年何月会结婚，不过我想你真娶了苏小姐，滋味也不过尔尔。狗为着追求水里肉骨头的影子，丧失了到嘴的肉骨头！跟爱人如愿以偿结了婚，恐怕那时候肉骨头下肚，倒要对水怅惜这不可再见的影子了。”从婚姻是“围城”，到最后感慨人生是“围城”。方鸿渐不断渴望冲出“围城”，却又不得不进入另一个“围城”。生活好像故意跟他作对，老是与他自己的想法背道而驰：他不想结婚，但父亲却塞给他一个老婆，却也因“祸”得福，有机会出国留学；他不想得什么学位，在父亲和岳父的催促下，才买了一个假文凭充数；他不爱对自己一片痴情的苏文纨，爱上了温柔伶俐的唐晓芙，眼看就成了，却因为误会分了手；到了三闾大学，他不愿意在履历表上填上假学历，以求心理上的平衡，却受到同样是“克莱登大学博士”的外文系主任韩学愈的排挤；他害怕自己爱上孙小姐，却糊里糊涂地答应了孙小姐的婚事……有人认为这是一部“探讨人的孤立和彼此无法沟通的小说”；也有人认为它阐释了“生活是荒谬的”这一哲学命题；还有人把人物的命运和现实的斗争生活结合起来，认为这种荒谬性是由于他们精神上的围城造成的，只有面对广阔的生活，才能摆脱各种围城的束缚。每一种理解都有道理，这也正是小说的魅力所在。 二、小说所写的人物和事件与当时的社会环境十分隔膜，与时代结合并不紧密，我们不可能像别的小说那样通过社会背景和时代背景的分析去考察小说的主题。虽然有评论者认为小说一上来就点明了时间——1937年，结尾也说明是1939年，整部作品的时代背景是抗日战争，因此描写三闾大学的明争暗斗、官场的腐朽堕落，“展示了抗日战争的复杂性”。这可以看作一种解读，但是有强为之说的嫌疑。作者在序中说：“在这本书里，我想写现代中国某一部分社会、某一类人物”，他并没有刻意突出时代性，阅读的时候，可以直接进入文本阅读，切忌把对小说的理解往政治和时代上靠。 三、《围城》是一部学人小说，他的语言体现了钱钟书作为学者的一面，虽然有的地方似乎是在故意卖弄才情，但总体而言，并不使人感到沉闷，因为许多话语有着丰富的来源。

倾城之恋

张爱玲

作品简介

《倾城之恋》是张爱玲的一部经典的中长篇小说。“倾城倾国”一词，语本《汉书·外戚传》：“北方有佳人，绝世而独立；一顾倾人城，再顾倾人国。”而《倾城之恋》中，战争，摧毁了一座城市，却也成就了白流苏的幸福。在倾城之恋中的“倾城”的意思上，则是“倾覆、倒塌、沦陷”这个意义。

故事发生在香港，上海来的白家小姐白流苏，经历了一次失败的婚姻，身无分文，在亲戚间备受冷嘲热讽，看尽世态炎凉。一次，偶然的机会，她认识了多金潇洒的单身汉范柳原，便拿自己当做赌注，远赴香江，博取范柳原的爱情，要争取一个合法的婚姻地位。两个情场高手斗法的场地在浅水湾饭店，原本白流苏似是博输了，但在范柳原即将离开香港时，日军开始轰炸浅水湾，范柳原折回保护白流苏，在生死交关时，两人才得以真心相见，许下天长地久的诺言。

《倾城之恋》片段

1. 精神恋爱只有一个毛病：在恋爱过程中，女人往往听不懂男人的话。

2. 你年轻么？不要紧，过两年就老了，这里，青春是不稀罕的。

3. 无用的女人是最最厉害的女人。

4. 范柳原在细雨迷蒙的码头上迎接她。他说她的绿色玻璃雨衣像一只瓶，又注了一句："药瓶。"她以为他在那里讽嘲她的孱弱，然而他又附耳加了一句："你是医我的药。"

5. "这一炸，炸断了多少故事的尾巴！"流苏也怆然，半晌方道："炸死了你，我的故事就该完了。炸死了我，你的故事还长着呢！"

6. 他不过是一个自私的男子，她不过是一个自私的女人。在这兵荒马乱的时代，个人主义者是无处容身的，可是总有地方容得下一对平凡的夫妻。

7. 我们那时候太忙着谈恋爱了，哪里还有工夫恋爱？

8. 香港的陷落成全了她。但是在这不可理喻的世界里，谁知道什么是因，什么是果？谁知道呢？也许就因为要成全她，一个大都市倾覆了。

9. 在这一刹那，她只有他，他也只有她。

10. 他们的十点钟是人家的十一点。他们唱歌唱走了板，跟不上生命的胡琴。

11. 流苏道："那怕不行，我这一辈子早完了。"徐太太道："这句话，只有有钱的人，不愁吃，不愁穿，才有资格说。没钱的人，要完也完不了哇！你就剃了头发当姑子去，化个缘罢，也还是尘缘——离不了人！"

12. 她知道宝络恨虽恨她，同时也对她刮目相看，肃然起敬。一个女人，再好些，得不着异性的爱，也就得不着同性的尊重。女人们就是这点贱。

13. 中国化的外国人，顽固起来，比任何老秀才都要顽固 。

14. 真正的中国女人是世界上最美的，永远不会过了时。

15. 一般的男人，喜欢把女人教坏了，又喜欢去感化坏女人，使她变为好女人。

鉴赏提示

《倾城之恋》是圆满收场的一篇小说，女主人公在跨过了一段危险的情妇生涯之后，终于得到了一桩她所向往的婚姻。然而在表面的圆满下实际上蕴藏着深刻的不圆满，爱情在许多的利害关系和勾心斗角中丧失了应有的纯洁，已被金钱欲望涂抹得变样，爱情的双方所站的地位是不平等的，婚姻的支配权完全掌握在有经济实力的男性手里。

第三节　当代小说作品选析

平凡的世界

路遥

作品简介

小说以陕北黄土高原双水村孙、田、金三家的命运为中心，反映了从“文革”后期到改革初期广阔的社会面貌。第一部写1975年初农民子弟孙少平到原西县高中读书，他贫困自尊，学习和劳动都好，与地主家庭出身的郝红梅互相爱怜，后来郝红梅却与家境优越的顾养民恋爱，少平又高考落榜，回乡生产。但他并没有消沉，与县革委副主任田福军女儿田晓霞建立了友情，在晓霞帮助下关注着外部世界。少平的哥哥少安一直在家劳动，与村支书田福堂女儿、县城教师润叶是青梅竹马，却遭到田福堂反对。经过痛苦的煎熬，少安到山西找到了勤劳善良的秀莲，润叶也只得含泪与向前结婚。这时农村生活混乱，旱灾又火上加油，田福堂为加强自己威信，组织偷挖河坝与上游抢水，不料出了人命，为了“学大寨”，他好大喜功炸山修田叫人搬家又弄得天怒人怨。生活的航道已到了非改变不可的地步。第二部写1979年春十一届三中全会后百废待兴又矛盾重重，田福堂连夜召开支部会抵制责任制，孙少安却领导生产队率先实行接着也就在全村推广了责任制。少安又进城拉砖，用赚的钱建窑烧砖，成了公社的“冒尖户”。少平青春的梦想和追求也激励着他到外面去“闯荡世界”，他从漂泊的揽工汉成为正式的建筑工人，最后又获得了当煤矿工人的好机遇，他的女友晓霞从师专毕业后到省报当了记者，他们相约两年后再相会。润叶远离她不爱的丈夫到团地委工作，引起钟情痴心的丈夫酒后开车致残，润叶感到内疚回到丈夫身边，开始幸福生活。她的弟弟润生也已长大成人，他在异乡与命运坎坷的郝红梅邂逅，两人终于结为夫妻。往昔主宰全村命运的强人田福堂，不仅对新时期的变革抵触，同时也为女儿、儿子的婚事窝火，加上病魔缠身，弄得焦头烂额。第三部写1982年秋少平到了煤矿，尽心尽力干活，成了一名优秀工人，一天下工时晓霞在井口灿然地迎接了他。少安的砖窑也有了很大发展，他决定贷款扩建机器制砖，不料因技师根本不懂技术，砖窑蒙受很大损失，后来在朋友和县长的帮助下再度奋起。润叶也生活幸福，生了个胖儿子，润生和郝红梅的婚事也终于得到了父母的承认，并添了可爱的女儿。但是祸不单行，少安的妻子秀莲，在欢庆由他家出资两万元扩建的小学会上口吐鲜血，确诊肺癌。晓霞在抗洪采访中为抢救灾民光荣献身。少平在一次事故中为救护徒弟也受了重伤。但他们并没有被不幸压垮，少平从医院出来，又充满信心地回到了矿山。

第二卷　第39章

这姑娘仍不失往日那种风度，薄毛衣外面像男孩一样披件夹克衫，两条胳膊帮在鼓囊囊的胸前，似乎陷入到一种深邃的沉思之中；但脸上还带着通常那种无意识的、骄傲的微笑。这是一个美好的夜晚，远远近近，灯光点点，绿意朦胧，空气中弥漫着槐花甜丝丝的芬芳。

对这位二十三岁的大学生来说，日子过得既快活又不尽人意。她没有什么大苦恼，但内心常常感到骚动不安。一天里也充满了小小的成功与欢乐，充满了烦恼与忧伤，充满着愤懑与不平，也充满着友爱和思念。唉，时光就是在这样飞逝着——转眼又是冬去春来了！

田晓霞忍不住立在路边，面对着梧桐山那面升起的一轮明月发了会呆。她望着幽深的蓝天，吸吮着深春的气息，心里火辣辣的。

她突然发现自己未免有点“小布尔乔亚”了，便由不得哈哈一笑，稍微加快点脚步，向前面走去。

在刚踏入黄原师专的时候，有一件事就在田晓霞的内心深处搅动起来：师专毕业后，她去干什么？ 这是一个很现实的问题。这所学校是师范性质的，培养学生的目标，就是毕业后在黄原几个地区去当中学教师。这是她很不愿意从事的职业。一生当个教书匠，这对她来说是难以想象的。尽管她在理性上承认这是一个崇高的职业，但绝对不合她的心意。她天性中有一种闯荡和冒险精神，希望自己的一生充满火热的情调；哪怕去西藏或新疆去当一名地质队员呢！但要摆脱当教师的命运，又绝非易事。这学校的历届毕业生，很少有过例外。首先必须去当教师，然后才可能从教师队伍中转向另外工作——这也是少数有能耐的人才可以做到的。当然，她父亲是地委书记，可以走点“后门”，把她分配到行政单位。但她对行政工作比当教师更反感。再说，她父亲也不一定会给她走这个后门。

她有时很为这件事苦恼，甚至都有点精神不振和自制力松懈，以至影响了学习和进取心。但她也能较快地从这种状态中解脱出来。每当她面临精神危机的时候，紧跟着便会对自己进行一番严厉的内心反省。她意识到，虽然随着年龄和知识的增长，她成熟了许多，但也不可避免地沾染上某些属于市民的意识。虽然她一直是鄙薄这些东西的，可又难免“如入鲍鱼之肆，久而不闻其臭”。也许人为了生存，有时也不得不这样。但这些东西像是腐蚀剂，必然带来眼界狭窄、自制力减弱、奋斗精神衰退等等弊病。田晓霞毕竟是田晓霞！即使有时候主观上觉得倒退是可以的，但客观上却是无法忍受的，她必须永远是一个生活的强者！

经过内心的反复折腾后，晓霞迫使自己不要过分为这事而伤脑筋。车到山前必有路——到时再说吧，反正现在苦恼也无济于事。当然，她不是把这件事完全抛在了脑后，只是先作“淡化”处理。但最近以来，另一件事又在她心里七上八下地搅动——这是由于孙少平的出现而引起。她在上高中时，就和孙少平的关系非同一般。不过那时他们的交往的确很单纯。她和这个同村而不熟悉的乡下学生初次相识，他身上的许多东西就引起了她的重视或者说另眼相看。后来，他们之间的关系就加深了。但她和他在黄原相见之前，这种关系仅仅在同学之外另多了一种友谊的成分。在他们的年龄，这种关系是正常的，只是稍稍有些不平常罢了。

自从她在东关电影院门口碰见到黄原谋生的孙少平以来，在近一年的时间里，她对这个人的心情产生了某些微妙的变化。她现在总是在想着他。她常有点心神不安地等待星期六的到来，期望在父亲的办公室里，和他一块吃顿饭，天上地下谈论一番。她发现，班上现在还没有一个男生能代替少平和她在广阔的范围内交流思想。

仅仅是为了交流思想，她才如此渴望和他在一块吗？不，这个人在很大程度上已经牵动了她内心中那根感情的弦索。是爱情？但她又觉得一切还没那么明确。她笼统地认为，对她来说，爱情大概还是一件相当遥远的事。她在学习上的进取心和对未来事业的抱负，在很大程度上占据了她的心，使她对个人问题的考虑缺乏一种强烈追求的意识。

可是，她又为什么一想起他，心头就会泛起一层温热的波澜？她又为什么常常渴望和他呆在一块？甚至多时不见面一种想念之情就会油然而生。

是爱情？也许这就是爱情！只不过她自己还没有明确承认罢了。

不管怎样，田晓霞觉得，她的生活中已经不能没有孙少平这个人了。这个人和他对生活所采取的态度，使她非常钦佩。现在，这样的男人可是不多啰！当然，社会上，大学里，不乏许多优秀青年；但像少平这样在极端艰难条件下的人生奋斗，时下并不是一种普遍现象。

真的，他太艰难了，有时候真令人目不忍睹——可他的不凡正表现在这一方面！

现在，女同学们整天都在谈论高仓健和男子汉。什么是男子汉？困难打不倒的人才是真正的男子汉！男子汉不是装出来的——整天绷着脸，皱着眉头，留个大鬓角，穿件黑皮夹克衫，就是男子汉吗？有些男同学就是这么一副样子，但看了就让人发笑。男子汉主要应该是一种内在的品质，而不是靠“化装”和表演就能显示的。她喜欢孙少平的正是他不伪装自己，并不因生活的窘迫就感到自己活得没有意义。她看得出来，少平甚至对苦难有一种骄傲感——只有更深邃地理解了生活的人才会在精神上如此强大。这样说来，她是不是就要真的把自己的一颗心，交给这个来自穷乡僻壤的揽工汉了？这样想的时候，我们的“小伙子”田晓霞也会臊得满脸飞霞。噢，不！最好先不要匆忙地说这种事。一种真正美好的感情，像酒一样，在坛子里藏得越长，味道也许更醇美。另外，从谈恋爱的意义上衡量，她和少平目前还有一种难以说清的距离感……

先就保持这种关系吧！这已经使她的内心够乱了，她还要集中精力把大学上完呢！但不论怎样，她和少平每个星期六的相见，总使她的心情久久难以平静下来。前天晚上，他们又一块谈了那么多！并且再一次登上麻雀山，在月光下坐了好长时间。她知道，他现在又到地区柴油机厂给人家修建家属楼。他每星期在她手里拿走一本书，下个星期再换一本；他说他一个人住在正修建的楼房里，为的是晚上能安安静静看书。

她无法想象，他在没门没窗、也没电灯的房间里怎样读这些书的！有几次她按捺不住自己的冲动，想晚上去找他，看他究竟住在一个什么样的地方。但她又打消了这念头。她要顾及他的自尊心——他不会愿意让她目睹他的处境……

田晓霞在温暖的晚风中走过校园内那条长长的林荫道。前面不远处就是图书馆——她正是到那里去的。晚饭后宿舍里同伴们叽叽喳喳，互相打闹个没完，她感到心烦，就想到图书馆的阅览室翻翻新出的杂志。

晓霞进入灯火通明的阅览室后，却意外地看见了中学时的同学顾养民也在这里。养民也发现了她，手里拿一本翻开的大型文学期刊，热情地走过来和她握手。

"你什么时候回来的？"她问顾养民。养民的父亲顾尔纯副教授是师专的副校长，还给他们班讲授唐宋文学课。"我爷爷病了，我回原西看了一下，今天下午才返回到这里。我父母亲现在又回去了。我准备过一两天就回学校去。"风度翩翩的顾养民说着，就招呼她在一个长条木栏椅上一块坐下来。

田晓霞在中学时和顾养民不同班，但因为一块演过戏，彼此也很熟悉。前年高考时，原来的同学中就他们两个考上了。养民考进了省医学院——他爷爷是著名老中医，他报考医学院是很自然的。"你也看文学杂志？"晓霞指了指他手中的那本期刊。"平时功课压得很重。没时间看。这几天没事，随便翻翻小说。现在文学创作很活跃，我们接触的不多。"顾养民谈吐自然，给人一种很成熟的印象。他瘦高个，脸色有点苍白，近视镜的度数看来不浅。

他和晓霞很快谈论起了中学时的生活，他向她打听原来一些同学目前的情况——但没有提起过郝红梅。因为不是一个班，晓霞实际上也并不清楚他和红梅的关系。其他人的情况晓霞一无所知，她只是给他简单说了一下孙少平的情况——这是顾养民第一个就问到的人。另外，她还告诉他，听少平说，金波也在黄原东关的邮政所当临时工。至于她哥田润生，养民压根没提起过，她也几乎把他忘了。在他们的印象中，像田润生这样没什么特点的同学，根本不值得一提。顾养民显得很兴奋，他说："老同学们遇一回也不容易，你能不能把少平和金波找来，咱们一块在我家里吃一点饭，好好拉拉话，正好我父母亲也不在，家里很清静。"

晓霞也觉得这个聚会很有意思，就答应说她明天就去找孙少平。

第二天下午没有课，晓霞就骑了个自行车，破例到城南柴油机厂的工地上去找孙少平。她以前很少来这里，一路打听着，才好不容易在一条小沟岔上找到了柴油机厂。进了柴油机厂，她又打听着找到建筑工地上来了。

孙少平站在脚手架上，往正在砌房墙的三层楼上扔砖。当田晓霞在下面喊他时，他都惊呆了——这家伙怎找到这儿来了？

楼上所有的民工都停止了手中的活，惊讶地朝下面观望。他们大概弄不明白，这么个花朵一般的"洋"姑娘，怎来找浑身糊着泥巴的揽工小子孙少平呢？她是他的什么人？

有的工匠立刻和孙少平开起了粗俗不堪的玩笑。孙少平很难堪地从脚手架上溜下来，搓着手上的泥巴，走到田晓霞面前。晓霞立刻对他说明了来意。

鉴赏提示

从内容来赏析：

《平凡的世界》是一部现实主义小说，也是小说化的家族史。作家高度浓缩了中国西北农村的历史变迁过程，作品达到了思想性与艺术性的高度统一，特别是主人公面对困境艰苦奋斗的精神，对今天的大学生朋友仍有启迪。

这是一部全景式地表现中国当代城乡社会生活的长篇小说。全书共三部。作者在近十年间广阔背景上，通过复杂的矛盾纠葛，刻画了社会各阶层众多普通人的形象。劳动与爱情，挫折与追求，痛苦与欢乐，日常生活与巨大社会冲突，纷繁地交织在一起，深刻地展示了普通人在大时代历史进程中所走过的艰难曲折的道路。

从人物来赏析：

孙少平：小说中人如其名，这个人物的内心从未平静。生活在偏远山村，渴望知识，注重精神，希望在外面的天地证明自己。一个20出头的少年，能够走出农村，向命运挑战，试图用自己的双手和头脑来改变和把握自己的命运。并能够不悲不叹，直面现实，脚踏实地，真诚待人。这样的人永远值得我们尊重，哪怕被生活击打得遍体鳞伤，我们也应把他当英雄崇尚。但这样的人，在春天受伤，在夏天一定会好。没有文凭，没有漂亮衣裳，没有一切软硬件包装，经受生活的洗礼，在现实中感悟生命的意义，坚强而自尊地活着，这就是生活的强者。作者笔下的孙少平，跟随作者的笔，一步一步走向成熟。走下大牙湾矿井，成为一名普通矿工，在了解我国矿业落后，煤矿资源珍贵的国情后，滋生了责任感。没有接受调动，没有自己创业，当个80年代的万元户。这种人只有在“公家”才会有安全感和存在感，用一个普通的生命诠释着对国家的意义。像沙漠中的绿洲，珍贵、美丽、止渴。

孙少安：提起这个人，首先我们要赞叹的是：他对家庭的责任感和奉献精神。小学毕业就辍学回家，开始和父亲共担生活重担。这种勇于承担和自我牺牲的精神，为那些所谓的智者所不及，在这里我们看到了一个少年已明白自己的精神支柱就是亲情。当然以后随着年龄的增长，这种精神支柱会扩大为亲情、友情和爱情。这是个没有理论指导的生活中的实干家，一个改革中的先觉者，更是优秀农民的代表。在承包了砖场，成了“农民企业家”后，为自己的村修建了一所学校。这样一个“农民企业家”已经能够这样支配金钱，使我们感叹真正的素质、能力、金钱观只有生活的课本来得真切。

孙玉厚：人如其名。我们不提这个朴实的农民一生怎样的不畏艰辛，这在中国农村很多人也具备。这是特质，但不是他的“专利特质”。这个用毕生的经历和心血也没有改变贫穷的老人，他的贫穷是社会体制造成的，不能简单地归结为一个人的命运和能力。他的“专利特质”在于，他懂得怎样做一个父亲，看到儿女的成绩，他会比儿女更高兴，儿女痛苦时，他比他们更痛苦。当一个父亲把自己的全部爱抛洒给自己的儿女，以己身来示范做个善良真诚的人时，我们知道了什么是真正的父亲。他的儿女，也因为成长在爱中，本身也有接受爱和赋予周围人爱的能力。孙少平、孙少安、孙兰香的优秀和他们的家庭环境有着直接的关系。孙玉厚贫穷了大半辈子，他的财富就是他的子女。

田润叶：像一个在班里成绩中上的学生，知识给了她一个稳定的工作，却没有给她一个明确的人生观。因为外公的劝说，出于对二爸的关爱，她嫁给了李向前。一方面她还没有很高的素质，足以来判断和把握自己的命运；一方面她又顽固的不肯接受自己造成的婚姻，于是她和他的丈夫都成了这场婚姻的牺牲品。在她的身上有中国妇女的善良、热情、朴实，也有根深蒂固的封建思想。当然后来李向前失去了双腿，他们过得很幸福，这里不做评论。

田晓霞：一个现代的知识女性，在短暂的生命中，迸射了最美丽的光彩。

神雕侠侣（节选）

金庸

作品简介

《神雕侠侣》是金庸创作的武侠小说，为“射雕三部曲”的第二部。《神雕侠侣》在描写情感方面为金庸作品中着墨最多、最深入的一部，被读者称为“情书”，也曾多次被改编为电视剧、动画。《神雕侠侣》上承《射雕英雄传》，下接《倚天屠龙记》，是金庸先生在武侠小说创作上的一个里程碑。

众人又饮数碗，站起身来。蒙古武士牵过马匹，杨过、小龙女、金轮法王等一齐上马，跟在忽必烈之后，疾趋南驰，往襄阳而来。

沿途但见十室九空，遍地尸骨，蒙古兵见到汉人，往往肆意虐杀，杨过瞧得恼怒，待要出手干预，却又碍着忽必烈的颜面，寻思：“蒙古兵如此残暴，将我汉人瞧得猪狗不如，待我刺杀郭靖、黄蓉之后，必当击杀几个蒙古最歹恶的军汉，方消心中之气。”

不数日抵达襄阳郊外。其时两军攻守交战，已有月余，满山遍野都是断枪折矛、凝血积骨，想见战事之惨烈。

蒙古军中得报四大王忽必烈亲临前敌，全军元帅、大将迎出三十里外。随从军卫怒马腾跃，铁甲锵锵，军容极壮。各将帅遥遥望见忽必烈的大纛，一齐翻身下马，伏在道旁。

忽必烈驰到近处，勒马四顾，隔了良久，哼了一声，道：“襄阳城久攻不克，师老无功，岂不堕了我大蒙古的声威？”众帅齐声答道：“小将该死，请四大王治罪。”忽必烈扬鞭一击，坐骑向前疾奔而去。诸将帅久久不敢起身，人人战栗。

杨过见忽必烈对待自己及金轮法王等甚是和易，但驾御诸将却这等威严，心想：“蒙古军兵强马壮，纪律严明，大宋如何是其敌手？”不自禁地皱起了眉头。

翌晨天甫黎明，蒙古军大举攻城，矢下如雨，石落似雹，纷纷向城中打去。接着众军驾起云梯，四面八方地爬向城头。城中守御严密，每八名兵士合持一条大木，将云梯推开城墙。攻拒良久，终于有数百名蒙古兵攻上了城头。蒙古军中呼声震天，一个个百人队蚁附攀援。猛听得城中梆子声急，女墙后闪出一队弓手，羽箭劲急，迫得蒙古援军无法上前，接着又抢出一队宋兵，手举火把，焚烧云梯，梯上蒙古兵纷纷跌落。

城上城下大呼声中，城头闪出一队勇壮汉子，长矛利刃，向爬上城墙的蒙古兵攻去。这队汉子不穿宋军服色，有的黑色短衣，有的青布长袍，攻杀之际也不成队形，但身手矫捷，显然身有武功。攻上城头的蒙古兵将均是军中勇士，自来所向无敌，但遇上这队汉子，搏斗数合，即被一一杀败，或横尸城头，或碎骨墙下。宋军中一个中年汉子尤其威猛，此人身穿灰衣，赤手空拳，纵横来去，一见宋军有人受厄，立即纵身过去解围，掌风到处，蒙古兵将无不披靡，直似虎入羊群一般。

忽必烈亲在城下督战，见这汉子如此英勇，不由得呆了半晌，叹道：“天下勇士，更有谁及得上此人？”杨过站在他身侧，问道：“王爷可知他是谁？”忽必烈一惊，道：“岂难道便是郭靖？”杨过道：“正是！”

此时城头上数百名蒙古兵已给杀得没剩下几个，只有最勇悍的三名百夫长手持矛盾，兀自在城垛子旁负隅而斗。城下的万夫长吹起角号，又率大队攻城，想将城头上三名百夫长接应下来。郭靖纵声长啸，大踏步上前。一名百夫长挺矛刺去，郭靖抓住矛柄向前一送，跟着左足飞出，踢在另一名百夫长的盾牌之上。两名百夫长虽勇，怎挡得住这一送一踢的神力？登时几个跟斗翻下城头，筋断骨折而死。第三名百夫长年纪已长，头发灰白，自知今日难以活命，挥动长刀，直上直下地乱砍，势若疯虎。郭靖左臂探出，抓住他持刀的手腕，右掌正要劈落，忽地一怔。那百夫长也已认出郭靖面目，叫道：“金刀驸马，是你！”原来他是郭靖当年西征时的旧部，黄蓉计取撒麻尔罕，此人即是最先飞降入城的勇士之一。郭靖忆及旧情，叫道：“嗯，你是鄂尔多？”那百夫长见郭靖记得自己名字，不禁热泪盈眶，叫道：“正是，正是小人。”郭靖道：“好，念在昔日情份，今日饶你一命。下次再给我擒住，休怪无情。”转头向左右道：“取过绳子，缒他下去！”两名健卒取过一条长索，缚在鄂尔多的腰间，将他缒到城下。鄂尔多是蒙古军中赫赫有名的勇士，突被城头宋军用绳索缒下，城下蒙古兵将都好生奇怪，不知是何变故，一齐后退数十丈，城头也停了放箭，两军一时罢斗。鄂尔多到了城下，对着郭靖拜伏在地，朗声叫道：“金刀驸马既然在此，小人万死不敢再犯虎驾。”

郭靖站在城头，神威凛然，喝道：“蒙古主帅听着：大宋与蒙古昔年同心结盟，合力灭金，你蒙古何以来犯我疆界，害我百姓？大宋百姓人数多你蒙古数十倍，若不急速退兵，我大宋义兵四集，管叫你这十多万蒙古军死无葬身之地。”他这几句话说的是蒙古语，中气充沛，一字一句送向城下。城墙既高，两军相距又远，但这几句话数万蒙古兵将却俱都听得清清楚楚，不由得相顾失色。

一名万夫长引着鄂尔多来到忽必烈跟前，禀报原由。鄂尔多述说当年跟随郭靖西征，金刀驸马如何用兵如神，如何克敌制胜，说得有声有色。忽必烈脸色一沉，喝道：“拿下去砍了！”鄂尔多大叫：“冤枉！”那万夫长道：“四大王明见，这鄂尔多颇有战功……”忽必烈手一挥，四名卫士早将鄂尔多拉下，斩下首级，呈了上来。诸将无不震恐。忽必烈向万夫长道：“鄂尔多以阵亡之例抚恤，另赏他妻子黄金十斤，奴隶三十名，牲口三百头。”万夫长大惑不解，应道：“是，是。”忽必烈道：“我既杀此人，却又赏他家属，你们不明白这中间的道理，是也不是？”诸将一齐躬身道：“请四大王赐示。”忽必烈朗声道：“这百夫长向郭靖跪拜，夸说郭靖厉害，动摇军心，是否当斩？但他奋勇先登，力战至最后一人，岂非当赏？”诸将尽皆拜伏。但这么一来，蒙古兵军心已沮。忽必烈知道今日即使再拚力攻城，也是徒遭损折，决然讨不了好去，眼见城下蒙古积尸数千，尽是身经百战的精锐之士，心中大是不忿，然见襄阳城墙坚固，守备严密，实是无隙可乘，不禁叹了口气，当即传令退军四十里。左右两名卫士互视一眼，齐道：“小人为四大王分忧，也折一折南蛮的锐气。”翻身上马，驰到城下，拉动铁弓，两枝狼牙雕翎急向郭靖射去。这二人骑术既精，箭法又准，正是马奔如风，箭去如电。城上城下刚发得一声喊，飞箭已及郭靖胸口小腹。眼见他无法闪避，却见郭靖双手向内一拢，两手各已抓着一枝羽箭，举手一扬，向下掷出。两名蒙古卫士尚未回马转身，突然箭到，透胸而过，两人倒撞下马。城头宋军喝采如雷，擂起战鼓助威。

忽必烈闷闷不乐，领军北退。大军行出数里，杨过道："王爷不须烦恼，小人这便进城去取郭靖性命。"忽必烈摇头道："那郭靖智勇兼全，果然名不虚传，今日一见，更觉此事棘手之极。"杨过道："小人在郭靖家中住过数年，又曾为他出力，他对我决无防范之心。常言道明枪易躲，暗箭难防。"忽必烈道："适才攻城之时，你站在我身旁，只怕他在城头已然瞧见。"杨过道："小人已防到此着，攻城之时，与龙姑娘均以大帽遮眉、皮裘围颈，他决计认不出来。"忽必烈道："既是如此，盼你立此大功，封赏之约，决不食言。"杨过随口道谢一声，正要转身与小龙女一齐辞出，却见金轮法王、潇湘子、尹克西诸人脸上均有异色，心念一动："这些人均怕我此去刺死郭靖，得了蒙古第一勇士的封号，定要从中阻挠，使我难竟大功。"向忽必烈道："王爷，小人有一事告禀。小人去刺郭靖，乃是为报私仇，兼之要以他的首级去换救命丹药，如能托王爷之福，大事得成，那蒙古第一勇士的封号却万万不敢领受。"忽必烈问道："这却为何？"杨过道："小人武功远不及在座诸位，如何敢称第一勇士？王爷须得应允此事，小人方敢动身。"忽必烈见他言辞诚恳，确是本意，又见了旁人神情，已猜到他的心意，说道："既是如此，人各有志，我也不便勉强。"法王等听忽必烈如此说，果然均有欣慰之色。

杨过圈转马头，与小龙女并骑向襄阳驰去，在途中摔去了大帽皮裘，回复汉人打扮，到得城下时天已向晚，只见城门紧闭，城头一队队兵卒手执火把，来去巡逻。杨过大声叫道："我姓杨名过，特来拜见郭靖郭大爷。"城上守将听得呼声，见他只有一名女子相从，当即向郭靖禀报。过不片时，两个青年走上城头，向下一望，一人叫道："原来是杨大哥，只你们两位吗？"杨过见是武氏兄弟，心想："郭靖害我父亲，不知武氏兄弟的父亲曾否在旁相助？"说道："武大哥，武二哥，郭伯伯在不在城内？"武修文道："请进来罢。"命兵卒打开城门，放下吊桥，让杨过与小龙女入城。二武引着二人来到一座大屋之前。郭靖满脸堆欢，抢出门来，向小龙女一揖为礼，拉着杨过的手笑道："过儿，你们来得正好。鞑子攻城正急，两位一到，我平添臂助，真乃满城百姓之福。"小龙女是杨过之师，郭靖对她以平辈之礼相敬，客客气气地让着进屋，对杨过却是十分亲热。杨过左手被他握着，想起此人乃杀父大仇，居然这般假惺惺作态，恨不得拔出剑来立时刺死了他，只是忌惮他的武功，不敢贸然动手，脸上强露笑容，说道："郭伯伯安好。"他满腔愤恨，终于没跪下磕头。郭靖豁达大度，于此细节也没留心。到得厅上，杨过要入内拜见黄蓉。郭靖笑道："你郭伯母即将临盆，这几天身子不适，日后再见罢。"杨过暗喜："黄蓉智计过人，我只担心被她看出破绽，此人抱恙，真是天助我成功。"

说话之间，中军进来禀道："吕大帅请郭大爷赴宴，庆贺今日大胜鞑子。"郭靖道："你回禀大帅，多谢赐宴。我有远客光临，不能奉陪了。"中军见杨过年纪甚轻，并无特异之处，不知郭靖何以对他如此看重，为了陪伴这个少年，竟推却元帅的庆功宴，不由得满心奇怪，回去禀知吕文德。郭靖在内堂自设家常酒宴，为小龙女与杨过接风，由朱子柳、鲁有脚、武氏兄弟、郭芙诸人相陪。朱子柳向杨过连声称谢，说亏得他从霍都取得解药，治了他身上之毒。杨过淡淡一笑，谦逊几句。郭芙见了他却神情淡漠，叫了声："杨大哥。"郭靖责道："芙儿，先日你为金轮法王所擒，若不是杨大哥舍命相救，你自己失陷不用说，连你妈妈也要身遭大难，怎不好好谢过了杨大哥？"郭芙站起身来，说道："多谢杨大哥日前相救。"杨过道："大家自己人，何必言谢？"郭芙一言不发地坐下。酒席之间，只见她双眉微蹙，似有满腹心事，武氏兄弟也一直避开她的目光。鲁有脚与朱子柳却兴高采烈，滔滔不绝地纵谈日间大胜鞑子之事。席散时已是初更，郭靖命女儿陪小龙女入内安寝，自己拉杨过同榻而眠。小龙女入内时向杨过望了一眼，嘱他务须小心，神色之间，深情殷殷，关念无限。杨过只怕露出心事，将头转过，竟是不敢与她正面相视。

郭靖携着杨过的手同到自己卧室，赞他力敌金轮法王，在酒楼上于乱石阵中救了黄蓉、郭芙和武氏兄弟，随后问他别来的经历。杨过生怕言多有失，于遇见程英、陆无双、傻姑、黄药师等情由一概不提，只道："侄儿受伤后在一个荒谷中养伤，后来遇到师父便同来相助郭伯伯。"

郭靖一面解衣就寝，一面说道："过儿，眼前强虏压境，大宋天下当真是危如累卵。襄阳是大宋半壁江山的屏障，此城若失，只怕我大宋千万百姓便尽为蒙古人的奴隶了。我亲眼见过蒙古人残杀异族的惨状，真是令人血为之沸。"杨过听到这里，想起途中蒙古兵将施虐行暴诸般可怖可恨的情景，也不禁咬得牙关格格作声，满腔愤怒。

郭靖又道："我辈练功学武，所为何事？行侠仗义、济人困厄固然乃是本分，但这只是侠之小者。江湖上所以尊称我一声'郭大侠'，实因敬我为国为民、奋不顾身地助守襄阳。然我才力有限，不能为民解困，实在愧当'大侠'两字。你聪明智慧过我十倍，将来成就定然远胜于我，这是不消说的。只盼你心头牢牢记着'为国为民，侠之大者'这八个字，日后名扬天下，成为受万民敬仰的真正大侠。"

这一番说诚挚恳切，杨过只听得耸然动容，见郭靖神色庄严，虽知他是自己杀父之仇，却也不禁肃然起敬，答道："郭伯伯，你死之后，我定会记得你今晚这一番话。"

郭靖哪想得到他今夜要行刺自己，伸手抚了抚他头，说道："是啊，鞠躬尽瘁，死而后已。国家若亡，你郭伯伯是性命难保了。听说忽必烈善于用兵，今日退军，自必再来，这数日中定有一场大厮杀。咱们轰轰烈烈地大干一场。时候不早，咱们睡罢。"

杨过应道："是。"当即解衣就寝，将从绝情谷中带出来的那柄匕首藏在贴肉之处，心想："我待你睡熟之后，在被窝中给你一刀，你武功便再强百倍，又岂能躲避？"

郭靖日间恶战，大耗心力，着枕即便熟睡。杨过却是满腹心事，那里睡得着？

他卧在里床，但听得郭靖鼻息调匀，一呼一吸，相隔极久，暗自佩服他内功深厚。

过了良久，耳听得四下里一片沉静，只有远远传来守军的刁斗之声，于是轻轻坐起，从衣内摸出匕首，心想："我将他刺死之后，再去刺杀黄蓉，谅她一个待产孕妇，济得甚事？大事一成，即可与姑姑同赴绝情谷取那半枚丹药了。此后我和她隐居古墓，享尽人间清福，管他这天下是大宋的还是蒙古的？"

想到此处，极是得意，忽听得隔邻一个孩子大声啼哭起来，接着有母亲抚慰之声，孩子渐渐止啼入睡。杨过心头一震，猛地记起日前在大路上所见，一名蒙古武士用长矛挑破婴儿肚皮，高举半空为戏，那婴儿尚未死绝，兀自惨叫，心想："我此刻刺杀郭靖，原是举手之事。但他一死，襄阳难守，这城中成千成万婴儿，岂非尽被蒙古兵卒残杀为乐？我为了报一己之仇，却害了无数百姓姓命，岂非大大不该？"

转念又想："我如不杀他，裘千尺如何肯将那半枚绝情丹给我？我若死了，姑姑也决不能活。"他对小龙女相爱之忱，世间无事可及，不由得把心横了："罢了，罢了，管他甚么襄阳城的百姓，甚么大宋的江山？我受苦之时，除了姑姑之外，有谁真心怜我？世人从不爱我，我又何必去爱世人？"当下举起匕首，劲力透于右臂，将匕首尖对准了郭靖胸口。

室中烛火早灭，但杨过暗中视物，亦能隐约可见，匕首将要刺落之际，向郭靖脸上瞧去，但见他脸色慈和，意定神闲，睡得极是酣畅，自己少年时郭靖的种种爱护之情，猛地里涌上心来：桃花岛上他如何亲切相待，如何千里迢迢地送自己赴终南山学艺，如何要将独生女儿许配于己，不由得心想："郭伯伯一生正直，光明磊落，实是个忠厚长者，以他为人，实不能害我父亲。莫非傻姑神智不清，胡说八道？

我这一刀刺了下去，若是错杀了好人，那可是万死莫赎了。且慢，这事须得探问一下清楚再说。"于是慢慢收回匕首，将自遇到郭靖夫妇以来的往事，一件件在心头琢磨寻思。

他记起黄蓉对自己时时神色不善，有好几次他夫妇正在谈论甚么，一见到自己便即转过话题，他夫妇有件要紧事情瞒过了自己，那是决计无疑的，又想："郭伯母收我为徒，何以只教我读书，不肯传我半点武艺？郭伯伯待我这么好，难道不是因为害了我父亲，心中自咎难安，待我好一些，就算补过？可是他如真的害死我父，又怎能对我毫不提防，与我共榻而眠，任由我一刀刺死了他？"眼望帐顶，思涌如潮，烦躁难安。

郭靖虽在睡梦之中，仍察觉他呼吸急促有异，当即睁眼醒转，问道："过儿，怎么了？睡不着么？"杨过微微一颤，道："没甚么。"郭靖笑道："你若是不惯和人同榻，我便在桌上睡。"杨过忙道："不，不要紧。"郭靖道："好，那就快睡罢。学武之人，最须讲究收摄心神。"杨过应道："是。"

隔了半刻，杨过终于忍耐不住，说道："郭伯伯，那一年你送我到重阳宫学艺，在终南山脚下牛头寺中，我曾问过你一句话。"郭靖道："怎么？"杨过道："那时你大怒拍碑，以致惹起全真教众老道的误会，你可还记得我问的那句话么？"郭靖回想片刻，说道："是了，那日你问我，你爹爹是怎样去世的。"杨过紧紧瞪视着他，道："不，我是问你，到底谁害死了我爹爹。"郭靖道："你怎知你爹爹是给人害死的？"杨过嘶哑嗓子道："难道我爹爹是好好死的么？"

郭靖默然不语，过了半晌，长长叹了一口气，说道："他死得不幸，可没谁害死他，是他自己害死自己的。"

杨过坐起身，心情激动异常，道："你骗我！世上怎能有自己害死自己之事？便算我爹爹自杀而死，也有迫死他之人。"

郭靖心中难过，流下泪来，缓缓地道："过儿，你祖父和我父是异性骨肉，你父和我也曾义结金兰。你父若是冤死，我岂能不给他报仇？”

杨过身子发战，冲口想说：“是你自己害死他的，你怎能给他报仇？”但知这句话一出口，郭靖定然提防，再要行刺便大大不易，当下点了点头，默然不语。

郭靖道：“你爹爹之事曲折原委甚多，非一言可尽。当年你问起之时，年纪尚幼，未能明白内中情由，因是我没跟你说。现下你已经长成，是非黑白辨得清清楚楚，待打退鞑子，我从头说给你听罢。”说罢又着枕安睡。

杨过素知他说一是一，从无虚语，听了这番话，却又半信半疑起来，心中暗骂：

杨过，杨过，你平素行事一往无前，果敢勇决，何以今日却畏畏葸葸？难道是内心害怕他武功厉害么？今夜迁延游移，失了良机，明日若教黄蓉瞧出破绽，只怕连姑姑都死无葬身之地了。”一想起小龙女，精神又为之一振，伸手抚摸怀内匕首，刀锋贴肉，都熨得热了。

鉴赏提示

小说以浓墨重彩描写了主人公杨过与其授业之师小龙女之间感天动地的爱情。相对于“郭靖”为国为民，侠之大者的民族英雄境界，杨过更追求个性解放，勇于向封建礼法抗争。

作者在后记中说：

《神雕侠侣》企图通过杨过这个角色，抒写世间礼法习俗对人心灵和行为的拘束。礼法习俗都是暂时性的，但当其存在之时却有巨大的社会力量。师徒不能结婚的观念，在现代人心目中或许已很淡泊了，然而在郭靖、杨过时代却是天经地义。然则我们今日认为天经地义的许许多多规矩习俗，数百年后是不是也大有可能被人认为毫无意义呢？道德规范、行为准则、风俗习惯等等社会的行为模式，经常随着时代而改变，然而人的性格和感情，变动却十分缓慢。三千年前《诗经》中的欢悦、哀伤、怀念、悲苦，与今日人们的感情仍无重大分别。我个人始终觉得，在小说中，人的性格和感情比社会意识、政治规范等等具有更大的重要性。郭靖说：“为国为民，侠之大者。”这句话在今日仍有重大的积极意义。但我深信将来国家的界限会消灭，那时候“爱国”、“叛国”等等观念就没有多大意义了。然而父母子女兄弟间的亲情、纯真的友谊、爱情、正义感、仁善、勇于助人、为社会献身等等感情与品德，相信今后还是长期地为人们所赞美，这似乎不是任何政治理论、经济制度、社会改革、宗教信仰等所能代替的。武侠小说的故事不免有过分的离奇和巧合。我一直希望在小说中所写的，武功可以事实上不可能，人的性格应当是可能的。杨过和小龙女一离一合，其事甚奇，似乎归于天意和巧合，其实却须归因于两人本身的性格。两人若非钟情如此之深，决不会一一跃入谷中；小龙女若非天性恬淡，再加上自幼的修炼，决难在谷底长时独居；杨过如不是生具至性，终于还是同穴而葬。世事遇合变幻，穷通成败，虽有关机缘气运，自有幸与不幸之别，但归根结底，总是由各人本来性格而定。

第四节　外国小说作品选析

简・爱

夏洛蒂・勃朗特

作品简介

《简・爱》是一本具有多年历史的文学著作。至今已有168年（1847年至今）的历史了，它成功地塑造了英国文学史中第一个对爱情、生活、社会以及宗教都采取了独立自主的积极进取态度和敢于斗争、敢于争取自由平等地位的女性形象；《简・爱》的问世曾经轰动了十九世纪的文坛，在英国文学史上，被称为一部经典传世之作，它以一种不可抗拒的美感吸引了成千上万的读者，有一种抑制不住的冲动，驱使人拿起这本书，随之深深感动，心灵也为之震颤。

简・爱是个孤儿，从小寄养在舅母家中，受尽百般欺凌。后来进了慈善学校洛伍德孤儿院，灵魂和肉体都经受了苦痛的折磨，但她以顽强的意志以优秀的成绩完成了学业。为了追求独立生活，她受聘在桑菲尔德庄园任家庭教师。故事的重点是身份低下的家庭教师简・爱与男主人罗切斯特之间历经磨难的爱情。这段爱情因男女主人公悬殊的社会地位和个性的差异而充满了激烈碰撞，也因两人志趣相同、真诚相爱而迸发出灿烂的火花。作者以简・爱鲜明独特的女性视角和叙事风格娓娓道来，真实而有艺术感染力。特别是简・爱的独特个性和思想，在打动身为贵族的男主人公的同时，也紧紧抓住了我们读者的心。

《简・爱》节选

一

我在想，罗切斯特先生现在还丑陋不堪吗？感激之情以及很多愉快亲切的联想，使我终于喜欢看他的长相了。不过我并没有忘记他的缺陷，对各类他看不起的人，他高傲刻薄，喜欢挖苦。我心里明白，他对我的和颜悦色，同对很多其他人的不当的严厉相对等。他有时郁郁寡欢，简直到了难以理解的程度。不过我相信他的郁闷、他的严厉和他以前道德上的过错，都来源于他命运中某些艰苦的磨难。我想他的素质原本很好，只是目前给破坏了。不管是什么样的哀伤，我为他的哀伤而哀伤，并且愿意付出一切代价去减轻它。

二

你以为因为我穷，低微，矮小，不美，我就没有灵魂没有心吗？你想错了！ 我的灵魂和你一样，我的心也和你完全一样。 这是我的心灵在跟你的心灵说话，就好像我们两人已经穿越了坟墓，站在上帝的脚下，我们是平等的。因为我们是平等的！

三

我无法控制自己的眼睛，忍不住要去看他，就像口干舌燥的人明知水里有毒却还要喝一样。我本来无心去爱他，我也曾经起劲地掐掉爱的萌芽，但当我又见到他时，心底的爱又复活了。

鉴赏提示

《简·爱》是一部带有自传色彩的长篇小说，它阐释了这样一个主题：人的价值＝尊严＋爱。《简·爱》中简·爱的人生追求有两个基本“旋律”：1. 富有激情、幻想和反抗精神。2. 对人间自由幸福的渴念和对更高精神境界的追求。

文中第一个片段用心理描写反映了当时社会以社会地位、财富和外貌为基础的婚姻和爱情观。赞扬了简所追求的以精神上的独立平等为基础的婚姻和爱情观。体现了简·爱对自己的思想和人格有着理性认识、对自己的价值和情感有着独立判断、不甘忍受社会压迫、勇于追求个人幸福的精神。

文中第二个片段写出简·爱对平等的追求。

文中第三个片段是简·爱对罗切斯特的爱。她曾竭力控制自己的感情，但却做不到。

老人与海

海明威

作品简介

《老人与海》是现代美国小说作家海明威创作于1952年的一部中篇小说，也是作者生前发表的最后一部小说。

小说描写了一位老渔夫在海上捕鱼，经过了84天，他还没有捕到一条鱼，大家都说他运气不好，不吉利，等到第85天，他决定去渔夫们从未去过的深海去打鱼，以证明自己的能力和勇气。在海上，老人发现了一条很大的马林鱼，他克服了重重困难，经过艰难的搏斗，终于在第三天早晨，把鱼叉刺进了马林鱼的心脏。在返回的途中，老人遇到了鲨鱼的五次袭击，他用鱼叉、船桨和刀子勇敢反击。当他驾驶小船回到港口时，马林鱼只剩下一副巨大的白骨架。

《老人与海》节选

渔民桑提亚哥老了，运气也糟透了。84天以来，他天天出海，却又天天空船而归，连他的帆看上去都像是一面“标志着老打败仗的旗子”。他的老伴死了，以前跟他打鱼的小孩曼诺林也在父母的强迫下，到其他船帮忙去了。但曼诺林很尊重老人，每见老头回来，总要走下岸去，帮他收拾钓丝、鱼钩、鱼叉什么的。

老人的陋屋空空如也，老人与小孩说着晚上的饭菜（其实并不存在），谈着喜爱的棒球队，将对话日复一日继续下去。曼诺林照顾着老人，为他买来便餐，准备好明日用的鱼饵。老人睡了，他不再像年轻时那样老梦见狂风巨浪、大鱼、搏斗之类的事，而是梦见异域他乡和沙滩上的顽皮可爱的狮子。

这是老人没打到鱼以来的第85天出海了。天气晴朗，海面平静。他向远海划去，决心冲破霉运，捕一条大鱼。他一面划船，一面与大海、鱼、海鸟交谈，自孩子曼诺林离开他以后，他便养成了这种自言自语的习惯。

他感到钓竿动了。他觉得在下面100米深处，一条马林鱼正吃着钩尖上的沙丁鱼。他拉拉钓丝，知道鱼很大。鱼很聪明，上钩后并不惊惶失措猛拉猛扯，它只是拉着小船向浩渺的海面缓缓游去。整个白天在奇怪的旅行中度过了。老人拉着钓丝的肩酸痛异常。此时，他多渴望孩子仍旧留在他身边，那就能搭一把手了。同时，他对鱼也产生了奇怪的感情，他欣赏鱼的勇气和聪明。夜里，老人很疲乏，他希望自己能睡上一会儿。第二天，老人除了深深的疲惫外，左手又开始抽筋，而且痛得厉害。他终于看见了浮出海面的鱼，它比小船还长，非常漂亮。午后，抽筋停止了，老人吃了点生鱼，为即将到来的抗衡积蓄能量。夜里，老人的手在鱼的又拉又跳中，皮开肉绽，鲜血淋漓。

第三天，鱼开始打转儿，这是较量即将结束的迹象。鱼露出水面，老人努力将它拽近些，再拽近些。他忍住一切疼痛，使出全身力气，将鱼叉干净利落地扎进鱼腰。大鱼很快在挣扎中死去，老人将它捆在船边，开始返航。

可是，老人的麻烦并未结束。死鱼的血招来了鲨鱼。它们循着航线游来，大口大口地咬掉鱼肉。老人成功地杀死了一条鲨鱼，但鲨鱼下沉时也带走了鱼叉，不得已，老人只好凑合着用刀子、棍子、船舵与鲨鱼们搏斗。当半夜小船驶进港时，昼夜的搏斗已使老人筋疲力竭了。那条大鱼也已残缺不全，它的美丽和它那贵重的鱼肉都已不复存在。

老人悲哀而寂寞地放下桅杆，收拾起损坏了的渔具，神情恍惚、踉踉跄跄地走回自己的陋屋。他已疲惫不堪，趴着身子便沉沉睡去。

孩子曼诺林先是为老人的遭遇哭泣，然后给他送来热咖啡，他表示无论父母怎么反对，他也要跟老头儿一起打鱼。

大鱼只剩下一根粗大的鱼骨，被扔在垃圾堆里。茅棚里，喝过咖啡的老头儿又睡着了，他正梦见狮子。孩子曼诺林陪在他的身边。

鉴赏提示

《老人与海》的内容很简单，海明威选用了简单的词汇，简单的句型结构和简单的句间逻辑关系，显示出一种朴素的尊严。“一个人可以被消灭，可你就是打不败他”。初读起来十分简单明了，但是细究下去，会发现简单的故事具有难以穷尽的内涵，具有极其独特的表现手法。桑提亚哥的自信是绝对自信，是不以环境变化而变化的自信，是不用与他人比较的自信。在桑提亚哥的生存哲学中，即使遭遇到了极点的背运，人也只能自信。

人活着，唯一能确定的必然，就是走向死亡。除此之外，没有任何必然的东西可以依靠。既然人是靠偶然活着的，那么支撑人生存勇气的，就只有自信了。如果丧失了自信，在持续那么多天的背运之后，桑提亚哥还有勇气和毅力出海捕鱼吗？因此人活着就必须自信，不自信是人消费不起的奢侈品。正因为桑提亚哥有着绝对自信，他对小孩被叫走，表示了完全的宽容和理解。在这里，海明威展现了自信与宽容之间的联系。

推荐阅读

罗贯中：《三国演义》

曹雪芹：《红楼梦》

钱钟书：《围城》

巴金："激流三部曲"（《家》《春》《秋》）

沈从文：《边城》

方方：《风景》

杨沫：《青春之歌》

韩少功：《爸爸爸》

老舍：《骆驼祥子》《二马》《离婚》

陈忠实：《白鹿原》

路遥：《平凡的世界》

二月河：《康熙大帝》

莫言：《红高粱》

维克多·雨果：《巴黎圣母院》

莫泊桑：《羊脂球》

亚历山大·小仲马：《茶花女》

雨果：《悲惨世界》

巴尔扎克：《高老头》

司汤达：《红与黑》

列夫·托尔斯泰：《复活》

第五篇　戏剧文学篇

在浩如烟海的艺术宝库中，戏剧毫无疑问地占有十分重要的地位，千百年来，多少人在剧场中扼腕色飞，如痴如醉，更有甚者，跑到舞台上殴打表演坏人的演员——只是因为这个扮演的坏人正是自己心目中仇恨的恶人。这种事件，中外演剧史上均不乏其例，这也正好体现了戏剧表演和戏剧语言的无穷魅力。

因此，欣赏戏剧，鉴赏剧本，是培养和提高语言运用能力的一条十分重要而有效的途径。从培养谋篇布局能力和语言表达能力两个方面讲，阅读剧本比阅读诗歌、散文和小说的收益会更大。这是由戏剧文学的特点所决定的。

Diwupian　Xijuwenxuepian

第一章 戏剧文学鉴赏原理

导读

戏剧是指演员通过表演故事来反映社会生活中的各种矛盾冲突的艺术。它是以表演为中心的文学、音乐、舞蹈等各种艺术的综合。在西方，戏剧一般指话剧。在我国，戏剧是戏曲、话剧、歌剧等的总称，也常专指话剧。

戏剧文学一般就是指剧本，过去也称脚本，是戏剧演出时所依据的本子。剧本是戏剧中的文学成分，是戏剧表演的基础。俗话说“剧本剧本，一剧之本”，它主要是供演出用的，但剧本不仅供舞台演出使用，而且可以作为一种独立的文学样式供人们阅读。同样戏剧文学跟其他文学形式相比，有其独特的一面，所以在鉴赏方面也要讲究方法。

第一节 戏剧文学的特点

戏剧文学，是指供戏剧舞台演出用的文学剧本，所以受到舞台这一特定条件的限制，具有不同于其他文学样式的一些特点。主要表现在以下几个方面。

一、强烈的戏剧冲突

诗歌以情感染人，散文以蕴含的思想启迪人、鼓舞人、感召人、塑造人，小说以故事情节吸引人，戏剧则以其矛盾冲突震撼人。没有冲突就没有戏剧。什么是戏剧冲突呢？戏剧冲突是社会生活中的矛盾的浓缩反映，主要表现在剧中人与人之间的矛盾冲突以及人物性格自身的内在冲突，但不是任何生活矛盾都能构成戏剧冲突的，戏剧冲突不能只是生活矛盾的简单复制。戏剧冲突是剧作家对生活中矛盾进行选择、提炼、集中概括和艺术加工的结果，是最足以展示人物性格、人物关系，反映社会生活本质、高度典型化了的矛盾冲突。它表现出来的，或是不同性格的人物之间的冲突，或是人物性格自身的内在冲突。

戏剧冲突的紧张性和集中性，往往是由必然性中的偶然性因素造成的。俗话说：“无巧不成书。”戏剧家的创作，经常运用偶然性来形成戏剧冲突的集中和紧张，加强戏剧气氛，使情节跌宕曲折，引人入胜。但是，戏剧中的偶然性因素一定要符合生活的真实、人物的性格和事件发展的必然性，既要出人意料之外，又须入于情理之中。否则，不但不能使人相信，而且会失去它应有的教育意义。所谓“出人意料之外”，就是通过一些观众事先预料不到的偶然性的戏剧因素，使剧情的发展让人始料不及。所谓“入于情理之中”，就是无论戏剧冲突多么奇巧，但都是符合生活逻辑的，是合于情理的。一出好的戏剧，偶然性的成功运用，往往可以省略许多枝节，推动剧情的发展，从情绪上紧紧地抓住观众，造成“山穷水复疑无路，柳暗花明又一村”的艺术境界。

总之，戏剧冲突是戏剧文学的生命，是戏剧文学最本质的特点。阅读剧本时，认真地分析和研究戏剧冲突，对培养和提高我们作文的构思能力具有极其重要的意义。

二、人物、事件和场景的高度集中化

戏剧文学的集中性，主要体现在人物及其相互间关系的集中、故事情节的集中、矛盾冲突的集中和人物活动场景的集中几方面。

首先是人物的集中，在戏剧中，人物过多，不仅会分散笔力，影响主要人物的刻画，甚至还会造成舞台的拥挤，导致人物关系的混乱，扰乱观众的注意力。人物的集中，一方面要求人物数量要少，关系要清晰，而且人物的性格展示要快、要突出。

其次是矛盾冲突的集中，戏剧受演出时间的限制，不能像小说那样从容不迫地多方面地展开生活中的矛盾冲突。戏剧文学的矛盾必须集中、激烈，给人以高潮迭起的感觉。

再次是情节的集中，戏剧的情节是体现戏剧冲突的，由开端、发展、高潮、结局几个基本部分构成。有的多幕剧在开端的前后有序幕，在结局的后面还有尾声。所谓情节的集中，就是一个故事一经开端，就要想方设法引导其发展，尽快进入高潮，继而得以解决。

最后是场景的集中，戏剧不像电影那样可以超越时空地给人物提供自由的活动空间，必须把人物和事件集中到一个或几个场面中来。这就是场面的集中性。

三、用人物的语言塑造艺术形象

戏剧文学的人物语言是剧作家塑造艺术形象、揭示人物性格、表现矛盾冲突、反映生活内容的根本手段。因此，相对于其他文学形式而言，戏剧文学的人物语言显得更加重要，有着更为特殊的要求，它起着多方面的作用。

（一）通过个性化的语言，刻画人物性格，揭示人物关系。

个性化的语言，就是既要鲜明地表现出人物的阶级特征，又要表现出人物特定的思想、感情、年龄、职业、经历、习惯、教养、兴趣和爱好等特点的语言。

（二）通过富有动作性的语言，揭示人物的外部形态和内心活动。

我们知道，戏剧的情节是由人物的一系列行动来显示的，人物的行动是由人物的一系列动作来完成的。人物的动作有外在的和内在的。所谓外在的动作是指人物外表的声容笑貌、神态举止；所谓内在的动作是指人物的内心活动、感情意向。这两种动作，内在的动作是主要的。人物的内心活动、感情意向是人物的声容笑貌、神态举止的依据；外在动作有内心活动的依据，它才是有生命的，而不是孤立的、外加的。在戏剧文学中，这两种动作都要通过人物的语言来表现，而不能用叙述人的语言来表现。因此，剧本应该根据人物的性格赋予他富有动作表现力的语言，要力求做到“话中有戏”。在这里，关键在于通过人物的语言表现人物的矛盾冲突，有冲突才能有动作。每个人物只有处于一定的矛盾冲突之中，才能产生一系列的内心活动，才能由内心活动而导致一定的外部动作。谢铁骊同志说，所谓动作性语言就是“情节的行进”。意思是说，动作性语言是人物行动过程中的语言，是内心活动化为语言，也是隐含着未来行动的语言，在语言中包含着情节的行进。

（三）通过富有潜台词的语言，揭示人物活动的目的和实质，反映丰富深刻的生活内容。

什么是潜台词？潜台词是从外文翻译过来的、在表演艺术中常用的一个术语。简单说来，所谓潜台词就是指人物的台词除了表面上的意义外，它还包含有深一层的意义，而这深一层的意义才是人物所要表达的真意和实质。俗话说的“锣鼓听声、听话听音”“话里有话”“一语双关”“弦外之音”，就接近于这个意思。

剧本的人物语言为什么要有丰富的潜台词呢？因为在舞台上，人物不可能也没有必要把事情的始末、全部思想活动都说出来，那样会降低甚至取消观众艺术欣赏的能动性，也会降低甚至取消艺术的感染力。有经验的剧作者总是努力选择精炼、富有潜台词的语言，去推动情节的发展和揭示人物丰富复杂的内心世界。

第二节　戏剧文学的鉴赏方法

戏剧的迷人之处在于：在戏剧鉴赏中，演员当场表演，观众看到的是创作的整个过程。面对面直接交流，集体体验喜、怒、哀、乐，“一切的一切都发生在观众与演员之间”。那么，如何能领悟到戏剧的艺术魅力呢？

一、把握“矛盾冲突”是欣赏戏剧文学的首要步骤

所有的戏剧都必须靠戏剧冲突去推动情节发展，并在情节发展过程中完成人物形象的塑造。在鉴赏戏剧文学时我们一定要分析戏中的矛盾冲突的设置是否合理、准确。情节布局是否充满曲折跌宕的戏剧性。所谓合理和准确，就是要求矛盾冲突有连贯性、顺序性和逻辑性。矛盾冲突的发展一般都是互为因果，有着密切依存关系的。没有前面的准备和铺垫，后面的发展会使人感到突兀，甚至不能接受。因此我们看戏时一定要看它：上一段有没有为下一段作准备，下一段是不是上一段的继续和发展。

二、抓住“悬念”是欣赏戏剧文学的前提

戏剧的演出是否成功，悬念的设置和安排也十分重要。戏剧的重要艺术魅力之一就是悬念。所谓悬念，就是利用观众对故事情节和人物命运的关切所产生的期待心理而在戏中设置一些悬而未决的矛盾现象。戏剧悬念安排得好，能造成观众的紧张感，使他们集中注意力注视着剧情的发展，从而达到心理的满足和饱和状态的欣赏效果。例如莎士比亚的《哈姆雷特》，第一幕第一场，在城堡的露台上守夜的士兵在谈论关于鬼魂出现的事。午夜时分，鬼魂出现了。

有的士兵说鬼魂像刚死去的丹麦老国王满身披挂的样子。到底鬼魂是谁？他的出现预示着什么？将会发生什么事情？这就形成了悬念。这些问题使观众产生了强烈的好奇心和急切期待剧情向下发展的心情。一般来说，“悬念”在一出戏中应该形成得越早越好，这样可以一下子抓住观众的情绪，使读者能很有兴趣地将戏继续看下去。随着戏剧情节的发展，悬念也要发展，往往在戏中形成第一个悬念后，还有第二、第三个悬念，由于观众对剧中人物的命运愈加关注，因而后来的悬念，不仅引起观众的好奇，而且有着更浓的感情色彩。

悬念一旦形成，就要让它发展下去，同时要使悬念全部揭晓，不能没有交代，没有解决，这样会使观众空等一场，大失所望，这样戏也就失去吸引人的力量。因此，在阅读戏剧文学作品时要注意抓住“悬念”。

三、领悟“意外”是欣赏戏剧文学的惊喜

意外也是形成情节生动曲折的重要艺术手段。所谓意外，是指异乎常情，出乎意料。异乎常情就是不同于事物正常的发展规律，出乎意料就是不同于人们平常习惯的思路。例如《西厢记》原本崔母在贼寇包围寺院时许下诺言谁能退兵就将自己的女儿嫁给他，而在张生借兵退敌之后，却意外地赖婚，剧情至此又出现新的波折，便有了逼张生赴京赶考的事件。

四、注意“发现”是欣赏戏剧文学的关键

“发现”是由于剧中人物之间新的关系的被认识，造成情节发生意外的新的变化。

《雷雨》中有三次重要的“发现”。第一次是第二幕，周朴园和鲁妈见了面，鲁妈就是他三十年前抛弃的侍萍。由于这一关系的发现，引出了一连串关系的发现：四凤和周萍是同母异父兄妹；鲁大海是周朴园的亲生儿子，是周萍的亲弟弟。这一发现，出乎人们意料，造成情节发展的重大变化。第二次发现在第三幕，正当周萍深夜来到四凤家与四凤相会时，被四凤哥哥鲁大海撞见，并且惊动了母亲侍萍，侍萍发现自己的女儿原来并不是像太太蘩漪所说的和二少爷周冲相好，而是和大少爷周萍相爱，而他们两人是同母异父兄妹，是人伦所不允许的时，侍萍这一惊非同小可，而四凤也因在母亲面前暴露了自己和周萍的特殊关系而羞愧万分，随周萍逃出了家门。第三次发现是在第四幕，周萍、四凤、大海、侍萍先后都来到周公馆，当侍萍知道四凤已经怀孕，无奈答应周萍带四凤走，并要他们走得越远越好，这对四凤来说，如同绝处逢生。但是蘩漪不让他们走，她千方百计地要留住周萍，最后她喊出周朴园让他来认儿媳妇，周朴园一出场，看见侍萍又来了，就让周萍认自己的母亲，这一下，四凤和周萍的兄妹关系公开了，这对于四凤和周萍来说，无疑是致命的打击，也是出乎繁漪、周冲、鲁大海等的意料。这一最后的重大“发现”，使剧情向悲剧的结局急转直下，再也没有挽回的余地了。

五、体味“突转”是欣赏戏剧文学的发展

“突转”就是由于“发现”而造成情节的突然的转变。这种“突转”，无论是从顺境转向逆境或者从逆境转向顺境，总是剧情发生了与原来发展趋向不同甚至相反的转化。这种“突

转”，有时是“绝处逢生”，而有时却是“生而复灭”。在一个戏中，有时可能有一个以上的“突转”。如《雷雨》中，侍萍答应周萍和四凤结婚，并让他把四凤带走，这未尝不是一种在迫不得已的情况下，让四凤死里逃生的办法。可是后来由于蘩漪的作梗，他们兄妹关系的被发现和认识，情节发生重大的突然转变。四凤跑入花园，触电自杀，周冲为了救她也触电而死，周萍在书房中用手枪自杀，侍萍和蘩漪为此精神失常，造成悲剧。

另外，巧合、巧遇也能造成情节的曲折生动，我们在阅读时应多加注意体会。

六、留心“铺垫”是欣赏戏剧文学的基础

为了使剧情发展合理，必须作好铺垫，埋好伏线。铺垫和伏线是否符合事理的发展规律也是衡量戏剧成功与否的一个标准。拿《雷雨》的结局中四凤触电而死这件事来说，它的发生既是很突然的，同时又是作者早就有埋伏的，因此并不纯属偶然。全剧有四次提到有关电线断了需要修理的事。第一次在第二幕，蘩漪正和侍萍说话，鲁贵跑来，蘩漪要他叫一个电灯匠来，说，“刚才听说藤萝架上的旧电线落了下来，走电”。第三次在第二幕结尾，蘩漪送四凤母女走时对四凤说：“你父亲叫电灯匠去了，一会儿就回来。”第三次是第四幕一开头，外面下着雨，周朴园问仆人，藤萝架那边的电线修理了没有，仆人说：“电灯匠说下着大雨不好修理，明天再来。”周朴园说：“那不危险么？”仆人回答：“可不是么？刚才大少爷的狗走过那儿，碰着那根电线，就给电死了。现在那儿已经用绳子圈起来，没有人走那儿。”第四次也在第四幕，四凤来到周公馆，她见到了周萍说：“我糊里糊涂又跑到这儿，走到花园那电线杆底下，我想死了算了。我知道一碰那根电线，就可以什么都忘了。”这时四凤已经动了触电而死的念头。所以她的死，既有客观条件，又有主观愿望，悲剧的产生是必然的。我们从剧中把这四次抽出来，集中到一起，就会觉得很明显。实际在剧本中，伏笔往往安排得很自然，很隐蔽，不特别仔细去找，往往不被注意，很难发现，这正是剧作家的高明之处。我们在阅读时也要多加仔细体会。

七、把握“人物塑造”是欣赏戏剧文学的高潮

戏剧是要塑造人物的。剧中所塑造的人物是否真实可信，对人物的描写是否精雕细刻，这也是评价戏剧好坏的重要尺码。戏剧作品也十分注重塑造具有鲜明生动的个性而又能体现社会某些本质方面的人物，也就是具有某种典型意义的人物。一个人是由社会因素、心理因素和形体外貌等三个方面组成的。社会因素主要是指阶级成分、家庭出身、教育、教养、职业、社会地位、社会关系、政治态度、宗教信仰等等，心理因素包括思想、感情、意志、气质、想象力、兴趣爱好、趣味素养等等。这两个方面有密切的关系，社会因素往往在很大的程度上决定心理因素，而心理因素又往往是社会因素的具体体现。除这两方面外，人的外形、身材、容貌、性别、年龄、姿态、表情、服饰、习惯性动作（包括某种遗传特征）等等是人的具体形象。这三个方面构成一个具体的、有血有肉、有性格的活生生的人。我们在阅读戏剧文学时要注意发现剧作家在塑造人物方面的匠心。

由于戏剧艺术受时空的限制，因而在人物形象的塑造方面就具有与小说中人物的塑造不同的特点。（1）在戏剧作品中，人物性格必须突出地表现性格的主要方面。在戏剧作品中，不可能像在中长篇小说中那样对人物作面面俱到、精雕细琢的刻画和描绘。戏剧中的人物要求鲜明，能一下子给观众以具体深刻的印象，如安提戈涅的勇敢、倔强、不畏强暴，哈姆雷特的谨慎和优柔寡断，奥赛罗的轻信、妒嫉，阿巴贡的爱财如命，蘩漪的像火一样可以烧毁一切的热情，爱得深、恨得狠等等，都是极鲜明地突出了他们性格的主要方面。当然这并不是说戏剧人物性格简单。（2）戏剧中的人物感情色彩更为强烈。戏剧中的人物要在很短的时间内给予观众感情上的影响和作用，那就首先要求人物有鲜明的态度和强烈的感情。美狄亚杀死丈夫再娶的新娘和自己与丈夫所生的一双儿女，以惩罚背叛爱情、见异思迁的丈夫。蘩漪的性格和美狄亚有某种相似，她的爱情像火山爆发时“喷出的炽热的岩浆，能烧毁一切。人物感情的强烈”，正如同戏剧冲突的尖锐一样，为的是能抓住观众的注意力，能激发观众的感情，产生使人哭、使人笑、使人悲伤、使人欢乐的巨大感染力。

八、玩味“戏剧文学中的语言”是欣赏戏剧文学的余波

戏剧作品中的语言绝大部分是人物的对话还有少量独白、旁白。因此我们在欣赏戏剧文学时要注意体会其语言特点。

（一）把握住戏剧语言口语化和个性化的特征

戏剧作品语言的口语化首先是人物语言的口语化。中国古典戏曲中的语言有很多属于艺术化了的大白话。戏曲中说白（也称宾白、道白、对白）比较通俗，唱词比较高雅，但和一般写文章又不相同，既高雅又口语。

例如《西厢记》中，张生初遇莺莺，一见钟情，夜里在床上思念莺莺而睡不着觉，在他此时的一段唱词中有这样的话：“睡不着如翻掌，少可有一万声长吁短叹，五千遍捣枕捶床。”最后他说自己只看了莺莺一眼，记不真她那娇模样，怎么办？他唱：“我只索手抵着牙儿慢慢的想。”这“如翻掌”、“捣枕捶床”和“手抵着牙儿慢慢的想”等，既高雅又通俗，同时又非常生动形象，十分传神。

（二）注意戏剧文学语言的行动性特点

戏剧既是通过人物的语言和行动在舞台上表演一个故事，因而作为剧本，它的语言就必须富有动作性和行动性，能为人物提供动作和行动。语言的行动性是一个比较宽的概念，它既包括一些能直接附带着行动的语言，也包括能集中地表现人物内心复杂细致的思想感情活动的台词。

戏剧中人物的独白也是很富有行动性的，它是表现人物内心活动的台词，所以又可称为内心独白，独白是指无旁人在场或者有旁人而并不能听见的情况下人物的台词。莎士比亚是位写独白的能手，他的剧作中有许多深奥、优美、极富哲理性和行动性，使人久久不能忘怀的精彩独白。《哈姆雷特》一剧中就有许多段这样的独白，例如第一幕新登基的丹麦王和王后，也就是哈姆雷特的叔父和母亲，他们劝哈姆雷特不要为了父王的死去而郁郁寡欢，当他们离去后，

哈姆雷特有一段著名的独白：

啊，但愿这一个太坚实的肉体会融解、消散，化成一堆露水！或者那永生的真神未曾制定禁止自杀的律法！上帝啊！人世间的一切在我看来是多么可厌、陈腐、乏味而无聊……

脆弱啊，你的名字就是女人！短短的一个月以前，她哭得像个泪人儿似的，送我那可怜的父亲下葬；她在送葬的时候所穿的那双鞋子还没有破旧，她就，她就——上帝啊！一头没有理性的畜生也要悲伤得长久一些——她就嫁给我的叔父，我的父亲的弟弟，……只有一个月的时间，她那流着虚伪之泪的眼睛还没有消去红肿，她就嫁人了。啊，罪恶的匆促，这样迫不及待地钻进了乱伦的衾被！那不是好事，也不会有好结果；可是碎吧，我的心，因为我必须管住我的嘴！

这段独白是哈姆雷特内心异常痛苦和愤慨的流露。虽然当时他还不知道叔父谋杀了他的父亲篡了王位，但也存在着对他母亲和叔父的婚事的极大不满，甚至因而对人生发生怀疑。他的这段话是不能当着母亲和叔父及其他人的面说的，但强烈的内心感情必须表现出来，因此必然采取独白的形式。这段台词也是很富行动性的。

（三）仔细体味戏剧文学语言的诗意

戏剧作为一种行动的艺术，看起来它和抒情性很强的诗似乎不会有什么特殊关系，而实际情况不是这样，戏剧和诗有着极为密切的关系。

有人认为戏剧是从歌舞中产生和发展起来的，还有人认为，舞蹈家是戏剧家的祖先，戏剧从舞蹈中吸取动作，从歌唱中吸取诗的语言。

产生在公元前5世纪的希腊悲剧全部是用诗写成的。莎士比亚的剧作中有着许多美妙的诗句。过去诗歌除了抒情诗、叙事诗之外，还有戏剧诗。中国戏曲中的唱词实际上就是极好的抒情诗和叙事诗。许多著名的戏剧家本人也就是诗人。莎士比亚的十四行诗写得很好。有单独出版的诗集；易卜生年轻时写过许多诗；美国现代戏剧家奥尼尔早期的创作活动也是写诗；老舍、曹禺也都是诗人；中国古典戏剧家关汉卿、汤显祖、洪升等无不是在诗词方面有着极高的造诣。

诗的语言的第一个特点就是精练，往往用极少的词，表现极丰富的内容，这也正是戏剧的语言所需要的。

诗的语言的第二个特点就是感情强烈，有极浓的抒情性。这也是戏剧语言所需要的。《西厢记》中，崔老夫人逼迫张生进京赶考，莺莺长亭送别时有这样一段唱词："碧云天，黄花地，西风紧，北雁南飞。晓来谁染霜林醉？总是离人泪……"真是情景交融，把离别时的感情表现得相当深沉。

戏剧语言要求上口，应该抑扬顿挫，铿锵响亮，优美动听，富有音乐性。我们在阅读时应细细体会。

第二章 戏剧文学作品选析

导读

世界上很多国家都有自己的民族戏剧，但是仔细考察，却只有三大源流：一个是古希腊戏剧，一个是古印度梵剧，一个是中国戏曲。这三大古老戏剧文化系统，发源、生长、衍变于不同的历史时代、不同的社会条件之下，它们各有各的黄金时代，也各有各的衰微中落的过程。它们各自的历史都是十分深厚的。

古希腊戏剧产生于公元前6世纪后期，是从酒神祭祀的仪式中衍变出来的。悲剧的产生比喜剧略早，二者的演出都带有全民的节日活动性质。戏剧在希腊产生的年代，正是希腊社会兴旺发达的时代。就在这时候，希腊接连出了三大悲剧家——埃斯库罗斯、索福克勒斯和欧里庇德斯，此外还有一位大喜剧家阿里士多芬。可以说，希腊的戏剧一产生就登上了它繁荣的高峰。本章选析作品为欧里庇德斯的《美狄亚》。

印度戏剧的起源和年代至今还很难说清楚，大约原始时代就已经有了。正式作为戏剧出现大约在公元前后之间，现在保存下来最早的剧本是公元1~2世纪时的作品，然后4~5世纪产生了举世闻名的大戏剧家迦梨陀娑。他最有名的剧本是《沙恭达罗》，这一时期也是梵剧最光辉的时代。此后逐渐衰落，今天印度早已没有了梵剧演出。

中国的戏曲艺术具有悠久的历史和深厚的传统。和希腊和印度相比，我国成熟戏剧的出现是最迟的，大约在12世纪，名家辈出的时代是13世纪，即元杂剧鼎盛的时代。如关（汉卿）、马（致远）、郑（光祖）、白（朴）、王（实甫）几乎同时出现，并相继出现了一大批经典名著。在此之后，中国戏剧还在不断地发展，涌现出汤显祖、洪昇、孔尚任等优秀剧作家，此后，近代地方戏兴起，一直到今天，戏剧的繁荣兴旺可谓有增无减。本章选析作品为白朴的《唐明皇秋夜梧桐雨》。

中国话剧只有约八九十年的历史，它形成于20世纪初，由在美国学习西方戏剧，并毕生致力于将其在中国发扬光大的洪深命名为话剧，已示与依靠唱、念、做、打等手段注重对生活进行程式化表现的中国戏曲相区别。话剧在“五四”运动前后已臻成熟。此后，一般以1949年中华人民共和国成立为标志，分为现代、当代两个时期。中国现代戏剧以广泛吸收西方现代戏剧的众多流派为起点，在社会运动和革命斗争的浪潮中，逐步形成了自己的传统。本章选析赖声川的《暗恋桃花源》。

第一节　西方古典戏剧选析

美狄亚

欧里庇得斯

作品简介

剧本中的故事发生在古希腊的英雄时代。伊俄尔科斯城邦王子伊阿宋本是王位的继承人，但叔父窃夺了王位，提出条件让伊阿宋去科尔喀斯取回珍奇宝物金羊毛才让出王位。科尔喀斯国王故意刁难伊阿宋，不想让他得到金羊毛，但公主美狄亚爱上了勇敢剽悍的伊阿宋，背叛了自己的父亲，把伊阿宋从父亲的阴谋毒害中解救出来，抢出金羊毛并同他一起回到伊俄尔科斯。可是叔父仍然拒绝交出王位，美狄亚施魔法害死了伊阿宋的叔父，替伊阿宋报了仇，但得罪了伊俄尔科斯百姓，被城邦驱逐出境。他们客居科任托斯，生了两个儿子，过得十分快乐。可是伊阿宋好色本性暴露，爱上了科任托斯公主，要遗弃美狄亚，而且帮着科任托斯国王将她和两个儿子驱逐出境。这一切让美狄亚绝望了，激发了她疯狂的报复心理，她让两个儿子给公主送礼，其实是施魔法毒死公主，国王为救公主也跟着被毒死。而后美狄亚又亲手用剑杀死自己的两个儿子，以绝伊阿宋后嗣。伊阿宋赶来找美狄亚复仇，她已经乘龙车在空中跟伊阿宋告别，远走他乡。全剧共五场。这里节选的是第四、五场以及合歌、退场，是全剧的高潮和结局。

第四场

［美狄亚偕众侍女自屋内上。］

［伊阿宋自观众右方上。］

伊：我听了你的话来到这里，因为，啊，女人，你虽是我的仇敌，我还不至于在这件小事上令你失望。让我听听，你对我有什么新的请求？

美：伊阿宋，我求你原谅我刚才说的话，既然我们俩过去那样亲爱，你应当容忍我这暴躁的性情。我总是自言自语，这样责备自己："不幸的我呀，我为什么这样疯狂？为什么把那些好心好意忠告我的人当作仇敌看待？为什么仇恨这里的国王，仇恨我的丈夫，他娶这位公主是为我好，是为我的儿子添几个兄弟。神明赐了我莫大的恩惠，我还不平息我的怒气吗？怎么不呢？我不是已经有了两个孩子吗？难道我不知道我们是被驱逐出来的，在这里举目无亲吗？"我一想到这些，就觉得我多么愚蠢，这一场气忿真冤枉！我现在很称赞你，认为你为了我们的缘故而联姻，做得很聪明；我自己未免太傻了，我应当协助你的计划，替你完成，高高兴兴地在床前伺候你的新娘。我们女人真是——我不说我们的坏话；你可不要学我们这样脆弱，不要以傻报傻。请你原谅，我承认我从前很糊涂。但如今我思考得周到了一些。

孩子们，孩子们，快出来，快从屋里出来！同我一起，和你们父亲吻一吻，道一声长别。我们一起忘了过去的仇恨，和我们的亲人重修旧好！因为我们已和好，我的怒气也已消退。

（保傅引两个孩子自屋内上。）

（向两个孩子）快握住他的右手！哎呀，我忽然想起了那暗藏的祸患！孩儿呀，就说你们还活得了很长久，你们能不能伸出这可爱的手臂？我这可怜的人真是爱哭，真是忧虑！我毕竟同你们父亲和好了，我的眼泪流满了孩子们细嫩的脸上。

歌队长：我的眼里也流出了晶莹的眼泪，但愿不会有比现在更大的灾难！

伊：啊，夫人，我称赞你现在的言行，那些事情一概不追究，因为一个女人为她丈夫另娶妻室而生气，是很自然的。你的心变得很好了，虽然晚了一点，毕竟下了决心，变得十分良善。

（向两个孩子）孩子们，托神明佑助，你们父亲很关心你们，已经替你们获得了最大的安全。我相信，你们还会伙同你们未来的兄弟们成为这科任托斯地方最高贵的人物。你们只需赶紧长大，一切事情你们父亲靠了那些慈祥的神明的帮助，会替你们准备好的。愿我亲眼看见你们走进壮年时代，长得十分强健，远胜过我的仇人。

（向美狄亚）喂，你为什么流出晶莹的眼泪，浸湿了你的瞳孔？为什么把你的苍白的脸转过去？为什么听了我的话，还不高兴？

美：不为什么，只是我为这两个孩子忧虑。

伊：你为什么为这两个孩子过分悲伤？

美：因为他们是我生的。你祈求神明使他们活下去的时候，我心里很可怜他们，不知这事情办得到么？

伊：你现在尽管放心，做父亲的会把他们的事情办得好好的。

美：我自然放心，不会不相信你的话，可是我们女人总是爱哭。

我请你来商量的事只说了一半，还有一半我现在也向你说说：既然国王要把我驱逐出去，我明知道，我最好不要住在这里，免得妨碍你，妨碍这地方的国王。我想我既是这里的王室的仇人，就得离开这地方，出外流亡。可是，我的孩儿们，你去请求克瑞翁不要把他们驱逐出去，让他们在你手里抚养成人。

伊：不知劝不劝得动国王，可是我一定去试试。

美：但是，无论如何，叫你的……去恳求她父亲——

伊：我一定去，我想我总可以劝得她去。

美：只要她和旁的女人一样。我也帮助你做这件困难的事：我要给她送点礼物去，一件精致的袍子、一顶金冠，叫孩子们带去，我知道这两件礼物是世上最美丽的东西。我得叫一个侍女赶快把这衣饰取出来。

（一侍女进屋。）

这位公主的福气真是不浅，她既得到了你这好人儿作丈夫，又可以得到这衣饰，这原是我的祖父赫利俄斯传给他的后人的。

（侍女捧着两只匣子自屋内上。）

（向两个孩子）孩子们，快捧着这两件送新人的礼物，带去献给那个公主新娘，献给那个幸福的人儿！她决不会瞧不起这样的礼物！

（两个孩子各接着一个匣子。）

伊：你这人未免太不聪明，为什么把这些东西从你手里拿出去送人？你认为那王宫里缺少袍子，缺少黄金一类的礼物吗？请你留下吧，不要拿出去送人。我知道得很清楚，只要那女人瞧得起我，她宁可要我，不会要什么财物的。

美：你不要这样讲，据说礼物连神明也引诱得动；用黄金来收买人，远胜过千百言语。她有的是幸运，天神又再给她增添，她正值年轻，又是这里的王后；不说是用黄金，就是用我的性命，我也要去赎我的儿子，免得他们被放逐。

孩子们，等你们进入那富贵的宫中，就把这衣饰献给你们父亲的新娘，献给我的主母，请求她不要把你们驱逐出境。这礼物要她亲手接受，这事情十分要紧！你们赶快去，愿你们成功后，再回来向我报告我所盼望的好消息。

［保傅引两个孩子随着伊阿宋自观众右方下。］

第四合唱歌歌队：（第一曲首节）这两个孩子的性命现在一点希望都没有了，一点都没有了：他们已经走近了死亡。那新娘，那可怜的女人，会接受那金冠，那致命的礼物，她会亲手把死神的装饰品戴在她的金黄的鬈发上。

（第一曲次节）那有香气的袍子上的魔力和那金冠上的光辉会引诱她穿戴起来，这样一装扮，她就会到下界去做新娘；这可怜的人会坠入陷阱里，坠入死亡的恶运中，……逃不了毁灭！

（第二曲首节）你这不幸的人，你这想同王室联姻的不幸的新郎啊，你不知不觉就把你儿子的性命断送了，并且给你的新娘带来了那可怕的死亡。不幸的人呀，眼看你要从幸福坠入厄运！

（第二曲次节）啊，孩子们的受苦的母亲呀，我也悲叹你所受的痛苦，你竟为了你丈夫另娶妻室，这样无法无天地抛弃你，竟为了那新娘的婚姻，想要杀害你的儿子！

第五场

［保傅引两个孩子自观众右方上。］

傅：我的主母，你的孩儿不至于被放逐了，那位公主新娘已经很高兴地亲手接受了你的礼物，从此你的儿子可以在宫中平安地住下去啦。

啊！当你的运气好转的时候，你怎么这样惊慌？为什么听了我的话，还不高兴？

美：哎呀！

傅：这和我带来的消息太不协调了！

美：不由我不再叹一声！

傅：是不是我报告了什么不幸的事情，连自己都不知道，反把它弄错了，当作好消息呢？

美：你报告了这样的消息，我并不怪你。

傅：可是你为什么这样垂头丧气，还流着眼泪呢？

美：啊，老人家，我很痛苦，因为神明和我都怀着恶意，定下了这条毒计。

傅：你放心，你的儿子会把你迎接回来的。

美：我这不幸的人倒要先把他们带回老家去。

傅：这人间不止你一人才感到母子的离别，你既是凡人，就得忍耐这痛苦。

美：我就这样做吧。你进屋去，为孩子们准备日常用的东西。

（保傅进屋。）

孩子们呀，孩子们！你们在这里有一个城邦，有一个家，你们永远离开这不幸的我，住在这里，你们会这样成为无母的孤儿。在我还没有享受到你们的孝敬之前，在我还没有看见你们享受幸福，还没有为你们预备婚前的淋浴，为你们迎接新娘，布置新床，为你们高举火炬之前，我就将被驱逐出去，流落他乡。只因为我的性情太暴烈了，才这样受苦。啊，我的孩儿，我真是白养了你们，白受苦，白费力，白受了生产时的剧痛。我先前——哎呀！——对你们怀着很大的希望，希望你们养老，亲手装殓我的尸首，这都是我们凡人所羡慕的事情；但如今，这种甜蜜的念头完全打消了，因为我失去了你们，就要去过那艰难痛苦的生活；你们也就要去过另一种生活，不能再拿这可爱的眼睛来望着你们的母亲了。唉，唉！我的孩子，你们为什么拿这样的眼睛望着我？为什么向着我最后一笑？哎呀！我怎样办呢？朋友们，我如今看见他们这明亮的眼睛，我的心就软了！我决不能够！我得打消我先前的计划，我得把我的孩儿带出去。为什么要叫他们的父亲受罪，弄得我自己反受到这双倍的痛苦呢？这一定不行，我得打消我的计划。——我到底是怎么的？难道我想饶了我的仇人，反遭受他们的嘲笑吗？我得勇敢一些！我竟自这样脆弱，使我心里发生了这样软弱的思想！

我的孩儿，你们进屋去吧！

（两个孩子进屋。）

那些认为不应当参加我这献祭的人尽管走开，我决不放松我的手！

（自语）哎呀呀！我的心呀，快不要这样做！可怜的人呀，你放了孩子，饶了他们吧！即使他们不能同你一块儿过活，但是他们毕竟还活在世上，这也好宽慰你啊！——不，凭那些住在下界的报仇神起誓，这一定不行，我不能让我的仇人侮辱我的孩儿！无论如何，他们非死不可！既然要死，我生了他们，就可以把他们杀死。命运既然这样注定了，便无法逃避。

我知道得很清楚，那个公主新娘已经戴上了那花冠，死在那袍子里了。我自己既然要走上这最不幸的道路，我就想这样同我的孩子告别："啊，孩儿呀，快伸出、伸出你们的右手，让母亲吻一吻！我的孩儿的这样可爱的手、可爱的嘴、这样高贵的形体、高贵的容貌！愿你们享福，——可是是在那个地方享福，因为你们在这里所有的幸福已被你们父亲剥夺了。我的孩儿的这样甜蜜的吻、这样细嫩的脸、这样芳香的呼吸！分别了，分别了！我不愿再看你们一眼！"——我的痛苦已经制服了我；我现在才觉得我要做的是一件多么可怕的罪行，我的愤怒已经战胜了我的理智。

歌队长：我也曾多少次搜索过那更微妙的思想，研究过那更严肃的争辩，那原不是我们女人所能讨论的。我们也有一位文化女神，她同我们做伴，给我们智慧；可是她并不和我们大家做伴，而是和少数人做伴，也许在一大群女人里头，只有一个同她在一起，但由此可见，我们女人并不是完全没有智慧的。我认为那些全然没有经验的人，那些从没有生过孩子的人，倒比那些做母亲的幸福得多，因为那些没有子女的人不懂得养育孩子是苦是乐，可以减少许多烦恼；我看见那些家里养着可爱的孩子的人一生忧虑：愁着怎样把孩子养得好好的，怎样给他们留下一些生活费，此后还不知他们辛辛苦苦养出来的孩子是好是坏。这人间还有一个最大的灾难我也要提提：就说他们的生活十分富裕，孩子们的身体也发育完成，他们为人又好；但是，如果命运这样注定，死神把孩子们的身体带到冥府去，那就完了！神明对我们凡人，在一切痛苦之上，又加上这种丧子的痛苦，这莫大的惨痛，这对他们又有什么好处呢？

美：朋友们，我等候消息已等了许久，我要看那宫中的事情到底是怎样结果的。

看啊，我望见伊阿宋的仆人跑来了，他那喘吁吁的样子，好像他要报告什么很坏的消息。

［传报人自观众右方急上。］

传：美狄亚，快逃走呀，快逃走呀！切莫要留下一只航海的船，一辆陆行的车子！

美：什么事情发生了，要叫我逃走？

传：公主死了，他的父亲克瑞翁也叫你的毒药害了！

美：你报告了这最好的消息，从今后你就是我的恩人，我的朋友。

传：你说什么呀？夫人，我看你害了我们的王室，你听了这消息，不但不惊骇，反而这样高兴，你的神志是不是很清明？该没有错乱吧？

美：我自有理由回答你的话。请不要性急，朋友，告诉我，他们是怎样死的。如果他们死得很悲惨，你便能使我加倍地快乐。

传：当你那两个儿子随着他们父亲去到公主那里，进入新房的时候，我们这些同情你的痛苦的仆人很是高兴，因为那宫中立刻就传遍了消息，说你和你丈夫已经排解了旧日的争吵。有的人吻他们的手，有的人吻他们的金黄的鬈发；我自己也乐得忘形，竟随着孩子们进入了那闺中。我们那位现在代替你的地位受人尊敬的主母，在她看见那两个孩子以前，她先向伊阿宋多情地飞了一眼！她随即看见孩子们进去，心里十分憎恶，忙盖上了她的眼睛，掉转了她那变白了的脸面。你的丈夫因此说出了下面的话，来平息那女人的怒气："请不要对你的亲人发生恶感，快止住你的愤怒，掉过头来，承认你丈夫所承认的亲人。请你接受这礼物，转求你父亲，为了我的缘故，不要把孩子们驱逐出去。"她看见那两件衣饰，便不能自主，完全答应了她丈夫的请求。当你的孩子和他们的父亲离开那宫廷，还没有走得很远的时候，她便把那件彩色的袍子拿起来穿在身上，更把那金冠戴在鬈发上，对着明镜理理她的头发，自己笑她那懒洋洋的形影。她随即从座椅上站了起来，拿她那雪白的脚很娇娆地在房里踱来踱去，十分满意于这两件礼物，并且频频注视那直伸的脚背。

这时候我看见了那可怕的景象，看见她忽然变了颜色，站立不稳，往后面倒去，她的身体不住地发抖，幸亏是倒在那座位上，没有倒在地下。那里有一个老仆人，她认为也许是山神潘，或是一位别的神在发怒，大声地呼唤神灵！等到她看见她嘴里吐白沫，眼里的瞳孔向上翻，皮肤没有了血色，她便大声痛哭起来，不再像刚才那样叫喊。立刻就有人去到她父亲的宫中，还有人去把新娘的噩耗告诉新郎，全宫中都回响着很沉重的、奔跑的声音。约莫一个善走的人绕过那六百尺的赛跑场，到达终点的工夫，那可怜的女人便由闭目无声的状态中苏醒过来，发出可怕的呻吟，因为那双重的痛苦正向着她进袭：她头上戴着的金冠冒出了惊人的、毁灭的火焰；那精致的袍子，你的孩子献上的礼物，更吞噬了那可怜人的细嫩的肌肤。她被火烧伤，忽然从座位上站起来逃跑，时而这样，时而那样摇动她的头发，想摇落那花冠；可是那金冠越抓越紧，每当她摇动她的头发的时候，那火焰反加倍地旺了起来。她终于给恶运克服了，倒在地下，除了她父亲外，谁都难于认识她，因为她的眼睛已不像样，她的面容也已不像人，血与火一起从她头上流了下来，她的肌肉正像松脂泪似的，一滴滴的毒药像看不见的嘴唇向她的骨骼间吮了去，这真是个可怕的景象！谁都怕去接触她的尸体，因为她所遭受的痛苦便是个很好的警告。

她的父亲——那可怜的人——还不知道这一场祸事。这时候他忽然跑进房里，跌倒在她的尸体上。他立刻就惊喊起来，双手抱住那尸身，同她接吻，并且这样嚷道："我的可怜的女儿呀！是哪一位神明这样侮辱地害了你？是哪一位神明使我这行将就木的老年人失去了你这女儿？哎呀，我的孩儿，我同你一块儿死吧！"等他止住了这悲痛的呼声，他便想立起那老迈的身体来，哪知竟会粘在那精致的袍子上，就像常春藤的卷须缠在桂树上一样。这简直是一种可怕的角斗：一个想把膝头立起来，一个却紧紧地胶住不放；他每次使劲往上拖，那老朽的肌肉便从他的骨骼上分裂了下来。最后这不幸的人也死了，断了气，因为他再也不能忍受这痛苦了。女儿同老父的尸首躺在一块儿，——这样的灾难真叫人流泪！

关于你的事，我没有什么可说的，因为你自己知道怎样逃避惩罚。这不是我第一次把人生看作幻影；这人间没有一个幸福的人；有的人财源滚滚，虽然比旁人走运一些，但也不是真正有福。

［传报人自观众右方下。］

歌队长：看来神明要在今天叫伊阿宋受到许多苦难，在他是咎由自取。

美：朋友们，我已经下了决心，马上就去做这件事情：杀掉我的孩子再逃出这地方。我决不耽误时机，决不抛弃我的孩儿，让他们死在更残忍的手里。我的心啊，快坚强起来！为什么还要迟疑，不去做这可怕的、必须做的坏事！啊，我这不幸的手呀，快拿起，拿起宝剑，到你的生涯的痛苦的起点上去，不要畏缩，不要想念你的孩子多么可爱，不要想念你怎样生了他们，在这短促的一日之间暂且把他们忘掉，到后来再哀悼他们吧。他们虽是你杀的，你到底也心疼他们！——啊，我真是个苦命的女人！

［美狄亚偕众侍女进屋。］

第五合唱歌歌队：（第一曲首节）地神啊，赫利俄斯的灿烂的阳光啊，趁这可诅咒的女人还不曾举起她那凶恶的手，落到她的儿子身上，好好看住她，看住她！——她原是从你的黄金的种族里生出来的，——只怕神明的血族要给凡人杀害了！你这天生的阳光啊，赶快禁止她，阻挡她，把这个被恶鬼所驱使的，瞎了眼的仇杀者赶出门去！

（第一曲次节）你曾经穿过那深蓝的辛普勒伽得斯，穿过那最不好客的海口的女人啊，你白受了生产的阵痛，白生了这两个可爱的儿子！啊，可怜的人呀，强烈的愤怒为什么这样冲击着你的心，你的慈爱为什么变成了残杀？这杀害亲子的染污对于我们凡人，是很危险的，我明

知上天会永久降祸到你这杀害亲属的人的家里。（本节完）

孩子甲：（自内）哎呀，怎样办？向哪里跑，才能够逃脱母亲的手呢？

孩子乙：（自内）我不知道，啊，最亲爱的哥哥呀，我们两人都完了！

歌队：（第二曲首节）你听见，听见孩子们在呼唤没有？哎呀，不幸的女人啊！我应当进屋去吗？我应当为孩子们抵御这凶杀的行为吗？

孩子甲乙：（自内）是呀，看在神明的面上，快保护我们！我们需要保护，因为我们正处在剑的威胁之下呢！

歌队：啊，可怜的人呀，你好似铁石，竟自伤害你的儿子，伤害你自己所结的果实，亲手给他们造成这样的命运！

（第二曲次节）我听说古时候有一个女人，也只有她一个女人，才亲手杀害过她心爱的孩儿，就是叫神明激得发狂的，被宙斯的妻子赶出门去漂泊的伊诺；那可怜的女人为了那杀子的罪过跑去投水，她从那海边的悬岩上跳下去，随着她两个孩子一块儿死掉了。还有什么比这个更可怕呢？啊，痛苦的婚姻呀，你曾给人间造下了多少灾难！

退　场

［伊阿宋偕众仆人自观众右方上。］

伊：啊，你们这些站在这屋前的妇女呀，那做出了这可怕的事情的女人——美狄亚——究竟在家里呢，还是逃跑了？如果她不愿遭受王室的惩罚，她就得把她的身子藏入地下，或是长了翅膀腾上天空。她既然杀害了这地方的主上，还能够相信她可以平安地逃出这屋子吗？可是我对她的关怀远不及我对我的孩子们。那些被她害了的人自然会给她苦受的；我是来救我孩儿的性命的，免得国王的亲族害了他们，为了报复他们母亲的不洁的凶杀。

歌队长：啊，伊阿宋，不幸的人呀，你还不知道你遭受了多么大的灾难；要不然，你就不会说出这话来了。

伊：那是什么灾难呀？难道她想要杀我？

歌队长：你的儿子叫他们母亲亲手杀死了！

伊：哎呀，你说什么？女人呀，你竟自这样害了我！

歌队长：你很可以相信，你的孩子们已经不在人世了！

伊：她到底在哪里杀的？在屋里呢，还是在外面？

歌队长：开开大门，你就可以看见你的孩子们遭了凶杀。

伊：仆人们，赶快下木闩，取插销，让我看看那双重的、可怕的景象，看见孩子们死了，还看见她——血债用血还！

［美狄亚带着两个孩子的尸首乘着龙车自空中出现。］

美：你为什么要摇动，要推开那双扇门，想要寻找这些死者和我这凶手？快不要这样破费工夫！如果你是来找我的，那你就快说你想要什么！你的手可不能挨近我，因为我的祖父赫利俄斯送了我这辆龙车，好让我逃避敌人的毒手。

伊：可恶的东西，你真是众神、全人类和我所最仇恨不过的女人，你敢于拿剑杀了你所生的孩子，这样害了我，使我变成了一个无子的人！你做了这件事情，做了这件最凶恶的事情，还好意思和太阳、大地相见？你真该死！当我从你家里，从那野蛮地方，把你带到希腊来居住的时候，我真是糊涂；到如今，我才明白了，你原是你父亲的莫大的祸根，原是那生养你的祖国的叛徒，原是上天降下来折磨我的！自从你在你家里杀死了你的兄弟过后，你就上了那美丽的船头的阿耳戈，你的罪行就是这样开始的。后来你嫁给我，替我生了两个孩子，却又因为我离开你的床榻，竟这样杀害了他们！从没有一个希腊女人敢于这样做，我还认为我不娶希腊女儿，娶了你，是一件很美的事情呢！哪知这是一个仇恨的结合，对于我真是一个祸害，我所娶的不是一个女人，乃是一只牝狮，天性比堤耳塞尼亚的斯库拉更残忍！可是这许多辱骂并不能伤害你，因为你生来就是这样无耻！啊，你这作恶的，杀害亲子的人，去你的吧！我要悲痛自己的不幸，我再不能享受新婚的快乐，也不能叫我所生养的孩子活在世上，对我道一声永诀，我简直完了！

美：假如父亲宙斯还不知道我待你多么好，你做事多么坏，我就要说出许多话来同你辩驳。可是你并不能鄙弃我的床榻，拿我来嘲笑，自己另外过一种愉快的生活。那公主和那把女儿嫁给你的克瑞翁，也不能不受到一点惩罚，就把我驱逐出境。只要你高兴，你可以把我叫作牝狮，或是住在什么堤耳塞尼亚地方的斯库拉。可是你的心已被我绞痛了，我做这事本是应该！

伊：可是你也伤心，这些哀痛你也有份。

美：你很可以这样相信；我知道了你不能冷笑，就可以减轻我的痛苦。

伊：啊，孩儿们，你们的母亲多么恶毒呀！

美：啊，孩儿们，这全是你们父亲的疯病害了你们！

伊：可是我并没有亲手杀害他们。

美：可是你的狂妄和你的新结的婚姻却害了他们。

伊：你认为你为了我的婚姻的缘故，就可以杀害他们吗？

美：你认为这种事情对于做妻子的，是不关痛痒的吗？

伊：至少对于一个能够自制的妻子是这样的；可是在你的眼里，一切都是坏事。

美：他们已经不在人世了，这正好使你的心痛如刀割！

伊：呀，你头上飘着两个报仇人的魂灵！

美：神明知道是谁首先害人的！

伊：神明知道你那可恶的心！

美：随你恨吧！我也是十分憎恶你在这里狂吠！

伊：我对你还不是一样！可是我们要分开是很容易的。

美：怎么个分法？怎么办？难道我还不愿意？

伊：让我埋葬死者的尸体，哀悼他们。

美：这可不行，我要把他们带到那海角上的赫拉的庙地上，亲手埋葬，免得我的仇人侮辱他们，发掘他们的坟墓。我还要规定日后在西绪福斯的土地上，举行很隆重的祝典与祭礼，好赎我这凶杀的罪过。我自己就要到厄瑞克透斯的土地上，去和埃勾斯，潘狄翁的儿子，一块儿居住。你这坏东西，你已亲眼看见你这新婚的悲惨的结果，你并且不得好死，那阿耳戈船的破片会打破你的头颅，倒也活该！

伊：但愿孩子们的报仇神和那报复凶杀的正义之神，把你毁灭！

美：哪一位神明或是神灵会听信你，听信你这赌假咒的，出卖东道主的家伙？

伊：呸，你难道不是一个可恶的东西，杀孩子的凶手！

美：快回家去埋葬你的新娘吧！

伊：我就去，啊，我的两个孩儿都已丧失了！

美：这还不是你哭的时候，到你老了再哭吧！

伊：我最亲爱的孩儿啊！

美：对他们的母亲，他们是亲的，对你，哪能算亲？

伊：可是你为什么又把他们杀死呢？

美：这样才能够伤你的心！

伊：哎呀，我很想吻一下孩子们的可爱的嘴唇！

美：你现在倒想同他们告别，同他们接吻，可是那时候，你却想把他们驱逐出去呢。

伊：看在神明面上，让我摸摸孩子们的细嫩的身体！

美：这不行，你只是白费唇舌！

伊：啊，宙斯呀，你听见没有？听见我怎样被人赶走，听见这可恶的、凶杀的牝狮怎样叫我受苦没有？

（向美狄亚）我哀悼他们，只要我办得到，我一定恳求神灵作证，证明你怎样杀死了我的孩儿，怎样阻拦我去抚摸他们，安葬他们的尸体。但愿我不曾生下他们，也免得看见你把他们杀害了！

［美狄亚乘着龙车自空中退出。］

［伊阿松偕众仆人自观众右方下。

歌队：（唱）宙斯高坐在俄林波斯分配一切的命运，神明总是做出许多料想不到的事情。凡是我们所期望的往往不能实现，而我们所期望不到的，神明却有办法。这件事也就是这样的结局。

［歌队自观众右方退场。］

鉴赏提示

美狄亚和伊阿宋一生演出了两场戏：前一场是正剧，两人相知相爱，历尽千辛万苦终成眷属；后一场是悲剧，也就是我们现在所看到的，人生旅途突生波折，亲人反目成仇，最终家破人亡。

戏剧冲突是由各种矛盾引发的，矛盾源于人物的利益冲突，以及人物关系的逆转，试想想在剧中展现了哪些矛盾？

我们从节选的部分可以看到两个美狄亚，一个是善良而理性的美狄亚，她的女性特点和母性特点都充分得以显现，有期盼，有忍耐，也不乏温柔和关爱；一个是仇恨而非理性的美狄亚，她的魔性特点和兽性特点暴露无遗，施魔法毒害公主和国王，残杀亲子，无所不用其极。两种截然相反的性格统一在她身上，让我们看到人物性格的多层性、复杂性。

伊阿宋却表现出薄情寡义、愚笨脆弱的特点，他不再是当初那个勇武善战、以道义为重的男子汉，却变成一个小人，在美狄亚面前显出冷酷，又显出脆弱而无智谋。

至于说美狄亚是不是太残酷、无人性，是不是值得同情，在剧中已经通过美狄亚和伊阿宋之口讨论过了。这问题自古以来就聚讼纷纭，你可以再作探究，表达自己的看法。

第二节　中国古典戏剧选析

唐明皇秋夜梧桐雨

白朴[1]

作品简介

本剧共四折加一楔子。楔子交代故事的背景。幽州节度使张守珪派遣安禄山出击契丹败北，张守珪执安禄山送于京师治罪，唐明皇竟予赦免，杨贵妃并认其做义子，后来安禄山被遣出宫，做了渔阳节度使。这为情节发展埋下伏线。第一折写唐明皇和杨贵妃相恋，两人于七夕向牛郎织女星山盟海誓，愿世世永为夫妇。第二折写安禄山兵起渔阳，攻破潼关，逼近长安，唐明皇还在歌舞升平，结果不得不仓皇逃命。第三折写唐玄宗仓皇出奔的狼狈情景。先是父老拦驾，唐明皇于是留下太子和李光弼、郭子仪抵抗安禄山；继而六军不发，群情激愤中，杀了杨国忠，又在马嵬发生兵变，要求唐明皇处死杨贵妃，唐明皇被迫赐杨贵妃缢死，才孤孤单单往四川逃难。第四折写唐明皇重返长安，这时肃宗已经即位，玄宗退居西宫养老，在一个秋天的夜晚，他深情地思念死去的杨贵妃，秋雨打着梧桐，点点滴滴，更增添不尽的寂寞凄凉。全剧以唐明皇和杨贵妃的爱情为主线，反映安史之乱这一重大历史事件及唐王朝由盛而衰的过程。

第三折

（外扮陈玄礼[2]上，诗云）世受君恩统禁军[3]，天颜喜怒得先闻。太平武备皆无用，谁料狂胡起战尘。某右龙武将军陈玄礼是也。昨因逆胡安禄山倡乱，潼关失守。昨日宰臣会议，大驾暂幸蜀川，以避其锋。今早飞报说，贼兵离京城不远。圣主令某统领禁军护驾，军马点就多

[1]选自《元人杂剧选》（人民文学出版社 1998 年版）。白朴（1226—？），字仁甫，一字太素，号兰谷。原籍隩（yù）州（现在山西河曲），后随父寓居真定（现在河北正定）。元代著名杂剧作家，为“元曲四大家”之一。

[2]陈玄礼：宦官，充任明皇的侍卫军将领，官封右龙武将军。

[3]禁军：帝王的侍卫部队。唐朝侍卫部队分南北衙，南衙称卫兵，北衙称禁军，均由宦官率领。

时，专候大驾起行。（正末[1]引旦[2]及杨国忠[3]高力士，并太子[4]、扈驾郭子仪、李光弼[5]上）（正末云）寡人眼不识人，致令狂胡作乱；事出急迫，只得西行避兵，好伤感人也啊！（唱）

【双调新水令】五方旗招飐[6]日边霞，冷清清半张銮驾；鞭倦袅，镫慵踏，回首京华，一步步放不下。

（带云）寡人深居九重[7]，怎知闾阎[8]贫苦也！（唱）

【驻马听】隐隐天涯，剩水残山五六搭；萧萧林下，坏垣破屋两三家。秦川〔秦川〕现在陕西长安一带，古称秦川。远树雾昏花，灞桥衰柳风潇洒。煞不如碧窗纱，晨光闪烁鸳鸯瓦。[9]

（众扮父老上，云）圣上，乡里百姓叩头。（正末云）父老有何话说？（众云）宫阙，陛下家居；陵寝，陛下祖墓；今舍此欲何之？（正末云）寡人不得已，暂避兵耳。（众云）陛下既不肯留，臣等愿率子弟，从殿下[10]东破贼，取长安。若殿下与至尊皆入蜀，使中原百姓，谁为之主？（正末云）父老说的是。左右，宣我儿近前来者。（太子做见科）（正末云）众父老说，中原无主，留你东还，统兵杀贼。就令郭子仪、李光弼为元帅，后军分拨三千人，跟你回去，你听我说。（唱）

【沉醉东风】父老每忠言听纳，教小储君[11]专任征伐。你也合分取些社稷忧，怎肯教别人把江山霸，将这颗传国玺你行留下。（太子云）儿子只统兵杀贼，岂敢便登天位？（正末唱）剿除了贼徒，救了国家，更避甚称孤道寡？

（太子云）既为国家重事，儿子领诏旨，率领郭子仪、李光弼回去也。（做辞驾科）（众军不行科）（正末唱）

【庆东原】前军疾行动，因甚不进发？（众军呐喊科）一行人觑了皆惊怕，嗔忿忿停鞭立马，恶噷噷[12]披袍贯甲，明颩颩[13]掣剑离匣，齐臻臻雁行班排，密匝匝鱼鳞似亚[14]。

（陈玄礼云）众军士说，国有奸邪，以致乘舆播迁；君侧之祸不除，不能敛戢[15]众志。

[1]即唐明皇。

[2]即杨贵妃。

[3]唐玄宗宠妃杨玉环的堂兄，因裙带关系当了宰相，淫纵不法。

[4]指玄宗太子李亨。

[5]扈驾，帝王车驾的随从。郭子仪、李光弼都是平定安史之乱的名将。

[6]飐（zhǎn）：风吹抖动。

[7]九重：皇帝居住的地方。

[8]闾阎：乡、里的门，引申为百姓。

[9]煞不如……鸳鸯瓦：意思是荒郊景色，远不如宫殿美好。煞，极、甚。鸳鸯瓦，排列成对的瓦。

[10]殿下：对封建王、侯、太子的尊称。这里指太子李亨。

[11]储君：指太子。

[12]恶噷噷（hěn hěn）：恶狠狠。

[13]明颩颩（diūdiū）：明亮的样子。

[14]齐臻臻……鱼鳞似亚：齐臻臻，齐齐整整。雁行班，即雁行般。密匝匝，密密麻麻。亚，同“压”，这里是拥挤的意思。

[15]敛戢（jí）：约束、平息。

（正末云）这是怎么说？（唱）

【步步娇】寡人啊万里烟尘，你也合嗟讶[1]；就势儿把吾当唬，国家又不曾亏你半掐[2]；因甚军心有争差。问卿咱，为甚不说半句儿知心话？

（陈玄礼云）杨国忠专权误国，今又与吐蕃[3]使者交通，似有反情，请诛之以谢天下。

（正末唱）

【沉醉东风】据着杨国忠合该万剐，斗[4]的个禄山贼乱了中华。是非寡人股肱[5]难弃舍，更兼与妃子骨肉相牵挂；断遣尽枉展污了五条刑法[6]。把他剥了官职，贬做穷民，也是阵杀。允不允，陈玄礼将军鉴察。

（众军怒喊科）（陈玄礼云）陛下，军心已变，臣不能禁止，如之奈何？（正末云）随你罢。（众杀杨国忠科）（正末唱）

【雁儿落】数层枪，密匝匝，一声喊，山摧塌。原来是陈将军号令明，把杨国忠施行罢。

（众军仗剑拥上科）（正末唱）

【拨不断】语喧哗，闹交杂，六军[7]不进屯戈甲。把个马嵬坡簇合沙[8]，又待做甚么？唬的我战钦钦遍体寒毛乍[9]。吃紧的军随印转，将令威严，兵权在手，主弱臣强。卿啊，则你道波，寡人是怕也那不怕？

（云）杨国忠已杀了，您众军不进，却为甚的？（陈玄礼云）国忠谋反，贵妃不宜供奉，愿陛下割恩正法。（正末唱）

【搅筝琶】高力士，道与陈玄礼休没高下，岂可教妃子受刑罚？他见请受[10]着皇后中宫，兼踏着寡人御榻。他又无罪过，颇贤达；须不似周褒姒举火取笑，纣妲己敲胫觑人[11]。早间把他个哥哥坏了，总便有万千不是，看寡人也合饶过他，一地胡拿[12]。

（高力士云）贵妃诚无罪，然将士已杀国忠，贵妃在陛下左右，岂敢自安，愿陛下审思

---

[1]讶（xià）：同“吓”。

[2]半掐：很微小的意思。

[3]吐蕃：唐代居住在现在西藏一带的少数民族。

[4]斗：这里同“逗”，挑引，引起。

[5]是非寡人股肱（gōng）：是非，这不是。股肱，大腿和上臂，引申为帝王所倚赖的重臣。

[6]断遣尽枉展污了五条刑法：断遣，处分。枉展污，空玷辱。五条刑法，即五刑，一般指笞、杖、徒、流、死五类刑法。

[7]六军：《周礼》记古代军制：“凡制军，万有二千五百人为军。王六军，大国三军，次国二军，小国一军。”（王，指天子。国，天子下属的诸侯国）这里指唐玄宗的禁军。白居易《长恨歌》：“六军不发无奈何，宛转蛾眉马前死。”

[8]簇合沙：簇合，围困。沙，语尾助词，无实义。

[9]寒毛乍：寒毛直竖，形容害怕。

[10]请受：领受。

[11]周褒姒（sì）举火取笑，纣妲（dá）己敲胫觑人：褒姒，周幽王的宠妃，平常不爱笑，幽王为了讨她喜欢，命人点起作告急信号用的“烽火”，各路救兵飞驰而至，可是并没有见到一个敌人，惶惑不解，褒姒见状，大笑不已。妲己，商朝纣王的宠妃。传说她见到一个老人在冬天光着脚过河，奇怪他不怕冷，就派人抓住他，敲开小腿，检验里面的骨髓。

[12]胡拿：犹如说胡做，乱捉摸。

之。将士安，则陛下安矣。（正末唱）

【风入松】止不过凤箫羯鼓间琵琶，忽剌剌板撒红牙；假若更添个六幺花十八[1]，可知道陈后主[2]遭着杀伐，皆因唱后庭花。

（旦云）妾死不足惜，但主上之恩，不曾报得，数年恩爱，教妾怎生割舍？（正末云）妃子，不济事了，六军心变，寡人自不能保。（唱）

【胡十八】似恁地对咱，多应来变了卦。见俺留恋着他，龙泉[3]三尺手中拿，便不将他刺杀，也将他吓杀。更问甚陛下，大古[4]是知重俺帝王家？

（陈玄礼云）愿陛下早割恩正法。（旦云）陛下，怎生救妾身一救？（正末云）寡人怎生是好！（唱）

【落梅风】眼儿前不甫能[5]栽起合欢树，恨不得手掌里奇擎着解语花[6]。尽今生翠鸾同跨，怎生般爱他看待他，忍下的教横拖在马嵬坡下！

（陈玄礼云）禄山反逆，皆因杨氏兄妹；若不正法，以谢天下，祸变何时得消？望陛下乞与杨氏，与六军马踏其尸，方得凭信。（正末云）他如何受的？高力士，引妃子去佛堂中，令其自尽，然后教军士验看。（高力士云）有白练在此。（正末唱）

【殿前欢】他是朵娇滴滴海棠花，怎做得闹荒荒亡国祸根芽？再不将曲弯弯远山眉儿画，乱松松云鬓堆鸦。怎下的磣磕磕马蹄儿脸上踏！则将细袅袅咽喉掐，早把条长挽挽素白练安排下。他那里一身受死，我痛煞煞独力难加。

（高力士云）娘娘去罢，误了军行。（旦回望科，云）陛下好下的也！（正末云）卿休怨寡人！（唱）

【沽美酒】没乱杀，怎救拔？没奈何，怎留他？把死限俄延了多半霎，生各支[7]勒杀，陈玄礼闹交加。

（高力士引旦下）（正末唱）

【太平令】怎的教酩子里[8]题名单骂，脑背后着武士金瓜。教几个卤莽的宫娥监押，休将那软款的娘娘惊。你呀，见他，问咱，可怜见唐朝天下。

（高力士持旦衣上，云）娘娘已赐死了，六军进来看视。（陈玄礼率众马践科）（正末做哭科，云）妃子，闪杀寡人也呵！（唱）

---

[1]六幺花十八：花十八，乐曲《六幺》的一叠，前后各十八拍。见南宋王灼《碧鸡漫志》。那些儿是败国亡家。

[2]陈后主：名叔宝，陈朝最后的一个皇帝，昏庸懦弱，沉溺于酒色。《玉树后庭花》是他爱听的乐曲。

[3]龙泉：宝剑名，这里泛指剑。

[4]大古：总该。

[5]不甫能：即不能，好不容易的意思。

[6]奇擎着解语花：奇，无实义。解语花：唐玄宗替杨贵妃取的名号。

[7]生各支：生生地。各支，无实义。

[8]酩子里：暗地里，背地里。

【三煞】不想你马嵬坡下今朝化，没指望长生殿[1]里当时话。

【太清歌】恨无情卷地狂风刮，可怎生偏吹落我御苑名花。想他魂断天涯，作几缕儿彩霞。天那，一个汉明妃远把单于嫁，止不过泣西风泪湿胡笳；几曾见六军厮践踏，将一个尸首卧黄沙？

（正末做拿汗巾哭科，云）妃子不知哪里去了？止留下这个汗巾儿，好伤感人也！（唱）

【二煞】谁收了锦缠联窄面吴绫袜，空感叹这泪斑斓拥项鲛绡帕。

【川拨棹】痛怜他不能够水银灌玉匣[2]，又没甚彩女兼宫娃，拽布拖麻，奠酒浇茶。只索浅土儿权时葬下，又不及选山陵，将墓打。

【鸳鸯煞】黄埃散漫悲风飒，碧云黯淡斜阳下；一程程水绿山青，一步步剑岭巴峡。唱道[3]感叹情多，恓惶[4]泪洒，早得升遐[5]休休却是今生罢。这个不得已的官家[6]，哭上逍遥玉骢马。（同下）

鉴赏提示

本篇是《梧桐雨》第三折，着重写唐明皇仓皇出奔的狼狈情景。全折戏的排场如层峦叠嶂，波翻涛涌，充分展现了唐明皇艰难的处境和复杂的心情。其中最扣人心弦的是马嵬兵变一段，唐明皇疑惧、惊恐、愤怒、怨恨、无奈，以至于在跋扈的将军面前讨价还价，终不能保住爱妃性命。[拨不断]写失势君王的胆战心惊，惶恐之状可见；[搅筝琶]写唐明皇的百般辩解，愤怒之声可闻；[落梅风]写唐明皇惨伤悲痛，包含了对陈玄礼的责备怨恨之情；[殿前欢]抑扬顿挫，哀婉动人；[沽美酒]出语短促，痛苦而激愤；[太平令]怜香惜玉，却又无可奈何；[三煞][太清歌][二煞][川拨棹][鸳鸯煞]五曲写杨贵妃死后情景，凄惨零落。[鸳鸯煞]曲的景物描写，多用色彩鲜明的词。或以乐景写哀，倍增哀感；或以浓墨重笔写悲凉之景，衬托黯淡心绪。这些，都起到了借景抒情的作用。

[1] 长生殿：唐代官殿名，传说唐玄宗和杨玉环在此盟誓。白居易《长恨歌》云："七月七日长生殿，夜半无人私语时。"

[2] 水银灌玉匣：玉匣，古代帝王葬物。《西京杂记》云："汉帝送死，皆珠襦玉匣，匣形如铠甲，连以金镂。"似即长沙马王堆出土的金缕玉衣。以水银灌于玉匣中，可以防腐，是最隆重的葬仪。

[3] 唱道：或作"畅道"，真正是，简直是。

[4] 恓（xī）惶：惊慌烦恼。

[5] 升遐：封建时代帝王死亡的专称。

[6] 官家：指皇帝。

第三节　中国当代戏剧选析

暗恋桃花源

赖声川

作品简介

暗恋桃花源选自《赖声川剧场》（第一辑）（东方出版社2007年版）。赖声川，台湾编剧、导演。1954年生于美国华盛顿，台湾长大，后赴美国加州柏克莱大学攻读戏剧博士，毕业后回到台湾开始舞台剧创作。《暗恋桃花源》共十五幕，这里节选的是前四幕，剧本根据的是2006—2007年北京演出版本。

剧中的《暗恋》与《桃花源》是两个各不相干的剧组。

《暗恋》讲的是抗战胜利后在上海相识的一对恋人——江滨柳与云之凡的故事。1948年，云之凡准备回昆明过年，临行前两人相约在外滩见面。谁知时局变化，两人从此天各一方。五十余年后，江滨柳垂暮之年，身患绝症，躺在台北医院的病榻上，偶然得知云之凡也早已来台的消息，于是在报上登出寻人启事。云之凡闻讯前来，两人相对，不胜欷歔。

当戏正排到中途时，另外一个剧组来到剧场，打断了《暗恋》的演出。他们说场地是他们定的，明晚他们的《桃花源》就要上演。《桃花源》是出古装喜剧，渔夫老陶和妻子春花是一对贫贱夫妻，两人关系失和，春花与房东袁老板有染，老陶愤而驾船向上游划去，却不小心闯入了美丽的仙境桃花源。在这里，他遇到了一对跟春花、袁老板长得一模一样的夫妻，他先是痛苦，继而慢慢学会放松，过起了无忧无虑的生活。然而，他仍然不能忘记春花，决定返家把她也带来过幸福的日子。当他回到家中的时候，却发现春花与袁老板已经成为一对怨偶，天天吵闹不休。面对老陶的出现，两人惊恐不已，春花也不愿随同他前往，老陶无奈，只得黯然离去。

两剧都演出在即，双方由争执到后来互相妥协，决定在同一个舞台上同时彩排。一场古今交错、悲喜交织的舞台奇观遂出现了……

剧中另有一个红衣女子，在舞台上穿梭、探寻，寻找一个名叫"刘子骥"的男子……

一

〔从剧场的黑暗中传出江滨柳唱《追寻》一曲的声音。〕

江滨柳：（唱）"你是晴空的流云，你是子夜的流星……"

〔灯光渐渐亮起，舞台背景是抗战后的上海夜景。夜深，但大都会的灯在背景中微微闪动。〕

〔江滨柳和云之凡这一对年轻的情侣坐在外滩公园的秋千上，轻轻地摇荡。江滨柳穿着40年代的长袍，云之凡穿着白色的旗袍，留着两条辫子。〕

（续唱）"……一片深情紧紧锁着我的心，一线光明时时照耀着我的心……"

云之凡：（望着周遭的景致）好安静。从来没有见过这么安静的上海。感觉上，整个上海只剩下我们两个人。刚刚那一场雨下得真舒服，空气里有一股说不出来的味道。（向前指）滨柳，你看那水里的灯，好像……

江滨柳：（停止一直在哼着的歌）好像梦中的景象。

云之凡：好像一切都停止了。

江滨柳：一切是停止了。

（作诗般）这夜晚也停止了。

月亮也停止了。

街灯、秋千、你和我，一切都停止了。

（续唱）“我要，我要追寻……”

〔云之凡感到一阵凉风，坐回秋千上。〕

云之凡：天气真的变凉了！这个夏天我过得好开心，想到前几年打仗的时候，怎么样也不会想到还会有这么好的日子。你看到处都充满着希望……就像我们两个一样，你说对不对？

江滨柳：（轻声地，仍唱着）“……追寻那无尽的深情、追寻那永远的光明。”

〔江双手搭在云的肩上，二人静静地看着夜景。〕

云之凡：滨柳，我回昆明以后，你会不会写信给我？

江滨柳：我已经写好了一叠信给你。

云之凡：真的？

江滨柳：而且算好了时间，直接寄到你昆明老家。你明天早上坐船——隔十天——到了昆明——一踏进家门——你刚好就会收到第一封信，然后接着每一天都会收到我的一封信。

云之凡：（微笑）我才不相信。你这个人会想这么多？

江滨柳：所以我没有寄。

云之凡：我就知道。

〔江从口袋中拿出一封信，放在云的手心上。〕

江滨柳：这样可以确定它到你手上。

云之凡：有时候我在想：你在昆明待了三年，而且还在联大〔联大：即西南联合大学。抗日战争期间，北京大学、清华大学和南开大学联合而成，校址设于昆明〕念的书……真是不可思议！我家离联大那么近，我怎么会没有见过你？或许我们在路上曾经擦肩而过，可是我们居然在昆明不认识，跑到上海来才认识——这么大的上海，要碰到还真不容易！如果我们在上海也不认识，不晓得会怎么样？

江滨柳：（笃定地）不会的，我们一定会在上海认识！

云之凡：你那么肯定？

江滨柳：当然！我们就算在上海没有认识，在十年之后，我们在（想）……在汉口也会认识！如果十年之后在汉口没有认识，那么二十、三十，甚至四十年后在（想）……在海外也会认识！（笃定地）我们一定会认识的！

云之凡：可是那样的话，我们都老了，那还有什么意思？

江滨柳：老了也很美呀！

〔两人默默地相望。〕

云之凡：（看表）时间晚了，我该回去了。

〔云回头，看见秋千旁的百货公司纸袋。〕

滨柳，你把眼睛闭上。

江滨柳：干什么呀？

云之凡：你不要问，把眼睛闭上嘛！不许偷看！

〔江闭上眼，云从纸袋当中取出一条围巾，围在江的脖子上。〕

江滨柳：（张眼，意外）这是……

云之凡：这是我给你打的。

江滨柳：（看着围巾）你哪来的时间？

云之凡：你不要管时间嘛！

江滨柳：这……真是的！

云之凡：你看！多好看！我回昆明以后，这边天变凉了，你要常常围着。

〔云说得欢喜之时，江忽然地落寞起来。〕

我今天去永安公司还替我妹妹买了两双玻璃丝袜，也替我妈妈买了两块衣料。今年过年是我们家抗战以来第一次大团圆，连我重庆的大哥大嫂都要回来！滨柳，你知不知道，昆明到过年，每家屋子铺满了松针，那个味道才叫过年！

江滨柳：（伤感地）回家真好……

云之凡：你怎么了？又想家了？总有一天你可以回到东北去的！东北又不会永远是这样子的！

江滨柳：东北不是说想回去就可以坐火车回得去的！

云之凡：（走到江的身边）总有一天你也可以回到东北过年嘛！

（拉江的手）滨柳，战争已经过去了，这年头能够保得住性命就不容易了，有些事情，不能再想了！

江滨柳：有些事情，不是说忘就能忘的！

云之凡：可是你一定要忘掉呀！你看我们周围的人，哪一个不是千疮百孔？

江滨柳：有些画面，有些情景是我们这一辈子没有办法忘得掉的。

云之凡：可是你一定要忘掉，一定要学着去忘掉！

江滨柳：（拉着云的手）像这段时间，我们两人在一起，我们会忘记吗？

云之凡：哎哟，我又没有叫你忘记我们之间！我是说那些不愉快的事——战争，逃难，死亡……你一定要忘记，才能重新开始！滨柳，这些年我们都辛苦够了，一个新的秩序，一个新的中国就要来了！

〔江情绪渐渐平稳。

滨柳，如果全世界让你选的话，你会选择住哪里？

江滨柳：上海还不够好吗？

云之凡：我跟你说，三九年打日本的时候，有一次听说第二天会有一百多架飞机要来轰炸昆明。一夜之间，整个昆明市都逃光了！我妈妈带我们逃难，从滇池出发，到高桥，从高桥连续走了两天的路，到了一个好特别的地方，一山的野花，那儿的人说的话我们听不懂，可是他们都对我们很友善。说是逃难，我们在那儿整整玩了一个月！后来发现那天敌人根本没有来，我们又下山了。到现在，我还常常会想到那个地方。

江滨柳：真的有那样的地方？

云之凡：有机会，我带你去，好不好？

江滨柳：有机会我们应该一块儿去。

〔停顿。〕

云之凡：（看表）我真的要走了！没有时间了……

〔江向云伸出手。〕

江滨柳：之凡，再看一眼。

〔二人手拉着手，向前望着。〕

云之凡：滨柳，我回昆明以后，你要做什么？

江滨柳：等你回来。

云之凡：还有呢？

江滨柳：等你回来！

云之凡：然后呢？

〔二人相望，灯光渐暗。〕

二

〔灯光大亮，露出剧场本性，空旷，冷淡。原来上海夜景是一个投影片，投在纱幕上。〕

〔饰演江滨柳和云之凡的两位演员仍各自在前一场的位置，但他们之间站着一位老先生，就是这出戏《暗恋》的导演，眼光望着正前方，沉入很遥远的回忆中。导演助理——一位年轻女生，站在他一旁，随时准备伺候他。〕

《暗恋》导演：我记得当时不是这样子。就是不知道哪里不对……不太对！

〔饰演“江太太”的演员晃上台，看看发生了什么事，回头调整起最大的路灯。〕

饰“江滨柳”的演员：导演，你是说戏里哪里不太对？

导演助理：老师的意思是……

《暗恋》导演：（打断助理）江滨柳！你要了解江滨柳的个性、个人遭遇与时代背景之间的关系。你是时代的孤儿，更是世纪的孤儿！

饰“江滨柳”的演员：导演，您是说让我感觉一下还没有发生的事情？！

饰“云之凡”的演员：导演……

《暗恋》导演：（拉云手）所以说，刚才小手这么一握，是最甜蜜也是最辛酸的一握！

〔饰演“护士”的演员扶着医院用的点滴架走到台上，看了一看，去跟饰演“江太太”的演员一起调整路灯的位置。〕

饰“江滨柳”的演员：导演，可不可以讲得更具体一点？〔纱幕升起，露出剧场后台的深度和一位打扮靓丽的女子——陌生女子。导演分心。〕

《暗恋》导演：（看着纱幕）干什么？！没叫你飞你飞哪儿去？

导演助理：停！停！吊杆停！

〔纱幕继续升。〕

（对导演）老师，您放心，我去了解一下。

（对侧台）吊杆！吊杆！……

〔导演助理下。〕

《暗恋》导演：江滨柳，在那种大时局里，你内心深处应该感觉到一个巨大的变化马上就要来临！

饰“云之凡”的演员：导演，我觉得我们刚刚感觉不错，问题是我们所有人里，只有你一个人经历过那个时代，只有你一个人去过上海。我们是都照你的意思去想象了——后面是纸醉金迷的十里洋场，这儿是安静的外滩公园，那么前面是黄浦江……

《暗恋》导演：黄浦江？

饰“云之凡”的演员：对啊！

《暗恋》导演：我看你们看的是亮马河（北京市区东部的一条河道）！江滨柳！你现在不好好演，到下一场戏等你老了，躺在病床上，你就没有回忆了！

饰“江滨柳”的演员：那现在怎么办？

《暗恋》导演：重来！

饰“云之凡”的演员：从哪里开始？

《暗恋》导演：从“过年”开始！（对控制室大叫）灯光！（下）

〔两位演员回到秋千上的位子，准备重排的情绪。〕

〔其他人下。灯暗。〕

三

〔灯光亮，背景中又是上海外滩夜景。〕

江滨柳：（伤感地）回家真好……

云之凡：你怎么了？又想家了？总有一天你可以回到东北去的！东北又不会永远是这样子的！

江滨柳：东北不是说想回去就可以坐火车回得去的！

〔背景中出现巨大的影晃动。〕

云之凡：总有一天你也可以回到东北过年……

〔几位穿着现代便服的人从后台上，提着包，手上拿着零碎的古装道具。他们站在后方，静静地看着秋千上的演出。〕

滨柳！（蹲下拉着江的手）战争已经过去了，这年头能够保得住性命就不容易了，有些事，不能再想了！

〔舞台后方的人表情迷惑，边瞪着秋千上的表演，边彼此小声交谈讨论，其中一位男士小心地走到前方，从秋千后面站在江、云二人中间，等着插嘴的机会。〕

江滨柳：有些事情，不是说忘就能忘的！

云之凡：可是你一定要忘掉！你看我们周围的人，哪一个不是千疮百孔？

〔从侧舞台突然传出《暗恋》导演的吼叫声。〕

《暗恋》导演：（声音）后面在干什么？

〔舞台上其余人员不明白是谁向他们吼叫，四下张望。江和云在干扰下继续他们的表演。〕

江滨柳：有些画面，有些情景是我们这一辈子没有办法忘得掉的。

云之凡：可是你一定要忘掉，一定要学着去忘掉！

〔舞台上其余人围住秋千，有人还站在他们二人中间，近距离、迷惑地看着江、云的表演。

江滨柳：（硬演下去）像这段时间，我们两人在一起，我们会忘掉吗？

云之凡：哎哟！我又没有叫你忘记我们之间，我是说那些不愉快的事……（被干扰，顿）战争，逃难，死亡……你一定要忘记，才能重新开始！

〔从侧台再一次地传出导演的怒吼。〕

《暗恋》导演：（声音）你们在干什么？搞什么东西啊！

〔灯光大亮，《暗恋》导演走上台来。所有人都呆愣在现场。〕

饰“云之凡”的演员：（情绪被打断）干什么呀！

《暗恋》导演：（对台上的陌生人）你们在干什么？

饰“袁老板”的演员：你在跟我说话？

《暗恋》导演：是！

饰“袁老板”的演员：（反问）我请问你们在干什么？请你们把东西移开好吗？我们要排戏了！

导演助理：老师，我已经了解到吊杆的问题……

《暗恋》导演：你们排什么戏？这场子是我租的！

饰“袁老板”的演员：你租的？不可能？我们明天晚上要公演，现在要彩排，外面有一张海报——《桃花源》——你没有看到？

饰“护士”的演员：哦，《桃花源》就是你们啊？

饰“袁老板”的演员：对喽！

《暗恋》导演：我不管是不是你们，这场子是我租的！

饰“袁老板”的演员：不，不，一定是你弄错了！

（转身叫自己团里的人）顺子，把这个秋千搬下去！

〔年轻人顺子上，欲将秋千搬走。〕

饰“江滨柳”的演员：（阻止）我们在排戏，你搬什么东西呀？

饰“老陶”的演员：先生，我想我们之间可能有点误会……但是还是请你们让开好吗？

《暗恋》导演：这是我租的场地！老弟，你不要跟我开玩笑！

饰“老陶”的演员：大爷，你看我们样子像是来开玩笑的吗？

〔饰“春花”的演员冲过台前练丹田气。〕

饰“春花”的演员：（吼声）呵！呵！呵！

饰“袁老板”、“老陶”的演员：（齐声、呼应）呵！呵！呵！

〔《暗恋》剧团的人看呆了。〕

饰“江滨柳”的演员：等一等，你们今天晚上真的订场地啦？

饰“袁老板”的演员：对！

饰“江滨柳”的演员：这怎么会呢？这场地今天晚上明明是我们订下来的……

饰“老陶”的演员：（对江）你们在排什么戏？

饰“云之凡”的演员：《暗恋》。

饰“老陶”的演员：（复诵）《暗恋》。《暗恋》是讲什么的？

饰“袁老板”的演员：（推饰“陶”的演员）你管它讲什么的？！

饰“江滨柳”的演员：是这样，我们后天就要演出了，所以我们今天晚上非得彩排不可！

饰“老陶”的演员：所以是你们弄错了。为什么呢？因为我们明天就演了，所以我们今天晚上彩排，谁急呢？

饰“袁老板”的演员：当然是我们急！（对自己的人）快！

〔《桃花源》工作人员搬道具。〕

饰“江滨柳”的演员：导演，你跟剧场怎么办的手续？

《暗恋》导演：你不相信我？

饰“江滨柳”的演员：那怎么会撞在一块呢？

《暗恋》导演：好！我去问！（生气地往侧台走）怎么在这节骨眼上给我来个这个？

饰“袁老板”的演员：（对《暗恋》导演）对！你去问一问就知道了！

《暗恋》导演：（边走）没时间了还搞这个？等着瞧！（下）

〔舞台上两出剧的道具并存。〕

饰“老陶”的演员：（对自己人说）争取时间了！

饰“袁老板”的演员：（边指挥着）顺子！

〔顺子上。〕

（指秋千）把这东西搬走！

饰“江滨柳”的演员：（阻止）我们在排戏，你搬什么呢？

饰“老陶”的演员：你们导演都不在了，还排什么戏啊……来！

（对顺子）我们争取时间！

〔顺子将秋千搬到侧台，下。〕

饰“云之凡”的演员：（对饰“江”的演员）真的不排了？

饰“江滨柳”的演员：我也不知道啊。为了这个戏，人家“超女”请我当评委我都推掉了耶！

饰“袁老板”的演员：（见二人还待在台上，生气）切，今天都比男的了，还“超女”呢！

饰“春花”的演员：台上请不要有闲杂人等！（突兀的大动作）呵！呵！呵！

〔《暗恋》演员无奈地下。陌生女子上台四处张望。

饰“袁老板”的演员：（自语）这剧场每次都搞这种飞机！上次被他们搞怕了，他妈的。

〔饰演“春花”的演员，穿好戏服，站到《桃花源》戏中的桌上位置上练身段。〕

饰“老陶”的演员：我跟你说过，我排戏不能受干扰！为了这个戏，我连“加油好男儿”的复赛我都没参加！

饰“袁老板”的演员：（安抚的口气）哎，你不是海选的时候给刷下来了吗？

饰“老陶”的演员：（再一次强调）反正我不能受干扰！

饰“袁老板”的演员：我知道你不能受干扰……（下）

饰“春花”的演员：（从后面拍饰“袁”的演员的肩膀）哎！

饰“袁老板”的演员：（突然暴怒）我不能受干扰！（再平静）什么事？

饰“春花”的演员：待会儿从哪边开始？

饰“袁老板”的演员：从“武陵偷人”那一场开始。

饰“春花”的演员：偷人？！我的专长！（突兀的大动作）呵！呵！呵！

〔下。〕

〔陌生女子站在一盏《暗恋》道具街灯旁。〕

〔饰“袁老板”的演员看见仍在舞台上的街灯。〕

饰“袁老板”的演员：嘿，换一个新的。

〔做扔飞刀状。〕

饰“春花”的演员：噢！（做胸口中刀状）（下）

饰“袁老板”的演员：这是什么东西？（喊）顺子！！

〔顺子上。〕

（指街灯）我问你，这个是什么东西？

顺子：这是个妞儿。

饰“袁老板”的演员：我不是说这个妞儿，我是说这一个。

〔陌生女子走到《桃花源》的桌子旁坐下。〕

顺子：（努力想）哦……这个是一盏街灯啊。

饰“袁老板”的演员：我不是问你这是什么东西！

顺子：可是，老板，如果我没听错，你刚才明明问我这是什么东西。

饰“袁老板”的演员：（严厉地）我是问你它为什么现在还在这里？

顺子：（努力想）我想是因为他们还来不及……

饰“袁老板”的演员：（暴怒）我不是问你它为什么现在还在这里！

顺子：（不解）可是，老板，你刚才明明问我……

饰“袁老板”的演员：请你把它搬走！！清楚吗？！

顺子：早说嘛。

〔顺子转身下。〕

饰“袁老板”的演员：唉！！

〔顺子转身上来搬街灯下。饰“袁老板”的演员愤而大力拍一旁的桌子。〕

饰“袁老板”的演员：干——什么？！

〔陌生女子惊起，两人互看一眼，陌生女子下。〕

（对控制室）灯光！麻烦一下……

〔传出《桃花源》音乐的声音。〕

我说的是灯光，你有听我说“音效”吗？！

〔音乐停止，灯光变化。〕

时间有限！从“武陵偷人”那一场！认真（边走边练功）呵！呵！呵！

饰“春花”、“老陶”的演员：（齐声、侧台，呼应）呵！呵！呵！

〔饰“袁老板”的演员下。灯暗。〕

四

〔灯光渐亮。武陵，老陶和春花的家。舞台中央一张简单的小桌、三张凳子；后方一张高桌，上摆放一些家庭用具；上舞台悬挂下来一块布帘，代表入口。〕

〔老陶着古装站桌后，背对舞台，用力试图开一瓶酒，怎样也拔不开瓶塞。他把酒瓶夹在双腿间，努力拔，就是打不开。〕

老陶：（自言自语）这是什么酒？弄半天弄不开？

这是什么家？买药能买一天还不回来？

〔老陶在后面高桌上取来一把大菜刀，试图用刀口将瓶塞挖开。努力了半天，不小心一刀把一把凳子剁成两半。〕

〔老陶使劲地将酒瓶和菜刀往桌上一放，拿起桌上的大饼。〕

我不喝可以吧！吃饼！（另有心思）武陵这个地方——根本不是个地方！穷山恶水，泼妇刁民；鸟不语，花还不香；我老陶打个鱼，鱼都串通好了一块儿不上网！老婆嘛满街跑也没人管！这是什么地方？

〔老陶拿起手上的饼，送进嘴里，怎么也啃不动它。〕

这是什么饼?

〔与饼挣扎半天，拿起菜刀猛力一切，也对付不了。〕

这根本不是刀！（顺手将菜刀扔在地上）

（抓桌上一饼，摔地上）这根本不是饼！

（抓桌上另一饼，摔地上）这也不是饼！

〔老陶疯狂地跳到地上的两块饼上，拼命地踩，换不同的步子踩，造成奇异的韵律感。好一阵的发泄。离开，又立即回头。〕

（指着地上的饼）不要动！站好！你还笑？还有脸笑？买药能买一天？

买到哪去了？（对另一饼）你也不要笑！你也脱不了关系！看你长的那副贼样。（对地上的刀）你站在那边干什么？你这个没用的东西！

你要是有勇气就去把他们两个分开！

〔老陶再度疯狂踩饼，脚踩不够，像跳霹雳舞一样，整个人在饼上旋转。〕

压死你！压死你！我压死你！压死你！

〔春花着一身红，拎着药包，捧着一束鲜花，无限陶醉地哼哼唱唱地进来。〕

春花：（唱小调）“我的心里一大块，左分右分分不开……”

〔老陶正头下脚上地倒立着，见了春花，赶紧自动地蹲着，顺手拿着大饼，温驯地用大饼擦地板，同声哼歌。〕

〔老陶发现自己行为的荒谬。甩饼、起身，看着正陶醉的春花。春花慢条斯理地在后方架上插好了花，陶醉地从不同角度赏花。〕

好香的花啊！

老陶：（怒）我说你买药能买一天，买哪儿去了？问你半天，你都不回话！

春花：（不悦）你那么大声干什么？讲话不会温柔一点？

老陶：温柔？（做作地温柔）春花——你买药买了一天，买哪儿去了？

春花：（跟着温柔）药啊？（翻脸）在这儿！！

〔春花将药结实地摔往老陶身上。老陶急忙护私，药包掉在地上，老陶捡起。〕

（不耐烦地）你要的都有：海龙、海马、海狗鞭……

老陶：（认真地）那有没有蛤蚧？鹿鞭？蛇鞭？虎鞭？熊鞭？兔鞭？鼠鞭？马鞭？蚂蚁鞭？

春花：众鞭齐全！可把你打几条小鱼打回来的钱全花光了！

老陶：没关系，值得。（研究药包）好……好……拿到后边炖一炖，慢火细炖，咕嘟嘟，咕嘟嘟，等三碗熬成一碗，然后你把它给吃了。

春花：（惊讶）我？！你叫我炖了吃了？这不是你要的药吗？

老陶：是我有问题还是你有问题？

春花：大夫说我没问题，当然是你有问题！

老陶：（大怒）我有问题？笑话！我会有什么问题？我像是有问题的人吗？我哪里会有什

么问题？我会有什么问题？

〔老陶右手无意识地指向私处，怎么拍都拍不开，最后用左手把右手压制在桌上，持刀威胁右手。〕

（对刀）不许动！

春花：你在干吗？（抢过刀，砍下去）

老陶：没事！

春花：你这个人是怎么搞的？整天打不到一条大鱼；要我去买药，药给你买回来你又不吃；人家袁老板说啊，这个药很有效的！吃不吃，随便你！

〔春花将药结实地摔往老陶身上。〕

（突然发现自己失言）你不要说话，我来解释。

老陶：（抓到把柄）袁老板怎么知道这个药有效啊？

春花：（心虚）人家是刚好路过，一番好心嘛！

老陶：我们家生不出孩子，袁老板怎么会知道？啊？啊？

春花：人家是好心好意的嘛！

老陶：好心好意？我们生不出孩子，他怎么会知道？你告诉我！他怎么会知道？

春花：你吃不吃？

老陶：（大吵）他怎么会知道？

春花：你吃不吃？

老陶：他怎么会知道？

春花：你吃不吃？

老陶：你告诉我他怎么知道？……

春花：你到底是吃还是不吃？……

〔春花边吵边把药包往地上大力一摔，老陶、春花同时一脚踩上去，然后拼命踩烂。〕

老陶：（爬到凳子上）让开——！！

〔春花让开，老陶高空跳下，踩烂药包。〕

春花：（爬到凳子上）该我了！！让开——！！

〔春花正要跳的时候，外面传来袁老板的声音。〕

袁老板：（唱小调，上）“我的心里一大块，左分右分我分……”

〔春花听见歌声，连忙收起张牙舞爪的泼样，老陶摆出个武打架势迎向袁老板。〕

老陶：（结巴）袁……袁老板！

袁老板：（发现老陶）嗯……老陶？你在家呀？

老陶：啊！

袁老板：（自语）那我今儿可费事了！

老陶：啊？

袁老板：我是说……你最近还好哇？

老陶：托福！婚姻生活美满！

袁老板：那就好！

〔春花与袁老板趁老陶背对着时，彼此使眼色。〕

春花：袁——（发现语气太亲热）老板！

袁老板：花——（发现语气太亲热）春花！

春花：上来玩吧！

袁老板：你在上面我不好玩嘛！

老陶：嗯？快下来，当心摔着。

〔袁扶春花下桌，老陶欲扶，扑个空，十分尴尬。〕

袁老板：春花！你来看看我送什么东西给你！

老陶：啊？

袁老板：（发现措词不当，补一个字）——们！

〔袁老板把带来的棉被交给春花。〕

春花：哇！好新的一床棉被！

老陶：（远远地站在一旁）听说过有送手表、送珠宝、送礼券的，没听过还有人送棉被的！

袁老板：哎呀！老陶呀，你们家棉被又破又旧盖上去会感冒的！

春花：就是嘛！

老陶：我们家棉被又破又旧，你怎么知道？

袁老板：（发现自己说错话）耶？！嘻！（对老陶）老陶，你想哪儿去了！

〔袁老板向春花使眼色，但二人突然一起打喷嚏。〕

袁老板、春花阿　嚏……！（顿）没事！

〔老陶盯着暧昧的两人看。袁把被子拿给陶。〕

袁老板：老陶！这床被子可是我托人从苏州带回来给我们的（不漏一拍地更正自己）你们的！

〔老陶不悦地接过被子来。〕

老陶：饭都吃不饱了，要这么花哨的棉被干什么？你自己看看吧……

〔老陶将被面摊开展示，春花顺势接个正着，棉被成为一张大幕，三个人——陶、袁、春花依序一并排站在被子后面，只露出头。〕

袁老板：（低头指着被面子）老陶，你看这个料子有多好，我就不用多说了，这手工嘛……

〔春花趁机用右手偷偷摸着袁老板的右脸，袁右脸边于是出现两只手，袁陶醉在春花嫩手的触感中。〕

（陶醉地）我说这手工……这手工……这手工巧，摸起来多舒服！

〔老陶觉得不对，将眼光从被褥转移到袁老板脸上。袁自己的手立刻逃离到被下，剩下春

花的手在他脸边。〕

老陶：什么呀？

〔春花的手忙着指被面，配合袁的话，看上去像是袁的手在动作。〕

袁老板：哎！你不要看我，看被子！（低头看被面）看这手工，看手工。这上面还绣的有龙有凤……还有凤爪，又白又嫩……（亲春花指着被面的手）……嗯！嗯！嗯！

老陶：干什么呀？

袁老板：（借春花的手打呵欠）啊！……

〔春花的手忙帮着拍袁的嘴，再抓袁的头。〕

哟……！看我干什么？你看被子！（春花的手忙着指被面）

老陶：被子有什么好看？睡觉用的！不重要！

袁老板：（春花的右手猛挥）不、不、不，睡觉才重要！耶？（春花的右手打陶一巴掌）你看我干什么？你也不要看她！（春花的手又拼命指被面）你看被子呀！（陶又看）你看这龙的眼睛绣得多好？雄壮威武，炯炯有神……再说这个凤的身材那更是没话说，该凹的地方凹，该凸的地方凸，是怎么摸怎么舒服啊……

老陶：我不喜欢！（摔下被子，转身便走）

袁老板、春花 我喜欢哪！

〔被子一落地，只看见袁双手环抱着春花的腰，两人发现没有隐蔽，大吃一惊，立刻放手，各自护住要害部位，同时一起打喷嚏。〕

袁老板、春花 阿嚏……！（顿）没事！

春花：（捡起被子）老陶，你就把这被子收进去吧！

老陶：这别人的东西我们不能随便拿……

春花：你给我拿进去吧！去！〔脚踢老陶，老陶下。〕

〔老陶拿棉被下。袁一旁闲逛，见地上的药包。〕

袁老板：（不屑地）生孩子靠这个？我去！（一脚将药包踢开）

〔春花见陶进去了，急忙地迎上来说话。〕

春花：（甜蜜地）袁！

袁老板：（柔情地）花！我送给你的花呢？

春花：（指花）在那儿！

〔二人陶醉地看着花。〕

袁老板、春花（陶醉地、齐声）噢！

春花：（忽然清醒）你别管花，你赶快走，他已经怀疑了！

袁老板：（夸张地文艺英雄式地）不！我不能再等了！

春花：（无奈地）可是我们只能等啊！

袁老板：不！我恨不得现在就把你带走，离开这个破地方，离开这个破日子！

春花：（绝望地）不可能！我们能到哪儿呀？

袁老板：哪儿都不重要！（拉着春花的手，非常文艺腔地期盼）只要我们俩真心相爱，哪怕是到了天涯海角（望着远方），都是我们自己的园地！

春花：（跟着陶醉）噢！（梦醒）可是……可是……

袁老板：（英雄式地）不要再“可是”了！（带着春花往前走两步）我——有一个伟大的抱负！（指前方）在那遥远的地方，我已经看见了我们绵延不绝的子孙，在那儿手牵着手，肩并着肩，一个个只有（食指和拇指比出一点点长度）这么大。

春花：（原陶醉，忽感怀疑）为什么只有（学做袁的手势）这么大？

袁老板：因为远嘛。

春花：（陶醉）噢！

春花：真有这样的地方吗？

袁老板：只要你我相信……

春花：（指里面的陶）可是他……

〔袁把花一把拉回，横抱起。〕

袁老板：放心！有我在！！

袁老板、春花（陶醉地、齐声）噢！

〔从房间里传出陶的声音。〕

老陶：（声音）活逮了！

〔两人大吃一惊，袁老板正抱不是，反抱也不是，春花莫名其妙变成双腿跨在袁老板腰间……两人想想不对。〕

袁老板、春花：哇！！！

〔两人迅速分开，刻意在屋子里东逛西逛。〕

老陶：（声音）不要脸的东西！

〔两人又吃一惊，不小心相撞……〕

袁老板、春花：哇！！！

老陶：（声音）打死你们！打死你们！！

〔两人迅速分开。老陶跪着上。〕

老陶：不要脸的蟑螂！这下你可没命了！

〔老陶到处打地上。〕

袁老板、春花：哦！蟑螂！好多蟑螂！打！打！

老陶：打！

〔老陶到处打地上。两人一样，但两人又不小心相撞……老陶看到。〕

三人：哇！！！

〔两人立即分开。袁老板无意间撞到老陶身上……尴尬的局面。两人继续闲逛。〕

老陶：两位！

袁老板、春花：（尴尬地停下来，齐声）啊？

〔二人突然又一起打喷嚏。〕

袁老板、春花：阿嚏……！（顿）没事！

老陶：咱们家就这么一丁点大，没什么好逛的吧？

两人：（齐声）啊！

春花：对！来来来，大家坐。喝酒！喝酒！

老陶：袁老板，您是无事不登三宝殿！除了送我们一床棉被之外，还有什么事，坐下来直说吧！

袁老板：好！

〔春花从高桌上另取两个酒杯，三人坐下。〕

老陶：如果是要房租的事……

袁老板：房租我就暂且不谈了，每个月收你这么一点房租，讲出去给人家知道怪不好意思的。不过我正想跟你谈谈打鱼的事。我说老陶啊，最近，你的鱼打得是愈来愈小……

〔老陶试图开酒瓶，还是打不开，顺手放下，春花却轻易地打开酒瓶，老陶大惊，春花给袁倒了酒，又给自己倒了酒，自然没给陶倒，轻松自然地又盖上了酒瓶，老陶傻了。〕

……咱们暂且不谈这个，先干一杯！请！

老陶：（望着手中的空杯）我这……

〔袁老板和春花一口干尽，老陶苦着。〕

袁老板：哎呀！

春花：哎呀！

袁老板：（赞叹）好酒！

春花：（赞叹）好酒！

老陶：（失落）酒！……

袁老板：我说老陶……我实在搞不懂为什么别人打的鱼随随便便都这么大，你打的鱼这么小，二三十个人都把打的鱼交给我卖，我为什么单单照顾你一个？

〔春花又开酒瓶倒酒给袁老板和自己。〕

老陶：（紧张地注意酒瓶的动向）袁老板，这么多年您照顾我们生活，我很感激您，可是打鱼这件事情是靠天吃饭，不完全靠本事……

〔春花正要盖上瓶盖，老陶边说话边突然实时一手挡住瓶口。〕

（得意地）……多少也靠一点运气，是不是？（继续说，边将酒瓶举起，准备替自己倒）大鱼谁都想打！我打的鱼小，你不能怪我，（无奈地）鱼小又不是我弄小的！是不是？是不是？……

〔袁就着陶手上的酒瓶，把杯子递上去，陶自然地倒了一杯给他。〕

（边倒）……打大鱼多多少少得靠点运气……（又帮春花倒一杯）哪天我出去打鱼，不想打大鱼？我是很想呀，可是我没办法……

〔老陶边说话，不知不觉放下酒瓶，春花顺手盖上瓶塞。〕

（望着酒瓶，无奈地）……我打不到哇！

袁老板：老陶哇，打大鱼的方法很多，咱们先不谈，再干一杯！

春花：再干一杯！

袁老板：请！

春花：请！

老陶：（望着自己的空杯）请……我……

〔袁和春花又是一饮而尽。老陶跟着做喝的动作。〕

袁老板：（抹抹嘴）痛快！

春花：真痛快！

老陶：真痛啊！

袁老板：老陶，做人要努力，要有理想，想得到什么，你就闯进去把它硬抢过来，你懂我意思吗？

老陶：（看着左右二人）我……

袁老板：（指远方）上游有大鱼，你为什么不到上游去看看呢？

〔停顿。〕

老陶：袁老板，您这么说话就太那个了！谁不知道上游有大鱼？可是上游也有个急流啊，我的船就那么一点大，去嘛，去嘛！我一碰到那个急流我就不要回来了！

春花：你要是有点本事，往上游去打打看！

〔沉默。老陶盯着春花看。〕

老陶：（站起）那我现在去，好不好？

春花：（头也不回）好！

老陶：我现在就到上游去，最好一去就不要回来！就死在那儿好了！

春花：你看看你说的这是什么话？

老陶：你这不就是要我去死吗？

〔快速对话。〕

春花：你说这个话干吗？

老陶：你这话就是要我去死嘛！

袁老板：她没有要你去死！

老陶：她说这话就是要我去死！

春花：我没要你去死！

老陶：我本来就没有想要去死！

袁老板：没有人要你去死！

老陶：你们就是想要我去死！

袁老板：（拍桌子）老陶！我们没有要你去死……

袁老板、春花：（齐声）……我们只是要你去……

〔两人发现失言，三人同时掩口不语。停顿。〕

袁老板：（自语）对不起。

老陶：（又神经质起来）你为什么跟我说对不起？

春花：他没有跟你说对不起。

袁老板：我没有跟你说对不起。

老陶：我明明听到有人跟我说对不起。

春花：他说了他没有跟你说对不起。

老陶：你们是不是哪里对不起我？

袁老板：（又拍桌子）老陶！我们没有要对不起你！

袁老板、春花：我们只是想要把你……

〔两人又失言，三人掩口不语。停顿。〕

老陶：袁老板，咱们谁也别装蒜，“砂锅不打不破，话不说一辈子不透！”这屋子底下，就咱们三个人！

春花：就咱们三个人！

老陶：没什么好隐瞒的！

袁老板：没什么好隐瞒的！

老陶：把话说明白！

春花：明明白白！

三人：（同拍桌子，齐声）好！……

袁老板、春花：（指陶）……你说！

老陶：（心虚）为什么是我……（又硬豪气）……我说就我说吧！

袁老板、春花：（齐声）好！

老陶：我这个人啊（二人期待）……是不大会说话。

（二人泄气）我只能打个比方来描写我现在的心情。

〔停顿。老陶心中找词。

呃，我这个……

春花：（不耐烦）说！

老陶：（受挫）好……好比……在一个深夜的夜晚……

袁老板：（突然打断）“深夜”就是“夜晚”！！请不要重复！

春花：这人怎么这么啰唆啊？

老陶：（继续叙述）……太阳在傍晚的黄昏中已然下山了……

春花：（又打断）“傍晚”就是“黄昏”！！

〔春花笑，陶又受挫。〕

袁老板：行不行呀！

老陶：……月亮……被漆黑的乌云挡住了。

袁老板：（再次打断）乌云它本来就漆黑！！

春花：会不会造句啊？！

〔陶大受挫，掩面欲泣。〕

老陶：……所以，这月亮……

袁老板：（凶）怎么样？！

老陶：（坐下）……就下去了。

（沉默。）

春花：哎呀！老陶！你说了半天那个什么，你到底说了什么？

老陶：我说了半天那个什么还不够那个什么？！

春花：怎么可能够那个什么呢？

袁老板：老陶，你说了半天这个这个那个那个的，你干脆把话直接说出来不就那个什么了？

老陶：好，（站）我就直接说了！我说……我说……（萎缩）我这话真说出来不就太那个什么了嘛！（坐）

春花：你要是不说，不是更那个什么吗？

袁老板：（站，豪气）老陶，这个话你说得不清楚，还是我来说好了！

春花：对，让他说！

老陶：好！

袁老板：（指老陶）我说你呀！……

老陶：我怎么……？

袁老板：你这个这个这个（找词）……

老陶：（站，指自己）我哪个哪个哪个……？？

袁老板：……这个这个……

老陶：………哪个哪个……？？

袁老板：（指春花）……对她！

老陶：哦，对，还有她。

袁老板：你对她……不太那个什么吧！

老陶：（想一想，指自己）好，就算我对（指春花）她是这个这个……什么了点，但是我对她再这个什么，（指春花和自己）那是我们之间的一个什么！……啊？

袁老板：啊？

春花：啊？

老陶：可是（指袁）你这个这个这个……

袁老板：（指自己）我哪个哪个哪个……？？

老陶：……你这个这个……

袁老板：……我哪个哪个……？？

老陶：……你这个这个这个又算什么呢？

袁老板：（想一想）好！我这个这个不算什么！好不好？

（指陶）可是你这个这个这个……

老陶：（指自己）我哪个哪个哪个……？？

袁老板：当初！

老陶：我哪个当初？

袁老板：最当初！

老陶：最当初……

春花：最当初……

老陶：（冷静地）我们都不是什么。

〔三人得到这个结论，欲哭无泪，坐下。〕

〔沉默。〕

这样好了，一切简化，我去死好了。

袁老板：（打嗝）呵——！（音似“好”）

老陶：（看着袁）就当我没听到。袁老板，我是说我去死好不好？

袁老板：（再打嗝）呵——！

〔停顿。〕

〔——〕

老陶：袁老板，你要说“好”就直接说出来！有屁快放，有痰就快吐！不要在那边呵！呵！呵！

〔陶、袁相看。〕

春花：（面无表情，打嗝）呵！

〔停顿。陶不敢相信。〕

老陶：（爆发）那我去死嘛！那我就去死！我死！

〔老陶开始用夸张的动作勒自己的脖子。〕

春花：你这是干什么？说你这么两句就要死要死的！

〔边说边抓着老陶的手臂，但老陶坚持地勒住自己的脖子。〕

（放弃，爆发）好！那我去死好了！我死好了！

（用夸张的动作，捏鼻子捂嘴，憋气）我死！我死！

老陶：（边勒自己的脖子）你死？你舍得了你那口子人吗？

袁老板：（好心劝架）不要这样……（听懂了，爆发）好！搞了半天，是在说我，是不是？！要我死是不是？！好，那我就去死嘛！

〔袁抽下自己腰带绕着脖子，用夸张的动作勒住自己。〕

三人：我死！我死！我死！我死！……

〔三人各站舞台左、中、右，拼命做出夸张的自杀动作并同时尖叫，袁、花在混乱中划

拳。〕

袁老板、春花：我死！我死！我死！啊！……

三人：我死！我死！我死！我死！……

袁老板、春花：（又划拳）我死！我死！我死！啊——！

春花：（大喊一声，三人停止动作）哎……呀！

〔三人一同做功夫“十三响”，整齐同步拍打自己的肩、手、臂、胸、头、腿、脚，同时飞腿落地，三人一同向观众一揖，摆定漂亮的姿势。〕

三人：（齐声）死！

〔灯立即暗。〕

鉴赏提示

《暗恋》与《桃花源》是如此不同。一个悲剧，一个喜剧；一个反映现实，一个戏拟古典；一个悲怆凄婉，令人忧伤，一个笑料不断，令人捧腹……两个截然不同的舞台剧糅合在一起，组成了这部奇妙的《暗恋桃花源》。

然而在深层的人生况味上，它们又有着内在的共通性。《暗恋》搬演了未能实现的爱情。江滨柳与云之凡1948年在上海相恋，却阴差阳错从此失去音信。等到终于再次相逢，却早已男婚女嫁，垂垂老矣。这样的场景该是何等的忧伤！也许平常人没有如此独特的经历，但这种相爱却不能终生厮守、相伴却并非最爱的处境，不是人类常见的苦恼吗？这出戏诉说的其实是人类共有的精神困境，因此它才可能在广大观众内心激起无限的共鸣。而《桃花源》展现了现实的婚姻。老陶与春花不和，后来老陶出走桃花源，春花与袁老板从偷情到结合，并生有一子，但两人却从此争吵不休，恰似当年老陶与春花的关系。这样的情景令我们深思：如果江滨柳与云之凡没有因战乱而分开，会不会也成为一对怨偶？如果老陶没有再回来，春花会不会也一直供奉他的牌位并在又一次婚姻失败后怀念他？世上真的有桃花源吗？两剧从相互干扰到相互融合、相互解构，有限的舞台给观众留下了无限的遐思。

然而剧作的意蕴还不止于此。戏中还隐含了不少其他故事：《暗恋》导演其实在回味自己的故事，红衣女子在舞台上来回探问、寻找“刘子骥”，这些都大大丰富了本剧的内涵。

推荐阅读

曹禺：《雷雨》（中国话剧百年第一戏）

老舍：《茶馆》（“东方舞台上的奇迹”）

郭沫若：《屈原》（历史剧集大成者）

丁西林：《压迫》（现代主义话剧的典范）

夏衍：《上海屋檐下》（抗战戏剧的嚆矢）

贺敬之、丁毅：《白毛女》（社会主义现实主义）

宗福先：《于无声处》（新时期话剧发轫之作）

高行健：《绝对信号》（小剧场运动先锋）
赖声川：《暗恋桃花源》（享誉亚洲经典作）
张爱玲：《倾城之恋》（61年续写两个传奇）
廖一梅：《恋爱的犀牛》（经典的先锋）

索福克勒斯：《奥狄浦斯王》
莎士比亚：《麦克白》
莫里哀：《伪君子》
哥尔多尼：《女店主》
博马舍：《费加罗的婚姻》
席勒：《阴谋与爱情》
果戈理：《钦差大臣》
奥斯特洛夫斯基：《大雷雨》
易卜生：《群鬼》
王尔德：《认真的重要》

第六篇　网络文学篇

互联网的诞生和崛起是二十世纪最具历史意义的重大事件之一。它正式诞生于1969年的美国互联网实验中，1994年，美国普通社区开始连入互联网。此后它在全球迅猛发展，伴随着网民数量的激增，催生了崭新的互联网文化。各国社会的经济生活、人们的传统思想观念等无不受到冲击，文学也迎来了新的样式——网络文学。短短十多年的发展，网络文学从产生到迅速繁荣，成为世纪之交最引人瞩目的文学现象，并成为新世纪文学研究的热点之一。

随着手机上网越来越便捷，网络文学的读者数量越来越庞大，其中大学生、中学生为数不少。只要是网络上出了新的好看的小说，同学之间都会互相推荐。而网络文学中固然有不少精品，却由于发表基本不需要审核，大量糟粕也是存在的。面对这种现象，老师们需要对学生做积极引导，让学生合理阅读。

Diliupian　Wangluowenxuepian

第一章 网络文学的发展史及文体特征

导读

网络文学是指以网络为创作园地，并首次发表在网络上的文学作品。它诞生于1991年，虽然是新生事物，但是发展迅速，短短十几年，各大网络文学网站风起云涌，网络文学作者们崭露头角。尽管目前与传统文学相比它降低了文学的高度，但是，它以轻松可读性进入了更多人的生活，并且还在以我们不能预测的方向发展着。

由于网络的普及和开放性，网络文学创作者来自各种职业、专业和各种文化层次，极大地丰富了作品的数量和创作风格。所以在很短的时间内网络文学形成了自己的文体特征，从题材到语言风格到创作方式，都呈现出多样化的趋势。

第一节 网络文学的概念

由于网络文学是新生事物，对于网络文学的定义一直有争论，学术界有三分法和二分法之说。三分法是指从宏观、中观和微观的角度来定义网络文学。从宏观来看在网络上传播的文学都属于网络文学，中观来看网络文学仅仅指那些在电脑上创作、网络上传播的原创作品，从微观来看只有运用了电脑的数字技术创作的多媒体、超文本的作品才是网络文学作品。二分法则是以网络文学专家欧阳友权教授为代表提出的：就作品而言，网络文学大抵包含了两大类作品，以电脑为传播载体的网上文学作品（搬上网络的纸质作品）和网络原创文学（专为网络创作、首次在网上发布的作品）。同时，他指出后者最能体现网络文学的本质特征。大多数的观点认为前者更多的是传统文学的网络版，它往往是对传统纸质文学资源进行简单地转换移植，并不是利用网络资源进行原创。本书所谈论的网络文学是指原创网络文学，即在网络上创作并首次发表的文学作品。它们带有网络文化的印记，从题材到体裁到风格，都呈现出多样化的趋势，具有独特的精神内涵。

今天以互联网为创作、发表园地的书写者已经成为不可忽视的文学创作群体，网络文学的一些作品也在不断地得到主流媒体的认可，网络文学已经成为当下文学版图中不可或缺的图景。

第二节 网络文学的发展历史

1991年，中国留学生王笑飞在美国创办中文诗歌通讯网，这是已知最早的中文网站。同年4月5日，全球第一家中文电子周刊《华夏文摘》诞生，这个周刊在当时的海外华人世界中具有一定的影响力。1991年4月，少君在此周刊上发表《奋斗与平等》，这是第一篇中文网络小说。两年之后，由遍布世界各国各校的中国学生、学者联谊会主办的中文电子文学杂志如潮水般涌现。这一时期的网络文学作者和读者都以留学人员为主，眷恋祖国的情愫、留学生活的甘苦、身处异域所感受到的中西文化冲突是其创作的主要题材。由于与国内社会生活差距太大，难以引起大多数人的共鸣，这一时期的网络文学是局限于留学生、学者之间的一个小众文化圈。

网络文学真正引起大众关注是在1998年。这一年台湾作者蔡智恒在网络上发表连载小说《第一次的亲密接触》，带动了大陆的网络文学热潮，并成为一个标志性的事件，意味着网络文学正式进入大众视野。同年这部小说出版，随后，同名电影、电视剧开始拍摄。

而随着《第一次亲密接触》的走红，网友们意识到，在网络上写作以及成名并非是件遥不可及的事情，于是纷纷加入了网络写作群体。网上发表文章无需像传统媒体发表那样，要经过编辑的层层把关或专家的审稿，虽然也有网站编辑的遴选，但不会像发表印刷品文学那样需有严格的资格认可和质量保证，作者也不用担心退稿，尽可以想写什么就写什么，自由地发表，平等地争论，随时随地地修改。这样的形式，大大降低了文学爱好者踏入文学殿堂大门的门槛。于是网络文学作品如雨后春笋般涌现出来，各路文学网站也开始风生水起。在世纪之交，诞生了成百上千家文学网站。其中具有标志性的有：

1997年，留学生朱威廉创办了个人主页“榕树下”，1999年升级完善为网站，“榕树下”成为当时中国最大的原创文学网站。

2001年11月，“西陆”网站上出现了第一个以网络玄幻文学为主题的“玄幻文学协会”，2002年改名为原创文学协会——起点中文网。

2003年8月1日，晋江原创网正式创建。2010年2月，晋江原创网正式更名晋江文学城。目前是全球最大女性文学基地。

新浪、网易等一些大型综合网站纷纷开设专门的文学阅读频道，提供免费的博客空间，供大家自由阅读、创作，以提高网站的浏览量。

天涯、猫扑、西祠胡同等著名论坛都开辟有专门的网络文学版块。

网络写作可以把许多有潜质但无机会的写手挖掘出来，在众多网站上出现了一大批由普通网民成名的网络作家，从最初的安妮宝贝、慕容雪村、石康，有网络“三驾马车”之称的李寻欢、邢育森、宁财神等，到为网络文学带来诸多争议的木子美；从有创新价值，为网络文学摆脱低俗化名声的当年明月、天下霸唱、十年砍柴，到如今作品被改编成电影或电视剧的大量言情小说作者，如《失恋三十三天》的作者鲍鲸鲸（网名大丽花）、《后宫甄嬛传》的作者流潋紫、《步步惊心》的作者桐华、《佳期如梦》的作者匪我思存等。此外，新生力量在不断地加入，网络小说作者新秀也不断地涌现。

第三节 网络文学的文体特征

一、风格多样化

网络文学的体裁大多与传统文学类似，也是小说、杂文、散文、诗歌等，在这些体裁中以网络小说取得的成绩最为引人注目。网络小说的风格多样，题材异彩纷呈。读者可以找到任何一种类型去看，如喜剧、科幻、推理悬疑、爱情校园、网游、玄幻、古装历史等等。网络写手们充分发挥自己的想象力，将传统的言情、武侠、科幻融合，掀起一轮又一轮的网络文学热潮。天下霸唱的《鬼吹灯》的成功带动了网络玄幻文学里考古探险类小说的繁荣；米兰lady凭历史情感小说《柔福帝姬》红遍网络，网络历史小说走红；以《步步惊心》为代表的一系列穿越文占据晋江各大榜单显著位置，穿越题材开始异常火爆；流潋紫的《后宫》掀起“宫斗”文潮；当年明月的《明朝那些事儿》掀起了“草根评述历史”热潮……

网络小说在风格、手法、语言上都有所创新，丰富了文学的内容。但是我们也要看到它的良莠不齐，笔力深厚的小说虽然不少，但相对网络小说的数量而言，精品不多，需要读者细心发掘。由于网络文学发表的无门槛性，加上网络创作者文学水平参差不齐，跟风创作严重，大多作品剧情的发展、人物的成长经历类型化，很少有人能写出新意。很多作者随心所欲地想象，不顾逻辑地给主人公乱开“金手指”，使其人见人爱，无所不能。作品不断陷入雷同的故事模式，读者在最初的新奇性得到满足之后，随着阅读水平的提高，对大同小异的情节开始厌倦，对作品文笔情节的要求越来越高。

二、新的创作方式

网络文学有着和传统文学不同的创作方式，传统文学通常是写好经过修改后再发表，读者看到的作品是完整的。可网络文学发表的方式多是连载，并讲究与读者的互动性。一篇小说开始连载时，网民形象地称之为“挖坑”，写手们有不少是一时兴起而写，自己又有本职工作，在写作时，有时因为遇到瓶颈或者觉得难以驾驭甚至因为工作繁忙便停顿一阵，再来续写时，便称为“填坑”，如果作者弃文消失，使得故事有始无终，读者们把这种有头无尾的文戏称为“太监文”。传统文学中作者与读者的交流极为有限，只有当作品刊登或出版之后，作者才能够得到读者的反馈，在作者潜心创作的过程之中，他很难听到别人对作品的意见。网络文学由于是连载，着迷的读者不断跟帖留言，作者与读者相互沟通，读者对作者的主题思想、情节发展、细节描写、人物命运提出种种看法和猜测，作者在创作的过程中可以随时根据读者的反响与评论，情感与趣味来调整写作思路。为照顾读者的情绪，有些作者还写出两种截然不同的结局，供读者自由选择接受。有的读者由于对故事结局的不满，干脆自己动笔替书中人物写个满意的结局，被称为“同人”小说。有些读者出于对作品的喜爱而激发创作冲动，他们创作出作品中未出现的一段情节来对人物进行心路分析，对故事进行补充和深化。这种作品叫做“番外”。这些读者的创作繁荣了网络文学。

除了网络小说，博客和各个论坛上的帖子以及微博也是一种新出现的文学创作模式。

博客，又译为网络日志、部落格或部落阁等，是一种通常由个人管理、不定期张贴新的文章的网站。博客是在属于自己的空间写自己的东西。个人博客一般会提供给他人评论以及留言的空间，形成作者与读者之间的互动。因此、博客在具有日常性、随意性、宣泄性与倾诉性的同时，更强调了博主与网友的互动和分享。

2002年8月，中国就有了第一家较有规模的专门博客网站“博客中国”。博客文化在中国得到大范围的传播是因为几个重大事件：木子美有争议性的博客内容；新浪网站推出名人博客，网罗了一大批影视、文化、科技等方面的名人在新浪博客网开个人博客；韩寒与白烨在博客中的韩白之争等事件。

一些学者或者大学教授也纷纷开博客，他们把自己的演讲稿、文章发表在上面，并与网友留言交流。如同济大学教授、著名文学批评家朱大可就在自己的博客上开专栏纪录“课堂札记”。北大中文系教授陈晓明的博客上有《文学批评的历史、当下与前景》系列文章、《幽灵般的文学性》、苏童《罂粟之家》分析系列文等等这类专业的文学现状的探讨以及文学批评。在没有博客之前，没有机会上大学的文学爱好者很难得到更多自己喜欢的老师的知识。即使是大学生，一个学校的学生也很难听到另一个学校的名师的课，而博客为他们开通了一个前所未有的渠道，建立了新的阅读、欣赏、交流、沟通的平台。

博客的突出特征是自由表述，大多数博客的创作者都只是芸芸众生，用流行话语说，叫做“草根”。在博客上发表文章，不再受到文笔优劣、编辑趣味的限制，你只要有表达的欲望、书写的热情就可以发表博文。只要你愿意，就可以进行评论。在这样的自由的条件下，文学评论不再是学者们的专利，年轻后生们大声质疑、挑战权威。近年来，以博客和论坛为阵地，发生过无数次大小不一的论战，其中以韩寒、白烨为主角的文学论争和关于赵丽华诗歌的网络大讨论最为著名。

帖子，记载信息的文字文本，古代多指用来公开传递信息的文书，带有社交礼仪性质。现在多指在论坛上发表的个人观点。最初发表的观点为原帖文，跟在后面的评论为“跟帖”或“回帖”。帖子由多人多次联合完成，以对话形式出现。作者把自己的感悟、幻想以文字记录下来，上传到BBS或是各大文字网站中，优秀的作品自然引得千万读者争相阅读、回帖。回帖与个人的性格、学识及修养有着紧密联系。不人云亦云，风格独特的回帖易得到作者和其他读者的尊重。有时看回帖得到的乐趣和启发毫不亚于原帖。只要网络存在，还能留言，帖子就具有永久的开放性，人们可以随时继续。一些发表很久的帖子，已经很久没有动静，突然又有人翻出来跟帖，这种行为被戏称为“挖坟”。一些言论观点过分离奇的帖子则被称为“火星帖”。

帖子和博客一样，在网络上拥有众多的功能，包括连载小说，但是它更具意义的功能是扩展了评论的新天地。打开网站论坛，我们会看到各种评论文章，如历史事件评述、电影电视剧赏析、新书推荐、综艺节目评论，更多的是时事评述之类。这些评论文章的话题包括文化、语言、文学、历史、经济等各方面。一些有一定专业限制、专业范畴的批评类文章在论坛上公布，同样也可以赢来许多读者。网络把原本分布在各个不同地区的有共同兴趣爱好的人集合在一起。一些影响比较大的论坛有天涯社区、百度贴吧、猫扑、凯迪社区等。

目前影响最大的论坛是天涯社区。1999年3月，天涯社区正式成立。它从最初的3个论坛发展成为到现在拥有200多个版块、近7万个博客的大型人文社区。在天涯，最有影响力的是关天茶舍和舞文弄墨两个版块，它们在网络上分别成为思想界和文学界的一面旗帜。最热闹的地方应该是天涯杂谈，那里经常会发生非常激烈有趣的大辩论。“娱乐八卦”则是粉丝聚集的地方。一群志同道合的、共同喜欢着某个偶像的粉丝一起在网络上共享信息、交流情感。“影视评论”则出现了大量优秀的影评文。大批优秀写手于此聚集，因在天涯社区发表文章引起出版社的注意并最终出书的情况很多，比较出名的有慕容雪村的《成都，今夜请将我遗忘》，当年明月的《明朝那些事》

博客或论坛文学具有及时性，在一些重大社会事件发生时，在重大赛事如世界杯奥运会期间，或者重大的颁奖典礼和万众期待的综艺节目播出期间，论坛上都是一片喧闹。赛事节目哪怕是凌晨或者半夜结束，论坛上都会出现新帖子，还会出现大量的留言以及讨论。甚至节目还未开播，论坛上就有心急的网友开帖聚集人气准备网上图文直播。这在传统文学出版中是不可想象的。另外传统文学中对一部电影、电视剧、综艺节目通常只是“豆腐块”似的赏析，很少长篇大论，而在论坛上，博客上，作者和读者们会就各个方面详细探讨，比如2007年《士兵突击》热播时，网友们纷纷用文字表达对此片的疯狂热爱，其中一个网友写出了11万字的评论。

除了文学论坛和博客，有另一种特殊的网络文学创作与传播渠道格外引人关注，那就是这一两年发展迅猛的微博段子，目前这应该是网络上数量最多、出现最频繁、涉及内容最广的语言记录形式。在微博上对社会热点进行改造、嫁接，写作一些简短、讽刺的小作品，被称为微博段子。这些段子虽只言片语，但内容深刻，针砭时弊，其中有政治家的远见卓识，有经济学家的宏观论调，有文人学者的文学智慧，有精英的睿智心得，更有平凡大众的妙言絮语，读后能引发心灵的感悟和震撼。尽管微博客写作大多数还不是严格意义上的文学创作，但其中的幽默笑话、生活趣闻、心情留言、生活感悟等，常常介乎于写实与虚构、生活与艺术、文学与亚文学之间，具有一定的思想性、艺术性，创作上也体现了一定的审美意识。

第二章　网络文学作品选析

导读

网络文学有自己的特征，但其文学性如结构安排、表现手法、人物塑造、修辞方法等等，与传统文学并无太大的不同，所以鉴赏原理不再重复。

网络文学题材风格多样，数量浩瀚，本书只选取几种风格中具有代表性的作品来进行赏析。

第一节　最初的经典

第一次亲密接触

痞子蔡

作品简介

《第一次亲密接触》是网络小说最早的经典之作，它讲述的是一个网名叫做“痞子蔡”的男孩与一位网名叫做“轻舞飞扬”的女孩的轰动一时的浪漫网恋爱情故事。全文以男主角三好生痞子蔡和花花公子阿泰两位完全不同的爱情观为指导的两段爱情故事展开。阿泰的人生哲学颇为放浪，在不断追逐异性的生活中获得乐趣，而且如鱼得水。相形之下，腼腆的痞子蔡对感情的事则相对认真而又保守，拘谨而不苟言笑。但他在网络上不但热情自信，而且能言善道。以人生为游戏的阿泰认为及时行乐就是爱情的真谛，他与女孩小鱼的感情便成为一场拉锯战。而外型并不出众的痞子蔡则从不敢奢望真爱会降临在自己身上，直到他在网上邂逅了代号为“轻舞飞扬”的女孩，两颗真诚的心终于紧紧地靠在了一起。

女主角“轻舞飞扬”则是患有遗传性红斑狼疮的美丽女孩，她希望让生命更多一点亮色，与痞子蔡网路相逢之后，倍感知心。两人相见之后，积蓄多时的情感更是不可抑制，青涩的爱情品出一丝丝的甜蜜……好友阿泰不时提醒痞子蔡爱情的虚幻、网络的虚幻，劝他不要动情而阿泰自己则投身于实验与爱情，依然如故。事事难料，轻舞飞扬的生命不期然地结束了，小鱼也在看穿真相后拂袖而去。看似都满不在乎的阿泰和痞子蔡，重新开始了自己的生活，而所有的伤痛与回忆却悄悄地深埋心底，成为他们一段成长的经历。

跟她是在网路上认识的。怎么开始的？我也记不清楚了，好像是因为我的一个plan吧！那个plan是这么写的：

“如果我有一千万，我就能买一栋房子。
我有一千万吗？没有。
所以我仍然没有房子。

如果我有翅膀，我就能飞。
我有翅膀吗？没有。
所以我也没办法飞。

如果把整个太平洋的水倒出，
也浇不熄我对你爱情的火焰。
整个太平洋的水全部倒得出吗？不行。
所以我并不爱你。”

其实这只是我的职业病而已。我是研究生，为了要撰写数值程式，脑子里总是充满了各种逻辑。当假设状况并不成立时，所得到的结论，便是狗屁。就像去讨论太监比较容易生男或生女的问题一样，都是没有意义的。在plan写这些的东西，足证我是个极度枯燥乏味的人，事实上也是如此。所以没有把到任何美眉，以致枕畔犹虚，倒也在情理之中。

而她，真是个例外。她竟mail告诉我，我是个很有趣的人。有趣?

这种形容词怎么可能用在我身上？就像用诚实来形容李登辉一样，都会让人笑掉大牙。我想她如果不是智商很低，就是脑筋有问题。

看她的昵称，却又不像，她叫“轻舞飞扬”，倒是个蛮诗意的名字。

不过网路上的昵称总是虚虚实实，虚者实之，实者虚之，做不得准的。换言之，恐龙绝不会说她是恐龙，更不会说她住在侏罗纪公园，她总是会想尽办法去引诱你以及误导你。而优美的昵称，就是恐龙猎食像我这种纯情少男的最佳武器。

说到恐龙，又勾起了我的惨痛记忆。我见过几个网友，结果是一只比一只凶恶，每次都落荒而逃，我想我大概可以加入史蒂芬史匹柏的制作班底，去帮他做电影特效了。室友阿泰的经验和我一样，如果以我和他所见到的恐龙为X坐标轴，以受惊吓的程度为Y坐标轴，可以经由回归分析而得出一条线性方程式，然后再对X取偏微分，对Y取不定积分，就可得到"网路无美女"的定律。因此，理论上而言，网路上充斥著各种恐龙，所不同的只是到底她是肉食性还是草食性而已。

要介绍“轻舞飞扬”之前，得先提一提阿泰。打从大学时代起，阿泰就是我的哥儿们，不过我们的个性却是天南地北。他长得又高又帅，最重要的是，他有张又甜又油的嘴巴，我很怀疑有任何的雌性动物能不淹没在他那滔滔不绝的口水之中。我喜欢叫他“Lady Killer”，而且他还是职业的。惨死在他手下的女孩，可谓不计其数，受害者遍及台湾全岛。他在情场上百战百胜，但绝不收容战俘，他说他已经达到情场上的最高境界，即“万花丛中过，片叶不沾身”。据说这比徐志摩的“挥一挥衣袖，不带走一片云彩”，还要高竿。徐志摩还得挥一挥衣袖来甩掉黏上手的女孩子，阿泰则连衣袖都没有了。

阿泰总是说我太老实了，是情场上的炮灰。这也难怪，我既不高又不帅，鼻子上骑着一副高度近视的眼镜，使我的眼睛看起来眯成一条线。记得有次上流力课时，老师还突然把我叫起来，因为他怀疑我在睡觉，而那时我正在专心听讲。

可能八字也有关系吧！从小到大，围绕在我身旁的，不是像女人的男人，就是像男人的女人。阿泰常说，男人有四种类型：第一种叫“不劳而获”型，即不用去追女孩子，自然会被倒贴；第二种叫“轻而易举”型，虽然得追女孩子，但总能轻易掳获芳心；第三种叫“刻苦耐劳”型，必须绞尽脑汁，用尽36计，才会有战利品；而我是属於第四种叫“自求多福”型，只能期待碰到眼睛被牛屎勾到的女孩子。

阿泰其实是很够朋友的，常常会将一些女孩子过户给我，只可惜我太不争气，总是近“香”情怯。不过这也不能怪我，只因为我多读了几本圣贤书，懂得礼义廉耻，而讲究礼义廉耻通常是追求女孩子的兵家大忌。举例来说，我跟一个不算瘦的女孩去喝咖啡，我好心请她再叫些点心，她却说她怕会变胖，那我就会说你已经来不及了。

去年跟一个女孩子出去吃饭，她自夸朋友们都说她是“天使般的脸孔，魔鬼般的身材”，我却很正经地告诉她，“你朋友说反了”。

幸好那时我们是吃简餐，我只是被飞来的筷子击中胸前的膻中穴而已。如果是吃排餐，我想大概会出人命了。

经过了那次死里逃生的经验，我开始领教到恐龙的凶残。后来阿泰想出了一个逃生守则，即日后跟任何女性网友单独见面时，要带个call机。我们会互相支援，让call机适时响起，若碰到肉食性恐龙，就说“宿舍失火了”；若是草食性恐龙，则说“宿舍遭小偷了”。于是阿泰的房间发生了四次火警，六次遭窃。我比较幸运，只被偷过五次。

所以在见到“轻舞飞扬”之前，我的心脏其实已经被锻链得很坚强，即使再碰到恐龙，我的心跳仍能维持每分钟72下。阿泰曾经提醒我，她如果不是长头发，就会是花痴，因为女孩子在跳舞时只有两个地方会飞扬：头发和裙子。头发飞扬当然很美；但若裙子飞扬，则表示她有相当程度的性暗示。不过我一直认为她与众不同，当然我的意思不是她特别大只。书上说天蝎座的人都会有很敏锐的直觉，因此我很相信自己的第六感。至於阿泰，他虽然能够一眼看出女孩子的胸围，并判断出到底是A罩杯还是B罩杯；或在数天内让女孩子在床上躺平，但他却未必能真正地了解一个女孩子。

阿泰常引述莎士比亚的名言：“女人是被爱的，不是被了解的”，后来证明了解女人不是笑傲情场的条件。事实上，这句话真的有道理。记得我以前曾经一男四女住过，真是苦不堪言。生活上的一切细节，都得帮她们打点，因为女生只知道风花雪月，未必知道柴米油盐。为了保护她们的贞操，我每天还得晚点名，我若有不轨的举动，别人会笑我监守自盗；我若守之以礼，别人就叫我柳下惠，或者递给我一张泌尿科医师的名片。夏天晚上她们洗完澡后，我都得天人交战一番，可谓看得到吃不到。跟她们住了两年，我只领悟到一个道理，即是再怎么纯洁可爱温柔天真大方端庄小鸟依人的女孩子，她们卷起裤管数腿毛的姿势都一样。而且她们都同样会叫我从厕所的门缝下面塞卫生纸进去。

鉴赏提示

痞子蔡原名蔡智恒，1969年11月13日生于台湾嘉义，是台湾成功大学水利工程博士。于1998年，痞子蔡花了两个月零八天（3月22日至5月29日）时间，在成大BBS（电子公告板）上以贴帖子的方式，连载了小说《第一次亲密接触》，第一部有轰动效应的中文网络小说诞生。台湾和内地各大论坛网站纷纷转载，并先后在台湾和大陆多次出版发行，两地发行总数甚至达到350多万册，形成全球华文地区的痞子蔡热潮。

《第一次亲密接触》以网络小说的形式作为民间草根文化的延伸，它开创了一系列网络特色语言。首先由于网络小说创作的自由性、游戏性和个人化倾向，小说在语言文字上的运用不像严肃文学那样规范和讲究，同时，由于受到BBS和时尚文化等因素的影响，作品中出现了大量的网络符号和语言。如“恐龙”代表长得不好看的女网友，“青蛙”代表长得不好看的男网友，“：（”代表不高兴、沮丧，“：）”代表张嘴大笑等。其次，因文字的生动、机智而形成诙谐幽默的文风，使其具有典型的“痞子蔡”式文字风格。表现在三个方面：运用调侃和反讽，如“痞子蔡”在证明莎士比亚名言“女人是被爱的，不是被了解的”时的自嘲；把日常生活经验哲理化，如阿泰的“泡妞哲学”和“情圣守则”；使用活泼的原生态语言，如开头“跟她是在网路上认识的。怎么开始的？我也记不清楚了，好像是因为我的一个plan吧！”这样一种如同一个人在跟另一个人对话一样的表达简单直接而又富于感性。小说这种不拘一格的语言表现形式，作为网络独有的一种话语方式，一经出现立即得到了众多网民的认同，并迅速在现实生活中流行。

《第一次亲密接触》是一个典型的“网恋加情逝”的爱情故事，讲述的是男主人公“痞子蔡”和女主人公“轻舞飞扬”因在网上聊天而一见钟情的浪漫故事，当两人在现实生活中见面并开始正式交往时,美丽的女主人公却因所患红斑狼疮不治而不幸去世。其实这样“才子佳人”模式的言情故事，在通俗文学作品中也很常见，我们从民间流传的故事到市井爱情传奇都可以看到类似的架构——一对真心相爱的男女，由于第三方或是外来因素的影响和干扰，却始终不能得到一个幸福完美的结局。坦白讲，像《第一次亲密接触》这样的故事，今天看来不仅情节老套，人物也有类型化之嫌，但由于第一次将“网恋”这个不为外人所知的神秘题材呈现在大众面前，满足了当时人们的猎奇心理，能够引起网民关注也就不足为奇了。

同时，网络小说篇幅较长的文本往往是随写随帖，不断连载，这种在线写作的即时性和开放性，拉近了作者与读者之间的距离，使两者的联系和互动更加密切——对读者来说，不仅能够把握作者的创作思路和写作脉络，还能针对作品本身存在的瑕疵，随时通过“灌水”或“拍砖”等留言方式直接提出自己的意见和建议；而对原创者而言，这种及时的反馈，不仅让原创者获得创作所需的动力，而且更能抓住小说受众的兴趣和关注点，进一步提高自己作品的吸引力和写作水平。应该说，网络小说作者和读者这种密切的互动程度，是传统纸质小说所达不到的。

总之，《第一次亲密接触》以它自由的创作、大众的视角、平民的语言、简易的互动等全新的阅读体验，赢得了一大批读者特别是年轻网友的喜爱。作为一种新的文学样式和潮流，网络小说有它存在的必然和价值，在当今文学体系中也应有它的一席之地。

第二节　架空历史小说选析

后宫甄嬛传

流潋紫

作品简介

小说讲述了一个曲折悲惨的宫斗故事。甄家长女甄嬛无意进宫却在选秀时意外被皇帝相中。然而她无心争宠，一直装病躲避，直到在上林遇到了冒称清河王的皇帝玄凌，两人赏花谈词，秋千荡漾，天真的甄嬛爱上了玄凌。后玄凌为甄嬛出面解围，皇帝身份揭晓。玄凌对甄嬛无微不至，赐她皇后待遇的“椒房殿”、民间嫁娶习俗的“撒帐”，为她画眉点妆。然而皇上有三千粉黛，它给甄嬛带来荣耀，也给她带来旁人的嫉恨与暗害。甄嬛在各路势力的阴谋下小产失宠，后待一番运作重得皇帝欢心，步步为营终于斗倒华妃，本以为苦尽甘来，却不料被皇后算计误穿了先皇后的衣服，惹怒皇帝，在册封为妃的典礼上被降级。这才得知原来玄凌从来爱的不是自己，自己只是因为神似先皇后而得到宠爱，只是她的影子和替补。紧接着家族被陷害遭流放，哀莫大于心死，甄嬛至此心灰意冷出宫修行，却在宫外被默默关爱自己的六王爷玄清感动，再燃爱火，重新对生活充满希望。然而命运再一次残酷，玄清在出使时被俘死去，此时甄嬛已有身孕。为了给玄清报仇，为拯救家族，甄嬛怀着玄清的孩子重返皇宫，重获得皇帝的宠爱，玄清却在此时获救归来。玄清对甄嬛的感情被玄凌看出，要甄嬛毒死玄清，甄嬛本欲自尽，却被玄清悄悄调换了酒杯。玄清死在了甄嬛怀里，甄嬛得到皇上信任，得封皇贵妃。甄嬛设计除去皇后和背叛自己的姐妹安陵容，成为后宫真正的统领者。最后甄嬛在玄凌病重时，淡漠地告诉他真相，用最不能接受的事情刺激他，让他含恨暴怒而死。甄嬛最终扶持亲如姐妹的惠仪贵妃沈眉庄和与自己青梅竹马的太医温实初的儿子予润登基称帝，而让自己与玄清的儿子予涵名正言顺地继承了玄清的血脉，成为一世的亲王，永不参与朝政。从腥风血雨中走过来的甄嬛虽然得到了无与伦比的荣华富贵，却只能一个人身心俱疲地躺在睡榻上，怀念当初的美好往事，品尝着那份孤独和寂寞。

第一章　风波

我初进宫的那一天，是个非常晴朗的日子。乾元十二年农历八月二十，黄道吉日。站在紫禁城空旷的院落里可以看见无比晴好的天空，蓝澄澄的如一汪碧玉，没有一丝云彩，偶尔有大雁成群结队地飞过。

鸿雁高飞，据说这是一个非常好的预兆。

毓祥门外整整齐齐地排列着无数专送秀女的马车，所有的人都鸦雀无声，保持异常的沉默。我和来自各地的秀女站在一起，黑压压一群人，全都是绿肥红瘦，嫩脸修蛾，脂粉香扑鼻。很少有人说话，只专心照看自己的脂粉衣裳是否周全，或是好奇地偷眼观察近旁的秀女。

选秀是每个官家少女的命运，每三年一选，经过层层选拔，将才貌双全的未婚女子选入皇宫，充实后庭。

这场选秀对我的意义并不大，我只不过来转一圈充个数便回去。爹爹说，我们的女儿娇纵惯了，怎受得了宫廷约束。罢了罢了，平平安安嫁个好郎君也就是了。

娘总说像我女儿这般容貌家世，更不肖说人品才学，一定要给我挑最好的郎君。我也一直是这样想的，我甄嬛一定要嫁这世间上最好的男儿，和他结成连理平平安安白首到老，便是幸福了。我不能轻易辜负了自己。

而皇帝坐拥天下，却未必是我心中认可的最好的男儿。至少，他不能专心待我。

因而，我并不细心打扮。脸上薄施粉黛，一身浅绿色裙装。头上斜簪一朵新摘的白芙蓉，除此之外只挽一支碧玉七宝玲珑簪，以彰显我是吏部侍郎的女儿，并非一般的小家碧玉，可以轻易小瞧了我去。

如此轻描淡写，我只需等着皇上"撂牌子"，让我落选。

选看秀女的地点在紫禁城内长春宫的正殿云意殿。秀女分成六人一组，由太监引着进去被选看，其余的则在长春宫的东西暖阁等候。选秀很简单，朝皇上皇后叩头，然后站着听候吩咐，皇上或者问哪个人几句话，或者问也不问，谢了恩便可。然后由皇上决定是"撂牌子"还是"留用"。"撂牌子"就是淘汰了，"留用"则是被选中，暂居本家，选吉日即可入宫为妃嫔。

皇上早已大婚，也多内宠。这次的选秀，不过是广选妃嫔充实后庭，为皇上绵延子嗣。

满满一屋子秀女，与我相熟的只有济州都督沈自山的女儿沈眉庄。我府与她京中外婆府上比邻而居，我和她更是自小一起长大，情谊非寻常可比。她远远看见我，走过来执我的手，面含喜色关切道："嬛儿，你在这里我就放心了。上次听外婆说妹妹受了风寒，可大好了？"

我急忙起身说："不过是咳嗽了两声，早就好了。劳姐姐费心。路上颠簸，姐姐可受了风尘之苦？"

她点点头，细细看我两眼，微笑说："在京里休息了两日，已经好得多。妹妹今日打扮得好素净，益发显得姿容出众，卓尔不群。"

我脸上飞红，害羞道："姐姐不是美人么？这样说岂不是要羞煞我。"

她含笑不语，用手指轻刮我脸颊。我这才仔细看她，一身桃红裙装，梳一个反绾髻，髻边插一只累丝金凤，额上贴一朵镶金花钿，耳上的红宝耳坠摇曳生光，气度十分的雍容沉静。

我不禁赞叹："几日不见，姐姐出落得越发标致了。皇上看见必定过目不忘。"

眉庄手指按唇上示意我噤声，小声说："谨言慎行！今届秀女佼佼者甚多，姐姐姿色不过尔尔，未必就能中选。"

我自知失言，便不再说话，只和她絮絮一些家常。

只听见远处"哐啷"一声，有茶杯翻地的声响。我和眉庄停了说话，抬头去看。只见一个穿墨绿缎服满头珠翠的女子一手拎着裙摆，一手猛力扯住另一名秀女，口中喝道："你没长眼么？这样滚烫的茶水浇到我身上！想作死么？你是哪家的秀女？"

被她扯住的秀女衣饰并不出众，长相却眉清目秀，楚楚动人。此时已瑟缩成一团，不知如何自处。只得垂下眉目，低声答道："我叫安陵容。家父……家父……是……是……"

那秀女见她衣饰普通，早已不把她放在眼里，益发凶狠："难道连父亲的官职也说不出口么？"

安陵容被她逼得无法，脸皮紫涨，声细如蚊："家父……松阳县县丞……安比槐。"

那秀女脸上露出轻蔑的神色，哼道："果然是小门小户的出身！这样不知礼数。"

旁边有人插嘴提醒安陵容："你可知你得罪的这位是新涪司士参军的千金林玉菁。"

安陵容心中惶恐，只好躬身施礼，向林氏谢罪："陵容刚才只是想到待会要面见圣驾，心中不安，所以一时失手将茶水洒在林姐姐身上，陵容在这里向姐姐请罪，望姐姐原谅。"

林氏脸上露出厌恶的神色，皱眉道："凭你也想见圣驾？真是异想天开！今日之事要作罢也可，你只需跪下向我叩头请罪。"

安陵容的脸色立刻变得苍白，眼泪在眼眶中滚来滚去。周遭的秀女无人肯为她劝一句林氏。谁都想得到，皇上怎么会选一个县丞的女儿做妃嫔，而这个林氏，却有几分可能入选。没有人愿意为一个小小县丞的女儿得罪司士参军的千金。眼见得安氏是一定要受这场羞辱了。

我心中不忿，眉庄握住我的手小声叮咛："千万不要徒惹是非。"我挣开她的手，排众上前，抬手搀起安氏，柔声对林氏说："不过是一件衣服，林姐姐莫要生气。妹妹自备了衣服，姐姐到后厢换过即可。今日大选，姐姐这样吵闹怕是会惊动了圣驾，若是龙颜因此而震怒，又岂是你我姐妹可以承担的。况且，即便今日圣驾未惊，若是他日传到他人耳中，也会坏了姐姐贤德的名声。为一件衣服因小失大岂非得不偿失，望姐姐三思。"

林氏略微一想，神色犹豫，但终究没有发作，"哼"一声便走。围观的秀女散开，我又对安氏一笑："今日甄嬛在这里多嘴，安姐姐切莫见笑。嬛儿见姐姐孤身一人，可否过来与我和眉庄姐姐做伴，也好大家多多照应，不致心中惶恐。"

安陵容满面感激之色，垂首谢道："多谢姐姐出言相助。陵容虽然出身寒微，但今日之恩，没齿难忘。"

我笑道："举手之劳而已，大家都是待选的姐妹，何苦这样计较。"她微微迟疑："只是姐姐这样为我得罪他人，岂非自添烦恼。"

眉庄走上前来对我说："这是皇宫禁内，你这样无法无天！叫我担心。"又对安氏笑言："你看她这个胡闹的样子，哪里是一心想入选的呢？也不怕得罪人。"

我看一眼安氏的穿戴，虽然衣裳全是新制，但衣料普通。头面除了发上插两只没有镶宝的银簪子，手上一只成色普通的金镯子，再无其他配饰，在打扮得花团锦簇的秀女群中未免显得有点寒酸。我微微蹙眉，随手从案上取一把剪子，看见墙角放着一盆开得正艳的秋海棠，"唰唰"剪下三枝簪在陵容鬓边，顿时增了她几分娇艳。又摘下耳上一对翠玉环替她戴上说："人要衣装，佛要金装。姐姐衣饰普通，难怪那些人轻视姐姐。这对耳环，就当今日相见之礼。希望能助姐姐成功入选。"

安氏感动，垂泪道："劳姐姐破费，妹妹出身寒微，自然是要被'撂牌子'的，反而辜负姐姐美意。"

眉庄安慰道："从来英雄不问出身。妹妹美色，何必妄自菲薄。"

正说着，有太监过来传安陵容和另几位秀女进殿。我朝她微笑鼓励，这才和眉庄牵着手归位继续等待。

方坐下便有小宫女上来奉茶。我和眉庄各自从荷包里取一锭碎银子赏她，那宫女喜笑颜开地谢了下去。眉庄见宫女退下，方才忧心道："刚才好一张利嘴。也不怕得罪新晋的宫嫔。"

我端过茶碗，徐徐地吹散杯中热气，见四周无人注意我们，才意态闲闲地说："你关心我我岂有不知道的。只是姐姐细想想，皇上选秀，家世固然重要，但德容言工也是不可或缺的。林玉菁虽说出身世家，但以这样的德行举止是断断入不了皇上的眼的。即便她入宫，恐怕也不得善终。所以又何来得罪呢？"

眉庄点点头，赞道："你说的果然有几分道理，无怪你爹爹自小便对你另眼相看，赞你'女中诸葛'。当然，安氏也的确可怜。"

我微笑说："这是一层。以姐姐的家世姿色入选是意料中事。安氏虽然出身不好，但进退有礼，相貌楚楚别有一番风韵，入选可能比林氏大些。妹妹无心入宫，万一安氏得选，姐姐在宫中也好多个照应。当然今朝佳丽甚多，安氏能否得选另当别论，也是嬛儿一番愚见罢了。"

眉庄动容，伸手握住我的手感叹："嬛儿，多谢你这样为我费心。只是你如此美貌却无心进宫，若是落入寻常人家真是明珠暗投了。"

我压低声音说："人各有志。况且嬛儿愚钝，不惯宫中生活，只望姐姐能青云直上。"

鉴赏提示

2004年，香港TVB拍摄的一部电视剧《金枝欲孽》在东南亚、大陆、台湾热播，引起轰动，掀起"金枝热"。该剧讲述清朝嘉庆帝后宫女人惊心动魄的斗争，其中曲折跌宕的剧情，口蜜腹剑的对白，防不胜防的机关算计，隐忍挣扎的爱情纠葛都令观众痴迷。在网络上，不少写手由此剧激发灵感，开始写后宫的勾心斗角，被称为"宫斗文"。在"宫斗文"热潮中，流潋紫的《后宫甄嬛传》无疑是佼佼者。这部小说在网上连载，断断续续写了三年完成。

在《金枝欲孽》里太监总管为了保住自己的势力，将自己收养的三个女孩精心调教后送入宫中，指望她们能得到宠爱，为自己涨势。没想到三个要好的姐妹进宫后为了各自的利益相互算计，反目成仇。电视剧表现出宫廷里的女人无论恩宠有无，都有自己的苦衷和难言之隐，斗来斗去，没有谁是真正的胜利者，没有谁获得了幸福快乐。《甄嬛传》的故事脉络并没有脱离这个模式，也是三个要好的姐妹进宫，面对依仗家族权势、皇上宠爱而嚣张跋扈的华妃，深藏不露端庄典雅的皇后，以及其他意图争宠的妃嫔，各种合纵连横，表面姐妹情深，暗中布局下套，经过各种波折后几个姐妹都曾宠冠后宫，只是再没有当年的情谊。宫中的女人上自太后下至宫女，也是没有一个不是悲剧，没有一个不是生活在阴谋里。皇帝狠心给华妃的香料中含有麝香，就是不想让她怀上孩子，以免汝南王派系将那个孩子推上皇帝的宝座；太后为了孩子为了娘家朱家势力，狠心害死扶持她的摄政王；皇后记恨自己姐姐抢走了自己的位置，才有了毒死先皇后的残忍；甄嬛原本一片纯情，以为皇帝可以有真爱，把玄凌当作挚爱之人，但发现他始终记得先皇后，自己只是个替代品；华妃也只想得到皇帝的宠爱，但因为政治斗争她永远也不可能得到皇帝的真心；眉庄在被陷害后就悔悟过来，不再去想争夺皇帝的爱和宠，最终在宫廷阴谋中受惊难产而死；陵容曾经真心喜欢过甄嬛的哥哥，但由于皇后的威胁和拉拢、自己想出位以保家族利益的心理，最终还是背叛姐妹选择了阴毒；甚至就连皇帝玄凌也有难言之隐，在当了皇帝后仍忘不了什么也比不上玄清的童年阴影。所有人都是悲剧，最初善良的人在最后都变得残酷，没有谁获得真正的胜利，没有谁获得了幸福快乐。

小说人物刻画比较成功。小说中人物众多，各色妃嫔争奇斗艳，但通篇看下来，主要人物性格特征明显，合乎情理。甄嬛美貌聪慧，纯元善良、风姿卓越，皇后深藏不露，眉庄大气婉约，安陵容伪善阴毒，华妃华贵、娇纵、狠毒，曹贵人富于心计、绵里藏针，槿汐忠心睿智，皇帝玄凌狠辣多疑，玄清深情、淡泊名利。这些人物形象无不给读者留下印象。

小说的情节紧凑，环环相扣。小说每一集都有一些精彩的宫闱争斗，临到结尾处又总留下悬念为下一步埋下伏笔，悬念重重。阴谋手段高潮迭起，却不显突兀，草灰蛇线，前后铺垫到位。如第一章里描写了女主角入宫参选，看到了梁才人的嚣张仗势欺人，后文便有了甄嬛入宫后目睹的第一起血腥事件：梁才人仅仅因出言不逊，便被华妃“赏”了“一丈红”，双腿被打到筋骨皆断、血肉模糊。

小说文笔优美，描写细致。作者在细节方面相当用心，层级递进的品级封号，人物关系的盘根错节，布局谨慎，宫廷里奢华的衣饰、富丽的居所、精致的器物描写精细详尽，整体上感觉古典婉约，字字珠玑。看得出作者是下了很大的功夫来考据引证。作者甚至在书后附录了一张“根据历朝历代的后妃序列体系表糅合而成”（作者语）的妃嫔等级表，自皇后而下，后妃们被细分为大小近四十阶等级，各有其专属称谓，制度森严。流潋紫谈起当年创作的初衷，也表示是因为看了《金枝欲孽》，“我觉得它情节虽然出彩，礼仪上还不够严谨。2006年寒假，我在家无聊，开始写一部属于自己的宫廷故事，希望能兼顾到情节、历史和礼节等各个方面”。

第三节　穿越小说选析

知否？知否？应是绿肥红瘦

关心则乱

作品简介

主人公姚依依在现代社会是一个普通的法院书记员，一次泥石流让她穿越到古代，成为一个六品知州的庶女盛明兰，亲生母亲正在生产第二胎，被害难产而死。年方五岁的明兰病倒，在老太太（祖母）的关爱下小心翼翼又积极乐观地成长。她讨好父亲、嫡母、兄长，巧妙地与受宠的庶姐及嚣张的嫡姐周旋。长大后，在姻缘上不与姐姐们相争，本只想求得一普通家庭的良人平稳度日，却不料被声名狼藉的侯门公子顾廷烨看中设计娶到，嫁入侯府，被迫投入新一轮的宅斗中，历经险恶，最终夫妻同心取得胜利。后远离是非圈，在风光旖旎民风淳朴的蜀边平安度过一生。

第十一回　新单位，新老板，新气象……

明兰并不一直都是这么消极怠工的，想当年她也是一个五讲四美、勤劳刻苦的好孩子，戴红领巾，入少先队，入共青团，她每回都是头一批的，从小到大虽没当过班长，各种委员课代表却常常当选，当宣传委员时的黑板报得过奖，当组织委员时带领大家看望生病的老师，当英语课代表时带领大家每天早读，当学习委员时她还组织过一条龙抄作业活动，除了五年级那次当文娱委员被中途轰下来之外，她基本上还是老师喜欢、同学信任的好学生。

没承想到了这里，明兰的际遇一落千丈，这次她从王氏那搬到盛老太太处时，竟然只有一个比自己更傻的小桃愿意跟她去，其他的丫鬟一听说要跟着去寿安堂，不是告病就是请假，再不然托家里头来说项，那个妈妈更是早几天就嚷着腰酸背痛不得用了。

“小桃，你为什么愿意跟我？”明兰希冀地问。

“可以……不跟的吗？”

沧海桑田，一种落魄潦倒的空虚感迎面而来，明兰拉着小桃的手，灰头土脸地离开，她觉得这是非战之罪，好比你被分进了一家任人唯亲的家族企业，再怎么卖力干也还是二等公民，又何必上进呢？哎，还是去看看新单位吧。

寿安堂的正房有五间上房，正中的叫明堂，两旁依次过去是梢间和次间，前后还有几间供丫鬟婆子值班居住用的抱厦，这是典型的古代四合院建筑，明堂有些类似现代的客厅，梢间和次间是休闲间或睡房，老太太自己睡在左梢间，把明兰就安顿在左次间，因为中间隔的是黄梨木雕花槅扇，明兰住的地方又叫梨花橱。

昨晚房妈妈刚收拾出来的，摆设很简单朴素，一概用的是冷色调，石青色，鸦青色，藏青色……唯有明兰睡的暖阁用上了明亮的杏黄色。

刚安顿好，老太太房里的丫头翠屏就来传话，说老太太要见明兰，明兰便跟着过去，看见老太太披着一件玄色八团如意花卉的厚锦褙子，半卧在炕上，炕几上放着一卷经书和几挂檀木数珠，还立着一个小小的嵌金丝勾云形的白玉磬。

她看见明兰，招招手让她过来，明兰请过几次安，知道礼数，先行过礼，然后自觉地站到炕旁以45度角立在老太太跟前，抬头等着训示，盛老太太看她一副小大人的拘谨样子，笑着把她拉上炕，温言道：“你是我养过的第四个孩子，前头三个都和我没缘分，不知你又如何？咱们来说说话，你不必拘着礼，想说什么就说什么，说错了也不打紧。”

明兰睁着大大的眼睛，点点头，她也没打算说谎，和这些一辈子待在内宅的古代女人相比，她那点儿心机真是连提鞋都不够。

“可读过书吗？”盛老太太问。

明兰摇摇头，小声说：“大姐姐本来要教我《声律启蒙》的，刚教了头两句，她就被关起来绣嫁妆去了，刘妈妈看得严，大姐姐溜不出来。”

盛老太太眼中闪了闪笑意，又问：“可会写字？”

明兰心里苦笑，她原本是会写的，可这里就不一定了，于是小小声地说：“只会几个字。”

盛老太太让翠屏端了纸笔上来让明兰写几个瞧瞧，墨是早就研好的，明兰往短短的胳膊上捋了捋袖子，伸出小手掌，微微颤颤地捏住笔，她小时候在青少年宫混过两个暑假的毛笔班，只学到了一手烂字和握笔姿势。

她用五根短短的手指“按、压、钩、顶、抵”，稳稳地掌住了笔，在素笺上写了一个歪歪斜斜的“人”字，然后又写了几个简单的字，“之，也，不，已”等等。

老太太一看明兰这手势，先心里暗暗赞赏，这孩子年纪虽小，但胳膊手腕却姿势很正，悬腕枕臂，背挺腰直，目光专注，但因人小力弱，字就不大雅观了。明兰把记得起来的二三笔画的字都写完了，最后又写了横七竖八的墨团团，老太太凑过去仔细辨认，竟然是个笔画复杂的“盛”字。

“谁教你写字的？”老太太问，她记得卫姨娘不识字的。

明兰写得满头大汗，用小手背揩了揩额头，道：“是五姐姐，她教我描红来着。”

盛老太太笑出声来：“教你描红？怕是让你替她写字，她好去淘气吧。”

明兰红了脸，不说话，心想这群古代女人真厉害。

“这个‘盛’字又是谁教你的？描红帖上没有罢。”老太太指着那个辨认不清的墨团问。

明兰想了想：“家里到处都有，灯笼上，封帖上，嗯……还有大姐姐的嫁妆箱子上。”

盛老太太满意地点点头，去摸了摸明兰的小脸，一摸之下立刻皱了眉头，这个年纪的小孩子但凡能吃饱，都是脸颊胖乎乎的，可明兰的小脸上却拧不出一把来，于是板着脸道：“以后在我这儿，可得好好吃饭吃药，不许浑赖。”

明兰觉得必须为自己辩解一下，小声说：“我在吃的，也从不剩饭，就是不长肉。”

盛老太太目光温暖，却还是板着脸：“我听说你常常吐药。”

明兰觉得很冤枉，揉捏着自己的衣角轻声分辩：“我不想吐的，可是肚子不听我的话，我也没有办法呀，这个……吐过的人都知道！”

老太太目光中笑意更盛，去拉开明兰的小手，帮她把衣角抻平，平静道：“不但你的肚子不听你的话，怕是连你的丫鬟也不听你的话罢？听说这回只有一个小丫头跟着你来了？”

盛老太太孤寂了很久，今日接二连三地动了笑意，不由得调侃起来，没想到面前那个瘦弱的小人儿竟然一脸正经地回答：“我听大姐姐说过，水往低处流，人却是要往高处走的，不论我去哪儿，也没什么人愿意跟我的。”

“那你又为什么愿意来？我吃素，这里可没肉吃。”老太太问。

“不吃肉打什么紧，能安心吃饭就好。”明兰大摇其头。

童音稚稚，余意怅然，老太太看着小女孩一会儿，然后也摇起头来，搂着明兰叹气道：“只剩一把骨头了，还是吃肉吧。”

其实老太太心里的话是，她们都一样。

盛老太太给明兰指了个新的老妈子，姓崔，团团的圆脸，话不多，看着却很和气，抱着明兰的时候十分温柔；老太太看小桃和明兰主仆俩一个比一个傻，又将身边的一个小丫头丹橘给了明兰。丹橘一来，小桃立刻被比得自惭形秽，她不过比明兰大了一岁，却稳重细心，把明兰的生活照顾得周周到到。小桃是外头买来的，丹橘却是家生子，她的老子娘都在外头管庄子田地的，因家里孩子多，爹娘看不过来，所以小小年纪就进府了，后被房妈妈看中，挑来寿安堂伺候。

盛老太太是侯府出身，虽然生活简朴，但规矩却很严，一言一行都有定，这里的小丫鬟老婆子都瞧着比别处老实些，明兰是个成年人灵魂，自然不会做淘气顽皮之态，崔妈妈刚接手就对房妈妈说六姑娘性情敦厚好伺候。

晚上睡觉前，丹橘早用汤婆子把被窝烘暖了，明兰让崔妈妈换好了亵衣，抱着直接滑进了暖洋洋的被窝，然后轻轻拍着哄着睡觉，夜里口渴了或是想方便了，明兰叫一声便有人来服侍。第二天早上明兰一睁开眼，温热的巾子已经备好，暖笼里捂着一盏温温的金丝红枣茶，先用巾子略敷了敷额头和脸颊，待醒醒神后，崔妈妈又搂着迷迷糊糊的明兰喝下茶后，再给她洗漱净面穿衣梳头，小丹橘就在一旁服侍衣带扣子着袜穿鞋，再出去给盛老太太请安。

一连串动作行云流水，自然妥帖，丝毫没有生硬之处，小桃在一旁看得目瞪口呆，一点也插不上手，明兰直到站在老太太炕前要行礼时都还没回过神来，直觉胃里暖洋洋的，身上也穿的厚实，大冬天早起一点也不难受。

老天菩萨，明兰来这个世上这么久，第一次享受到了这种一根指头都不用动的尊荣，啊，堕落啊，明兰深深忏悔自己的腐朽生活。

给老太太行礼请安后，老太太又把明兰搂上炕，让她暖暖和和的等众人来请安，过不多久，王氏带着孩子们来了，中间缺了墨兰和长枫，说是病了，王氏一脸关心状，明兰偷眼看去，只见老太太神色丝毫未变。

“两个一块儿病了，莫不是风寒？这病最易传开了，我已经差人去请大夫了，只希望佛祖保佑，两个孩子无事方好。”王氏忧心道。

明兰在心里悄悄竖起了大拇指，这一年来王氏演技见长，那眼神那表情，不知道的看见还以为长枫和墨兰是她生的呢。

盛老太太忽道：“回头让老爷亲去瞧瞧，两个孩子搁在一块，得病也容易染上，枫哥儿也大了，不如趁早分开好些。”

王氏吓了一跳，心头却一喜，惊的是老太太已经多年未曾计较这个了，这会儿怎么突然发兴了，喜的是由老太太给林姨娘颜色瞧，总比她自己出手正道些，连忙道：“老太太说的是，枫哥儿和墨姐儿最得老爷欢心，这次一块儿病了，老爷是得去瞧瞧。”

盛老太太淡淡看了她一眼，低头喝茶，王氏笑着转头去看明兰，只见她身着一件簇新的桃红色羽纱袄子，整整齐齐地站在一旁，又嘘寒问暖了几句，明兰谈几句搬新家的感受，华兰又插科打诨了几句，大家乐呵呵地笑了一阵后，便回去了。

人走后，房妈妈立刻领着一串捧着八角食盒的丫鬟从外面进来，她自己扶着老太太下炕，崔妈妈领着明兰来到右梢间，看见丫鬟们已经把食盒里的早餐摆上了一张黑漆带雕花六角桌，等老太太坐下后，崔妈妈把明兰抱上圆墩；明兰刚一坐上，看见桌上的早点，就吓了一大跳——不会吧，鸟枪换炮呀！

丰盛的一大桌子，红沉沉的枣泥糕，紫酽酽的山药糕，一盘热气腾腾的糖霜小米糕香气四溢，酥脆金黄的炸香油果子，捂在蒸笼里的小笼包子，居然还有一碗撒了香菜末子的荞麦皮馄饨，面前放的是甜糯喷香的枣熬粳米粥，旁边搁着十几碟各色小酱菜。

明兰握着筷子，有些发傻，她对那次寿安堂的寒酸早餐印象十分深刻，她抬眼看了看老太太，轻声说："……这么多呀。"

老太太眼睛都没抬，开始细细品粥，房妈妈眉开眼笑的接上话："是呀，今儿个老太太突然想尝尝。"她劝了那么多年都不肯听，这会儿算是托了六姑娘的福，老太太终肯停止过那么清苦的生活了。

明兰心里感动，又看了看老太太，小嘴巴动了动，低下头，又抬头小小地看了她一眼，低低地说："谢谢祖母，孙女一定多吃长肉，给您长好多肉。"

老太太听到前半句时只是心里微笑，听到后半句时，忍不住莞尔，什么"给您长好多肉"，当她养小猪么？房妈妈更是侧过头去捂嘴笑。

早饭过后，祖孙俩又回到炕上，盛老太太拿出了本《三字经》出来，让明兰念两句来听听，看她认识多少，明兰十分心虚地拿过来，决定给自己抹黑，于是一开口就是："人之刀，生木羊，生木斤，习木元……"

老太太险些一口茶喷出来，连连咳嗽了好几下，明兰吓了一跳，连忙绕过炕几去给老人家拍背顺气，一边顺一边还很天真惶恐地问："老太太，我念错了吗？"

老太太深吸了好几口气才缓过来，看着孙女一脸懵懂，强撑着道："你念得……很好，只是错了几个字而已，不妨事的，慢慢学就好。"

十二个字只对了三个，25%的正确率，明兰内心很忧伤，想她堂堂一大学生装文盲容易么？

当天忧伤的不止明兰一个，傍晚盛纮下衙回家后，王氏立刻把盛老太太的原话加上自己的理解汇报了一遍，盛纮连官服都没换，黑着一张脸就去了林姨娘处，关上门后，外头不知道里面发生了什么，只依稀听见哭闹声、咆哮声，外加清脆的瓷器摔破声……

大约半个时辰后，盛纮脸色发青的出来，丫鬟进去服侍时，发现林姨娘房里狼藉一片，林姨娘本人匍在炕上，哭得海棠带雨，几乎昏死过去。

得知这个后，王氏精神振奋的连灌了三杯浓茶，然后分别给元始天尊和如来佛祖各上了一炷香，嘴里念念有词，即使知道盛纮去了书房睡觉也没能减低她的好心情；所谓敌人的敌人就是我的朋友，王氏决定以后要加倍孝顺老太太。

鉴赏提示

《知否？知否？应是绿肥红瘦》是关心则乱目前的代表作，于2010年10月17日首发晋江文学城，2012年12月正文连载完成，2013年2月完成六篇番外。该文在晋江文学城的总分排行榜上一直高居前三名。

这是一篇穿越题材中的"种田文"。"种田文"又称家长里短文，一般指以古代封建社会或近现代科技不发达时期为背景的，描写小人物的家长里短、生活琐事和内宅争斗，注重突出细节及人物心理描写。此文作者选择了一个架空的朝代，但是大部分风俗是模拟明朝社会。

故事很长，一百三十多万字，但情节设计得当，有起有伏，局部性的小高潮迭起。在结构布局上，作者描写了两个环境。一个时代环境，有心慈手软的皇帝，有虎视眈眈的皇子，有忠心耿耿的能臣虎将，有投机的政客，有政变，有叛乱，也有严明的礼教规范。在这样的大环境里，主人公生活在一个小环境下，就是盛府。从这个家族的即将繁盛写起，一直写到花开荼蘼。这个家里，有圆滑的父亲盛纮、有正直果敢的长兄盛长柏、有聪颖心高气傲的祖母老太太、有天真愚蠢的夫人王氏、有楚楚可怜却颇有心计的小妾林姨娘，有开朗识大体的大姐华兰，也有心机阴暗的庶姐墨兰，有骄纵跋扈、用心险恶的康姨妈。在这里，有朝堂上的权力争斗，有内宅里的阴险毒辣，有祖母的用心调教，有专门寻衅的婆母。在这个环境下，明兰一步步小心翼翼地分辨，在一场场大小风波中或选择退让或坚决还击。

《知否》为了使文中的古代生活气息浓郁真实，在考据上下足了功夫，无论是服装配饰、生活场景还是礼仪习俗、人情世故，都有细致入微的描写。甚至在文后以83版《红楼梦》的图片为例来向读者详细解释文中所描绘的服装样式。对人物言行的设定也符合当时的社会规范，很有历史意识、文化底蕴。对于穿越题材来说，时空真实感有着举足轻重的作用，读者甚至都会自觉或不自觉地去考证人物在历史背景上的真实性和逻辑性，寻找其中的漏洞。《知否》没有像很多的穿越文一样，女主人公才高八斗，艳惊四座，被身份悬殊的男子们纷纷爱上，这些男子有的为了追求真爱而毅然放弃地位，有的为了巩固权势而痛苦无奈地选择放手，然后一生痛苦纠缠。在作者笔下，主人公盛明兰知足常乐，懂得守拙，不去出头冒尖抢姐姐的风头。她懂得怎样善待自己，从小保养自己的身体，注重养生之道。她苦练女红，学习管家理事，努力在这个时代好好地活着。两世为人使得她清楚地分辩利害关系，不与严酷的礼教抗衡，在风度翩翩的侯门公子齐衡爱上她后，她明白自己的身份地位是无法与之联姻的，立即再不见面，断绝任何发展的可能性。就像后来她自己说的那样："在登州时，老太太带我去乡间避暑，我见过用来沉塘的笼子，见过被族里祠堂关起来的女子。齐衡若真有本事，就别叫我担惊受怕，顺当地把我娶过去。倘若不成，他还非把事情闹出来，一个'私相授受'就能要了我的命！"

"顾侯爷，这世上男子与女子是不同的，不能男子付出多少情义，也叫女子回报一般。你可以荒唐十几年，然后浪子回头，功成名就。可是女子呢，只要一步踏错，这辈子就算完了一半！又叫慈心抚育我的老太太如何自处人前！"

明兰一生乖巧谨慎，绝不冒尖，万事留有余地。可是当抚养明兰成人的慈爱祖母被恶毒的康姨妈和稀里糊涂的嫡母下毒后命悬一线时，明兰不顾一切，私自调动侯府侍卫围困娘家，设计抓捕审问康姨娘，威胁怕家丑外扬欲息事宁人的父亲，迫使他站在自己这边，惩治嫡母，逼迫"外祖母"王家放弃康姨娘与嫡母，宁可把多年讨好的亲人一一得罪，冒着可能被丈夫休弃的后果也要替祖母讨回公道。这是明兰唯一的一次冲动，不顾后果的付出，刻画得有声有色、有血有肉，描写得合情合理，让人感动。

作者文笔生动，语言幽默，细节尤其绘声绘色，如下面这段文字。

这时，外头匆匆忙忙地跑进来一个媳妇子，明兰微讶："翠屏，你怎么来了？"

翠屏欢喜得满脸是泪，噗通跪倒："老太太醒了！……房妈妈叫我赶紧来禀报，老太太醒了！"

这话便如晴天响了雷，众人倏然站起——

盛纮大大松了口气：不用丁忧了。

王氏浑身发软：不用杀头凌迟了。

王老夫人从椅子里直起背来：至少不用赔命了。

明兰笑得哭起来，双手合十朝天上用力拜了好几下，嘴里念念有词：谢谢老天爷，如来佛祖，还有观音菩萨，我以后一定多吃蔬菜，不挑食！不吃活宰的……蹄髈也不吃了！

站在身边的顾廷烨：……

满屋只有一人例外。

长柏依旧面无表情，见桌上没有空的茶碗，就拎起茶壶，直接对嘴灌了一大口——快马赶来，继而吵架，直渴得嗓子冒烟……死罪免了，活罪该怎么量刑呢？

两年多来断百姓官司，这县太爷也不是白当的。放下茶壶，他很快有了主意。

这是老太太被下毒清醒后众人的第一反应。盛纮讲究实际利益，嫡母虽对他恩重如山，但关键时刻他考虑的还是自己的前途。明兰一心关心祖母，听到佳音开心得语无伦次。顾廷烨最关注的是明兰的举动，听到酷爱吃蹄髈的妻子的誓言，哭笑不得。长柏懂理，素来冷静，杀伐果断。这段心理描写既诙谐幽默，又将各人的性格生动体现出来。在该文中，人物形象鲜明，哪怕是一个龙套人物也有自己的特色。

《知否》的写作技巧与文笔都不错，无论是结构的布局、情节的节奏把控还是人物性格的刻画都有不俗表现，堪称网络穿越文中的佼佼者。

第四节　网络现实主义小说选析

网逝

文雨

作品简介

故事从一个让座事件展开，刚刚查出绝症的美女叶蓝秋拒绝在公交车上给老人让座，并与乘客们争执，旁观的记者陈若兮出于职业的敏锐偷拍下这一过程，将此事上了晚间新闻。陈若兮为了升职，电视台为了收视率，该事件又从传统媒体转移到网络媒体。在刻意炒作下，叶蓝秋成为网络红人，遭到网民人肉搜索，个人信息被悉数曝光，更有人匿名控诉叶蓝秋是第三者，于是网络上群情激愤，诅咒谩骂一片。终于，网络延伸到生活中，四个大学生旅游中遇到隐居山上的叶蓝秋，认出了她，出于"正义"去调戏吓唬她，旁观者出于"正义"袖手旁观，本已经处于生命尽头的叶蓝秋愤而跳崖自尽。这场网络风暴还没有停息，电视台内部的勾心斗角已愈演愈烈，另一场复仇的风暴也借助网络之力瞬间袭来。真相显露，陈若兮被揭露是幕后黑手、实质上的杀人凶手。于是她很快尝到自己策划的苦果，成为第二个叶蓝秋，声名扫地，最终因意外事故死去。

第二章 叶蓝秋

从医院出来，病历报告上是医生手写的鬼画符一样的天书，看不懂，但医生的话她听懂了，医生的表情，她也看懂了。

听懂话，源于世界有语言、沟通这两个词，而看懂表情，则是源于父母双亡的她，学会了看人眼色，明晓自己心里的冷暖。

“你们家族是不是有遗传？”医生问。

叶蓝秋无话可说，她父亲死于白血病，在她十六岁的时候；而母亲，则是死于操劳过度，在她十七岁的时候。

她在医院门口坐了很久，久到站起来的时候，脚已完全麻木，她踉跄了一下，差点摔倒，还好，右手及时扶住了身边的小树。在她身旁经过的行人不少，但人人都匆匆忙忙，应是各有各的目标要奔，各有各的日子要过。

此刻，她的生活，与戴红袖套的老太太有了交集。

老太太的腿脚比她麻利多了，蹭蹭蹭也不知从哪里蹦出来的，扯下一张罚款单，塞到叶蓝秋手里。

“怎么回事？”叶蓝秋捏着罚款单有些反应不过来。

“这树才多大点，能经得起这样折腾吗？你知不知道树也是有生命的……”老太太在为树打抱不平。

大多数情况下，叶蓝秋对老人家都能做到彬彬有礼，以尊重忍让为第一原则，但她一想到自己就快要死了，而且极有可能死在这位精神十足的老太太的前面，她就不想再忍让了，她挺直腰，把手里的罚款单撕得粉碎。

“树有命很了不起啊？我都快死了，找棵树做陪葬行不行，行不行！”叶蓝秋大声嚷嚷的同时，眼睛死盯着老太太。

老太太被叶蓝秋的眼神唬得心跳明显加速，不敢多看，赶紧回头看看身后的医院招牌，这种地方说这种话，一大半可能是真的。人命关天，刹那间，老太太立马忘记了树命这回事，也忘了每罚款十元她能抽得两块提成改善目前不太宽裕的生活现状。

“闺女，你怎么了？”老太太问。

老太太的温言让叶蓝秋意识到自己的无礼，但在死亡阴影的诅咒下，她无法让自己释怀。她只能懦弱地发足逃奔，逃了一切。

但五分钟之后，她累了，她的体力只能维持五分钟的逃亡。

但与此同时，她也很幸运，她狂奔的终点，正好是公车站的起点，而这趟公车的终点，是她的公司所在地。

她在公车上获得了此前似乎从未获得的座位，她以为自己可以平静地欣赏车窗外的风景，而不用顾忌车窗内的拥挤与嘈杂。

但公车还没开动，她就感觉到了不同寻常的味道。

她听到连声咳嗽，看到身边站立的和刚才那位精力充沛的老太太同样年纪的老大爷，也看到围观者幸灾乐祸的表情。

她明白，按照尊老爱幼的传统，她应该给老大爷让座。

她还没来得及反映，老大爷开口了，“起来，让我坐。”

叶蓝秋愤怒了，和收到罚款单时同样的愤怒。

她端坐不动。

“麻烦车上的年轻人给老人和小孩让个座。”售票员开始拿着喇叭喊话了，喊过三声之后，见叶蓝秋仍然端坐不动，售票员终于不耐烦了，“麻烦那位穿白裙子的小姐给老人家让个座。”

叶蓝秋正是这公车上唯一穿着白裙子的小姐，但她头也懒得抬，“这是起点站，公车三分钟一趟，想要座位，简单，下车，等三分钟就有了。”

叶蓝秋之话，有如炸翻了马蜂窝，售票员没来得及开口，老大爷先维护权利了。

“现在的年轻人越来越不像话，越来越没家教！”

“我父母早死，没家教是自然的。”叶蓝秋声音不大，但一字一句，都清清楚楚……

老大爷听了，先是一愣，随即脸涨得通红，伸去右手食指，指着叶蓝秋的鼻子大骂，“太不像话了，太不像话了……”

老大爷想是气糊涂了，除了这句，再也说不出别的了。倒是一位中年妇女看不下去了，“小姐，你年轻力壮的，就让个座算了，再说，你也希望你老的时候有人给你让座是不是。”

中年妇女这话说得在理，但这理，又同时是叶蓝秋的痛处，不由自嘲，“我没福气活到老，也没福气希望别人给我让座，你们什么也别说了，今天这座位，我坐定了，谁也不让。”

第三章 陈若兮

陈若兮是记者，记者的工作原本是记录生活中的真实，但这已是她成为记者之前的想法了，用英语的话说，是was，而不是is。

她从前是坐公共汽车的，但有了男朋友之后，她不再坐公共汽车了，一开始是自行车的后座，后来发展到四个轮的副驾驶座。

人类总在进步，她是人类之一员，当然也无可厚非。

但今天她不得不坐公共汽车了。

因为她现在的男友杨守诚，说要出去散散心，把车也开走了。

当然，以陈若兮的关系网，她本可以一个电话，找来十几二十个开四个轮子的男人接送她上下班，但拿起电话的刹那，她想到了杨守诚。

杨守诚是建筑设计师，不是很有名的那种，贝聿铭于他，是不知人间疾苦时的梦想而不是现实目标。陈若兮的记忆里，杨守诚最得意的设计作品之一是母校的大门，当然，最大的失误也在于此，门卫的屋子设计在左边，用校长的猜疑说，这杨守诚，是不是在英国呆得太久了。

但不管怎样，十几年下来，名校、留学的背景摆在那里，特别是这几年又有陈若兮的全力相助，杨守诚也算混成了有房有车一族。

陈若兮认为自己人生最值得纪念的时刻，是25岁那一年，她意识到，与其等待有可能出现在身边的好男人，还不如靠自己的力量，创造一个好男人。

也就在这一年，她遇到了杨守诚，在为母校的百年校庆做宣传稿的时候，校长介绍她认识了杨守诚，比她高四届的师兄。

叶蓝秋刚一上车，就吸引了陈若兮的目光。

陈若兮看叶蓝秋的目光是羡慕且妒嫉的。

在陈若兮看来，叶蓝秋细长的丹凤眼，眼神过于纤弱，丰厚的唇，唇角略略有些神经质，略带心形的脸庞，过于苍白的肤色，鸦翼般浓黑长发，就女人挑剔的眼光看来，无一不是缺点。但陈若兮是成熟的女人，成熟到知道男人会喜欢怎样的女子，会在怎样的女子面前充满好奇心，甚至，失去理智。

陈若兮看着叶蓝秋上车，看着她和老大爷发生争执。老实说，她看着老大爷在叶蓝秋身边停下，要求叶蓝秋让座，而不是隔着两个座位的她，她有那么一点自得的窃喜。

她原以为，有着叶蓝秋这样外貌和气质的女子，是不会因为区区一个座位与人起争执的，她应是属于那种打落牙齿和血吞，等着骑士男人保护的柔弱女子。陈若兮甚至会很不道德地猜想，叶蓝秋这样的女子，最适合扮演电视电影中被男人强暴而无可奈何的女主角。

但很快，她为自己这个卑劣的念头而脸红。

不过，当她看到叶蓝秋的反应，她除了吃惊之外，新闻记者的敏锐，也让她意识到，这是一个极好的，能引起争议的题材，她悄悄打开手机上的摄像头，把这一幕拍下来，并且尾随那位老大爷下了车，陈若兮知道，她能从老大爷处获得她想要的总结陈词。

果然，老大爷忿忿不平地说："我从没见过这样理直气壮不给老人让座的，你们新闻媒体就应该把这种人好好曝光。"

陈若兮在当天的晚间新闻里播出了这则新闻，同时，出于台里创收的需要，让观众发手机短信参与讨论。

节目获得了广泛好评，观众反响强烈，这一点陈若兮是从短信收入上看出来的，这条新闻，让台里获得近十万元。

台里决定就这则新闻，制作成专题节目，在下周的生活焦点栏目中播出，陈若兮被临时提拔为制作人。

从记者到制作，是职业生涯的一大飞跃，临时提拔，就是这个飞跃的机会。

陈若兮告诉自己，必须抓住这个机会。

她需要找到两个当事人，老大爷已经找到，是一位中学退休老师，六十六岁，很吉利的数字，陈若兮希望这个节目，因此有好的开始。

但她始终找不到另一位当事人，叶蓝秋。

她记得叶蓝秋是在起点站上的车，她从清晨六点第一班车出发时开始等，一直等到晚间十点，末班车收工。

叶蓝秋不见踪影。

鉴赏提示

《网逝》原名《请你原谅我》，2007年发表在晋江原创网，在当时的穿越言情、都市言情的小说潮流中，该作品也是被标上“都市情感”的标签，但是其实该文是对网络浮躁的质疑和反思，直击人肉搜索、道德绑架、网络暴力等社会热点问题。该小说2010年入围了第五届鲁迅文学奖，是首部入选严肃文学奖项决选范围的网络小说。该作品已经被拍成电影，由著名导演陈凯歌执导，片名《搜索》，于2012年上映。

从2006年到2007年，网络上发生几起人肉搜索事件，如“女子虐猫事件”、“铜须门事件”、 “王菲事件”等等。事情公布到网络，网友们看见令人愤怒的事情，因打抱不平而失去理智，迅速发起人肉搜索，短短几天当事人甚至其家人的各种资料一一曝光。这些个人信息的曝光给当事人的生活带来了极大影响，他们遭受指责，失去工作，甚至一度求职无门。

《网逝》就取材于这一媒体暴力现象，作者文雨表示，该文是自己“潜伏”网络社区多年以来的所见所感写成。作品中每个人都有自私阴暗心理，记者陈若兮为抓住升职机会和出于女人的嫉妒心理而不择手段地炒作。在当记者之前她认为记者的工作原本是记录生活中的真实，但现在她认为新闻不是记出来的，而是做出来的。在她看来，“传闻跟新闻，本只有一字之差，所以，传闻变成新闻，也是容易之极的事”；“删，为什么不删？保持中立的发言比率绝对不能超过百分之二十，绝对不能让中立者把情绪激动的网友同化。”她冷酷地操纵着媒体暴力，为自己谋求最大利益。而她的跟随者杨琪在她身上学到了这种“新闻的本质”，而后将其人之道还治其人之身，取代了她的位置，成为第二个陈若兮。这个故事让人思考，由这样的人报道的新闻究竟有多少的可信度，新闻媒体的良心到底何在？

在新闻出来后，那些躲在电脑背后的人都觉得自己有理由攻击叶蓝秋。

家庭主妇莫小渝陷入七年之痒，怀疑丈夫沈流舒出轨，丈夫公司里的叶蓝秋成为她臆想中的“第三者”，看到新闻，马上匿名揭露。她觉得在“狐狸精”身上再多泼点脏水是理所当然的。

广大网民则躲在电脑屏幕后面肆无忌惮地发泄他们的愤怒、憎恨，甚至扬言出价买叶蓝秋的性命。每个人都以为自己是正义之神。以致四个大学生公然调戏叶蓝秋以示惩罚，而旁观的体育老师则认为狐狸精承受这些是正常。他们怀着一颗正义之心，盲从讨伐，然而他们的正义到底有多正呢？他们是否意识到他们所看到的并不就是真相？最终，美好无辜的叶蓝秋自尽，而暴力者的私人信息也被报复者公布到网上，他们将承受新一轮的网络暴力。叶蓝秋的悲剧激发了网友的思考，那就是人真的需要有自己的思想，而不是被舆论左右，去进行无理性无底线的情绪发泄。

作者借叶蓝秋的初恋男友路天明的笔发出质问：“我在这篇文章里写出我的真实姓名，工作单位，是因为我对我所说的每一个字负责。那些躲在网络后面辱骂、发泄的语言和文字，你们能不能保证，是用你们的真名实姓说出来的，能不能对你们说出的每一个字负责！网络是一个自由的社会，但自由不等于捏造谣言，传播谣言，不等于不负责任。那些反对网络实名制的人们，你们扪心自问，是不是也有一份害怕承担责任的自私在里面？”

《网逝》为我们描绘一个真实而残酷的现实，不啻一种呐喊，饱含着作者对社会现象的思考与鞭挞，从这个意义上来说，《网逝》已经跳出了网络言情小说“讲爱情故事，为娱乐服务”的狭隘桎梏，具有了更为深刻的现实意义和文学价值，堪称一部真正的文学小说。

《网逝》写法比较独特，它是以人物群像形式来呈现的，每一章都以不同人的视角去叙述，角度不断转换，而不是传统的单线叙事推动。小说叙事结构紧密，人物关系暗地里相连结，线索逐一揭晓，最后连成个大回环。

第五节　网络历史文学选析

明朝那些事儿

当年明月

作品简介

这是一部用纯白话来写明朝三百年历史的书，与寻常的演义小说不同，它依据的史料都是正史，几乎完全忠实于《明史》，但又加入小说的笔法。此文引起极大的轰动，此后模仿该书的作品层出不穷，但都无法达到它的成功。

第3部：妖孽宫廷

第一章　有冤报冤，有仇报仇

【改天换日】

当年的囚犯朱祁镇终于回到了他的宫殿，八年前他从这里出发，沦为人质和囚徒，八年后他回到了这里，继续做他的皇帝。

中国的史书是很神奇的，再狼狈不堪的事情也能说得冠冕堂皇，朱祁镇先生先后当过俘虏、人质、囚徒，吃尽了苦，受尽了累，史书上却说他是“北狩”、“静养”，用今天的话来描述也可以说是出去体察民情，下放边疆体验生活与民同乐，协调民族关系。

当然了，自己吃的亏自己知道，朱祁镇先生也只能打落门牙往肚里吞。但无论如何，这一次他也算是“我胡汉三又回来了”。

但这位胡汉三目前最重要的工作并不是国家大政方针，而是要安抚他的“还乡团”。

朱祁镇确实是个很够意思的人，在登基后的第二天，他就给了“还乡团”的成员们优厚的回报：

“还乡团”一号成员徐有贞：入阁，兵部尚书。

“还乡团”二号成员石亨：封忠国公（爵）。

“还乡团”三号成员张軏：封太平侯（爵）。

“还乡团”四号成员曹吉祥：司礼太监，总督三大营。

功德圆满，善莫大焉。

根据我们以往的常识，既然是“还乡团”，就一定会干点杀人放火、伤天害理的事情，这也难免，毕竟人家不是旅游团、探亲团，而徐有贞等人也牢记“还乡团”的宗旨，雷厉风行地干了几件坏事。

就在同一天，徐有贞便下令逮捕了于谦和王文等人，把他们关进了监狱，对于徐有贞而言，他已经忍得太久了，此时不报，更待何时！

然后就是内阁大换血，陈循、江渊、商辂等人统统被炒鱿鱼赶了出去，而徐有贞也很够意思，他唯恐自己的对头陈循和江渊失业后找不到工作，特别找人关照他们，给他们安排了一份工作让他们继续报效国家（充军辽东）。

当然了，某些受到处罚的人也是罪有应得，比如那个金刀案件中的卢忠，这位仁兄出卖朋友后没有捞到什么好处，此刻却得到了报应——斩首。

还有那个建议朱祁钰砍树、让朱祁镇晒太阳的高平，当年他一时兴起，拿朱祁镇开涮，此时也被砍掉了脑袋，其实他除了滥伐树木外，倒也没干什么其他的事情。

看来破坏环境者还真是没有什么好下场。

内阁被“还乡团”扫荡之后，只剩下了高谷，于是徐有贞又安排了自己的亲信许彬、薛瑄入阁，至此他完全控制了内阁和朝政大权。

此时的内阁加上徐有贞共有四人，可能是徐有贞嫌人太少，在二月，他又召另一个“自己人”吏部右侍郎李贤入阁。

可是徐有贞万万没有想到，这个叫李贤的人其实并不是他的亲信，在徐有贞、石亨、曹吉祥飞扬跋扈、不可一世的时候，他保持着沉默，默默地观察着这些夺门之变“还乡团”的一举一动，寻找着他们的弱点和矛盾，等待着时机的到来。

无论后来如何，至少在当时，徐有贞等人确实是威风无比，特别是徐有贞，他不遗余力地打击诬陷所有与自己为敌的人，而他导演的最大一起冤案就是著名的于谦案。

徐有贞曾经认为，只要自己掌权，杀掉于谦易如反掌，但现在他才发现，想除掉于谦并不是一件容易的事情。

原因在于，他没有杀掉于谦的理由。

于谦为人清廉，威望极高，又没有什么劣迹，实在找不到啥借口，既没有经济问题，也没有生活作风问题（这在当年也算不上是什么问题），要把他搞倒谈何容易！

但最终，对于谦的刻骨仇恨让他想到了一个办法。

于谦是推立朱祁钰的主要大臣，也是朱祁钰的亲信，而朱祁镇最为痛恨的人就是他的弟弟朱祁钰，徐有贞决定利用这一点加深朱祁镇对于谦的反感，同时徐有贞还编造了一个谎言，说于谦有意请外地藩王到京城接替皇位，并坚决反对朱见深继位。

做好了这些准备之后，他去见朱祁镇，在他看来朱祁镇一定会同意杀掉于谦。

可是事情的发展大大出乎他所料。

徐有贞在朱祁镇面前慷慨陈词，说于谦不愿和谈、拥立新君，是想置太上皇于死地，如此之人，应该杀之后快等等等等。

可是朱祁镇却只是笑着摇了摇头，对徐有贞说道："于谦是有功的（谦实有功）。"

徐有贞傻眼了。

他把朱祁镇看得太简单了，这位太上皇饱经风雨，深通人心，对徐有贞的动机一清二楚，他知道徐有贞这样做是为了报私仇，却想借刀杀人，让他背一个杀功臣的恶名，这种亏本买卖，他怎么肯干？

徐有贞急了，如果留着于谦，将来一旦复起，自己必将性命不保，情急之下，他想出了另一个杀于谦的理由。

他相信，只要把这个理由说出来，于谦就必死无疑！

于谦非死不可！

徐有贞昂头大声说道："不杀于谦，此举无名！"

朱祁镇被惊醒了，他突然意识到，徐有贞是对的。

所谓"夺门之变"是一场政变，并没有正当的名义，而照徐有贞所说，于谦等大臣都是准备立外藩王为帝的，是反对自己的，在这种情况下，如果不杀掉于谦，树立一个阴谋集团的典型，向举国上下表明自己行为的被迫性和正义性，"夺门之变"的合法性就不复存在。

没办法了，这个恶名不背也得背了。

于谦，你非死不可！

徐有贞笑了，他知道皇帝已经动了杀机，但这位皇上绝想不到的是，他其实是中了自己的圈套，因为所谓于谦非死不可，不过是一个复杂的逻辑陷阱，而这个陷阱之所以能奏效，则完全是建立在那个于谦准备立藩王为帝的谎言基础上。

这确实是一个复杂的逻辑陷阱，直到两年后，另一个聪明人李贤才最终为朱祁镇揭开了其中的奥妙。

不久之后，牢中的王文和于谦都知道了自己的罪名——迎立外藩。这是极为严重的罪行，不但要杀头，还要灭族。王文一听就急了，他跳了起来，准备为自己申辩。

王文很有自信，他有充足的辩解理由，因为所谓迎立藩王，必须先使用金牌召藩王入京，而他和于谦都没有动过金牌，所以在他看来，这个罪名是很容易驳倒的。

可是于谦却丝毫不动，只是笑着对王文说道："这是石亨他们指使的，申辩有什么用！"

事情确实如于谦所料的那样，此案主审官最终查无实据，没有办法，只好向徐有贞请示如何办理这个难题。

徐有贞到底是政治老流氓，他不假思索地说出了一句话，解决了这个问题，估计他自己也没有想到，这句话会成为千古名句，为后人唾弃不已。

他的这句话是："虽无显迹，意有之。"

官员们浓缩了他的意思，将其提炼为更传神的两个字——"意欲"，并最后以此定罪。

在中国历史上，臭名昭著的程度足以与此句匹敌的只有那句“莫须有”。

“莫须有”杀掉了岳飞，“意欲”杀掉了于谦。

好一幕精彩的丑剧！

而徐有贞也凭借此句入选史上最无耻之辈排行榜，堪与秦桧并称，遗臭万年。

【一个伟大的人】

正月二十三日，于谦被押往崇文门外，就在这座他曾拼死保卫的城池前，得到了他最后的结局——斩决。

史载：天下冤之。

于谦被杀之后，按例应该抄家，可当抄家的官员到于谦家里时，才发现这是一项十分容易完成的工作，因为于谦家里什么也没有，除了生活必需品外，根本就没有多余的钱（家无余财）。

抄家的官员万没料到，一个从一品的大官家里竟然如此穷困，他们不甘心，到处翻箱倒柜，希望能够找出于谦贪污的证据。

不久之后，他们终于发现于谦家中有一间房子门锁森严，无人进出，大为兴奋，认定这是藏匿财宝的地方，便打开了门。

房子里没有金银财宝，只陈设着两样东西——蟒袍和宝剑。这是朱祁钰为表彰于谦的功绩，特意赏赐给他的，于谦奉命收下，却把它们锁了起来，从未拿去示人以显荣耀。

抄家的人最终收敛了自己一贯嚣张的态度，安静地离开了于谦的家，因为他们眼见的一切都明白无疑地告诉了他们：这个被他们抄家的对象，是一个人品高尚的人，是一个了不起的人。

朱祁镇事后不久也十分后悔，特别是在徐有贞阴谋败露后，他曾反复责问另两个当事人石亨和曹吉祥，为何要编造谎言诬陷于谦，石亨没有办法，只好把责任推给徐有贞，回答道：“我也不知道，这都是徐有贞让我这么说的。”

朱祁镇听到这句话，目瞪口呆，只是不断摇头叹气。

但皇帝是不能认错的，朱祁镇便将这一任务交给了他的儿子，八年后，太子朱见深刚刚继位，便下了一道诏书，为于谦平反，并召回了于谦的儿子于冕。到万历年间，懒得出奇的明神宗也对于谦敬仰有加，授予谥号“忠肃”，以肯定他一生的功绩。

其实于谦并不需要皇帝的所谓嘉许，因为这些所谓的天子似乎并没有评价于谦的资格。明英宗之前有过无数的皇帝，在他之后还会有很多，而于谦是独一无二的。

人们不会忘记，正是这个人在危难之际挺身而出，力挽狂澜，保卫京城和大明的半壁江山，拯救了无数平民百姓的生命。

他从小满怀以身许国的志向，经历数十年的磨砺和考验，从一个孤灯下苦读的学子成长为国家的栋梁。

他身居高位，却清廉正直，在他几十年的官场生涯中没有贪过污、受过贿，虽然生活并不宽裕，却从未滥用手中的权力，在贫寒中始终坚持着自己的操守。

他不畏惧困难和风险，在国家最为危难之时挺身而出，承担天下兴亡。

他是光明磊落地走完自己一生的。

在这个污浊的世界上，能够干干净净度过自己一生的人，是值得钦佩的。

而如果他还能做出一些成就，那么我们就可以说，这是一个伟大的人。

于谦就是一个这样的人。

他的伟大不需要任何人去肯定，也不需要任何证明，因为他的一生就如同他的那首诗《石灰吟》一样，坦坦荡荡，堪与日月同辉。

千锤百炼出深山，烈火焚烧若等闲。粉身碎骨浑不怕，要留清白在人间！

这正是他一生的写照。

我曾往杭州一游，并专程去拜祭这位英雄人物，但我到于谦祠时，所见之景象实在让我大吃一惊，当时正值黄金周，杭州游人无数，可于谦祠却是游人寥寥，极为冷清，倒是遇到几位外国留学生正在向于谦像鞠躬，惊讶之余上前攀谈，这才得知他们是在大学读书时看到这段历史，对这位英雄十分仰慕，特意赶来瞻仰。

听完他们的话，我无言以对。

神台之上，于谦先生依然保持着他那从容的神态，想来他在临刑前也是如此吧。

五百多年过去了，于谦似乎从来都没有离去过，他始终站在这里，俯瞰着这片他曾用生命和热血浇灌过的土地，俯瞰着那些他曾拼死保卫的芸芸众生。

我释然了，不管这里是否门庭冷落，无人问津，也不管这里有没有仰慕者前来顶礼膜拜，都与这座祠堂的主人于谦无关。

沧海横流，方显英雄本色！即使再过五百年，无数浮华散去，于谦依然会站立在这里，依然会因他的正直无私、勇敢无畏被世代传诵。

因为他是一个永远活在我们心中的英雄，是真正的英雄。而真正的英雄是不会被人们忘却的。

我坚信这一点。

明代有很多厉害的人物，我曾给这些人物做过一个排行榜，而于谦在我看来，应该排在第二名，虽然明代有一些人物的丰功伟绩不下于甚至超过了于谦，但他们的排名在于谦之后，这是因为评定的标准有两项：品行、才能。虽然某些人的才能确实胜过于谦，但他们的品行是有缺憾的。比如朱元璋同志的政治问题和张居正同志的经济问题。

而于谦不但才能过人，品德上也几乎无可挑剔，所谓德才兼备者，千古又有几人！

如无例外，于谦本应排在第一，可惜的是，在他之后，还有另一位高人横空出世，此人不但文武兼备、智勇双全，而且五花八门无一不通、三教九流无一不晓，且善始善终，堪称不世出之奇才。对这位仁兄，英雄的称呼似乎已不适用了，因为在很多人看来，有一个更适合他的称呼——圣贤。

这位仁兄也将是我们后面文章中的主角，这里就不多说了。

最后提一句，于谦死后，他的儿子于冕被罚充军，而充军的地点叫做龙门，后来的系列电影《龙门客栈》就是以此为故事模板的，而那位大反派太监的生活原型就是司礼监曹吉祥同志。

虽然我们有理由相信这是子虚乌有的事情，但闲来无事调侃一下曹吉祥等人，倒也不失为一种乐趣。

鉴赏提示

2006年3月10日，号称全球最好的华人历史类人文BBS的天涯社区“煮酒论史”出现一个帖子《明朝的那些事儿——历史应该可以写得好看》，作者名叫“就是这样吗”，后改名为“当年明月”。这个帖子迅速聚集人气，短短两个月，到五月中旬，点击率达到百万，回帖上万条，吸引大量网友和写手前来阅读学习。这么高的点击率对当时的“煮酒论史”是前所未有的，以前的帖子最高的也才十几万，所以引起该论坛一些资深网友的质疑，质疑点击率是否造假。当年明月的粉丝们与质疑者及煮酒论史的几位版主之间产生了长达几个月的争斗，并引发了大规模的倒版运动，最后导致该版三位版主被集体罢免，成为天涯社区有名的事件。当年明月也从天涯转战新浪，并迅速创下100万的流量。到2009年3月21日，《明朝那些事儿》连载完毕，出版发行，一共七本。

七本书，三百年历史，看起来厚重，但由于作者章节设计合理，读起来一气呵成，痛快淋漓。该书从明朝的开国皇帝朱元璋出生讲起，到崇祯皇帝在万岁山自缢而死，明朝灭亡。作者以年代和具体人物为主线，对明朝十七帝、王公权贵和小人物的命运进行全景展示。历史故事情节脉络清晰，每个皇帝为一篇，一篇里有不少章，每一章里又有小节，每个小节都不长，大约800到1000字，但形成一个故事，虽然这故事有上下文的连接，但往往也有自己单独的核心。令读者既轻松又始终有兴奋点，随便翻开哪一页都可以读下去。历史，本来应该是很有趣的。一个个时代，或太平或乱世，或辉煌或暗淡，或荣耀或屈辱；一个个鲜活的历史人物，明君，昏君，英雄，枭雄，勇士，恶人，小人等等。这许多的故事是有血有肉，应该是让人百读不厌的。老百姓想看历史，却又不爱看史书，文言文功底早已丧失，不可能去看二十四史。正史太枯燥，戏说历史又背离史实太远，于是站在草根的角度解读历史、普及历史的学者大受欢迎，如百家讲坛的易中天。

当年明月是真正的草根写历史，他本专业是法律，工作是海关公务员，只是一位热心史学者而已。《明朝那些事儿》是他用自己的话记录了自己读明史的一些心得，并用当今流行的口头语言记录下了历史事件，在正史的基础上进行了自己的娱乐性创作。这种创作符合当前读者的阅读习惯和审美标准，所以发到网络上，立刻引起大家的强烈关注。直到今天，谈起网络文学还是不能避开这部曾红透了半边天的作品。

当年明月在书里对人物的心理分析，从人性入手替历史人物思考是颇为创新的写法，在写到历史事件时，他以个人情感介入历史情境中，根据历史事实推测当时人物的心理活动，大胆地给他们加入思想斗争，并发表一些轻松调侃的议论。他对战争、官场、帝王心术着墨最多，见解深刻，把各种复杂的思想规律用通俗易懂的话表达出来。

语言的幽默风趣实在是该书的一大特色，被网友津津乐道。当年明月从一开头就加入了很多现代名词和现代观念，最有名的莫过于朱元璋简历。

“我们从一份档案开始。

姓名：朱元璋

别名（外号）：朱重八、朱国瑞

性别：男

民族：汉

血型：？

学历：无文凭，秀才举人进士统统的不是，后曾自学过

职业：皇帝

家庭出身：（至少三代）贫农

生卒：1328—1398

最喜欢的颜色：黄色（这个好像没得选）

社会关系：

父亲，朱五四，农民

母亲：陈氏，农民（不好意思，史书中好像没有她的名字）

座右铭：你的就是我的，我的还是我的

主要经历：

1328年—1344年放牛

1344年—1347年做和尚，主要工作是出去讨饭（这个……）

1347年—1352年做和尚，主要工作是撞钟

1352年—1368年造反（这个猛）

1368年—1398年主要工作是做皇帝”

这种开篇风格相当有创意，以戏谑的口吻开场，市井八卦般的介绍一个开国君主，全然不见传统史书中的庄重。

网友们还专门将类似的经典语录收集起来，如以下几条：

“当然了，如果你有幸拿到前两张铁券，倒也不一定是好事。特别是第一版‘开国辅运’，因为据有关部门统计，拿到这张铁券的人80%以上都会由朱元璋同志额外附送一张阴曹地府的观光游览券。此外还附有特别说明：单程票，适用于全家老小，可反复使用多次，不限人数。”

——那些被赐免死铁券的都是开国的功臣，但朱元璋及其后人怕他们势大威胁到皇权的统治，基本上都杀了，有的还被诛族，免死券反而是催命符。

“申时行的这封密信，属于机密公文，按常理，除了皇帝，别人是看不见的。

可是在几天后的一次例行公文处理中，万历将批好的文件转交内阁，结果不留神，把这封密信也放了进去。

这就好比拍好了照片存电脑，又把电脑拿出去给人修，是个要命的事。”

——这里的调侃，生动的比喻令人会心一笑，立刻联想到陈冠希拿电脑去修理，结果导致“艳照门”。

“为了打消朱祁镇心中的疑虑，以免有朝一日被不明不白地干掉，他特意来到京城说明情况。宾主双方举行了会谈，会谈在热情洋溢的气氛中举行，双方回顾了多年来的传统友谊，并就共同感兴趣的问题交换了意见，朱瞻墡重申了皇位是朱祁镇不可分割的财产，表示将来会坚定不移地主张这一原则。朱祁镇则高度评价了朱瞻墡所做的贡献，希望双方在各个方面有更进一步的合作。”

——这段文字分明模拟了新闻联播中的中国领导人接见外国元首的经典套话，令人忍俊不禁。

书中虽时不时插入这样加了流行色彩的戏谑调侃，但纵观全书，他轻松的文笔背后透露出对历史的尊重和真诚的反思。如下面这样的感慨在文中也是不少。

“明知不能成功，明知必死无疑，依然慷慨而行。一般说来这种行为有着很多称呼，比如愚蠢、不自量力、飞蛾扑火等等。在西方人的眼中，这更是一种不可思议的违反逻辑的行为，但在中国古老的哲学中，这种行为有着一个恰如其分的名称：明知不可为而为之。我深信，这正是我们这个伟大民族的魂魄。”

用小说的笔法，用看似调侃一般的语言，却真诚地呈现出真实的历史事件，这，就是《明朝那些事儿》。

第七篇　影视文学篇

影视，就是通常我们所说的电影电视。电影电视对人类生活的影响愈来愈大，它制造经典，引领潮流，成为人类的精神栖息地，因而当今的大学生应该懂得影视艺术的一些基本常识。了解影视艺术可以有多种方式，其中之一就是对影视文学的学习、揣摩与欣赏。一般而言，影视文学就是指影视剧本；剧本，一剧之本，说明了影视文学在影视艺术中的重要地位。鉴赏影视文学必须把握其双重属性，影视文学既是文学的一个重要类别，它和传统的诗歌、小说、散文、戏剧等文学样式并列，具备文学的基本特性；又是影视艺术的重要组成部分，具备影视艺术的独特思维，编剧、导演、表演、摄影等创作的综合才有可能真正成就一部优秀的电影电视。

Diqipian　Yingshiwenxuepian

第一章　影视文学鉴赏

第一节　影视文学的特点

一、影视艺术的基本特点

从1895年法国卢米埃兄弟的第一部影片《工厂大门》开始，影视艺术迄今为止不过一百来年历史。影视艺术的历史虽短，但是发展迅猛，它凭借现代科学技术和人类艺术的积累而成为传播最广泛的一种现代艺术媒介。在世界电影史上，意大利电影理论家便将电影列为继音乐、文学、舞蹈、建筑、绘画、雕塑之后的“第七艺术”，作为一种独立的艺术样式，它自然有其独特的艺术特点：

第一，影视艺术是一种科技与艺术紧密结合的时空综合艺术。

相对于音乐、文学等时间艺术和绘画、建筑、雕塑等空间艺术来说，影视是一种时空综合艺术。这种综合主要体现在两个方面：一方面，影视艺术是现代科学技术与艺术的结晶，即影视技术的综合性，没有电、光波、声波、化工技术的进步与发展，影视艺术也无从谈起；另一方面，影视艺术综合吸取了各门艺术千百年实践中积累起来的精华，即影视艺术的综合性，没有戏剧、诗词、绘画、小说等艺术样式的美学启示，影视艺术就会产生诸多缺憾，就会出现艺术表达的不完美。

比如2010年的《阿凡达》，采用了卡梅隆团队自主研发的3D摄影系统，通过两台装有滤镜的索尼HDCF950HD摄像机的拍摄，不仅可以提供各个视角的画面，还可以移除被摄物的不同部分，从而给大脑传递一种视差错觉，建立起最终感官得到的三维视角。这种更具深度的场景效果，再加上其独特的艺术魅力，给观众带来了视觉上的盛宴，因此，动画电影《阿凡达》连续创造了票房奇迹，并好评如潮，充分体现了技术创新与艺术表现效果结合应用的价值。

第二，影视艺术重视动态的视听觉造型。

造型艺术是以一定的物质材料和手段来创造静态的视觉形象的艺术。影视与传统的静态造型艺术如绘画、雕塑、摄影和建筑等又有着根本的区别，即影视造型是一种动态的造型。正如美国波布克在《电影元素》中所说：“电影中的构图不像其他任何视觉艺术中的构图。它的关键在于活动，因为没有一个画格跟另一个画格完全一样，影像是在不断变化的，导演和摄影师必须在任何时候都能掌握它。”

影视的造型语言有色彩、光线、画面、音乐、声音等。以色彩为例，色彩就有营造基调与形成构图两种基本的造型功用。致力于影像造型之美营构的著名导演张艺谋，在《英雄》拍摄中其色彩造型与表意可谓达到了极致。《英雄》以红白蓝三色为主，其次是黑和绿。如秦宫的晦暗色调，胡杨林的黄色，九寨沟的碧绿等。再就是影视中的色彩对比：黄叶与红衣女子，残剑刺秦王，黑色的秦宫大殿与鲜绿色的帷幔构成一幅幅很有对比效果的视觉场面，从而给观众带来强大的视觉冲击的同时，还带来了心灵上的情感震撼。正是因为此，张艺谋很自豪地指出："我觉得《英雄》是一部很独特的电影……因为我们有时候回忆一部好的电影，过两年以后，说你想起哪一部电影，你肯定把整个电影的故事都忘了，但是你永远会记住的可能就是几秒钟那个画面。……《英雄》呢?过几年以后，跟你说《英雄》，你会记得那些颜色，譬如说，你会记住在漫天黄叶中有两个红衣女子在飞舞，你会记住在水平如镜的湖面上，有两个男人在以武功交流……《英雄》就会是这样的一部电影。"

第三，影视艺术具有蒙太奇思维。

蒙太奇（Montage）原先是法文建筑学中的一个专用名词，其基本意思是组合、构成、装配与连结，引入到影视艺术领域，则是指镜头之间的分切和组接，具体为画面与画面、画面与音响、音响与音响等之间的组合。蒙太奇作为影视艺术的一种最重要的语言手段，最基本的功能就是叙事，即把一系列时空连续或是不连续的镜头连接起来，使之构成完整的连贯的人物动作和情节发展过程。正如蒙太奇理论的创始者之一、苏联著名导演及理论家蒙普多夫金所说："以若干镜头构成一个场面，以若干场面构成一个段落，以若干段落构成一个部分等等，这就叫蒙太奇。"

值得指出的是，当不同的镜头组接在一起时，往往又会产生各个镜头单独存在时所不具有的含义，会营构出呼应、悬念、对比、暗示、联想等独特的艺术效果，这也是蒙太奇的本质特性所在。比如电影《一声叹息》，梁亚洲得知妻子宋晓英到香山宾馆来看望他，赶忙将桌子上本来被李小丹整理得很好的书搞乱。宋晓英进房间拉开抽屉时，只见里面的衣服放得整整齐齐。这两个镜头所构成的蒙太奇，将宋晓英的怀疑之心表达得淋漓尽致。若没有蒙太奇式的巧妙组接，宋晓英当时微妙的内心状态就很难得到如此艺术的展示。因此，苏联著名导演、电影理论家爱森斯坦就明确指出，将对列镜头衔接在一起时，其效果"不是两数之和，而是两数之积"。

总的来说，影视艺术作为综合性的艺术，既是艺术与科技、艺术与工业生产的一种综合，更是时间艺术和空间艺术的综合。一部影视剧的完成，需要编剧、制片、导演、演员、摄影师、美工师、灯光师、录音师、道具师、服装师、化妆师等庞大群体的通力合作。无论是艺术上的缺陷，还是技术上的缺失，最终都会导致一部影片的流产。这也是为什么一部好的影视剧的诞生，都离不开一个优秀团队的原因所在，电视剧《潜伏》与《雍正王朝》、电影《金陵十三钗》与《卧虎藏龙》等都充分说明了这一点。诚然，在这些因素中，影视剧本对于影视艺术的影响具有某种程度上的决定性的意义。优秀的剧本不一定能拍出优秀的影视剧，但是不优秀的剧本一定拍不出优秀的影视剧，这已经成为电影人的通识。正是因为此，立足于文学的影视剧本总是被称为"一剧之本"。影视艺术史上，大量的优秀影视作品就直接来自文学作品的改编。如欧美的《铁皮鼓》《巴黎圣母院》《现代启示录《肖申克的救赎》，日本的《罗生门》，中国的《红高粱》《活着》《色戒》《东邪西毒》《霸王别姬》《卧虎藏龙》《阳光灿烂的日子》等。电视剧同样如此，比如《雍正王朝》《走向共和》等。可见，作为“第七艺术”的影视艺术，在其诞生、成长与趋向成熟的过程中，便与文学结下了不解之缘。

二、影视文学的文体特征

影视文学是以影视艺术的独特视听思维方式来构思和写作的文学形式，其主要功用是用文字表述和描写未来影片，为影视导演提供工作的蓝本，因而影视文学兼有影视和文学的双重属性。一般而言，影视文学就是指影视剧本，影视剧本包括文学剧本、分镜头脚本和导演完成台本三个部分。文学剧本则是分镜头脚本与工作台本的基础，是影视与文学相结合而成的一种特殊文学样式，相对于影视艺术来说，影视剧本是半成品，而从文学的存在形式来看，影视剧本又是完整的文学作品，那么作为一剧之本的文学剧本，具有什么样的文体特征呢？

（一）可视性

影视文学兼有影视与文学的双重特性，不仅要有可读性，还要具有可拍性。一般而言，影视文学的终极对象不是阅读者，而是影视剧观众。可以这么说，影视文学是影片前的影片，所以影视文学创作者要有强烈的银幕意识，所思所想均要能顺利地转化为银幕形象。正如苏联电影导演普多夫金所说：“编剧必须记住这一事实，即他所写的每一句话将来都要以某种可见的视觉造型的形式出现在银幕上，因此重要的不是所写的字句本身，而是他写的这些字句必须能在外形上表现出来，成为造型的形象。”简言之，影视文学创作者要高度重视文本的具象可感。我们试比较一下小说《动物凶猛》与电影剧本《阳光灿烂的日子》（根据王朔小说《动物凶猛》改编而成）的不同：

文学剧本《阳光灿烂的日子》第二十个场景：

二十，米兰家（日）

小旗子，一双手将它抚平。（摇）一张笑容灿烂的照片。

马小军双腿跪在床上，他慢慢下床挪动着脚跑。

笑容灿烂的照片。

马小军看得出神。

照片。

马小军看着看着听见画外脚步声，他起身出画。

马小军拉开里屋门。

（主观视线）锁在动。

马小军闪出画右。

门开。

（主观视线）低角度看见房门打开，一双腿走进来，步伐轻盈，走出画，听见钥匙声，一会儿入画在床前站定。

马小军在床下，一副紧张的神情。

（主观视线）这双腿坐在了床上，片刻又站起，裙子顺腿滑下，接着右脚抬起，将裙子挑起，她走到柜子旁，打开衣柜，取衣服，然后走到床前，取衣服，坐在床上。

马小军甚为紧张，一只手入画，拿鞋，马小军本能地向后退，她麻利地将凉鞋穿上，起身踏了两脚。

马小军紧张地注视着。

她已经换上了另一条裙子，向门口走去。

马小军紧张地注视着，画外传来关门声，马小军终于呼出一口气，他瘫在地上。

小说《动物凶猛》中的相应章节：

另一个房间虚掩着门，我推门进去，发现是少女的闺房，单人床上铺着一条金鱼戏水图案的粉色床单，床下有一双红色的塑料拖鞋，墙上斜挂着一把戴布套的琵琶，靠窗有一张桌子和一个竹书架，书架上插着一些陈旧发黄的书，这时我看到了她。

我不记得当时房内是否确有一种使人痴迷的馥郁香气，印象里是有的，她在一幅银框的有机玻璃相架内笑吟吟地望着我，香气从她那个方向的某个角落里逸放出来。她十分鲜艳，以致使我明知道那画面上没有花仍有睹视花丛的感觉。我有清楚的印象她穿的是泳装，虽然此事她后来一再否认，说她穿的只不过是条普通的花布连衣裙，而且在我得到那张照片后也证实了这一点，但我还是无法抹杀我的第一印象。为什么我会对她的肩膀、大腿及其皮肤的润泽有如此切肤的感受？难道不是只有在夏日的海滩上的阳光下才会造成如此夺目、对比鲜明、高清晰度的强烈效果？

除了伟大领袖毛主席和他最亲密的战友们，那是我有生以来第一次见到的具有逼真效果的彩色照片。即便有理智的框定和事实的印证，在想象中我仍情不自禁地把那张标准尺寸的彩色照片放大到大幅广告画的程度，以突出当我第一眼看到她时受到的震撼和冲击。

黄昏，我才从那幢楼里怏怏不乐地出来，与下班下学回来的大人小孩擦肩而过，我们班的一位也住在这幢楼里的女同学看到我从楼里出来，停住脚若有所思地望着我。

那个黄昏，我已然丧失了对外部世界的正常反应，视野有多大，她的形象便有多大；想象力有多丰富，她的神情就有多少种暗示。

显然，文学剧本中没有了譬如“我不记得当时房内是否确有一种使人痴迷的馥郁香气，印象里是有的”等抽象的交代语言，也不会有譬如“那个黄昏，我已然丧失了对外部世界的正常反应，视野有多大，她的形象便有多大”等抒情性的语言，而多是些具体形象、细致传神的造型语言，无论是视觉形象，还是行为动作，都具有可视性，让人一目了然。

（二）跳跃性

郑雪来在《电影文学与电影特性问题》中指出：“电影剧本既是文学作品又是电影作品，但它首先应该是电影作品。电影剧本按照电影艺术规律来写，才能够给我们提供审美的享受。”郑雪来所强调的“电影艺术规律”主要指影视艺术中的蒙太奇思维。也就是说，影视文学区别于传统文学作品的一个显著标志就是影视文学必须依照蒙太奇思维来组织叙事。也正是因为蒙太奇的灵活运用，影视文学不可避免地具有跳跃性这一显著特征。我们以《魂断蓝桥》的最后一段剧本文字为例来感受影视作品中的跳跃性这一美学特征：

五十八（场）

滑铁卢桥上。

夜雾浓重。

玛拉独自倚着桥栏杆，似乎向桥下望着什么……

一阵皮鞋声。一个打扮妖艳但面孔浮肿的中年女人走来，她看见玛拉。

女人：（很熟识的）是你啊，玛拉。你好。……你不是嫁人了吗？

玛拉：（嗫嚅地）没有。

女人：那个凯蒂跟我说的，说你跟了个体面的人。我说：哪有这好事？

玛拉：是啊——

女人：别泄气，反正就是这么回事。到火车站去吗？唉，我现在是到哪儿都没法儿啦…（她耸耸肩叹息着走开）

玛拉两眼滞呆呆地望着她的背影，望啊望着……对她来说一切都绝望了，她脸上有一种从来没有过的镇静神情。

桥上，一长队军用汽车亮着车灯，轰轰隆隆地向桥头驶来。

玛拉转过头去，望着驶来的军用卡车。

车队从远处驶近。

玛拉迎着车队走去。

车队在行驶，黄色车灯在浓雾中闪烁。

玛拉继续迎着车队走。

车队飞速行进。

玛拉迎面走去。

车队轰鸣，越来越近。

玛拉迎着车队走，越来越近。

玛拉宁静地向前移动，汽车灯光在她脸上照耀。

玛拉的脸，平静无表情的眼神。

巨大的刹车闸轮声，金属相磨的尖厉声。

车戛然停止。人们惊呼。

人们从四面八方向有着红十字标记的卡车拥去，顿时围成一个几层人重叠的圈子。（镜头推进）人群纷乱的脚。

地上，散乱的小手提包。一只象牙雕刻的“吉祥符”。

一只手拿着“吉祥符”。（《一路平安》音乐声起）

20年后的罗依，头发已斑白，面容衰老，穿着上校军服，凄切地站在滑铁卢桥心栏杆旁。

他望着手里拿着的“吉祥符”，苍老的两眼闪现出哀怨、悲切和无限眷恋的神情。

（画外玛拉的声音）：我爱过你，别人我谁也没有爱过，以后也不会。这是真话，罗依！我永远也不……

（强烈的苏格兰民歌《一路平安》将玛拉最后的声音淹没）

歌声在夜雾弥漫的滑铁卢桥上空回荡……桥上，孤独地走着苍老的罗依。

罗依坐上汽车。

汽车驶去……

《魂断蓝桥》最后一场戏的蒙太奇思维的成功运用，不仅创造出了一个崭新的电影时空，而且也为舒缓有致的影视节奏和赏心悦目的运动感奠定了坚实的基础，从而使得文本具有了独特魅力的跳跃性。蓝桥上的玛拉与汽车同时发生的戏剧动作得以分别展示，并在一定程度上扩展与延长了剧情与动作的物理时间，时间延长了，但影片的节奏感没有受到损害，相反，镜头在玛拉与汽车之间的快速切换，带来了情节的跌宕起伏，这就是蒙太奇平行式处理获得的艺术效果。再就是，道具“吉祥符”的巧妙运用，将相隔20年的时空巧妙地连接在一起，使得玛拉与罗依这两个连接镜头之间的转场变得相当的流畅而不着痕迹，尽管相隔二十年时光，但是观众感觉不到“跳”，感觉不到其间转场的存在，如此的转场出神入化，造成了很强的视听效果，确实为电影增色不少。当然，其中的声音转场所带来的文本跳跃性亦不可忽视，比如画外玛拉的声音，既是玛拉的声音，又是罗依心灵上的声音，如此安排处理，让玛拉与罗依进入一个虚幻的电影时空之中，更是让读者（观众）回味无穷。

（三）运动性

影视是叙事性和造型性相结合的一门艺术，是用镜头（造型画面）来讲故事的艺术，而任何故事都是动态的。因此，作为艺术奠基的影视剧本的文字表现，也必须遵循这个原则。也就是说，影视剧的视觉造型，必须体现在动态的过程中。在影视画面内，过多的静止场面或人物的冗长对话，都会影响影片的观赏效果。不过，需要指出的是，剧本创作所追求的动作性不仅仅是表象上的运动，更不是那些情节肤浅、一味打斗的动作，而是要具有一定的内涵，有着内在的情景冲突。这种具有美学意义的动作，在影视剧本中的作用是不可替代的。动作性既是影视剧作塑造人物性格、揭示人物心灵的有效手段，又是影视剧作构造冲突、推进剧情的根本动力。在这方面，影视剧《潜伏》对同名小说的改编，就充分说明影视文学运动性这一美学特征。毫无疑义，创作者超强的编织故事的能力是《潜伏》剧取得成功的首要因素。《潜伏》剧选择的事件，不仅追求新颖，令人耳目一新，更重要的是均能造成情势突转，使人物关系发生急剧变化，从而获得强烈的戏剧性。这些充满戏剧冲突的故事，不仅生动地展现了剧中人物形象的灵魂与性格，而且让整个影视剧情节跌宕起伏，充满惊险刺激而扣人心弦。

值得指出的是，不仅仅是充满戏剧冲突的故事才具有美学意义上的动作性，许多具有明确目的、意志和愿望的影视台词，亦同样具有动作性。以《潜伏》第12集中的一段台词为例：李涯被交换回天津站，担任行动队队长，上任伊始，便与站长吴敬中密谋对付共产党。李涯的建议得到吴敬中的赞许，并立即付诸行动，行动直接导致左蓝牺牲。

李涯思考片刻（对吴敬中说）：假如在这个左蓝和余主任之间下点工夫呢？眼下舆论总是指责我们破坏和谈，煽动民众闹事，为什么我们不能主动出击呢？延安就是这样做的，把握主动权。

站长：怎么主动出击？

李涯：我还是要说这个左蓝，她是军调代表，一旦她从事地下破坏活动，被我们抓到了呢？上面一定很高兴，这是他们破坏军调，制造摩擦的铁证呀。

站长满意：好思路，你有个懂政治的头脑。……有具体计划吗？

细读两人的对话，“下点工夫”“主动出击”“抓到”“具体计划”等词语，都具有动态性，一方面体现出说话人的潜在意愿，另一方面，这些意愿对听话人产生一定的冲击力或影响力，使其产生行动，从而推动剧情向前发展。细读《潜伏》文学剧本，对话作为影视剧动作的一种方式随处可见，这也是《潜伏》剧获得空前成功的一大原因所在。

第二节　影视文学的鉴赏

任何一种文艺形式的价值实现，都离不开读者或观众的接受与欣赏，影视文学亦同样如此。所谓的影视文学鉴赏，是人们在阅读影视文学作品时的一种审美精神活动，是主体（读者）与客体（影视文学的各项因素）在情感意识上的契合、神交而产生积极互动的一个复杂过程。其中，主体的形象思维、个人的生活体验、审美情趣、良好的文化素养等，是影视文学鉴赏必不可少的前提；而客体中的艺术形象和生活画面，以及蕴涵其中的情感体验，则是吸引主体（读者）最重要的客体因素。

毫无疑义，影视文学是一种综合性很强的艺术形式，单一的对其艺术形象的欣赏，显然不能全部解释影视文学的艺术魅力，也不能尽可能多地接受影视文学创作者所要传递的各种艺术信息。因此，培养一种与影视文学相适应的审美眼光，对于当今大学生来说，是十分必要的。

那么，怎样才能做到全方位的领略影视文学的艺术魅力呢？

一、把握影视文学中的视觉形象

把握影视文学中的视觉形象有两层含义：第一，影视剧本中所叙述的故事、所塑造的形象、所描绘的场景，是否都能被拍摄成画面；第二，赏玩品味影视剧故事里塑造的生动的人物形象。对于第一点，我们已经在影视文学文体特征“可视性”这一特征里做出说明，这里不再赘述。

毫无疑义，人物形象离不开人物活动与人物关系。而人物的活动和人物关系，构成了作品的情节，人物的命运形成了作品的叙事架构。甚至可以这么说，影视剧的情节，是人物形象的情节；影视剧的结构，是人物形象的结构。同时，影视剧创作者的价值理念亦是通过人物来得以展现。可见，在影视剧作中，人物是影视剧作的核心，人物支撑剧作，并决定故事情节走向，影响剧作的格调品位。中外成功的影视剧，基本上是人物成功的影视。比如《罗拉快跑》

中的罗拉，《飞越疯人院》中的迈克，《阳光灿烂的日子》中的马小军，《霸王别姬》中的程蝶衣，《越狱》中的迈克，《潜伏》中的余则成等。他们都是典型环境中的典型人物，无论是马小军，还是余则成，都有其最突出的性格特点与气质以及最具代表性的时代特征。这些鲜明的个性形象都能深刻揭示一定的社会生活本质，因而使得他们成为有别于现实人物的“熟悉的陌生人”。

总而言之，判断影视文学中的人物形象是否设计成功，一是看人物肖像、行为等可见因素能否转化为具体的、鲜明的视觉造型，人物心理与情感等非现实的内容能否物化或动作化，转化为可以看得见的物质现实；一是看人物形象在剧情中的动作与其性格特征相符，人物的职业生活、个人生活、个人特征与其戏剧性需求是否相符，人物的起始状态、发展状态与最终状态是否有别，人物是否具有独创性，人物语言是否是人物思想、感情、性格的真实反映等等。

二、把握影视作品的主题

在影视作品中，主题一般称主控思想。影片的主控思想主要是指影视创作者通过影视内容所要表现出来的情感主旨、价值取向和哲学思考。著名电影理论家李·R.波布克在《电影的元素》中就明确指出：“任何一部影片首先需要考虑的是主题。”同时他进一步强调指出：“如果观众抓不住影片讲的是什么，那就很难指望他们去评析、分析和研究它。如果影片制作者不知道他要说的是什么，他就不可能制作出一部能起交流作用的艺术作品。”正是因为此，成功的导演和编剧家都十分注意影视作品主题的确定，虽然影视作品的主题不是孤立的，往往随着艺术形象的显现而得以展现，但是仍有许多主题先行的影视作品诞生。比如张艺谋在说到他的《英雄》编剧时指出：“武侠世界里面，是由一个侠来支撑的，就是一个人，他如何去征服男人，如何去征服女人，大部分的故事都离不开这个东西，所以我就要突出这方面，要更看重侠。”《英雄》的故事便是在这个题旨下发展起来的。

一般而言，编剧如果没有主题就写剧本，自然无法写出好的剧本。同样，影视文学的鉴赏者在鉴赏文学剧本时，若不能把握其主题，“那就很难指望他们去评析、分析和研究它”，可见把握影视剧本的主题是真正读懂它的一个基本前提。那么，如何去把握影视剧本的主题呢？英国电影理论家林格伦在《电影的艺术》中指出：“剧作者所涉及的是人类行为，所以，它必然表现某些社会形态……要注意它（主题）与它所影射的生活关系。”显然，林格伦提出了一个非常重要的见解，影视主题就蕴涵在它所影射的生活中。因而探究电影的主题，自然离不开影视作品所影射的生活。把握住了影视剧本所影射的生活，还要注意影视剧本几种通用的表达主题的方式：

（一）用对白来表达主题

这是一般编剧最常用的方法，剧中人用耐人寻味的简洁语言表达全剧的主题。如《活着》《魂断蓝桥》。

（二）用人物来表达主题

人物的性格与人物的行为互相对照，从而委婉地表达出全剧的主题。如《饮食男女》《西西里的美丽传说》。

（三）用情节来表达主题

情节的变化、起伏、矛盾冲突双方的胜负，反映着作者的主观好恶与理性评价，是主题的某种具体显现。如《霸王别姬》《罗生门》。

（四）用结局来表达主题

用全剧的最后结局，来点明全剧的主题所在。如《新少林寺》《飞越疯人院》。

三、熟悉影视剧本的情节结构

影视文学中的结构，是指剧作者根据创作的总体需要对情节的组合和安排，即所谓的谋篇布局。通过谋篇布局，影视剧的情节故事便在时间与空间的两个维度上得以立体展开。从不同的角度出发，影视文学的结构可以分为不同的类型。按照剧作结构的美学特征，可以分为戏剧式结构、散文式结构、小说式结构等；按照剧作中叙事时空的不同处理，分为时空顺序式，时空交错式等；按照情节线索的安排方法，可以分为单线结构、复线结构、网状结构（辐射式结构）；按照人物关系设置方式的不同，可以分为一人一事结构，多人一事结构，多人多事结构等。但不管何种结构，就其结构组成来看，又大多可以分为三个部分，即开头、主体与结尾（不一定是结局），有的影视剧还可以细分为序幕、开端、发展、高潮、结局及尾声等几个部分。

影视剧作成功与否，在很大程度上决定于结构体设计的优劣。评判一部影视剧本结构的优与劣，首先要看结构的设计是否能正确反映客观事物的发展规律与内在逻辑，是否符合人们的认识规律；其次，要看结构是否为表现影视剧的既定主旨服务，是否选用了表现影视内容最适当、最有力的结构形式；再次，所选结构是否与影视剧的题材、艺术风格相协调；是否符合特定观众人群的审美趣味等。当然，文无定法，影视剧结构亦是如此，因而影视剧结构在为影视剧内容服好务的前提下，可以别具一格，创新求巧。了解结构的不同类型、结构的基本原则，对我们更好地鉴赏影视文学作品至关重要。我们试以电影剧本《阳光灿烂的日子》来做一个说明。

《阳光灿烂的日子》剧本的基本结构（引自苏牧《太阳少年：〈阳光灿烂的日子〉读解》）：

开头

（幼年时空）

1.送父出征：幼年马小军送父出征。（场景1—3）

2.窥视跳舞：幼年马小军隔窗窥视女孩跳舞。（场景4）

3.扔书包：幼年马小军扔书包，少年马小军接书包。（场景5）

（少年时空）

4.街道游荡：少年马小军等在街道游荡。（场景6—7）

5. 教室风波：胡老师上课，学生们向胡老师捣乱。（场景8）

6. 吹避孕套：马小军私开父亲抽屉，翻出避孕套。（场景9）

7. 初见“画中人”：马小军开锁入室，无意中看到墙上的“画中人”。（场景10—13，情节点I）

发展

8. 大院见于北蓓：马小军在部队大院见到于北蓓，被于北蓓强吻。（场景14—18）

9. 欢迎西哈努克：马小军、胡老师等在街道欢迎西哈努克亲王。（场景19）

10. 再见“画中人”：马小军来到米兰家，再次看“画中人”。（场景20）

11. 遭遇“画中人”：马小军在米兰家与米兰遭遇。（场景21）

12. 派出所被抓：马小军在展览馆拍婆子，被抓，回家后发泄。（场景22—24）

13. 胡同殴斗：马小军、刘忆苦等在胡同与人殴斗。（场景25—27）

14. 街道见米兰：马小军在街道见到米兰。（场景28—29）

15. 妈妈生弟弟： 马小军妈妈生下马小军的弟弟。（场景30—32）

16. 桥下打架：马小军、刘忆苦等在铁路桥下与人打架。（场景33—34）

17. 老莫欢聚：打架后，马小军与“小坏蛋”等在老莫欢聚。（场景35）

18. 冲头发：马小军在米兰家，为米兰冲头发。（场景36—39）

19. 跳烟筒：马小军跳烟筒。（场景40—43）

20. 父亲遇米兰：马小军父亲遇到米兰。（场景44）

21. 看电影：马小军、米兰等看电影。（场景45—50）

22. 唱歌、送米兰：众少年月夜唱歌。马小军清晨送米兰。（场景51—53）

23. 回老家奔丧：姥爷死了，马小军回老家奔丧。（场景54—55）

24. 米兰与刘忆苦在一起：米兰和刘忆苦在一起，二人关系亲密。（场景56—60）

25. 游泳池对峙：马小军、刘忆苦等为米兰与流氓“彪子”对峙。（场景61）

26. 老莫过生日：马小军、刘忆苦在老莫过生日（两次）。（场景62—66）

27. 雨中示爱：马小军雨中向米兰表达爱情。（场景67—69）

28. 强暴米兰：马小军绝望中强暴米兰。（场景70—74，情节点II）

结尾

29. 街头游荡：马小军街头游荡。（场景75）

30. 高台跳水：马小军遭众人唾弃，马小军高台跳水。（场景76，情节点III）

（中年时空）

31. 长安街遇古伦木：中年马小军等在长安街遇到古伦木。（场景77）

首先，《阳光灿烂的日子》剧本主要由4个大的段落（段落相当于古典戏剧的场）组成，这也就是通常意义上所说的开端、发展、高潮与结尾。其中情节点I、情节点II、情节点III分别是其重要标志。《阳光灿烂的日子》的结构框架是相当成功的，一是情节点的支撑，使得人物的情感变化、性格的展示有了依据；二是开头、发展、结尾都完成了各自的功能任务，开头交代清楚了电影的背景以及主要人物的出场，发展段落充分展开了故事和人物，结尾部分完成了电影的升华。

其次，《阳光灿烂的日子》剧采用“时空顺序式结构”，将马小军的幼年时空、少年时空、中年时空三个不同的时空故事按照时间的顺序娓娓道来，既让整部剧作行云流水，又使得影视情节跌宕起伏，尤其是结尾升华影片时的匠心独运，显示了剧作者讲故事的内在功力。

四、熟悉蒙太奇的性能与功用

前面已经提及，蒙太奇是影视艺术的重要表现手段。其实，从广义上来说，蒙太奇不仅仅是指声画诸元素的剪辑组合，同时它还是一种重要的艺术思维方式。成功的编剧家运用这种思维方式时，不再局限于镜头与镜头之间的组合，而是贯彻于影视剧创作的每一个方面，包括场景与场景之间，段落与段落之间，甚至是整体影视结构之中。正是因为此，苏联电影艺术家罗姆批评那些不懂得蒙太奇思维的剧作家时指出：“可惜现在的剧本往往过分依靠语言，几乎不运用画面，把画面完全留给导演去处理。电影不应该滥用语言。”既然成功的剧作家都从创作层面注意蒙太奇的运用，那么从接受层面上来说，读者必须要懂得蒙太奇的分类及其性能与功用。

关于蒙太奇的分类，至今众说纷纭。现在比较通用的是依据蒙太奇不同的表现目的，将蒙太奇分为叙事蒙太奇与表现蒙太奇两大类：

（一）叙事蒙太奇

叙事蒙太奇以交待情节、展示事件为主要目的，按照情节发展的时间流程、逻辑顺序、因果关系来分切与组合镜头、场面和段落，表现连贯的剧情。叙事蒙太奇重在动作、形态和造型的连贯性，就其具体体现而言，有顺序蒙太奇、平行蒙太奇、倒叙（颠倒）蒙太奇、复现蒙太奇等。

（二）表现蒙太奇

表现蒙太奇就是通过相连镜头在形式或内容上相互呼应、对比、冲击，从而创造更为丰富的涵义，借以激发观众的联想或思考，进而艺术地展示出某种心理、义理、情景或情绪。表现蒙太奇重视画面的对比、类比、象征等关系，可以粗分为对比式蒙太奇与类比式蒙太奇两大类。

简言之，蒙太奇叙述方式是为特定的内容服务的，我们通过《公民凯恩》中的一个章节来品味顺叙蒙太奇的艺术魅力。

紧接着的一些画面表现了九年内的生活……凯恩和艾朱丽在早餐时的情景，有变化的只是房间的光线和他们的服装。

一九〇一年。凯恩家里。

小小的餐厅。

屋子里阳光充足，到处是鲜花，布置得很漂亮。

凯恩和艾米丽在吃早饭。

艾米丽：今天我们要早点用饭，查利。

凯恩：我怕我来不及赶回来了，亲爱的。

艾米丽：查利，这你一星期前就已经知道了。

凯恩耸耸肩膀。

一九〇二年。还是那间屋子。

凯恩和艾米丽还坐在这张餐桌旁，只不过衣服换了，桌子上的餐具也有些不一样了。

凯恩面前堆着一大堆信。

凯恩：我尽可能到你们那儿去，也许要稍晚一些。今天你还到波阿尔德曼家去吗？

艾米丽：我想是要去的。虽然我并不想去……你知道吗，这已经成了负担！

凯恩：你对这些蠢货也太关心了吧？

艾米丽耸耸肩膀。

一九〇五年。

凯恩和艾米丽还在那间屋子里吃早饭。艾米丽一身盛装。

艾米丽：查尔斯，有些人不愿意自己家里有《问事报》……，玛格丽特·英格丽希对我说在下星期的会议上，将要作出一个决议：禁止阅览室里陈列《问事报》……她说，已经有四十多个人同意了。

凯恩：好极了。伯恩斯坦先生可要高兴死了。你知道吗，艾米丽，一旦报纸遭到禁止时，这就意味着，我们能摆脱那些额外的、不花钱的订户，因为那些有钱人认为不付钱给办报的人，是件体面的事。

艾米丽耸耸肩膀。

一九〇六年。白天。

凯恩和艾米丽坐在桌旁，他们在吃早饭。他们的衣服换过了，桌上的餐具不一样了。

艾米丽：你的伯恩斯坦先生昨天在跟我们的儿子讲话时，说了一些非常粗鲁的话。我不允许在儿童室发生这样的事。

凯恩：伯恩斯坦先生以后还要继续进儿童室。

艾米丽：难道这有必要吗？

凯恩（直截了当地）：有。

一九〇七年。白天。

凯恩和艾米丽坐在桌旁吃早饭。一切照旧，只不过又是衣服和餐具不一样了。

艾米丽：昨天晚上你使自己成了取笑的对象，也就是说，连我也成了取笑对象了！

凯恩（冷冷地）：我觉得不是这样。

艾米丽：一个女人在三个月内只和丈夫一起在社交场合出现一次。当一个这样的女人，是不愉快的……也许，你认为在哈丁格家的宴会上来显示一下你的那些噱头——学鸡学鸭，动动耳朵……，就能哗众取宠，可是大家都以为你喝醉了。

凯恩：比起他们来，我也不认为他们都醉了……，可实际上我知道他们是醉了！

艾米丽：事实上，查利，人们是有权利期望你……

凯恩：那也只能看我愿意不愿意了。

一九〇九年。

凯恩和艾米丽坐在桌旁。

屋子里什么变化也没有，只不过他们身上的衣服又换了。

两人默默无言……都在读报。凯恩在读自己的《问事报》，艾米丽在读《记事报》。

经典影片《公民凯恩》以蒙太奇手法将六组镜头组接在一起，生活上9年时间浓缩在不到两分钟的放映时间内，就完整地表现了凯恩和他的第一任夫人婚后的感情鸿沟随着时间推移而逐步加深直至破裂的全过程。时间的流逝通过衣服的变化来体现，亲昵吃饭时的春季服装；妻子亲热地看着丈夫而丈夫低头看报时的夏季服装；夫妻俩埋头吃饭时的秋季服装；夫妻俩都不吃饭时的冬季服装；随着服装的变化，两人的情感也从春天走向了冬天，新婚之时两个人的亲密交谈到婚后9年时的默然无语；新婚之时两个人甜蜜相坐到婚后9年时分坐饭桌的两头，新婚之时两个人共享鲜花到婚后9年时埋头看不同的报纸（艾米丽看的《记事报》还是凯恩对手的报纸），这都暗示着夫妻两亲密的情感逐渐被彼此间的敌意所替代。多年的婚姻变化史，剧作家用不到两分钟的蒙太奇讲述得清清楚楚，不仅保证了人物的立体鲜活，同时加快了影片的叙事节奏，增加了叙事容量，显示出了蒙太奇影视艺术的独特魅力。

五、熟悉影视剧语言具象可感的特点

剧本语言就是写进剧本中的文字语言，它以转化为活生生的银幕形象为最终目标，因此影视剧本语言是一种综合性很强的语言，既要用到文学的语言，也要用到表演的语言，还要用到音乐、雕塑、绘画等各种语言，具有以视觉形象为主、时空兼备、声画结合的特点。

剧本语言依据表现形式可以分为叙述性语言和人物语言两种。叙述性语言主要用于交代剧情，描述人物外貌、动作及其生活环境，或者用于影视拍摄时的时间、场景、景别、镜头运动等技术性问题的提示。叙述性语言通常要转化成看得见的视觉形象，因此鲜明的形象性是其最基本的特性，同时还需要做到简洁与准确，不能有过多的修饰成分，不用或少用复杂的长句，而是多用短句。

人物语言即剧中人物发出的语言，也就是通常意义上所说的台词。人物语言一般可以分为对白、独白与旁白。对白是指剧中人物之间的对话，它是人物语言最常见、最重要的一种表现形式。人物的对白是一种代言体，是剧作家人生理念的载体，它承担着演绎故事、刻画人物、诠释理念等重要功能，是加强影视剧文学性与趣味性的关键所在，因此对白不仅要做到简洁、自然、符合情景，还要具有动作化、个性化、通俗化等基本特点。当然人物语言若能保持生活中的原本形态，还能蕴涵一些较为浅显的生活哲理，那更是对白中的经典，网络中一些热炒的影视佳句便属于此类。旁白是指非本剧人物或讲述时人物不在画面中所说的话，一般以画外音的形式出现，属于解说性语言。独白是指剧中人物独自所说的语言，多用于表达剧中人物的内心活动。

欣赏影视文学语言时，除了要分别注意到叙述性语言与人物语言各自的特征，还要注意影视语言的一个基本特征，即影视语言包含了画面、声音和文字三个因素。优秀的剧作家通过用心组织影视语言，不仅让声音与画面及文字之间的关系得到很好的处理，而且还会营造出某种意境，传达出其对人生的深切感悟。

第二章　影视文学作品选析

第一节　电影剧本选析

阳光灿烂的日子

姜文、王朔（编剧）

主要获奖情况：

第33届台湾电影金马奖最佳改编剧本奖

1995年度“国际十大佳片第一名”（美国《时代》周刊）

故事梗概

20世纪70年代初的中国，全中国的大人们都在四下奔波闹革命。于是，部队大院孩子马小军、刘忆苦、羊搞、大蚂蚁等成为了城市的主人。他们整天在一起抽烟、打架、游泳、看电影、追逐漂亮女孩。在无聊的夏日里，马小军还学会了撬门开锁，进入别人家里成了马小军生活的一大乐趣。他常常溜出校门，用自制的钥匙打开一把又一把的锁，窥探一家又一家的秘密，但马小军从来不拿人家东西。一天，马小军鬼使神差地进入了一个房间。倏然间，马小军看到了墙上的“画中人”。接下来的日子，马小军一直没忘记那个照片上的女孩。他天天在那个房子的周围转悠，希望能见到她。终于有一天，一双美丽的女孩的腿从马小军身边经过，马小军意识到她就是“画中人”，于是主动认识并成为朋友。从此，马小军天天都去找她，并将米兰介绍给自己的哥们，但是看见米兰和刘忆苦谈得那么亲热，马小军有些嫉妒。接下来的日子里，米兰像一个精灵，在马小军和刘忆苦之间游荡，并最终影响了马小军与伙伴们的关系。在心情极度纷乱的情况下，马小军怀着爱情的煎熬“强暴”了米兰，并最终促使米兰与马小军及其伙伴们断绝了来往。许多年后大家再次相聚时，过去的一切如同一场梦幻，青春的记忆告诉马小军，生活中的米兰可能并不存在。

片头字幕

黑底中，陆续出现主创人员名字的白色字幕。

音乐：

笛子吹奏的《远飞的大雁》。

旁白：（中年马小军，下同）

北京变得这么快。20年的工夫它变成一个现代化城市，我几乎从中找不到任何记忆里的东西。

事实上这种变化，已破坏了我的记忆，使我分不清幻觉和真实，我的故事总是发生在夏天，炎热的气候使人们裸露的更多，也更难掩饰心中的欲望。

那时候好像永远是夏天，太阳总是有空出来伴随我们，阳光充足，太亮，使得眼前一阵阵发黑……

黑底中，出现巨大的红色字体：阳光灿烂的日子

1. 大院广场，日，外

天空。（摇下）毛主席塑像半身。

礼堂门前，战士挥舞着彩带划过画面。干部列队走出礼堂。

歌词：

革命风雷激烈，战士胸有朝阳。毛主席呀毛主席，我们有多少知心的话儿要对您讲。

礼堂楼顶，四个小男孩儿迎面跑来。

礼堂门前，锣鼓震天，彩带飞舞，干部列队走出礼堂。

锣鼓划过画面，干部队伍迎面走来。

旁白：

“九大”过后不久，我爸爸他们部队接受了新任务要去贵州进行“三支两军”工作——当军代表。

马母在喊“小军！小军！”

一群孩子冲过，撞在马母身上。

马母：“挤什么呀！”“小军！小军！”

四个小男孩背身（移），他们看着楼下热闹的场面。

马母画外音："下来！下来！"

队伍迎面走。

毛主席塑像。

众干部敬礼。

众干部敬礼，礼毕。

马母在人群中寻找。

马父在人群中寻找。

马母见到马父，两人在议论、寻找。

童年的马小军在跑。

马小军入画，马母生气地打了他一巴掌。

载满军人家属的车队驶出大门。

2.机场路上，日，外

杨树划过。

卡车上，马小军站在父母中间，他高兴地指着画外。

马小军及父母站在卡车上（背），马小军指着远处，远处一辆辆坦克划过。

旁白：

我最大的幻想便是中苏开战。因为我坚信在新的一场世界大战中，我军的铁拳定会把苏美两国的战争机器砸得粉碎。一名举世瞩目的战争英雄将由此诞生，那就是我。

一辆辆坦克划过画面。

3.机场，日，外

机场，直升机在空中。（跟摇）载满军人家属的一辆辆卡车驶进机场，一辆吉普车驶进机舱。

载着马小军及父亲的车停下。

螺旋桨在飞速旋转。

马父跳下车。

马母下车。

飞机在慢慢移动。

马小军注视着画外。

一军官向众干部敬礼出画右，马父回身。

机尾，干部列队走进机舱。

马父画外音："向右转！"

马父下令："齐步走！"众干部走。

机尾，干部列队走进机舱。

马小军吹哨。

机尾，将要走进机舱的马父回头。

马小军冲出画。

马小军冲向机尾。

马小军将哨子戴到马父的脖子上，转身跑出画右。

马小军扑进马母怀里，马母生气地说着他。

飞机慢慢地滑行。

马小军看着画外。

机头划过画面。

飞机在滑行。

飞机划过画面。

飞机起飞，划过画面。

飞机划过画面，（摇）飞向远处。

4. 小学校，日，内，外

墙（移）马小军入画，他慢慢地移向窗口。

旁白：

爸爸走了，我获得了空前的自由，我特别羡慕父母都在外地工作的那种孩子。如今我终于加入了他们的行列。

三个小姑娘在跳舞。

马小军出神地看着画外的小姑娘跳舞。

一小女孩的腿在舞动。

一小女孩在跳。

马小军出神地看着。

窗户被打碎。

碎玻璃掉在地上，小女孩停止跳舞。

马小军回身，画外哥儿几个：“给丫一大哄哦！哦喉！哦喉！”

哥儿几个坐在平台上喊着：“给丫一铁丝哦，大腿一抽筋，给丫一搓板哦，搓脊梁又搓眼儿哦……”

大树旁，马小军（背）入画拎起木棍跑出画。

马小军入画冲进门洞。

小哥儿几个奔命跑，马小军跑入画，举着棍子，马小军：“给我站住……”

小哥儿几个跑向沙滩，马小军扔掉棍子，扑过去。

四个男孩站起身。

刘思甜：“咱们打赌，看谁把书包扔最高！”

众：“行。”

刘思甜：“打什么的？”

羊搞："冰棍！"

马小军："奶油的。"

羊搞："两根！"

刘思甜："好。"

众："我先来！我先来！"

刘思甜："别，别，别，从大蚂蚁开始！咱得把书包扔得跟楼一样高！"

众："行！行！蚂蚁你先来！一！二！三！"

"哎呀！不行！不行，刘思甜，该你！"

"一！二！三！哎呀，不行！"

"羊搞，你！该你！一！二！三！哎哟，哎哟，真次！破玩意儿。""马猴！马猴！该你！"

刘思甜等三人扔书包，书包都落了下来。最后到马小军。

马小军："躲开！"

众："一！二！三！"

马小军将书包高高扔起。书包飞出画外，孩子们久久地抬头看天。

书包在空中盘旋，落下。（升格）

5. 大院内，日，外

长成少年的马小军将书包接上。

马小军："我操！你丫怎么这么懒，连书包都懒得拿，赶紧走。"刘思甜、羊搞："大蚂蚁！快点儿，迟到了，迟到了，快一点儿。等你半天了。"

大蚂蚁："别喊了，我姥姥在家去不了了。"

众："什么你姥姥，骗谁呀你！赶快走！赶快走！"

旁白：

小学就这么毕业了，大家升入了不同的中学。这是校方为拆散像我们这样的小集体，而专门采取的措施。可是没过几年，我们便随大人搬到了东城一个军队家属院，本来分开的老哥儿们又相聚了。

6. 大院门口，日，外

哥儿几个骑车出院。

哥儿几个："古伦木！古伦木！"

傻子："欧巴！"

傻子骑着木棍。车轮从他身前划过。

哥几个："古伦木！古伦木！"

傻子："欧巴！欧巴！"

7. 胡同，日，外

哥儿几个，并排骑车由纵深而来，边骑边唱："临别时，我告诉你，不要往家招男的，如今我看见了床上的痕迹，你他妈是怎么搞的。”

旁白：70年代中期，北京还没有这么多的汽车和豪华的饭店，街上也没有这么多人。比我们大几岁的都去了农村和部队，这座城市属于我们。

哥儿几个唱着向纵深骑去：“掐死你，我掐死了你，掐死你这不要脸的，如今我看见了床上的痕迹，你他妈是怎么搞的。”

8.教室，日，内

胡老师：“上课！”

画外音：“起立！”

全班同学起立。

胡老师：“同学们好！”

全班同学：“老师……”

马小军等同学：“……好！”

胡老师欲说话，讲台上的草帽被风吹走。

全班同学大笑。

胡老师从煤堆里捡起草帽走向讲台。

胡老师：“不要笑，很简单的一个物理现象，坐下。”

全体同学坐下。

胡老师站在讲台前。草帽又一次被风吹走。

同学们又笑了，羊搞起身出画右。

羊搞到煤堆前将草帽捡起递给胡老师。

胡老师：“谁让你离开座位的，无组织无纪律，回去！”

羊搞转身欲走。

胡老师：“我让你把帽子给我放在这儿再回去懂吗？”

羊搞：“懂！胡老师。”将帽子放下转身走。

羊搞回到座位上。

胡老师画外音：“谁是班长？”

羊搞起身跑到班长身边指：“她！”

胡老师画外：“你给我……”

胡老师拍桌子：“回来！”

羊搞返回座位。

胡老师：“谁问你啦！我问谁是班长的目的。是要让她自己站起来。”

全体同学在座，班长站着。

胡老师画外音：“下课之后把这堆煤统统地撮出去。”

班长坐下。

胡老师画外音：“大家把书翻到第35页。”

胡老师将草帽翻开用擦子压上。伸手拿粉笔。

同学们在翻书。

胡老师在黑板上写字，片刻他回身看大家。

同学们安静地坐着。

胡老师写完后转身对大家："咱们讲讲这个《中俄尼布楚条约》，中，清政府；俄，沙俄政府。"

同学们安静地听着。

胡老师看看黑板对大家："啊，尼布楚，何为尼布楚？"

同学们安静地听着。

胡老师："贝加尔河以东的地区，啊。"他低头看画外。

草帽里装满了煤球。

胡老师将书摔在桌上："这是谁干的？"

胡老师拍着讲台："谁干的？"走到羊搞的桌前拍桌子："这是什么意思？谁？"

羊搞："不是我，不是我。您看我手是干净的。"

胡老师："都把手伸出来！"众同学将手伸出，胡老师从前走到后检查，当他往回走时，马小军起身："胡老师！"

胡老师："你说！"

马小军："算了，不说了。"

胡老师走到马小军身边："你说！不要怕！"

马小军："我是说他可能是怕那帽子再飞走，我觉得动机是好的。"

众同学笑。

胡老师："我问的你是谁？"

马小军："噢，那我可不知道。"

胡老师："坐下。"走向前。

马小军画外："老师，你可千万别生气！"

众同学："老师别生气！"

胡老师回到讲台前对画外的众同学："这节课咱不上了，我跟你们说我要查清楚，我要查清楚。"

门被踢开，一男生冲进，横穿教室跳窗而跑。

马小军看着，画外又一声，马小军回头。

两名男生，冲进教室，跳上桌子，斜穿教室跳窗追去。

胡老师看着。

众同学坐下。

马小军看着画外的胡老师。

胡老师生气地低下头。

画外男生："胡老师，胡老师，劳您驾！"

窗外男生："把鞋给我捡出来。"

胡老师对画外的男生："你是不是上厕所也要让老师给你擦屁股啊？"

窗外的男生看着胡老师。

胡老师画外："给你鞋！我给你穿上……"

胡老师拍着桌子："……得了。"

男生画外："那倒不用，您就给我扔出来得了。"

胡老师："滚！你们这些害群之马，不学无术。焦师傅！焦师傅！"

马小军与同桌女同学说着什么。

胡老师画外音："哪位同学赶紧去把咱们工宣队的焦师傅请到教室来！"

马小军转身出画左。

9. 教室，日，内

窗外男生："咳！姓胡的，你别给脸不要脸，求你那么点儿事儿你都不给我办，你等着！"

胡老师："咳！笑话，我等什么？啊？你还能把我怎么样？你不要来这套恐吓讹诈嘛！"

马小军爬向门口。

画外男生："行！行！你等着，我还不要了。"

胡老师："你回来！难道你会叫人打我吗？你扎我的轮胎，你暗害我不成吗？啊！我们没人稀罕你这只破鞋。"将鞋扔出窗外将窗户关上。

学校楼道内，马小军从门下爬出（摇）走向楼门口。

10. 马小军家，内

一双手在锉钥匙。

马小军低头看着，他满脸是汗。抬头吹吹钥匙。

钥匙开锁。

马小军微笑的脸。

锁扔到桌面上。

写字台（推），手入画将锁打开放在桌上。抽屉拉开。

马小军低头看着画外。

抽屉一双手将刀拔出，拿出画外。手入画将抽屉内的另一把刀拿出。

马小军在玩刀。

抽屉，马小军手在翻小盒内的像章。

马小军转身，他身前挂满像章，走向里屋，开灯，走到镜子前。

马小军对着镜子："敬礼！齐步走！当！当！当！……请首长放心，我们保证完成任务！851，851，我是延安！我是延安！向我开炮！向我开炮！"

抽屉，马小军的手在翻，他翻开一个笔记本，拿起一个小纸袋儿（避孕套）。

马小军（背）在吹，他转过身继续吹。

屋内，气球下入画，马小军入画托气球。

气球从马小军的眼前划过。

桌面，气球由下至上划过画面。

气球从马小军的眼前划过。

气球从灯前划过。

气球从马小军的身前划过。

气球从马父、马母照片前划过。

气球从马小军的眼前划过。

马小军飞起一脚，踢气球。

气球从灯前划过。

气球撞在假军舰上。

马小军入画，将撒气的气球接住。

抽屉，马小军的手在急忙地收拾。

一双手在锁抽屉。

一只手在拉灯绳。

灯灭。

手拉灯绳。

桌面暗。

马小军关台灯。

马小军重重地躺在床上大喘气。（叠出）

11. 围墙，日，外

（叠入）围墙边，马小军骑车划过。

旁白：

我迷恋上了钥匙并开始制作它们，先是把自己家的各种锁一一打开，偷看大人的秘密，后来就发展到未经邀请地去开别人家锁着的门。每当锁舌“当”地一声跳开，我便陷入无限的欣喜之中，这种感觉，这种感觉只有“二战”中攻克柏林的苏联红军战士才能体会得到。

不瞒你说，我的才华是来自父亲的遗传，抗美援朝战争中，他曾无师自通地拆除了无数美国兵投下的定时炸弹的引信，很多人为此壮烈牺牲了，可他却安然无恙，以至于妈妈经常怀疑他在朝鲜那几年，一直是躲在山洞里。

我进行了仔细的侦察，发现人们都没什么钱。那些现在被认为是必不可少的家用电器当时闻所未闻。屋里多是单位发的家具。我也可以作证，那时候除了一些政治品质可疑的干部，贪官污吏凤毛麟角。

在我的溜撬生涯中，只见过一台前苏联产的老式黑白电视机，我的确想把它搬走，可是太沉。我发誓我仅是开锁并不做贼。玩累了就躺在陌生人的床上睡会儿，想象着它的主人在床上可能干过的一些事。

放心，我有绝对把握不会被人擒住，那时候人们上班是从不溜号的，而且因为没丢失任何东西也从来未引起过人们的警惕。

马小军骑着自行车，他不时地向围墙内看。

（主观视线）围墙内，安静的小树林。

马小军骑车来到楼前（摇成主观镜头）一个老式的二层楼。

楼梯，马小军上楼。

楼道内，马小军露头，由纵深走来。（叠化出）

（叠化入）马小军走到一家门前掏钥匙。

一双手在开锁。

马小军将门打开，他回头看了看楼道。

空空的楼道，门被关上。

12. 房间，日，内

抽屉被拉开，一个手表，画外马小军："suoga。"手入画将手表拿出并戴上。马小军将手表放在耳朵上听。

一双手在开开关。

电视机里播放着"五·一"电视节目。

（叠化）马小军在睡觉，被画外的响动惊醒猛地起身。

马小军起身跑出画。

马小军关电视。

马小军刚跑出门又返回身将手表放在抽屉里。

马小军跑下楼。

马小军跑下楼梯冲出楼门。

13. 楼梯，日，外

楼道内，马小军在某家人的菜筐里拿黄瓜吃。

马小军在开一家门，他闻声回头。

旁白：

当然也偶尔碰到点小麻烦。

楼道尽头，一小男孩儿走来。

马小军闪出画。

马小军跑到小桌旁。

马小军躲到桌子后。

楼道远处，一老太太走近。

马小军紧张地看着。

楼道里，老太太与小男孩由纵深走来。

马小军紧张的脸。

老太太及小男孩走到近处。老太太将菜筐放到桌上。

马小军躲在桌后。

老太太撩开门帘。

老太太在开门，小男孩站在桌边。

小男孩似乎发现了马小军，这时老太太开门，将小男孩领进门。

马小军躲在桌后，关门声将他吓了一跳，终于他松了一口气，起身。

旁白：

“这点小事不会使我丧失勇气，这只能让我从中体会到更多的刺激。我向来只开明锁，因为安全。开始那天我却鬼使神差地开了一把暗锁。

马小军起身，他撩开一家门帘，看了看，转身走到另一家门前敲门，没动静，急忙掏出钥匙。

锁，一只手入画，开锁。

马小军的脸，他在使劲，门开，他快速闪进。

鉴赏提示

《阳光灿烂的日子》剧本主要由4个大的段落组成，这也就是通常意义上所说的开端、发展、高潮与结尾。本文所选为剧本的开端部，开端部包括7场戏，这7场戏分别为：送父出征、窥视跳舞、扔书包、街道游荡、教室风波、吹避孕套、初见“画中人”。这7场戏中，有的一个场景就构成一场戏，比如窥视跳舞、扔书包、教室风波与吹避孕套；有的由两个场景构成，比如街道游荡；有的由三个场景构成，比如送父出征。初见“画中人”最多，包括4个场景，这4个场景分别为：10. 马小军家，夜，内；11. 围墙，日，外；12. 房间，日，内；13. 楼梯，日，外。这4个场景中的每一个场景又分别由数个镜头组成，第一个场景有34个镜头，第二个场景有10个镜头，第三个场景有9个镜头，第四个场景有19个镜头。初见“画中人”段落是《阳光灿烂的日子》剧的重点段落，因为本段落直接表达了主题。

读懂一部影视剧本最基本的就是要读懂它的主题。台湾焦雄屏讲：“虽说它是一部有关文革的作品，任谁也看得出，这是一部谈青春、谈成长的作品。一群十来岁的毛孩子，在文革年月的北京城里横冲直撞。姜文从自己经验出发，挣脱了伤痕、苦难这些文革陈腔，在他的镜头下，文革与浪漫、青春一样。当第五代导演上山下乡插队劳动时，留在北京的小弟弟、妹妹们反而因此过着无法无天的半逃学生涯。父母、师长、兄弟，谁也顾不上他们，他们的成长有太多的放任、恣肆、无政府似的蛮横。《阳光灿烂的日子》完全抓住了这个基调，全片以一种快速、冲击力强的节奏进行，一气呵成让人几乎目不转睛。姜文对青春的回顾绝不像第五代导演有那么多的沉痛和反省，他的喟叹是对青春的恍惚和留恋，是对青春骤然消失的怅惘，然后更多的是对青春及那个时代的讴歌……到了末了，他甚至否认电影前面段落的真实性，直称其为伪造的谎言……《阳光灿烂的日子》不讳言其叙事立场，堂而皇之略去了青春苦涩的一面，让观众欣赏北京少年揺着胸膛向全世界吹大牛的气魄和纯真。”

北京电影学院苏牧老师认为：《阳光灿烂的日子》是一个浑然的、热气腾腾的生命。《阳光灿烂的日子》的主题也是浑然的，表现了一种理想主义、纯净浪漫、充满激情的情感和境界。《阳光灿烂的日子》表现的是青春的觉醒，生命的觉醒，就像影片的片名，它在表现和讴歌我们生命中的“阳光灿烂的日子”。

第二节 电视剧本选析

贫嘴张大民的幸福生活

刘恒（编剧）

主要获奖情况：

2000年第十届北京电视“春燕奖” 优秀电视连续剧奖

2000年第十届北京电视“春燕奖” 优秀电视剧编剧奖

2000年第十八届中国电视“金鹰奖” 优秀奖

2000年第十八届中国电视“金鹰奖” 最佳编剧

2000年度第二十一届全国电视剧“飞天奖”优秀编剧奖

主题与风格梗概（刘恒语）：

1. 一部含有悲喜剧色彩的家庭连续剧，表现平民张大民一家人追求平凡的幸福生活，历经坎坷与辛酸的经历，揭示老百姓脚踏实地的生活态度和锲而不舍的乐观主义精神，赞颂蕴含于国民性中的深厚而广大的积极力量；

2. 坚决而有效地展现凡人小事，不惜用“显微镜”去观察琐碎的生活细节和渺小的人生困境，让大多数观众从这个视角看见自己，看见亲人，从而产生共鸣；

3. 除了生动地讲述故事，最主要的目的是呈现一种坚韧不拔的价值观，让同样处于各种“坎坷”之中的观众深切思之，并从中受益；

4. 淡淡的喜剧色彩，不可以追求表面效果，尤其要避免闹剧味道。在自然而活泼的风格之中，流露一线伤感与辛酸，能引发含泪的微笑便足以完成最终的艺术使命；

5. 无限引申：

（1）一部底层人喜怒哀乐的故事

（2）大杂院里磕磕碰碰的故事

（3）屋顶下各种关系之间（母子、夫妻、婆媳、姑嫂、兄妹）的故事

（4）不停地跌到，爬起来，又跌到，再爬起来的故事

（5）装聪明和装傻的故事

（6）一部爱与被爱的故事

第五集

1.［外景 大杂院 夏 清晨］

张大民端着尿盆穿过院子。

2.［外景 胡同 厕所］

刘大爷举起笤帚把张大民拦在男厕所门外。

刘大爷：你别进去。

大民：怎么了？刚盖好就要塌？您先让我把尿倒喽，端着怪沉的。

刘大爷：说清楚再进去。

大民（笑）：不当主任，改把大门儿了？

刘大爷：少跟我嬉皮笑脸。你在大雨地里嚷嚷什么来着？

大民：我嚷嚷什么了？没嚷嚷什么呀。

刘大爷：瓷砖铺上了，乳胶漆刷上了，水管子装上了……看着眼馋了，是不是？

大民：我眼馋什么了我？

刘大爷：家里住着难受，想住茅房了吗？

大民：我怎么了？

刘大爷：那你嚷嚷什么？隔三院子的人都听见了！没下雨，你的声音还不得传到长安街去？想住茅房？你有资格吗？

大民：我那是说着玩儿呢！您当真啦？

刘大爷：有当真的，好几位上居委会反映了。还有一位床都准备好了，人家想抢你前边住进去，你说怎么办吧？

大民：哎哟！误会误会……您替我告诉他们，我从小就知道茅房是干什么用的，总而言之不是睡觉用的，我真的不想住茅房！让他们别睡不着觉。天一亮……茅房挂上绣花帘子，尿池子摆上沙发了，木头门改成防盗门了……这种霸道事根本不会发生。我张大民肯定不能那么想，我那么想了，也不敢那么做。一人一泡尿，您就得上太平洋捞我去了……我胳膊可酸了啊！

刘大爷（用笤帚拍大民的屁股）：贫！把你嘴拿水泥糊上，没用的少往外乱喷！

3.［外景 大杂院］

大军站在水龙头旁边刷牙。古三儿也摆着牙缸子牙刷走过来。

古三儿：够认真的！给谁刷呢？

大军（含混）：哟，你来你来。

古三儿：那天你领那妞儿够漂亮的，哪儿挂上的？

大军（漱口）：保密。

古三儿：让咱也认识认识？

大军：她下个月就是我老婆了。（笑）您找地方凉快去吧。

古三儿：是吗？鲜花插在牛粪上了。

大军：您那摊狗屎什么时候呲豆芽儿呀？

古三儿：这年头拉一好品种不容易，还是你厉害。

大军：你最近忙什么呢？

古三儿：打麻将。

大军：还泡病假呢？都泡几年了？

古三儿：泡着呗，离退休还早呢！

大军：没病也泡出病来了。

古三儿：有空儿过来打两圈，别老素着。不想办法玩儿，你对得起改革开放么？

大军：太忙。没工夫。回头见。

大军用毛巾擦着脸，离去。

古三儿：哪天三缺一个，我请你去！

大军：别价，别价！我没工夫……

他挥挥手，头都没回。

4.［内景 保温瓶厂 工会办公室］

张大民坐在办公桌上，居高临下地看着郑主席。

郑主席：你别抱什么希望。

大民：郑主席……

郑主席：叫我师傅。

大民：师傅。您刚当官的时候跟我拍胸脯，咚咚咚，拍得肋骨都快折了，有事儿找我有事儿找我！徒弟找你来了，你怎么跟小白耗子见了大黑猫似的？

郑主席：我在会上提了，可大家一致认为你的住房情况还是比较良好的……

大民：什么什么？良……良好？这话是哪个咸鸭蛋说的？！

郑主席：别着急么。老李的情况你知道吧，三代六口儿，住七平方米，搭了三层铺板，绝对是火车卧铺……

大民：您的意思是，让我跟老李学，干活儿第一，分房倒数第一？

郑主席：咱们都得向老李学习。

大民逼近对方的面孔。

大民：局里给了厂里六套房子？

郑主席（一惊）：没有的事。听谁说的？

大民：您老房子没交，弄了一套一居室？

郑主席：我……我……

大民：快编、快编，你怎么了？

郑主席：我……我是正科级！

大民：瞧把您逼的，这寒碜话都说出来了。（跳下桌子，准备离去）师傅，涨工资都没找过你，这回我实在挺不过去了。你是工会主席，你得给我想办法。

郑主席：我要有办法，我能不给你办么！

大民：你要占着茅坑儿不拉屎，明天我在你办公桌这儿搭一卫生间，在你转椅下边安一抽水马桶，我看你拉不拉！你不拉我上急救中心找人给你灌肠……

他返回身来，从郑主席的烟盒里拿了两支烟，怏怏地离去。

5.[外景 同上 办公楼旋梯]

贺小同跟着张大民下楼。

小同：有戏吗？

大民：有戏。我早跟你说过，师傅就是师傅，走到哪儿都是师傅。

小同：你哪天当官？

大民：这事儿得问我儿子。

小同（笑）：我还等着沾光呢。

大民：有点儿光我自己还留着点灯呢。哎……你今天怎么又迟到了？

小同：车链子掉了……老安不上。

大民：小同，要说聪明，你可没我聪明。

小同：我……我找人修链子还不成么？

大民：好歹编点儿新鲜的，怎么就会掉链子呀？

小同：嘿嘿嘿……我早上起晚了。

大民：下回到点了见不着你，你奖金归我。

6.[内景 邮局 办公室走廊]

张大军在一间办公室外徘徊，眼神紧张，唯唯诺诺，鼓足勇气，敲门。

领导（画外音）：谁？

大军把门推开一条缝。

领导（画外音）：找我有事吗？

大军：我想说说房子的事……

领导（画外音）：进来吧。

大军消失在门里面。

7.[内景 张大民的家 厨房 夜 雨]

张大民坐在门槛上，张大军坐着小板凳，抽烟，说话。

大军：怎么也睡不着。

大民：我也睡不着。

大军：一闭眼，全是腿儿。

大民：什么腿儿，女的？

大军：不是……是马。一大群马跑过来，扑棱扑棱的，全是马腿儿。咖啡色的马腿儿。

大民：你有病了。

大军：跑近一看，不是马腿儿。

大民：什么腿儿？

大军：床腿儿，数都数不清。

大民：大军，你真的有病了。

大军：我没病。我就是难受。

大民：你哪儿难受？

大军：我说不出来。

大民：得说出来，憋着不说就长瘤子了。

大军：就这儿……两根眉毛中间，偏上一点儿裂了一条缝儿，很难受。下午，我找我们领导谈房子的事，我找我们领导……找我们领导……

大军哭了，伤心地抽嗒着。

大民：快说，别憋着！

大军：领导对我很好，问我你排队了吗？我说我排队了。他说好同志，好青年，你慢慢排着吧，如果中间没有人加塞儿，到二十一世纪你一定可以分到自己的房子了……

大军又抽嗒起来。

大民：张着嘴请人往里塞大粪，你自找的！

大军：我说我能加个塞儿吗？领导说你是好同志，好青年，你不能加塞儿。我说小王怎么就加塞儿了，来得比我晚，干得没我好？领导说……领导说你知道小王的爸爸是谁吗？我一听脑门儿咔啪一下，两个眉毛中间，偏上一点儿，就裂开了。哥，我难受极了。

大民：你怎么跟领导说的？

大军：我我……就出来了。

大民：平常下巴抬得挺高的，怎么怂成这样了？

大军：你让我怎么说？

大民：还说什么？赶紧叫爸爸。你说我没爸爸，您就是我亲爸爸。他能吃了你？

大军：……我脑袋都裂两瓣儿了。

大民：我给你治。

大军：怎么治？

大民：我铆足了劲，拿大嘴巴抽你！

大军轻轻抽嗒着，不说话了。雨夜里有隐约的雷声。

大民：我有办法了。

大军：什么办法？

大民：大军……办法有点儿简单，我都不好意思说出口。

大军：哥，你快说。

大民：咱家不是有摞成双层的双人床吗？

大军：你的意思是……

大民：把两张双人床摞起来！

劈雷闪电，照亮了两张惊惧的面孔。大民仿佛被自己的说法儿吓住了。

8.［内景 同上 里屋 日］

一张新的双人床已经摞在旧的双人床上面了。哥俩满头大汗，怔怔地看着这个怪物，似乎不敢相信它是真的。

大军：哥……行么？

大民：看着……倒没什么不行的？你爬上去试试。

大军：……结实么？

大民：那么怕掉下来，我们睡上边。

大军：下边磕脑袋。哥，你帮我扶着点儿。

大军爬到床上，马上趴着前后耸了耸，床身嘎吱嘎吱乱响。

大军：哥，太响了吧？

大民：你瞎动！不动它就不响了么？

大军：我们在上边结婚……还免得了动？

大民（眼珠一转）：大军，实在不行，我这儿还有一个办法。

大军（不抱希望）：你还有什么办法？

大民：摞着摆不合适，咱挨着摆得了。

大军：挨着摆？

大民：咱不摞着了，不分上下了。咱分里外，我们的床挨着你们的床。

大军：里屋摆不下。

大民：我知道摆不下，咱摆外屋，让妈她们上屋里来。

大军：挨着摆不就成大通铺了吗？

大民：你这么理解也不算错。

大军：……不挨着不行吗？

大民：你以为我们愿意挨着？

大军：不挨着不会不行吧？

大民：行不行，你听我给你分析。

大民两只手乱翻花，打的手势谁也看不懂。大军恋恋不舍地不时动一下。

大民：左手是我们的床，右手是你们的床。外屋就那么大，右手摆里边，左手摆外边，中间不挨着，你看怎么样，左手这里出了什么事？

大军：出了什么事？

大民：我们的床把门口堵住了。

大军：不会吧？哎哎哎哎……哥！

话音未落，床塌了一条腿，大民冲上去顶住。

大民：让你动！

9.［内景 中档餐厅 秋 日］

婚礼方酣。新郎新娘为众人表演卡拉OK，一曲“跑马溜溜的”唱罢，掌声四起。张大民举着酒杯站起来，满面通红，早就喝过量了。

大民：诸位诸位，我听说，今天，我们家是双喜临门。一喜是老二新婚，二喜是老五上大学，过几天就报到去。

客人甲：考上哪儿了？

大民：……考上哪儿了？

大国在角落里一杯挨一杯喝酒，不说话。

大军：西北农大。

大民：对，西北农大。我爸是烧锅炉的，我妈是家庭妇女，我们家就这么一个大学生。各位替我爸爸喝了这杯酒，送我们家老五上路！干！

众人：干！

大民一饮而尽，目光湿润。

10.［内景 餐馆 卫生间］

大民洗脸，瞪着镜子中的自己。外面传来喧哗声和大国的醉笑。他胡乱抹了把脸，跑出去。

11.［内景 餐馆］

大国醉了，东倒西歪，又哭又笑。场面混乱而尴尬。

大国：我受够了，我再也不回来了。妈，毕了业我上内蒙，上新疆。我上西藏种青稞去！我种苜蓿种向日葵去！我受够了！蚂蚁窝憋死我了。我爬出来了……我再也不回去了！我上山上去，我找个宽敞地方住一辈子！妈，我种向日葵，给您炒瓜子吃……

大民：闪一下，闪一下。（他抓住大国的胳膊，厉声）给我闭嘴！（笑向众人）你们喝，你们接着喝！我们家老五今天不高兴，他看老二媳妇漂亮，自己也想媳妇了。你们知道他上新疆干吗去？

客人乙：干吗去？

大民：勾搭古兰丹姆去！你们知道他上内蒙干吗去？

客人甲：干吗去？

大民：找娜仁花她妹妹去！

众人欢笑，局面顷刻之间扭转了。

12.［内景 餐馆 卫生间］

大民把大国的脑袋按在池子里，用水冲。

大民：没本事，还穷喝！

大国（还在哭）：把我的床拆下来，别让妈睡箱子了。

大民：妈睡惯了。睡别的不舒服。

大国：我再也不睡那张破床了。

大民：学生宿舍全是这种床，八个人一屋。

大国：咱们家太憋了，喘不过气来。

大民：吃一勺辣椒面就不憋了……再冲冲！

大国：哥……我都快憋死了。

大民：你自己不找死，谁也憋不死你。

大国：……我想吐！

大民：别吐！

大国：我想吐……

大民：把后脑勺对着我你再吐！

大国扎向大民怀中。大民躲闪不及，惨遭呕吐，几乎跌到垃圾桶里去了。

13.［外景 大杂院 夜］

新郎新娘在大门口送客。灯光昏暗，新娘的婚纱裙显得很白。两人在大门洞里着急地吻起来。穿过院子，又在水龙头旁边吻起来。叽叽咕咕笑着，走进了小夹道。

14.［内景 张大民的家 里屋］

大雨、大雪、大国已经睡了。母亲、大民、云芳，三个人坐在大国下面的下铺，一块儿用手绢和手纸擦抹大民的西装上衣。

大民：我就这一件好衣裳。

云芳：过几天拿出去洗洗。

大民：那得花多少钱哪？

母亲起身，慈爱地抚摸大国的头发和脸。大国睡相很痛苦。

母亲：好孩子，憋屈你了。出去好好念书，日子就好过了。等住上宽敞地方，别忘了你妈。跟你爸一样，喝两口酒，还没怎么着呢，先把实话秃噜了……

云芳：妈，大民也这样儿。（笑）那回……

外面传来新娘子的艳笑，大家立即不做声了。

15.［内景 同上 外屋］

两张床之间竖着一人多高的挡板，外缘靠近床尾的地方是帘子。大军夫妇那边是绣着双喜字的缎子帘，关掉电灯，似乎十分急迫。毛沙沙怕痒似的哧哧笑着拥吻！

16.［内景 同上］

月光如水，很安静。里屋的灯也灭了。大民和云芳蹑手蹑脚地离开里屋，爬到自己床上，躺好。大民长长地呼了一口气。那边又有了动静。十分小心，却也十分确切。毛沙沙撒娇地笑着，挑逗着。云芳把脑袋扎在大民的胳膊底下。大民哆哆嗦嗦地呼气，凑在云芳耳朵旁边小声嘟哝。

大民：别怕别怕，睡你的，有我呢。

那边啪、啪，接吻的声音像打枪一样。

17.［外景 火车站 站台］

火车徐徐启动。全家人跟着车移动。大国热泪盈眶，渐渐地撒开家人的手。

母亲：……出去少说话，多念书。天冷了，别忘了加衣裳……路上看好行李！

大雪：弟弟，别忘了给妈妈写信。

大民：别喝酒！

大国的手摇着摇着，不见了。

18.［内景 火车站 地下长廊］

全家人出站。大民有意凑到大军跟前，压低了声音。

大民：大军，婚后感觉如何？

大军：还行。就是有点儿累。

大民：是累。有多大劲儿也别想一次使完。日子还长着呢。悠着点儿！

大军：我是心累。

大民：别的地方不累？

大军：不累。

19.［外景 同上 出站口］

兄弟俩被全家人落在后面。

大民：你不是心累。大军，我了解你，你小时候脸色就跟别人不一样。我一直在观察你，一直观察到现在。你瞒不了我。心累，你脸是绿的。干活儿累了你脸白。你脸要黑了就是吃多了，撑着了。你能瞒我吗？快撒泡尿照照自己的脸，看看它现在什么色儿？

大军：什么色儿？

大民：跟你的床一个色儿，咖啡色的！你在火车站满世界找找，有几张脸跟你似的？

大军：那边那个，脸跟酱萝卜似的那个。

大民：那是票贩子。人家才是真正的心累呢。你的心不累，我觉得你的肾太累了，搞不好已经累坏了。你真得悠着点儿了。

大军摸着自己的脸，让哥哥说得疑神疑鬼起来。

20.［内景 医院 B超室］

云芳躺在检查床上。荧屏中影像闪烁。

21.［内景 同上 大堂］

大雪送兄嫂离去。大民拎着大包的中药。

大民：保胎得保到哪一天？

大雪：保到孩子生出来那一天。

大民（摸云芳的肚子）：小坏蛋，这么早就折磨他爸妈了。云芳，咱还要他么？

云芳：你不能说点儿别的？

大民：我害怕。（对大家）让我怀孩子，都不至于这么害怕。不会再流了吧？

云芳：又来了。怕有什么用？

大雪：嫂子，以后家里的事不要抢着做，大雨那边你不用担心，有我呢。

云芳：……谢谢你。

大民：大雪，这中药管用么？

大雪和云芳都笑起来。

云芳：你哥是真的害怕了。

一队实习医生迎面走过来。其中一个英俊的青年人看了大雪一眼，又看了一眼，站住了。大雪发现有人在看她，也站住了。青年人是赵炳文，医学院学生，大雪的中学同学。

炳文：……张大雪！

大雪：你是……

炳文：赵炳文！初二·三班的！

大雪：赵炳文？（想起来了）是你！班长！

炳文：认出来了吧！

大雪：你怎么长这么高了？

炳文：你还是那么漂亮。

大雪：你分到我们医院了？

炳文：不是分配，是毕业实习。真没想到你也在这里。你在哪个科？

大雪：妇产科。

炳文：我在内科，下个月有可能轮转到妇产科。

大雪：太好了……

大雪从来没有这么兴奋过，把兄嫂完全忘在脑后了。云芳使劲拉大民的袖子，两人悄然走出大堂。大雪和炳文依着大堂的柱子，谈笑风生。

22.［外景 医院大门台阶］

大民扒在大门玻璃上使劲往里看。云芳站在台阶中央等着他。大民朝云芳扮个鬼脸，接着看，不知说了句什么。云芳丢下他，独自走去。大民扭头，发现云芳不见了，慌慌张张地追了出来。

23.［外景 街心花园］

回家途中，大民和云芳坐在长椅上歇息，像孩子一样每人嘬着一根冰棍。

大民：你觉得他们两口子正常么？

云芳：有什么不正常的？

大民：正常人士怕别人听见，他们可好，生怕别人听不见。

云芳：别瞎说。

大民：咱们听见倒没什么，关键是肚子里的孩子……胎教不好。

云芳（笑）：你扯哪儿去了？

大民：怀孕了听音乐，生天才。整宿整宿听他们哼叽，生什么？你别给我生个驴驹子出来！

云芳（笑）：那你说怎么办？

大民：你干脆回你妈那儿住去得了。

云芳：理由呢？

大民：理由……

云芳：你说得出口吗？

大民：就说熬中药不方便，你看行吗？

云芳：倒可以试一试。

大民：哎，你等等……你能吃凉东西吗？

云芳：没关系吧？

大民：有关系就晚了。

大民抢走云芳的冰棍，贪婪地吃起来。

24.［内景 张大民的家 外屋］

全家人吃饭。毛沙沙很醒目，使筷子的动作都讲究“优美”。

母亲：我不同意。她那儿使液化气，我这儿也使液化气。那边儿能熬，这边儿怎么就不能熬？没什么不方便的。嫌不方便，别怀孩子，再嫌不方便，别结婚，都省事了。亏你说得出口。

大民：妈，我没说非得怎么着不可，不是虚心征求您的意见么。

母亲：大民，有什么难事自己担着，别动不动就往人家那边推。

大民：我听您的。

大民和云芳对视了一眼。

大雨：妈，人家愿意走就走吧。

沙沙：你们家厨房通风不好，中药味儿很难闻的。

大军：没错，闻多了影响食欲。

大雨（转移了攻击目标）：我们家厨房一直这样，嫌不好闻，自己上大马路通风去！

沙沙（听出来了）：安个排风扇就可以了。

大雨：谁愿意安谁安！

沙沙（听出来了）：我不懂电工，这个家没有人会安吗？男人都不会吗？

母亲不说话，大家也不再吭声，只有毛沙沙由着自己的性子，自己说自己的。

沙沙：嫂子可以回娘家熬药，但是不要回娘家住。两家离得这么近，有什么必要回娘家住？邻居会以为嫂子和婆婆闹了矛盾……

25.［内景 同上 厨房］

大雪先吃完饭，收拾厨房，像燕子一样轻捷，情不自禁地哼着小曲儿。

26.［内景 同上 外屋］

沙沙：哥哥和嫂子分开住，等于分居。住在一个院子里，还要分居，会影响感情的。还是住在一张床上吧……（对云芳）把大哥一个人丢下，你放心吗？

她格格地笑起来。别人谁也没有笑。沙沙发现大家都在注意厨房，自己也不笑了。厨房里传来大雪愉悦的哼唱声，音量大到了令人颇感困惑的程度。

27.［内景 同上 外屋 深夜］

沙沙与大军低声欢娱。另一边的大民与云芳唯有无声叹息。大民用双手捂着云芳的肚子，随后把耳朵贴上去，长时间一动不动。

28.［外景 大杂院］

月光朦胧，映着层层屋脊的蓝影。

29.［外景 小饭馆 日］

饭馆前的街道车水马龙。透过玻璃窗，可见大民和大军举杯对酌。大民很殷勤，站起来给弟弟斟酒，有点儿一反常态。

30.［内景 同上］

大军吃得很香。大民却心事重重。

大军：哥，怎么臊乎乎的？

大民：腰花儿就是这味儿。

大军：没洗干净吧？

大民：大军，臊乎乎的你也得吃，多吃。你得好好补补你的肾。我对你说，我是过来人，我的话你得听。人，不能为了一时痛快，连自己的腰子都不顾了。不顾脑袋都没事，不顾腰子，到时候你后悔可来不及了。吃吧，多吃。

大军（笑）：头两口臊，吃着吃着就不臊了。

大民：这就叫身在臊中不知臊啊。

大军：哥，你什么意思？

大民：大军，你觉得幸福不幸福？

大军：挺幸福的。

大民：不管多幸福，眼里也不能没别人。

大军：我们怎么了？

大民：大家都是过来人，为什么我们能做到的，你们就做不到呢？

大军：你们做到什么了？

大民：我们从来不叫唤！

大军仿佛挨了当头一棒。

31.［外景 同上］

透过玻璃，可见大民气势汹汹，而大军在顽强争辩。

32.［内景 同上］

大军：我们叫唤了吗？

大民：当然叫唤了。

大军：那能算叫唤吗？

大民：不算叫唤算什么？

大军：我觉得那不算叫唤。

大民：算打喷嚏？算诗朗诵？

大军：我觉得我们没叫唤。

大民：谁叫唤了？驴吗？

大军：哥，你别激动。

大民：不许我激动？我们是人，不是木头。我们都有耳朵，我们倒想不激动，人家让吗！小姐，再来一个炒腰花儿，别洗，越臊越好。

大军：哥，我不吃了，我够了。

大民：我吃！我的肾还没补呢！

大民醉意朦胧。大军捂着脑门儿痛苦万分。

33.［外景 街道 夜］

大民走在马路中间，大军扯不动，只好扶着他。一辆公共汽车顶着他们的屁股，不住鸣笛。大民转过身来，破口大骂。已然醉得一塌糊涂了。

大民：你叫唤什么！你丫叫唤什么！我拿臭鸡蛋把你嘴堵上，我让你叫唤！我拿松花蛋堵上你的嘴，我看你还叫唤不叫唤！

一个虎背熊腰的司机横眉立目地从车上跳下来。

司机：你堵谁的嘴？

大民：堵你！我让你叫唤！

司机二话不说，挥拳朝大民的面门打过来。

司机：好家伙！我让你堵！

鉴赏提示

《贫嘴张大民的幸福生活》是一部优秀的平民生活剧，反映的是普通居民生活中的矛盾与愿望，追求的是“平凡的幸福生活”。在表现手法上，是“坚决而有效地展现凡人小事”，是“不惜用‘显微镜’去观察琐碎的生活细节和渺小的人生困境”，从而表达出小人物于酸甜苦辣的平常生活中体会生存的不易，以及在夹缝中求生存的普通老百姓式的柔韧、乐观的生存哲学。

《贫嘴张大民的幸福生活》（人民文学出版社2013年版）共二十集，本文所选第五集。第五集进一步展示张大民一家因住房紧张所带来的生存尴尬，是整部剧集的重点剧集，《贫嘴张大民的幸福生活》剧基本上是围绕都市住房紧张这一社会矛盾来设计戏剧冲突的。

推荐阅读

阿城，谢晋：《芙蓉镇》

陈剑雨、朱伟、莫言：《红高粱》

谢飞、刘恒：《本命年》

朱天文、吴念真：《悲情城市》
李碧华、陈凯歌：《霸王别姬》
姜文：《阳光灿烂的日子》
王慧玲等：《卧虎藏龙》
郑重、王要：《大明宫词》
刘和平：《雍正王朝》
刘恒：《贫嘴张大民的幸福生活》
威尔斯：《公民凯恩》
罗宾逊：《北非谍影》
科波拉：《教父》
亨利：《毕业生》
莱昂内：《美国往事》
麦肯纳：《兄弟连》
舒尔林：《越狱》（第一季）
扎尔赫依：《母亲》
山田洋次：《远山的呼唤》
黑泽明：《七武士》
黑泽明：《罗生门》
北川悦史子：《悠长假期》
金荣玹：《大长今》

参考文献：

[1] 贺亮明. 文学鉴赏[M]. 西南交通大学出版社，2011.
[2] 方志宏. 文学鉴赏[M]. 高等教育出版社，2011.
[3] 袁行霈. 中国文学概论[M]. 高等教育出版社，北京.
[4] 范欣欣，石宏伟. 真善美——文学艺术创造的审美价值追求[J]. 名作欣赏，2007.
[5] 杨毓敏，李玉鸽. 经典文学鉴赏[M]. 浙江大学出版社，2006.
[6] 刘新萍. 文学鉴赏[M]. 中国人民大学出版社，2013.
[7] 左健. 中国古代文学鉴赏论[M]. 复旦大学出版社，2009.
[8] 庄宗荣. 文学鉴赏与应用写作[M]. 北京理工大学出版社，2006.
[9] 林文和. 文学鉴赏导读[M]. 人民文学出版社，2004.
[10] 刘学锴. 古典文学名篇鉴赏[M]. 黄山书社，2008.
[11] 郭久麟. 文学理论与鉴赏[M]. 北京师范大学出版社，2010.
[12] 范颖，方燕妹，亓丽. 中国文学名作鉴赏[M]. 中山大学出版社，2011.
[13] 伊彩霞. 文学鉴赏与解读[M]. 复旦大学出版社，2013.
[14] 易介南. 文学鉴赏[M]. 武汉大学出版社，2009.
[15] 魏健. 英美文学鉴赏导读[M]. 浙江大学出版社，2008.
[16] 刘运好. 文学鉴赏与批评论[M]. 安徽大学出版社，2004.
[17] 逯宝峰，陈静. 旅游文学鉴赏[M]. 中国科学技术出版社，2004.
[18] 庄宗荣. 文学鉴赏与应用写作[M]. 北京理工大学出版社，2006.
[19] 王小明. 大学语文[M]. 西安交通大学出版社，2012.
[20] 张晨辉. 新编大学语文[M]. 清华大学出版社，2009.
[21] 孙昕光. 文学鉴赏[M]. 高等教育出版社，2006.
[22] 杨明. 中外文学鉴赏[M]. 中国海洋大学出版社，2008.
[23] 盛宁. 文学：鉴赏与思考[M]. 生活·读书·新知三联书店，2003.
[24] 萧涤非，刘乃昌. 中国文学名篇鉴赏（文卷）[M]. 山东大学出版社，2007.
[25] 莫柳桂，姚利芬. 现代散文名篇鉴赏辞典[M]. 中国书籍出版社，2013.
[26] 王若珺. 文学欣赏[M]. 北京师范大学出版社，2010.
[27] 韩光惠. 大学语文与文学欣赏（第二版）[M]. 四川大学出版社，2009.
[28] 李丹. 新理念大学语文[M]. 机械工业出版社，2011.

图书在版编目（CIP）数据

文学鉴赏 / 艾艳红，杨利平主编. —长沙：湖南人民出版社，2014. 1（2015. 8）
ISBN 978-7-5438-6368-2

I. ①文… II. ①艾… ②杨… III. ①文学欣赏—高等职业教育—教材 IV. ①I06

中国版本图书馆CIP数据核字（2014）第009020号

文学鉴赏

主　　编　艾艳红　杨利平
责任编辑　肖贵飞　杨丁丁
装帧设计　杨丁丁

出版发行　湖南人民出版社［http://www.hnppp.com］
地　　址　长沙市营盘东路3号
邮　　编　410005

印　　刷　长沙宇航印刷有限公司
版　　次　2014年1月第1版
　　　　　2015年8月第2次印刷
开　　本　787 mm × 1092 mm　1/16
印　　张　16.75
字　　数　367千字
书　　号　ISBN 978-7-5438-6368-2
定　　价　39.80元

营销电话：0731-82683348　（如发现印装质量问题请与出版社调换）